Las largas sombras

Las largas sombras

Elia Barceló

Rocaeditorial

© 2009, Elia Barceló

Publicada en acuerdo con UnderCover Literary Agents.

Primera edición: mayo de 2018

© de esta edición: 2018, Roca Editorial de Libros, S. L.
Av. Marquès de l'Argentera 17, pral.
08003 Barcelona
actulidad@rocaeditorial.com
www.rocalibros.com

Impreso por LIBERDÚPLEX, S.L.U.
Sant Llorenç d'Hortons (Barcelona)

ISBN: 978-84-17092-71-9
Depósito legal: B-7559-2018
Código IBIC: FA

RE92719

A mi hermana, Concha,
por tantos recuerdos compartidos

Las chicas del 28

Margarita Montero Juan (en 1974: Marga; en 2007: Rita)
Magdalena Santos López (en 1974: Magda; en 2007: Lena)
María Teresa Soler Rey (en 1974: Tere; en 2007: Teresa)
Soledad Ortiz Rosell (en 1974: Sole; en 2007: Marisol/Sole)
Candelaria Alcántara de Frías (Candela)
María del Carmen Navarro Martínez (Carmen)
Ana María Rodríguez Pozo (Ana)

*T*odos los personajes y las circunstancias de esta novela son fruto de mi imaginación; el parecido con cualquier persona viva o muerta es puramente accidental aunque, por supuesto, para los fragmentos de la historia que suceden en 1973/74 me he basado en algunas vivencias personales. En cuanto a bares, discotecas, etc., tanto en Elda , mi ciudad natal, como en Mallorca, me he tomado la libertad de mezclar nombres reales e inventados. Del mismo modo, he cambiado los horarios de los barcos que, en 1974, hacían el trayecto Alicante-Palma de Mallorca, para ajustarlos a ciertas necesidades narrativas.

Quiero dar las gracias a todas las personas que me acompañaron en una época fundamental de mi vida —la del instituto—, tanto compañeros y compañeras de clase, como profesores y profesoras que, unos en positivo y otros en negativo, influyeron en mi formación ofreciéndome ejemplos de conducta merecedores de emulación o de rechazo. A muchas de esas personas no las he vuelto a ver desde entonces, pero desde estas páginas les ofrezco mis recuerdos de un tiempo lejano y les deseo que el futuro que entonces soñábamos, y que es nuestro presente actual, les haya traído al menos una buena parte de lo que esperaban.

E. B.

«*Old sins cast long shadows*»
(Los viejos pecados proyectan largas sombras)

<small>PROVERBIO INGLÉS</small>

«Lo que hice, lo que haré, ya nada importa: en la vida, en el sueño, en el insomnio, no soy más que la tenaz memoria de esos hechos.»

A. BIOY CASARES, *El perjurio de la nieve*

De los papeles de Candela Alcántara:

«*I*magina tu nacimiento de esta manera:

»No naces cuando te arrancan del cuerpo de tu madre. Lo que nace es una potencialidad, un ser diminuto que no sabe hacer nada salvo reclamar alimento, calor y cariño. Los adultos que te rodean te van enseñando quién eres, dónde vives, cómo es tu mundo.

»Y el mundo es como un castillo enorme lleno de atractivos, lleno de peligros, un lugar encantado donde todo es misterioso y extraño. Pero ellos están ahí para enseñarte dónde puedes jugar, qué debes evitar, qué te conviene, qué no.

»No te cuestionas nada, no haces comparaciones, las cosas son como son, las tomas y las disfrutas, si tienes suerte. Si no tienes suerte, aunque aún no lo sabes, las sufres, las aceptas, y sigues descubriendo.

»Una tras otra te van abriendo puertas que dan a salones cuya finalidad apenas si puedes comprender y, de la mano, te acompañan en el recorrido primero por la planta baja, luego más y más arriba, subiendo la empinadísima escalera con sus enormes peldaños de ébano y marfil como el teclado de un piano que va sonando con tus pasos inseguros primero, cada vez más firmes a medida que creces.

»Llega un momento en que conoces el castillo, o al menos eso crees. Recuerdas la disposición de las habitaciones, te orientas infaliblemente en los retorcidos pasillos, sabes qué vas a encontrar tras cada puerta cerrada. Los sonidos de la casa te resultan familiares, y sus perfumes, y sus hedores.

»Y de repente, un buen día, las personas que más te quieren, las que te han acompañado hasta ese instante, te cogen de la mano y, con un susurro misterioso que llevabas mucho tiempo esperando, deseando, te dicen que ya es la hora, que ha llegado el momento de conocer el laberinto.

»Siempre has sabido que hay un laberinto en el castillo. Lo has oído comentar a los mayores en esas largas conversaciones de viejos que te aburren. Los has oído quejarse, maldecir, llorar, hacerse cábalas inútiles sobre cómo podría haber sido el recorrido. Y siempre has sabido que tú lo lograrás, que ningún laberinto es demasiado difícil para ti porque tú eres diferente, tú eres mejor que todos ellos, tú eres joven y nunca mirarás atrás.

»El laberinto está unas veces en el sótano del castillo, otras en el desván; siempre lejos, como a trasmano, para poder olvidarlo cómodamente mientras esperas que te llegue el turno. Pero ahora está ahí, frente a tus ojos, y siempre es igual: una entrada que se abre invitadora, un pequeño vestíbulo brillantemente iluminado en el que hay varias puertas cerradas. A veces solo dos, a veces muchas, tantas que parece el pasillo de un hotel y te quedas parada durante mucho tiempo, fijándote en los detalles, tratando de decidir, de elegir tu camino.

»Entonces los mayores desaparecen y te dejan sola frente al laberinto. Detrás de ti se apaga la luz y sabes que no hay regreso, que volverás a encontrarlos si eliges bien tus puertas, pero que nunca será lo mismo porque el castillo cambiará mientras tú estás fuera, dentro del laberinto, y las personas cambiarán, aunque seguirás reconociéndolas. Lo que no sabes es que tú cambiarás también. Te lo han dicho, pero no has querido comprenderlo. Te han dicho que crecerás, que madurarás, que llegarás a ser como ellos. Y no has querido creerlo.

»Sin embargo ahora sabes que es así y de repente tienes miedo, tanto miedo que quisieras poder dar la vuelta y quedarte en el castillo que conoces, aunque eso signifique no probarte en el laberinto, no llegar nunca a la cámara que, en el centro, aguarda a los mejores, esa cámara que es también un jardín donde los árboles tienen frutos de piedras preciosas.

»De repente te aterroriza pensar que, aunque la encuentres, luego tienes que acertar con la salida que está al otro lado, y lo que hay más allá es el gran misterio del que nadie te ha hablado con palabras que puedas comprender.

»Vuelves la vista atrás y el castillo con sus acogedores sa-

14

lones que con los años se han ido haciendo cada vez más pequeños y familiares ha desaparecido tragado por las tinieblas y solo te queda la luz que brilla frente a ti, las puertas cerradas, el camino por delante.

»En algún momento, abres una de esas puertas y, cuando se cierra a tus espaldas, sabes que la has cruzado por última vez, que has elegido, que ahora esa sala que se ofrece a tu mirada es la realidad que tendrás que conquistar, atravesar, hasta llegar al siguiente vestíbulo, a las siguientes escaleras, al siguiente jardín en que se bifurcarán los senderos y desaparecerán en la bruma en cuanto los descartes.

»Ya estás en el laberinto y sabes que no saldrás viva de él.»

Junio de 2007

«La mejor distancia es la mayor.»

J. SABINA, *Con lo que eso duele*

$\mathcal{A}$unque había pensado dejar el coche un poco más arriba y bajar paseando, Rita aparcó casi en el portal de casa de Lena, cortó el contacto y se quedó un par de minutos sentada allí, absurdamente a la izquierda, con la palanca de cambios a la derecha, las manos reposando en el volante y la vista perdida en la horrible iglesia de San Francisco —blanca, moderna en los años sesenta, con aspecto de fábrica— que tan buenos recuerdos le traía.

Empezaba a pensar que había sido un error dejar que Ingrid se marchara sola a recorrer Andalucía, pero después de las dos últimas semanas le había parecido buena idea quedarse un tiempo tranquila en su pueblo, volviendo a tomar contacto con tantas cosas, redescubriendo y recuperando personas y relaciones que había creído perdidas para siempre.

Echó una mirada al reloj y suspiró. Las ocho menos cinco. Aún tenía cinco minutos antes de tocar el timbre y sumergirse en el universo de Lena quien, por lo que parecía, era la única de entre ellas que había conservado los gustos de su juventud. Mecánicamente, sin pararse a pensar si realmente le apetecía, encendió un cigarrillo —«para que hables de gustos que no cambian desde la adolescencia», se dijo—, se pasó la mano libre por el pelo y echó una mirada al asiento trasero, a la botella de Rioja y al ramillete de flores casi silvestres que había comprado. ¿Sería normal ahora en España llevar vino y flores a una amiga que te invitaba a cenar? En su época no lo habría sido. No recordaba ninguna ocasión en que sus padres hubieran llevado nada así a casa de las parejas con las que se reunían de vez en cuando. Si acaso, una bandeja de pasteles o una tarta helada para el postre. Pero en su caso resultaría ridículo; solo eran ellas dos y a su edad a ninguna le convenía hacer excesos con los dulces. El alcohol y el tabaco eran otra cosa, aunque seguro que Lena le ofrecía un té y uno de esos cigarrillos de hierbas medicinales que olían a rayos y acababan por quitarte las ganas de fumar.

Sonrió para sí misma, salió del coche, cogió los regalos y se quedó mirando el portal, embobada, mientras un torrente de imágenes acudía a su mente. ¡Cuántas veces había entrado por esa puerta desde los quince a los dieciocho años! Y luego… nada. El paréntesis inglés. Su vida. Las últimas tres décadas.

No llegó a pulsar el botón del interfono porque un vecino que salía le sostuvo la puerta y eso le dio ocasión de quedarse un momento en la entrada del edificio, antes de que Lena supiera que ya había llegado. Todo estaba igual, salvo el ascensor, que antes era de rejilla metálica y ahora ya no permitía ver el interior. Incluso olía como en sus recuerdos: a productos de limpieza pero con un fondo indefinible de otra cosa, de cientos de sofritos, quizá, de vida mediterránea, que antes le parecía normal y ahora sentía como algo distinto de su existencia cotidiana, algo nostálgico, hermoso.

En uno de los peldaños una gota oscura la sobresaltó hasta el punto de que llegó a agacharse junto a ella para asegurarse de que no era lo que había pensado. Algún vecino habría sacado una bolsa de basura que llevaba demasiado tiempo al sol en el balcón y ya goteaba.

Se pasó la mano por la nuca y se dio cuenta de que estaba húmeda. El calor, supuso. Y otra cosa. El recuerdo de aquel seis de septiembre. Sabía que era el seis de septiembre porque cuando recibió la llamada de Lena, que por aquel entonces aún se llamaba Magda, acababa de salir de la ducha y había empezado a arreglarse para irse con las chicas a tomar algo y a ver los fuegos artificiales que señalaban el principio de las Fiestas Mayores.

Cuando llegó a casa de su amiga, aún con el pelo mojado, en vaqueros y camiseta, se encontró la puerta abierta y un reguero de sangre por esa misma escalera. Magda había bajado a abrirle, sujetándose las muñecas que acababa de cortarse con una cuchilla, y la esperaba sentada en el peldaño de delante de la puerta de su piso, sollozando.

Nunca había conseguido olvidar esa imagen. Magda llorando, tan blanca como la pared en la que se apoyaba, con un camisón de florecitas que debía de ser ya viejo porque las flores estaban desdibujadas, y sangre por todas partes. Roja en su regazo, volviéndose oscura a su alrededor.

Recordaba vagamente lo demás, el teléfono, la ambulancia, la música de varias bandas que les llegaba mientras cruzaban el pueblo a toda velocidad sin ver nada tras los cristales blancos.

Nunca se lo contó a nadie. Magda le pidió entre sollozos que no lo dijera y ella acabó inventándose algo plausible, como siempre. Siempre había sido buena inventando mentiras creíbles.

Sacudió la cabeza como si las imágenes fueran mosquitos que la acosaran. Ya hacía casi treinta y tres años de aquello. Dos semanas atrás, cuando volvió a ver a su amiga de juventud, a Lena —pensó, sonriendo para sí misma por la casualidad de que las dos hubieran decidido cambiar de nombre y usar solo la segunda mitad: Magda-Lena, Marga-Rita—, buscó en sus muñecas las cicatrices de entonces y apenas pudo descubrir una fina línea nacarada que podía haber sido de cualquier otra cosa, pero ella la vio mirarla y sonrió antes de apartar la vista.

¿Qué querría decirle ahora Lena? ¿De verdad iba a contarle, como había sugerido al invitarla, lo que sabía de aquella noche en el barco? ¿Y ella? ¿Quería ella saberlo, después de tanto tiempo?

Por un momento sintió la tentación de dar media vuelta y llamar a Lena diciendo que le había surgido algo imprevisto y que no podía acudir, pero sabía que era una cobardía y una estupidez, de modo que subió al primer piso y, viendo que eran las ocho y siete, pensó que ya sería lo bastante tarde como para llegar sin que le tomara el pelo por su puntualidad británica, como hacía todo el mundo, incluso en Londres.

Era la puerta de la izquierda. Tiempo atrás, en la puerta de la derecha vivía su abuela, que ahora debía de llevar años y años muerta, y que en aquella época era una mujer campechana y vivaz.

A punto ya de tocar el timbre se dio cuenta de que la puerta solo estaba entornada. Lena debía de confiar mucho en los vecinos para dejarla así cuando esperaba visita.

Llamó con los nudillos de todas formas e incluso se atrevió a alzar la voz:

—¡Lena, soy Rita! Perdona el retraso.

Lena no le contestó y, de repente, el estómago de Rita pareció contraerse hasta formar una bola pulsante.

«Estará trasteando en la cocina y no me oye», se dijo. Agarró la botella y las flores con la mano izquierda y empujó la puerta con suavidad. Desde el fondo del pasillo, donde antes estaba el salón, sonaba una suave música de saxo. Toda la casa estaba iluminada por la luz rojiza del sol poniente, y las sombras de muebles y objetos que ella no podía ver se recortaban contra la pared blanca de su derecha, superponiéndose a los cuadros y a los libros que ocupaban casi todo el espacio.

En alguna parte sonaba una gota machacona, un grifo mal cerrado cayendo sobre el agua de un fregadero, de una bañera.

—¿Lena?

Silencio. La música, la gota y silencio.

Avanzó por el pasillo iluminado en rojo, con la absurda sensación de que había una cámara detrás de ella, siguiéndola en su avance hasta el salón. Las puertas de la izquierda estaban todas abiertas: un pequeño dormitorio de invitados; el dormitorio de Lena, con una gran cama blanca cubierta de cojines; un cuartito minúsculo lleno de libros con una mesa de cristal para el ordenador, que estaba de espaldas a ella; el salón, más grande que en sus recuerdos porque ahora tenía muchos menos muebles que cuando vivían sus padres: un enorme sofá rinconero también blanco, una mesa para cuatro personas, un equipo de música y un televisor antiguo, plantas que casi rozaban el techo y un gato rayado que se desperezó lentamente y saltó del sofá al entrar Rita.

No había nada en la decoración que recordara su pasado hippy, sus frecuentes viajes a la India. Todo limpio, claro, casi impersonal. Como su propia casa.

Dejando la botella y las flores sobre la mesa, se encaminó a la cocina, que también había sido renovada. Los antiguos armarios de formica habían sido sustituidos por otros de madera blanca con tiradores dorados y encimera de piedra clara. Sobre la mesa había un cuenco tapado, lleno de lo que podía ser un gazpacho, pero no se veía nada más que pudiera sugerir que Lena había estado preparando una cena para las dos.

Solo quedaba el baño pero, por alguna razón que no quería formular ni para sí misma, no se atrevía a abrir la puerta y asegurarse de que Lena no estaba allí. Quizá hubiera tenido que salir a comprar algo que había olvidado y era necesario para la cena, y no se había molestado en dejarle una nota, pensando que Rita llegaría media hora tarde, como era lo normal en las chicas. Pero ¿se habría dejado la puerta abierta? ¿No la habría llamado al móvil para avisarla?

Tocó con los nudillos a la puerta del baño sintiéndose estúpida y fuera de lugar, deseando salir corriendo de aquel piso y encontrarse en su propia casa, en su propia ciudad, a miles de kilómetros de allí. El gato se le enredaba entre los pies y había empezado a maullar suavemente.

La luz del sol poniente, cada vez más roja, marcaba su silueta contra la puerta blanca y la gota seguía cayendo, imperturbable, al otro lado de esa puerta.

«Estará tomando un baño y se habrá quedado dormida», pensó. Lena siempre fue famosa por ser capaz de dormirse en los momentos más imprevisibles, en mitad de un examen, nada más subir a un autobús urbano, en cualquier sitio.

Bajó la manivela y abrió la puerta con tanto cuidado como si temiera despertar a Shane, como si quisiera asegurarse de que los niños dormían antes de empezar a ver con Ingrid una película para mayores.

El baño, blanco y azul, tenía algo de barco, un aire marítimo que la desasosegaba.

Tuvo que pasar dos veces la vista por el cuerpo de su amiga hasta admitir que había visto bien la primera vez. El grifo dejaba caer su gota con regularidad de metrónomo sobre un agua que ya estaba totalmente teñida de rojo. El largo pelo de Lena flotaba alrededor de su cara como una anémona de mar. Tenía los ojos abiertos, como las muñecas.

Rita sintió que las piernas se le aflojaban y tuvo que sujetarse en el lavabo para no caer. Una arcada la hizo doblarse por un instante y al encontrarse fugazmente con su imagen en el espejo creyó ver un fantasma de tiempos pasados, una muchacha de dieciocho años con el pelo pegado al cráneo por el sudor y mirada de loca.

Sacó el móvil con manos temblorosas y marcó el número de Ana.

—Ana, por favor —dijo sin reconocer su propia voz—. Estoy en casa de Lena. Llama a una ambulancia, yo no me sé el número de aquí. Y dile a tu marido que venga enseguida. Lena se ha suicidado.

Cuando llegó la policía —David, con un par de compañeros de uniforme— Rita estaba aún sentada junto a la bañera, mirando a Lena, haciéndole compañía como aquella noche de Fiesta Mayor en el hospital.

Sentadas en la terraza del bar de la esquina, junto a la casa de Lena, Ana y Rita se miraban a los ojos mientras se apretaban fuerte las manos encima de la mesa. David les había pedido que se marcharan de momento para que su equipo pudiera trabajar con tranquilidad y ellas habían obedecido sin protestar, agradecidas de poder alejarse de allí sin tener la sensación de que estaban abandonando a su amiga. Pero ahora, al aire libre, bajo un cielo que se iba poniendo violeta, lo que había sucedido apenas una hora antes empezaba a aparecérseles en toda su grotesca realidad y a hacerlas sentir culpables sin poder precisar la razón.

Rita separó su mano de la de Ana y encendió un cigarrillo.

—¿Has llamado ya a Teresa? —preguntó Ana.

—¿A Teresa? ¿Por qué?

Ana se encogió ligeramente de hombros y empezó a rebuscar por el bolso hasta sacar el móvil.

—No sé. En estos casos siempre se avisa a Teresa.

—¿En qué casos? ¿Siempre que se suicida una amiga?

—Siempre que pasa algo fuera de lo común, Rita —contestó Ana, haciendo caso omiso del sarcasmo—. Siempre ha sido así. ¿Ya no te acuerdas? Primero a Tere y luego a Marga. A ti. Tere es el cerebro. Tú el corazón.

—Hablas como si fuéramos un organismo.

—Lo fuimos, Rita, lo fuimos. Y hay cosas que no se pierden nunca. ¿No te diste cuenta la otra noche, en la fiesta? —Se interrumpió al oír la voz al teléfono—. ¡Teresa! Tienes que venir enseguida. Estamos en Los Laureles. Rita y yo. No, nada de copas. Lena se ha suicidado. No tardes.

—¿Tienes idea de por qué lo ha hecho? —preguntó Rita cuando Ana guardó el móvil.

Ana negó lentamente con la cabeza.

—No tenía ningún motivo, que yo sepa. ¿Te acuerdas de que el otro día, en mi casa, nos decía lo contenta que estaba por fin de ser independiente, de no estar buscando pareja, de aceptar que era una mujer de cincuenta años, libre y segura de sí misma? Y a su hijo le va bien. Incluso me dijo hace poco que quizá pronto la hicieran abuela. Le hacía mucha ilusión.

—¿Entonces?

Ana se mordió los labios y empezó a juguetear con la cajetilla que Rita había dejado sobre la mesa.

—Como no sea por lo de la fiesta…

—¿Tú crees?

—Mira, Rita, no es que Lena nunca me dijera nada, pero siempre tuve la sensación de que ella sabía, o creía saber, algo de lo que pasó aquella noche y que nunca nos dijo a ninguna de nosotras. Hacía siglos que no hablábamos de aquello, hasta que llegaste tú. —Ana no había querido que sonara a reproche, pero al salir las palabras de su boca se dio cuenta de que sí quería hasta cierto punto que Rita notara que su llegada había desencadenado la catástrofe.

—Yo tampoco he hablado de aquello en toda mi vida. Y por mí podríamos haber evitado el tema.

—Sí, ya. Pero Ingrid…

—Ahora resulta que es culpa de Ingrid. —Rita estaba cada vez más molesta.

—Bueno, ella empezó a hacer preguntas y encontró…

—Ya sé lo que encontró, maldita sea.

—Y Lena… ya la viste. Estaba destrozada cuando se marchó.

—Lena me dijo que viniera hoy a su casa porque quería contarme lo que sabía —dijo casi con rabia—. Me asustaba venir, pero he venido.

—Porque querías saber…

—No sé. Creo que no. —La rabia había desaparecido de su voz para dejar paso a un inmenso cansancio—. Porque Lena quería hablar y porque estoy harta de que algo que pasó hace treinta y tres años siga jodiéndome la vida. Y porque todo el mundo se empeña en contarme lo que no quiero saber.

—Rita se pasó la mano por el pelo y se quedó mirando a Ana, como desafiándola.

—Siempre supiste escuchar. Y callar. Lo que es mucho más importante.

—Y olvidar, Ana. Eso es lo que la gente no sabe, que a mí se me olvida lo que me cuentan, a menos que me importe mucho.

—Es tu película, ¿verdad?

Rita asintió mirando el cenicero. Al cabo de unos momentos contestó lentamente, como midiendo las palabras:

—Siempre pensé qué le podría pasar a una persona que oye secretos y confesiones de los demás pero las olvida, hasta que un día uno de esos interlocutores antiguos alcanza un puesto importante en política, por ejemplo, y empieza a pensar que es chantajeable, que alguien más conoce su secreto. ¿Podría uno convencerlo de que no sabe nada, de que eso que era tan vergonzoso o tan importante para el otro se le olvidó sin más?

—No. No lo creo.

—Yo tampoco. Por eso hice la película.

Se quedaron en silencio, con la mirada perdida en las nubes rojizas que se amontonaban a poniente, sobre Bolón. A su alrededor, las mesas se iban llenando de gente que venía a tomar el aperitivo, bromeando y riendo, sin darse cuenta de que aquellas dos mujeres que ahora hablaban casi en susurros estaban discutiendo algo que para ellas era trascendental.

—Todas te contamos nuestro secreto alguna vez, ¿verdad?

Rita se encogió de hombros y volvió a encenderse un cigarrillo.

—Supongo que sí, pero ya no me acuerdo. Eran secretos de crías de quince años que ya no tienen ninguna importancia.

—Yo te conté que mi madre tenía un amante, ¿te acuerdas?

—Sí. Ahora que lo dices, sí, pero no lo había pensado en los últimos treinta años.

—Pero yo sé que lo sabes y eso nos une. Como lo otro.

—Déjalo, Ana, por Dios. No puedo más. Me enferma pensar que Lena pueda haberse suicidado por eso.

—Siempre he creído que las cosas hay que hablarlas, una,

muchas veces, hasta que pierden el poder de destrozarnos. Nosotras nos equivocamos al callar.

—¿Tú se lo has contado a David? ¿Sabe él lo que pasó aquel verano? —Rita la miraba a los ojos, desafiante, segura de la respuesta de Ana. Como esperaba, ella bajó la vista.

—No. Nunca. A nadie.

—Ya ves. Igual que yo. Igual que todas. Ingrid tampoco sabía nada hasta el sábado pasado. Y aun así, no sabe ni la mitad.

—Pero es que David es policía.

En ese momento, Teresa apareció de golpe junto a su mesa y las dos se pusieron de pie para abrazarla y explicarle lo sucedido. De repente las tres se encontraron mirándose como adolescentes, con los ojos llenos de lágrimas y la expresión angustiada de quien espera que llegue algún adulto que resuelva el problema.

—Lena siempre fue la más inestable —dijo Teresa, haciéndose cargo de la situación con la naturalidad de siempre—. Estuvo mucho tiempo en tratamiento, y yo estaba convencida de que ya lo había superado. Está claro que uno nunca acaba de conocer a nadie. ¿No habéis pedido nada?

Ana y Rita se miraron, sorprendidas. No se habían dado cuenta de que ningún camarero se había acercado a su mesa.

—Yo necesito agua. ¿Qué tomáis vosotras?

Era tranquilizador tener a Teresa, pensó Rita. Ana tenía razón, Teresa era el cerebro del grupo.

—¿Llamo a Carmen y a Candela? —preguntó Ana mientras Teresa buscaba con la vista al camarero.

—No. Aún no, ¿para qué? Carmen se pondrá histérica y nos echará la culpa de lo primero que se le ocurra, y Candela se dedicará a hacer chistes malos para que no se le note la angustia, no vayamos a pensar que también es de carne y hueso. Ya las llamaremos mañana, cuando se sepa algo más. ¿Está aún David en casa de Lena?

Ana asintió con la cabeza.

—Nos ha pedido que esperemos aquí. Vendrá cuando termine.

—Bueno, la cosa debería de ser sencilla. En cuanto venga el juez a levantar el cadáver y nos digan si va a haber autopsia o no, ya pensaremos en los trámites del entierro. A Lena no le quedaba familia y su hijo vive en Estados Unidos; habrá que avisarlo y empezar a arreglar las cosas para cuando pueda llegar.

—Pobre chico —dijo Ana—. Va a ser espantoso.

Teresa la miró con la cabeza ladeada.

—Considerando que la última vez que visitó a su madre fue hace cuatro años, y eso que gana un buen sueldo, no creo que la muerte de Lena le vaya a quitar el sueño, la verdad. Lo mismo ni siquiera le vienen bien las fechas o me dice que la enterremos nosotras y que él ya se pasará cuando pueda encargarse de la herencia.

—Parece que no te cae muy bien el chaval —comentó Rita, sirviendo tres vasos de agua.

—El chaval tiene treinta años y siempre ha tratado a su madre como a un trapo de fregar, a pesar de todo lo que ha hecho por él. Incluso ahora Lena seguía teniendo tres trabajos para permitirle un nivel de vida mejor del que él se podía pagar. El chico es inteligente, eso sí; ha estudiado con beca en las mejores universidades y el año pasado se doctoró en el MIT, pero Lena ha trabajado como un animal para que nunca le faltara de nada. Cuando hace años me dijo que, a pesar de todos los libros que traducía y los informes de lectura que hacía para dos editoriales, no le llegaba, la contraté de recepcionista en mi consulta. Salía a las ocho y volvía a ponerse a traducir hasta las tantas.

—¿Lo llamarás tú? —preguntó Ana.

—¿A Jeremy? Sí, claro. No le caigo bien, pero creo que es algo que tengo que hacer yo.

—¿Cómo se le ocurriría ponerle Jeremy? —comentó Rita.

—Es largo de contar —dijo Teresa, mirando por encima del hombro de Ana—. Ahí llega tu marido.

Rita y Ana se giraron para ver a David acercarse cruzando la avenida a largas zancadas, buscándolas con la vista. Al llegar a su altura, se detuvo, saludó a Teresa y le hizo un gesto a Rita en dirección al interior del bar.

—Tengo que hacerte unas preguntas, si no te importa. ¿Entramos?

Ana y Teresa cambiaron una mirada de preocupación.

—¿Los famosos trámites? —preguntó Ana, forzando una sonrisa.

—Algo así. Enseguida volvemos.

David pidió un café y se acomodaron en la barra.

—A ver, Rita, corrígeme si me equivoco. Resumo lo que me has contado al llegar: tú estabas citada con Lena a las ocho. Llegaste unos minutos antes y estuviste haciendo tiempo en la entrada. Al salir un vecino, entraste tú. No lo hemos localizado aún, pero lo comprobaremos más tarde. Pura rutina, ya sabes. La puerta del piso estaba abierta, dejaste una botella de vino y unas flores en la mesa del salón, empezaste a buscar a Lena y al final la encontraste en la bañera, desangrada. Llamaste a Ana inmediatamente y no tocaste nada ni cambiaste nada de lugar. ¿Es así?

—Sí. Al menos eso creo. Quiero decir, que no sé bien si toqué algo mientras buscaba a Lena, pero no cambié nada de lugar ni la toqué a ella. Con mirarla tuve bastante. Me parece que ni siquiera se me ocurrió decirle a Ana que llamara a una ambulancia. No soy médico, pero estaba claro que ya no había nada que hacer. ¡Ah! Creo que también vomité un poco en el lavabo. Solo bilis. Hacía horas que no había comido.

—¿Habías estado antes en el piso de Lena? —David era cortés, pero había una frialdad en sus preguntas que Rita no recordaba de encuentros anteriores.

—No. Es decir, sí, pero hace más de treinta años. En su piso, como es ahora, no había estado todavía. No hace ni dos semanas que llegué aquí.

—¿Y a qué fuiste?

—A cenar, ya te lo he dicho. Después de la fiesta en vuestro chalé, el sábado por la noche, Lena me invitó para hoy, porque sabía que Ingrid se iba de viaje por Andalucía y a las dos nos apetecía estar solas unas horas y ponernos al día de nuestras vidas.

—¿Viste el ordenador de Lena?

Rita empezaba a encontrar cada vez más raras las preguntas de David, pero se negaba a dejarse intimidar.

—Sí, pero por detrás. La puerta de su estudio estaba abierta. Ni siquiera sé si estaba encendido. —De pronto Rita creyó comprender—. ¿Ha dejado una nota de despedida en el ordenador?

—Ha dejado algo, sí, pero sin firma, claro, como te puedes

29

imaginar. Lo curioso es que creo que son frases sacadas de tus películas; sobre todo de la última.

—¿De *El secreto*?

—Sí. «Secreto» es la primera palabra que aparece, pero la verdad es que no se entiende mucho a qué se refiere el texto.

—Si me lo enseñas, quizá pueda hacerme una idea de qué quería decir.

—Gracias. Ya veremos. —David miraba a Rita tratando de decidir si tenía algo que ocultar, si había algo que no le había dicho y, aunque por un lado se inclinaba a pensar que no tenía nada que ver con aquella muerte, por otro tenía la clara intuición de que sí había algo que no le había contado todavía—. Mira, Rita, no quiero ponerme pesado contigo —se decidió a decir—, pero quiero que pienses si hay algo más que no me hayas dicho y que pueda resultar útil para comprender qué ha pasado esta tarde en casa de Lena.

—¿Cómo que qué ha pasado? ¿No está bastante claro? Lena ha tenido un cruce de cables, como ya le pasó hace treinta y tres años, y se ha cortado las venas en la bañera; solo que esta vez le ha salido bien.

Los ojos de David se estrecharon.

—¿Intentó suicidarse antes de ahora?

—Ya te digo, hace treinta y tres años, en septiembre del 74, pero me llamó a tiempo, fuimos al hospital y la salvaron. Yo después me fui a Inglaterra y ya no sé si lo volvió a intentar en otra ocasión. Tendrías que preguntarle a Teresa.

David quedó en silencio unos momentos, pagó el café y volvió a mirar a Rita como si quisiera preguntarle algo pero no supiera bien qué.

—David —dijo ella—, eres policía; tienes que haber visto cientos de cosas así, ¿tan raro te parece que alguien se suicide?

—Lo que me parece raro —dijo él recogiendo el cambio— es que alguien se suicide después de hacer un gazpacho y de tener la nevera llena de cosas para preparar la cena. Y también me parece raro que alguien se suicide abriéndose las venas y no aparezca la cuchilla por ninguna parte. —La miró a los ojos—. Eso es lo que más raro me parece, Rita. ¿Volvemos con las chicas?

Cuando David llegó a la puerta y la sostuvo abierta para que ella pasara primero, Rita seguía plantada en la barra con expresión de espanto en un rostro que había perdido por completo el color.

David Cuevas dibujaba flechas en el margen de sus notas con un bolígrafo negro. Desde que había dejado de fumar dibujaba al cabo del día cientos de flechas cuando tenía que concentrarse en algo, y ahora, aunque ya había tomado la decisión, seguía sin poder pensar en otra cosa.

Estaba bastante claro que el supuesto suicidio de Lena, la amiga de su mujer, era un asesinato que alguien había querido disfrazar. Pero ese alguien tenía que ser considerablemente inepto para haberlo disfrazado tan mal. ¿A quién podía ocurrírsele la estúpida idea de hacer desaparecer la cuchilla con la que supuestamente se había cortado las venas? Y además, no había contado con que el forense se daría cuenta enseguida de que se le había administrado un fuerte sedante mezclado con una infusión poco antes de abrirle las venas en la bañera. Y ni siquiera se había molestado en tirar el gazpacho al fregadero o al váter. Claro que ellos habrían encontrado restos en las tuberías, pero aquel asesino chapucero ni siquiera lo había intentado. ¿Quién, en el entorno de Lena, podía ser tan imbécil o tan ingenuo, y al mismo tiempo odiarla tanto como para matarla? ¿Quién sacaba algo de su muerte?

El hijo estaba descartado. El simple hecho de vivir en Estados Unidos ya lo eliminaba de entrada. Por lo que había podido averiguar, además de lo que sabía de primera mano, Lena era una mujer de vida rutinaria y tranquila. Trabajaba en casa traduciendo novelas del inglés y por las tardes era recepcionista en la consulta de Teresa. No tenía pareja estable ni líos de hombres y sus contactos sociales se reducían al pequeño grupo de amigas del instituto del que Ana también formaba parte.

¡Menos mal que, al menos, Ana tenía una coartada imbatible! Cuando quien fuera estaba asesinando a Lena, Ana estaba en plena fiesta de cumpleaños de Ricky, rodeada de críos en su propio jardín. Y no es que pensara que Ana fuera capaz de asesinar a su amiga, pero habría resultado muy embarazoso

31

interrogar a su mujer o estar presente en el interrogatorio que llevara otro compañero.

Por lo menos había conseguido tomar la decisión de dejarle el caso a Machado, a pesar de que a Ana no le había gustado la idea. Pero a él no le parecía objetivo ni profesional llevar una investigación en la que, de un modo u otro, estaban implicadas todas las amigas de su propia mujer, una de las cuales incluso había sido novia suya tiempo atrás, al poco de llegar a Elda.

Dibujó otro nido de flechas pensando en Carmen. No le gustaba llamarla novia ni para sí mismo. Habían pasado buenos ratos, sí. Carmen era estupenda en la cama. Y alegre, y desenfadada, y tenía buen corazón. Era un poco vulgar, pero buena chica, y gracias a ella se le había hecho más llevadero el traslado.

Sin embargo nunca había sabido qué nombre ponerle a su relación. Novios no habían sido nunca; amantes sonaba grandilocuente y pecaminoso; amigos estaba muy lejos de la realidad. ¿Por qué sería tan difícil definir una relación?, se preguntó. Incluso los nombres universalmente aceptados y que todo el mundo cree comprender engañan. Padre e hijo. Una relación aparentemente simple, clara, sin medias tintas. Y sin embargo, ¿qué sabe uno de cómo es esa relación, de cuánto amor o cuánto odio se encierra en ella? Amigos parece mucho menos intenso; sin embargo hay amigos dispuestos a compartirlo todo y a ayudar hasta el último extremo mientras que hay padres que torturan a sus hijos, hijos que apuñalan a sus padres, matrimonios que se hacen la guerra permanentemente y llegan a matar a su cónyuge. ¿Qué podía haber en la vida de Lena que llevara a alguien a matarla?

Lo había hablado esa misma mañana con Ana y no había sacado nada en limpio. Lena era tranquila, callada, optimista, siempre dispuesta a echar una mano y a ver la mejor parte de las personas y de todo lo que le sucedía en la vida. Eso era lo que decía todo el mundo y lo que él mismo pensaba. Al fin y al cabo, la conocía desde hacía casi diez años.

Se pasó la mano por la cara y se frotó vigorosamente los ojos. ¿Habría otro loco por ahí matando indiscriminadamente mujeres que vivieran solas? Pero el último que habían conseguido atrapar, en la primavera, el que había asesinado a dos desconocidas por puro placer, lo había hecho con un cuchillo de carnicero. Les había asestado más de media docena de puñaladas, porque sí, porque, como confesó, de repente había sentido la necesidad de hacerlo.

El asesino de Lena era de otro tipo y eso parecía indicar que no la había elegido al azar, que tenía un motivo concreto para matarla, y para matarla así, desangrada en la bañera, como repitiendo la escena del pasado que le había contado Rita Montero.

Tampoco conseguía aclararse con esa mujer. Era rara. Un poco masculina, demasiado intelectual para su gusto, más que demasiado famosa. Y famosa, además, por sus películas de intriga y de crímenes. Pero precisamente eso la exculpaba, ya que si Rita Montero hubiera planeado un asesinato no lo habría hecho tan mal como para hacerlos dudar de la puesta en escena del suicidio apenas media hora después de llegar al piso de Lena. Sin embargo, desde la conversación que habían mantenido en el bar, tenía la sensación de que había algo que no le había dicho, algo que quizá también supieran las demás amigas y no estuvieran dispuestas a contarle, bien porque pensaban que no hacía al caso, bien porque se trataba de uno de esos secretos de mujeres que no tenían por qué contarle a nadie, y mucho menos a un policía.

Esperaba que ninguna de ellas tuviera nada que ver con el asunto. Ana se vendría abajo si resultaba que una de sus amigas era una asesina.

Repasó los informes de las primeras entrevistas, asegurándose de lo que ya sabía: Teresa estaba atendiendo a una paciente fuera de horas, aconsejándole sobre una posible cesárea, ya que el niño se estaba retrasando mucho; Carmen estaba en el gimnasio rodeada por dos docenas de mujeres de todas las edades; Candela vivía en Alicante y estaba de compras con su novio; Rita había llegado a casa de Lena poco antes de las ocho, lo había confirmado el vecino, y entre las seis y las siete y media se la había visto en una floristería y en un supermercado comprando el vino que pensaba llevar a la cena con su amiga; y Ana, por fortuna, tenía ocho niños y varias madres y padres que podían asegurar que no se había movido de su casa.

Parecía evidente que había que buscar al asesino fuera del círculo íntimo de Lena. Y entonces ¿cuál podía ser el motivo? Por dinero era imposible; apenas tenía unos ahorros en su cuenta y el piso, de todas formas, lo heredaba el hijo. ¿Por amor? David había visto ya muchas cosas en los años que llevaba de policía; no era tan inocente como para creer que no se mataba por amor, pero en el caso de Lena parecía poco probable. ¿Por venganza? ¿De qué? En su juventud, cuando aún se llamaba Magda, había viajado mucho y había hecho muchos contactos, pero ahora, por lo que decía Ana, solo intercambiaba e-mails con amigos lejanos y nadie la había visitado nunca. No era tampoco probable que precisamente ahora apareciera alguien de su pasado remoto y la matara por un ajuste de cuentas.

De todas formas, tenía que estar al tanto de su correspondencia, así que anotó pedirle a Arias que echara una mirada a los archivos de correo que conservara en su ordenador y que mirara si entraba en algún chat regularmente o si estaba buscando pareja por internet. En los últimos años, con las facilidades de anonimato que proporcionaba internet, había mucha gente que se metía en asuntos turbios que al principio parecían inofensivos. Pero si Lena hubiera tenido algún problema se lo habría dicho a sus amigas. Teresa lo sabría, como sabía todo lo que les afectaba. Una de las peores peleas con Ana, hacía unos años, se había debido precisamente a que Ana le había contado a Teresa un asunto que a él le parecía demasiado íntimo como para comentarlo con nadie.

Sin embargo, cuando Machado había entrevistado a Teresa, ella le había dicho que Lena no tenía ningún problema, que incluso estaba particularmente feliz al pensar que su hijo, ahora que ya había acabado la tesis doctoral y había conseguido un contrato indefinido, se había casado, con una china al parecer, y estaban pensando en tener hijos. Pero podía estar mintiendo, claro; podía estar tratando de proteger la reputación de su amiga, sabiendo que se había metido en algo sucio. ¿En qué?

Aquello no tenía ningún sentido.

Descartando la intervención de alguien desconocido, la única que tenía posibilidades era la Montero. Si había sido muy rápida, podía haber ido a casa de Lena sobre las siete, después de la floristería, haber ido después a comprar el vino, y haber regresado casi a las ocho haciéndose la inocente, pero ¿para qué?

Tenía la sensación inconcreta de que el asesinato de Lena estaba relacionado con la llegada de Rita Montero. Tanto Ana como las demás estaban raras desde que esa mujer había aparecido en el pueblo después de treinta años de ausencia y, aunque al principio había pensado que se trataba solo de la excitación natural por volver a ver a una amiga de la época del instituto que además se había convertido en una famosa directora de cine, ahora empezaba a tener el pálpito de que la llegada de la Montero había desencadenado algo en todas ellas, pero ¿qué?

Si al menos supiera exactamente todo lo que había pasado en las últimas dos semanas… todo lo que había surgido en las conversaciones entre las mujeres del entorno de Ana, al menos tendría una indicación de cómo seguir adelante. Tenía que averiguar para qué había venido, de qué habían hablado, cuál era ese secreto que se mencionaba sesgadamente en la nota que Lena, o quien fuera, había dejado en su ordenador. Quizá no le sirviera de nada, pero no tenía nada más por el momento.

Se levantó, arrugó la hoja con las flechas, se dio cuenta de que acababa de tirar a la papelera sus notas, la recogió, la alisó, y salió del despacho a buscar a Machado para que volviera a interrogar a todas las amigas de Lena.

Mayo/junio de 1974 – Mayo/junio de 2007

«Nos tocaba crecer y crecimos, vaya si crecimos, cada vez
con más dudas, más viejos, más sabios, más primos.»

J. Sabina, *Resumiendo*

28 de mayo de 1974

—*P*ues sí que se ha reducido el grupo —cabecea don Javier, mirando a las pocas chicas que se han reunido en el Seminario de Inglés a la hora del recreo.

Ellas le devuelven la mirada, expectantes. Llevan todo el curso cuidando niños, haciendo pequeños encargos, confeccionando el periódico mensual del instituto, haciendo festivales y cobrando entrada, colocándole papeletas de todo tipo de rifas a amigos y conocidos, sin contar con la lotería de Navidad que vendieron casa por casa durante el otoño, con la única meta de recaudar los fondos necesarios para el anhelado viaje de fin de curso y ahora resulta que de las veintidós de la clase, solo quedan las siete amigas de siempre, Reme, y las tres de Novelda. Justo la mitad.

Don Javier saca la lista, pasa el dedo parsimoniosamente por encima de cada nombre y vuelve a cabecear.

—La cosa está clara. Once padres me han mandado una nota diciendo que no cuente con sus hijas, así que ya estamos todos, menos doña Marisa, que estará al caer.

En ese momento se abre la puerta y aparece la profesora de inglés con un bocadillo en la mano. Don Javier se levanta, le cede el asiento y coge otra silla.

—Lo vamos a pasar bomba —dice ella sonriendo, después de echar un vistazo a los nombres tachados en la lista de don Javier—. Como somos cuatro gatos, tendremos bastante con un microbús y, si las cuentas no me fallan, vuestros padres apenas tendrán que pagar nada.

—¿No estarás pensando que nos quedemos nosotros el dinero que es de todos? —se alarma don Javier.

Su colega lo mira de frente, termina de masticar y contesta sonriendo:

—Por supuesto que sí. La cosa estuvo clara desde el principio, ¿no te acuerdas? Lo que haya se reparte entre las que van. Tú y yo no nos quedamos nada, descuida, pero a lo mejor a nosotros el instituto nos da una ayudita. Me ha dicho Telmo que este curso no estamos tan mal de fondos, y como él y su mujer acompañan a los chicos…

—Pero vamos al mismo hotel, ¿no? —interrumpe Carmen.

Doña Marisa, una extremeña treintañera, con una permanente tan fuerte que sus rizos negros parecen muelles, vuelve a sonreír.

—Pues no. El director y doña Loles se han decidido por un hotel gigante en el centro de Palma y nosotras, bueno, perdona, Javier, nosotros, vamos al paraíso —aparta el bocadillo y saca unos folletos del cajón de su mesa. Las chicas se inclinan hacia ella, agitadas, lanzándose cortas miradas y reprimiendo apenas las risas que les salen sin saber por qué.

En el desplegable que Marisa extiende sobre el escritorio se ve un paisaje de ensueño: una cala rocosa, una playa de arena dorada bajo el sol, un complejo hotelero hecho de pequeñas casitas blancas, una piscina con sombrillas de palma, un mar azul, azul, que parece fundirse con el cielo.

—El hotel tiene piscina, como veis, y barbacoa al aire libre, restaurante y discoteca. Hay un autobús que sale cada hora para Palma y además, nosotros tendremos nuestro microbús.

Al oír la palabra «discoteca», las chicas chillan, excitadas, y se abrazan entre sí. El asunto del autobús se pierde entre risas. Los profesores se miran, entre exasperados y enternecidos.

—Pero no os hagáis ilusiones de que vayamos todas las noches, ¿eh? Sois menores de edad y primero tenemos que aclarar las cosas con vuestros padres —dice don Javier, tratando de sonar severo. Pero las chicas no lo escuchan; se han lanzado a charlar como ametralladoras y hasta él se da cuenta de que no es el momento adecuado para insistir.

Marisa le da una hoja ciclostilada a cada una.

—Decidle a vuestros padres que hagan el ingreso en este banco y que os firmen la parte de abajo. Esa me la devolvéis lo antes posible. La que no la traiga no viene, ¿está claro? Venga, si os dais prisa, aún podéis comer algo antes de clase. La cantina ya debe de estar medio vacía.

La profesora las echa del Seminario como si fueran gallinas en el patio de una granja y se queda sola con Javier que, con las manos a la espalda, está mirando por la ventana el bullicio de los alumnos en el patio y las copas de los pinos que se mecen suavemente al sol de las once.

—Menudo follón —comenta—. No sé cómo me he dejado liar para acompañaros.

—Porque era necesario un acompañante masculino y las chicas te adoran y los padres confían en ti. Y porque siempre está bien llevar a un cura. Y porque eres un cacho de pan, Javi.

—Pero ahora que solo son once… a lo mejor ya no hago falta. Comprende que sois muchas mujeres para mí.

—Pues hazte a la idea de que somos las Hijas de María.

—De la piel del diablo es lo que sois —contesta riendo, satisfecho—. Oye, ¿tú qué crees que les hace tanta ilusión cuando piensan en una discoteca?

Marisa se quita las migas del bocadillo que se le han pegado al jersey.

—¿Tú has ido alguna vez a la discoteca de aquí, a la que van nuestros alumnos?

—¿Al Copacabana?

Ella asiente con la cabeza.

—Pues no, claro.

—Ahora comprendo que no lo entiendas. El Copacabana es una especie de garaje puesto sin ninguna gracia, casi como los bailes de antes pero con menos luz. Mesas junto a las paredes, un sitio para bailar en medio que ni siquiera se puede llamar pista, una bola de espejitos, cuatro focos rojos y una barra como la de la cantina. La única decoración son unos pósteres de conjuntos: Los Bravos, Los Mustang, Los Sirex y gente así. Cuando piensan en una discoteca de Mallorca se les hace la boca agua. Sin contar con que están deseando conocer extranjeros.

—¿Para qué? —La perplejidad de Javier es genuina.

—Para ligar, hombre de Dios. Porque tienen diecisiete, dieciocho años, y están hartas de los chavales de este pueblo. Quieren sentirse mayores, mundanas, atrevidas, probar si el francés y el inglés que les enseñamos les sirve para algo, tener algo que contar a las otras cuando vuelvan. Salir de una vez de este puñetero pueblo.

La última frase le ha salido algo fuerte y Javier comprende que no solo está hablando de sus alumnas.

—Tú también estás deseando salir de aquí, ¿verdad?

Marisa se encoge de hombros, como quitándole importancia al asunto.

—No es para tanto, Javi. Pero cuando apenas había conseguido salir de Trujillo, después de cinco años de carrera en Madrid, venirse aquí fue fuerte, compréndelo. Estaba encantada de tener trabajo, claro, pero me dijeron que no sería más que un año. Y ya llevo cuatro. No hay manera de que me den el traslado. Estoy harta de vivir en un piso medio vacío con Paca y con Inés, de dormir en un catre y tener los libros en una estantería de baldas y ladrillos. Esto no es lo que yo me imaginaba de pequeña.

—¿Y qué te imaginabas?

—¡Yo qué sé! —dice, casi rabiosa, sobre el sonido del timbre que anuncia el fin del recreo—. No quería casarme a los veinte años y llenarme de críos. Quería estudiar, tener una vida propia, ser independiente, ver mundo.

—Vamos —dice Javier con suavidad—, todo lo que tienes.

Marisa se encoge de hombros, recoge los libros y una pila de cuadernos corregidos y los aprieta contra su pecho.

—Y así hasta los sesenta, ¿no? De pueblo en pueblo, de traslado en traslado, enseñando siempre lo mismo a chavales distintos.

—Pues cásate con Gregorio y al menos tendrás con quien pelearte.

Ella se echa a reír y, con una palmada al hombro del cura, sale del Seminario pensando que entiende muy bien a las chicas y que va a hacer todo lo posible para que puedan disfrutar de esa semana de libertad y de sueños. Y si luego no les queda más que eso, si diez años después son ya mujeres deshechas de casi treinta, al menos habrán tenido esos días de gloria.

El timbre suena enloquecido y las chicas se dan prisa a tragar los últimos bocados de las empanadas de atún, antes de volver a clase.

—Un momento, un momento —grita Marga sobre el barullo general—. Tenemos que hacernos una foto.

—¿Ahora? —pregunta Candela, impaciente—. Pues sí que eliges tú unos momentos...

—Sí, ahora. Ahora que va en serio lo del viaje. Una foto para el futuro, chicas.

Las seis amigas sonríen y se abrazan frente a la mole blanca del instituto, junto a unos árboles que no son más altos que ellas.

—No, espera —dice Ana—. Tenemos que salir las siete. ¡Ismael! ¿Nos la haces tú?

Un muchacho larguirucho con la cara llena de acné sonríe como si hubiera ganado un premio, tira el cigarrillo y le coge la cámara a Marga.

—Mira —dice ella—, ya la tengo enfocada. Basta con que aprietes aquí.

—No soy tonto.

—Ya, perdona. Es que como es manual...

Marga se coloca entre las amigas, al lado de Candela, sin quitarle ojo a Ismael que tontea con la cámara y, protegido tras ella, les pide sonrisas y poses.

—Venga, venga, que no llegamos —apremia Tere.

Marga recupera su cámara, corre la película, tapa el objetivo y, con una sonrisa de satisfacción al cielo azul, a los pinos que brillan al sol detrás de la tapia y al busto de Azorín que parece perdido en medio de una extensión que en un futuro será un jardín, echa a correr detrás de sus amigas reprimiendo un grito de júbilo.

43

Mayo de 2007

Es una foto en blanco y negro, de formato pequeño y muy mala calidad. En los bordes han aparecido manchas amarillas, como una enfermedad de la piel, que amenazan con extenderse y devorar la línea de rostros juveniles, sonrientes, que se destaca en el centro de la imagen.

Rita saca la lupa cuadrada que la tía Dora guardaba en el primer cajón de la derecha de la horrenda mesa de despacho que había sido del abuelo y la coloca sobre la foto. Los rostros se agrandan sin perder la sonrisa intemporal, congelada en aquella instantánea de treinta y tres años atrás.

El despacho oscuro y silencioso parece encogerse sobre sí mismo y retroceder mientras Rita se sube las gafas y tantea buscando el cigarrillo que humea en el cenicero. Le da la vuelta a la foto y lee: 28 mayo 1974. Vuelve a pasar la vista por las caras juveniles mientras siente cómo se le cierra la garganta y sabe que no es por el humo que le llena los pulmones.

Faltaba menos de un mes para los exámenes finales, piensa, para el viaje de fin de curso, para que nuestras vidas cambiaran irremisiblemente sin que ninguna de nosotras lo hubiéramos presentido. Un mes para la catástrofe.

Se concentra en la hilera de muchachas: Carmen en el centro, como siempre, explosiva, con su inmensa melena rizada teñida de rubio paja que en la foto es gris; Ana a su lado, dulce y pícara, siempre ligeramente a la sombra de las demás, ya más mujeres, más conscientes de sí mismas, pero por otro lado más viva que todas ellas, más luchadora; Tere al otro lado, con su aire de chica competente, trabajadora, seria, delegada de clase, siempre dispuesta a ayudar; luego Sole, monísima y arregladísima, deseando dejar atrás la etapa del instituto y tomar las riendas de su vida; en un extremo, Magda, preciosa, con su largo pelo lacio y la cinta cruzándole la frente, la única entre ellas que ya había estado en Londres, que se sentía parte del *flower power*, aunque estuviera tan lejos de sus vidas; al otro extremo Candela, con su sonrisa irónica, su fría arrogancia, su perfil de emperatriz bizantina; y a su lado ella misma a punto de cumplir dieciocho años, Rita, que entonces aún se llamaba Marga, alta y flaca, con su media melena rebelde, cortada a capas por consejo de su madre, lo que siempre la hacía parecer despeinada, con su mirada inquisitiva que con los años se ha ido haciendo cada vez más intensa. Siete chicas de COU. Las chicas del 28.

Detrás de ellas se adivina apenas la mole blanca y cuadrada del instituto y en una esquina, al fondo, ya medio devorado por la mancha amarilla que se derrama sobre él desde arriba, el rostro esquinado de Mati, fuera del grupo, sus ojos clavados en ellas con esa mirada de odio que ya había olvidado, como tantas cosas.

Los dedos de Rita pasan suavemente por la hilera de muchachas sonrientes. Se mira la mano larga y huesuda, de venas marcadas, y siente una punzada de nostalgia. No sabe si tendrá el valor de volver a verlas, de descubrir en qué se han convertido después de tantos años.

Se levanta y, dejando atrás el pequeño círculo iluminado por el flexo, recorre el pasillo hacia la cocina. La decoración de la casa es tan banal, tan estúpida, tan tía Dora, que resulta casi misteriosa, como una tramoya teatral, como un set cinematográfico donde todo parece real sin serlo.

A su izquierda, la habitación de invitados, donde duerme Ingrid, tiene la puerta entreabierta. A pesar de que sus hijos ya son mayores y no la llaman por las noches, no ha conseguido acostumbrarse a cerrarla. Rita se detiene en el umbral, apoya un hombro contra el quicio y se queda un rato parada allí en la penumbra, escuchando la respiración pausada de su amiga, sacudiendo la ceniza sobre el suelo de losetas enceradas que brillan con reflejos acuáticos a pesar de la fina capa de polvo que las cubre, y disfruta con una crueldad pueril de estar ensuciando el piso de su tía hasta que, en el colmo de la audacia, tira la colilla al suelo y la aplasta con la puntera de la bota.

El golpe de risa la sorprende y la obliga a refugiarse en la

45

cocina tapándose la boca para no despertar a Ingrid, que tiene el sueño ligero. Ella, sin embargo, no puede dormir a pesar del cansancio del viaje y de las emociones de la llegada a una ciudad que no ha visitado en más de veinte años. *My home town*, murmura ya en el balcón, mientras abajo surge, potente, la música de un coche aparcado donde una pareja se besa febrilmente.

Al alzar los ojos, la vista se le engancha en los altos edificios que han sustituido casi por completo las casas unifamiliares de dos pisos y tejados rojos, con su palmera en el patio.

Si fuera una de sus películas, la música sería probablemente «My home town» o quizá «Glory days», la versión original de Bruce Springsteen, pero lo que suena es otra cosa, algo machacón que acaba por resultar angustioso y la obliga a cerrar el balcón y volver al interior.

Si pudiera se marcharía. En ese mismo momento, en mitad de la noche, sin ver a nadie, sin despedirse de nada. Pero Ingrid la ha convencido de que deje de huir, de que regrese a cerrar el círculo, a vender el piso de su tía, a reencontrarse con una realidad presente que ya no tiene nada en común con la de sus recuerdos. Ingrid tiene razón, pero le asusta de todos modos.

Vuelve al despacho, enciende otro cigarrillo, echa otra mirada a la foto que ha encontrado donde ha estado desde entonces: en su agenda de 1974, dentro de la caja que llevó al piso de la tía Dora en septiembre de ese año cuando sus padres decidieron hacer obras en su casa aprovechando que ella se iba a Londres a pasar el curso.

Muchas veces, a lo largo de los años, Rita ha pensado en esa caja, en esa agenda. La ha imaginado esperando en la oscuridad del armario de la pequeña habitación que fue la suya durante unas semanas; algunas veces deseando que siguiera allí cuando ella decidiera ir a buscarla, otras veces queriendo que la tía Dora se animara a deshacerse de todos los trastos viejos y la caja desapareciera para siempre, igual que habían desaparecido sus padres, la casa, el campo de la familia y hasta su hermano, que llevaba ya media vida en Nueva Zelanda.

La foto le hace guiños malévolos forzándola a recordar cosas que cree haber olvidado. Pero el olvido es peor que los recuerdos, lo sabe. Ha hecho una película sobre ello. Le han dado un Oscar por esa película hace apenas dos años.

La puerta del despacho, de cristal, refleja su figura vaga apenas iluminada por el flexo metálico, de muelle. Cada vez que da una calada, un punto brillante, como el ojo de una fiera en su cubil, surge por un instante amenazador para apagarse enseguida. ¿Dónde ha quedado aquella niña sonriente?, se pregunta y se pasa las manos por el pelo tan corto, por las mejillas huesudas, por el cuerpo flaco y aún duro, ligeramente masculino, de pechos pequeños y caderas estrechas, un cuerpo que en los setenta aún no estaba de moda y que hoy lo estaría si no se empeñara en vestirlo con ese descuido tan propio de ella, como le dice Ingrid.

Está contenta con su vida. Le gusta su trabajo. Es feliz en Londres, la ciudad que ha escogido y en la que ha pasado más de treinta años. Tiene una casa, un coche, un pequeño círculo de amigos en los que confía. Tiene la amistad de Ingrid, que es mejor que cualquiera de las parejas que ha tenido en su vida. Tiene a Glynis y a Shane, dos niños que siente como propios, aunque no lo sean.

Y sin embargo…

Sin embargo hay algo que no tiene y que ni siquiera sabe cómo definir. Sus raíces, tal vez. Su pasado. Su pertenencia a algo que ya casi no recuerda.

El silencio se estira y se estira hasta hacerse intolerable. Las chicas del 28 siguen sonriendo sobre la mesa, al final de la inocencia.

Apaga el cigarrillo, apaga el flexo, se quita las botas y, cuidando de no hacer ruido, se desnuda deprisa, se pone la camiseta de dormir y, en lugar de meterse en su habitación —la de la tía Dora—, se acomoda en la cama grande de invitados, al lado de Ingrid, que se remueve apenas y vuelve a relajarse.

Rita inspira el perfume de su amiga, la crema de manos con olor a rosas de Pentecostés, y lentamente se deja vencer por el sueño.

La sacó de la cama el timbre de la puerta que debía de llevar bastante tiempo sonando porque, en sus sueños, era una sirena, de la ambulancia o de la policía, no conseguía recordarlo, y ahora se revelaba como lo que realmente era: alguien que debía de llevar bastante rato llamando a la puerta.

Se levantó trastabillando, poniéndose las gafas y pasándose los dedos por el pelo que se le había encrespado por detrás, como consiguió distinguir entre las flores de tela que adornaban el espejo de la entrada.

—Soy yo, Ingrid —le llegó la voz por el interfono—. He salido a comprar el desayuno.

Dejando que su amiga subiera los tres pisos, Rita fue a la cocina y empezó a abrir armarios al azar buscando el té o el café hasta que se dio cuenta de que era absurdo intentar prepararse cualquiera de los dos con lo que la tía Dora pudiera tener en la cocina. Hacía más de un año de su muerte y tanto el té como el café que hubiera en la casa habrían perdido el aroma. De modo que fue al despacho, se encendió un cigarrillo y salió a encontrarse con Ingrid que entraba radiante, cargada con un paquete de pastelería y una bolsa de plástico. Durante la noche, la casa parecía haberse reconstruido y, aunque la decoración seguía dándole ganas de vomitar, ya no parecía irreal ni inquietante. Era solo el piso de una mujer mayor, lleno de trastos viejos, de adornos y recuerdos que testimoniaban un gusto deplorable.

—Te acostarías a las mil, supongo.

—Sobre las tres —dijo Rita tratando de ver lo que había traído Ingrid.

—Y en mi cama.

—¿Te importa?

—No, mujer, qué me va a importar. Pero eso significa…

—Sí.

—¿Pesadillas?

—No les di tiempo. Me metí directamente en tu cama.

—Miedo, entonces.

—Claro.

Ingrid le cogió las manos y la sentó frente a ella.

—Pero ¿de qué tienes miedo, muchacha? ¿De unas amigas de tu juventud, que seguro que estarán encantadas de volver a verte?

—¿Tú cómo sabes que estarán encantadas?

Ingrid suspiró hondo, empezó a sacar cosas de la bolsa y se puso a preparar el café que tomaba Rita y el té para ella.

—Teresa fue la que te avisó de la muerte de tu tía el año pasado y luego, no hace ni dos meses, te llamó a Londres y quedasteis en veros cuando llegaras. Ella se ha encargado de reunirlas a todas para esta tarde. Te dijo que estaban deseando verte.

—Sí, ya. Porque el mes pasado salí en *El País Semanal* y eso les recordó que ahora tienen una amiga famosa. O eso creen ellas.

—¿Que eres famosa? —Ingrid estaba realmente perpleja—. Pues claro que lo eres.

—Que soy su amiga —dijo Rita en tono fúnebre, aplastando la colilla en el platito de rosas amarillas que había encontrado en un armario—. ¿Cómo pueden pensar que alguien con quien no han tenido contacto en treinta y tres años sigue siendo la amiga de entonces? Si ni siquiera me llamo igual…

—Teresa tampoco se llama como antes. Y por lo que te dijo, Magda se llama Lena y Sole, desde que se casó con el diplomático, prefiere que la llamen Marisol. No eres nada original, querida.

El olor del café era delicioso y después de la primera taza Rita empezó a sentirse mejor oyendo la cháchara de Ingrid que parecía estar de un humor estupendo, casi como si hubiera olvidado que sus dos hijos estaban en Cuba por primera vez, visitando a su padre.

—Había de todo en la pastelería; he tardado siglos en decidirme. ¡Mira estos bollitos! Y los *petit-fours*, y este bizcocho que no he podido evitar traer. Anda, prueba algo. Ya sé que tú no desayunas, pero ahora estamos de vacaciones… Y la gente es tan amable… enseguida me han dicho dónde comprar café y té; he ido al mercado y he comprado un poco de pescado y marisco. ¡Qué marisco, Rita! Todo recién traído del Mediterráneo…

—Yo pensaba salir a comer por ahí. No tiene sentido ponernos a ensuciar la cocina y luego tener que limpiarla…

—Tú déjame a mí.

—¿Crees que debo ir, Ingrid?

—¿Otra vez? Pues claro.

—Pero tú vienes conmigo.

—Yo estoy de más.

—Ni pensarlo. Necesito apoyo moral.

—Cómete un bollo de esos.

—Se llaman «pepitos» —sonrió ante la mirada de Ingrid—. Hay cosas que no se olvidan, al parecer.

—Tienes que estar en el notario a las once y esta tarde a las cuatro has quedado con los de la inmobiliaria, ¿recuerdas?

49

—Recuerdo, recuerdo. Creía que estábamos de vacaciones.

—Sigo siendo tu P.A.

—Ya. Pero yo ahora te necesito como amiga.

Ingrid la abrazó fuerte durante unos instantes, luego se soltó y le revolvió el pelo.

—Anda, ve a arreglarte un poco y, si nos da tiempo, podemos ir a dar una vuelta y empiezas a enseñarme la ciudad.

—El pueblo —corrigió Rita.

—Pero si tiene más de cincuenta mil habitantes y título de ciudad desde hace más de un siglo. Lo he mirado en Google.

—Para mí sigue siendo el pueblo.

—Venga, vístete. Hace mucho calor fuera, ponte algo ligero.

Mientras Ingrid trajinaba en la cocina, Rita fue al baño, se lavó un poco —la ducha era totalmente antediluviana— y sacó de la maleta unos pantalones de verano y una camiseta de manga corta.

En el tocador de la tía Dora, docenas de fotos enmarcadas la miraban, polvorientas, guardando retazos de una vida ya inexistente: ella, su hermano y sus padres en Alicante; el tío Damián, que murió siendo ella muy pequeña todavía; la tía Dora y su madre en algún baile, las dos de largo, con collar de perlas; fotos de boda, de comunión, de grupos en excursiones de jubilados... sonrisas por todas partes, sonrisas falsas, con muchos dientes. O tal vez no, tal vez en el momento de tomarse la foto hubieran sido sinceras, como la de las chicas del 28, sonrisas inocentes, ignorantes de lo que podía traer el futuro.

Sintió un escalofrío al pensar que, de todos los rostros que adornaban el tocador de la tía Dora, la mayor parte serían ya calaveras guardadas en un cajón de pino, en la oscuridad de un nicho. Se alegraba de que sus padres hubieran sido incinerados; no quería imaginarlos en la pared del panteón familiar, deshaciéndose lentamente como la tía Dora.

—¿Estás lista? —le llegó la voz de Ingrid desde el pasillo.

Cogió la cartera, los documentos y las gafas de sol y salió a reunirse con ella.

3 de junio de 1974

Son las seis de la tarde y ya está todo preparado para la gran fiesta de cumpleaños. Mamá y la tía Dora están aún en la cocina terminando de hacer las últimas tortillas y papá se afana con Tony colocando las lucecitas que ella se ha empeñado en poner por todas partes y que le ha costado Dios y ayuda encontrar, buscando en las tiendas que, en las profundidades de sus almacenes, aún tienen restos de la decoración de Navidad. Las guirnaldas de papel y los farolillos han sido más fáciles de conseguir y ahora cuelgan entre los árboles frotando sus flecos en la brisa con un rumor suave y fresco, precursor del verano que este año ha empezado ya y apenas es el tres de junio.

El Campo está precioso, lleno de rosas, de margaritas y de gladiolos. La buganvilla cubre la mitad de la marquesina inundándolo todo de un color rosado, enredada con las madreselvas y los jazmines que se abrirán por la noche, cuando se cierren las hipomeas azules.

Marga se detiene un momento en la puerta, se abraza a sí misma y sonríe sin poder evitarlo. Dieciocho años. Acaba de cumplir dieciocho años y va a celebrarlo por todo lo alto, con todas sus amigas, algunos amigos, los amigos de su hermano..., más de veinte invitados que empezarán a llegar a eso de las ocho, de modo que tiene tiempo de meterse en el baño, lavarse el pelo, maquillarse un poco y decidir qué se va a poner por fin, si el vestido naranja largo que le ha comprado su madre con tanta ilusión o el mono de colores psicodélicos que ha elegido ella y que es un poco atrevido para su estilo, pero al menos es de pantalón, aunque por arriba le deje casi toda la espalda al aire.

Le ha costado mucho convencer a la familia, pero lo ha conseguido. No celebra una fiesta de cumpleaños desde los diez, cuando aún venían las compañeras del colegio con faldas de tablas y calcetines con borlas, y toda la juerga consistía en tomar Coca-Cola y comerse la tarta de almendras de la abuela. Hoy no. Hoy lo van a celebrar como adultos: con cena y bebidas alcohólicas y música. Tiene que decirle a Tony que le eche una mirada al tocadiscos y se asegure de que todo funciona bien, de que se oirá la música en la «pista de baile» que han improvisado bajo el olivo, donde antes estaba el columpio.

Pasa por la cocina de camino al baño y, sin pensar, le da un abrazo a su madre que protesta y se debate porque se le va a quemar la tortilla. Luego abraza también a la tía Dora y vuelve a preguntar lo que ya ha preguntado cien veces y las hace sonreír a las dos.

—Pero luego vosotros os vais, ¿no?

—Yo no sé qué pensáis hacer, que tenéis tantas ganas de perdernos de vista —contesta la tía fingiendo exasperación—. Total, si nosotros no estorbamos. Solo somos tu padre, tu madre y yo. Esto es grande y, con quedarnos dentro de la casa para no molestar…

—¡Tía! Habíamos quedado…

—¡Que sí, hija, que sí! —interviene la madre—. Ni loca me quedaría. Eso sí, ahora tu tía y yo nos ponemos un poco presentables, esperamos a que lleguen unos cuantos, saludamos y nos despedimos.

—Pero si los tienes a todos muy vistos.

—Pero me hace ilusión verlos llegar vestidos de fiesta, ver lo mayores que se han hecho todos. Oye, niñata, que no solo es tu cumpleaños. Yo también estoy de enhorabuena, ¿sabes? Yo te traje al mundo tal día como hoy. Y te aseguro que no fue fácil.

—Vale, vale. Ya me callo.

—Marga —pregunta la tía Dora, mientras se quita el delantal—, ¿te has decidido ya? ¿Vestido o mono?

—Pues… —Marga le lanza una mirada a su madre, que va a lo suyo, como si no siguiera la conversación, aunque ella sabe que está pendiente de su respuesta—, creo que el mono. El vestido es demasiado bonito —oye bufar suavemente a su madre— y creo que lo voy a dejar para las fiestas de septiembre. Así tengo algo que estrenar en el baile del Casino. ¿Qué te parece, mamá?

—¿A mí? Bien, lo que quieras. Tuyo es.

—Es que el mono es más... no sé... más informal.

—Ya. Anda, vete al baño y ponte guapa. Manolo debe de estar al caer. Quedó con Tony en que llegaría antes por si había que echar una mano.

—¡Mira qué amable! —De algún modo que no puede precisar le molesta que su madre hable de Manolo como si fuera un miembro más de la familia a pesar de que solo llevan saliendo desde noviembre—. A mí no me ha dicho nada.

—¡Venga! —Su tía la echa de la cocina—. A arreglarte. Tampoco tienes por qué saberlo siempre todo.

Marga se mete en el baño grande y durante casi una hora se concentra solo en «ver si tiene arreglo» como dice su hermano. Nunca se ha encontrado guapa, ni siquiera en el baile de Nochevieja, a pesar de que esta vez fue ya con pareja y todo el mundo le decía lo bien que estaba. Hay muchas cosas en ella que no le gustan: su altura, su pecho casi plano, su figura lisa que desluce todos los vestidos aunque sea perfecta para pantalones, como le dicen las amigas. Ana la compara siempre con Katherine Hepburn, una mujer resuelta, con personalidad, que quedaría ridícula con volantes y lazos y grandes escotes, pero que es imbatible con camisas y pantalones. A ella le gustaría más parecerse a la otra Hepburn, a Audrey, pero cada uno es como es, se dice suspirando mientras trata de hacer algo con el maldito pelo decapado que vuela en todas direcciones.

Decide de pronto que se va a quitar las gafas por esa noche. Apenas tienen graduación, pero se ha acostumbrado a llevarlas como barrera frente al mundo. Le gusta su peso sobre la nariz, le gusta subírselas y quitárselas y juguetear con ellas. Le hacen sentirse intelectual, ya que nunca se ha sentido sexy.

Sale del baño envuelta en la toalla sin toparse con nadie y al entrar en su habitación ve que su madre le ha extendido el mono sobre la cama junto al misterioso sujetador que solo consiste en dos medias lunas que se pegan al pecho, para evitar que existan tirantes a la vista. Saca del cajón las bragas que le trajo Magda de Londres el verano anterior y que aún no ha estrenado. Son negras, muy bajitas, y llevan un corazón bordado en fucsia en un lateral. ¡Divinas! Se le encoge el estómago al pensar en el dedo de Manolo pasando por encima del corazón y rechaza el pensamiento. ¡Que se fastidie! Ella no tiene ninguna prisa. No es que no le guste, pero no tiene prisa en dejarse tocar por todas partes, como algunas de sus amigas, como Carmen, que se besuquea en el Copacabana con todo el que se le pone a tiro. Ella es más como Tere, más seria, más responsable.

Oye la voz de su madre diciéndole que Manolo acaba de llegar y se sube a toda prisa la larga cremallera del mono. El nudo del cuello no puede hacérselo sola si quiere que caiga con gracia por la espalda y tape, de paso, algunos granitos que le han salido, como siempre que va a tener la regla.

—¡Mamá! —grita—. ¿Puedes venir?

La oye reírse en la cocina de alguna estupidez que está contando Manolo. A su madre le parece encantador y está más que dispuesta a imaginárselo como yerno. Es de buena familia, también está acabando COU, aunque haya repetido un año, su padre tiene una fábrica que va bien y se han hecho ricos con los americanos que han descubierto que los zapatos españoles son tan buenos como los italianos pero mucho más baratos. Manolo va a estudiar empresariales, claro, y antes o después se hará cargo de la fábrica. Luego la boda, el chalé con piscina y pista de tenis, dos niños y a vivir. Todos lo tienen claro.

Pero no quiere pensar en ello. Ahora es la fiesta, luego los exámenes finales y después el viaje a Mallorca. A su vuelta, un curso de verano en Londres —qué rabia no haber podido convencerlos el año anterior y haber ido a Londres con Magda— y luego Valencia, la universidad, donde después de pelearse con toda la familia, va a hacer Historia del Arte. En su fuero interno está convencida de que si sus padres han estado de acuerdo en dejarle hacer una carrera con tan poco futuro es porque piensan que no le va a hacer ninguna falta, que se casará con Manolo en cuanto termine.

Entra la madre en el cuarto y se queda mirándola como sorprendida. Marga echa una mirada de reojo al espejo tratando de adivinar qué es lo que ha puesto esa expresión en la cara de su madre, pero lo único que no es habitual es que se ha quitado las gafas y lleva pendientes largos.

—¡Hija! —dice por fin—. ¡Estás preciosa!

Y la abraza fuerte, repitiendo a su oído «estás preciosa, Marga, preciosa».

Cuando se separan, su madre tiene los ojos húmedos y la mira de otra manera, como de igual a igual por primera vez en su vida. Marga se mira otra vez en el espejo y se ve como la ve su madre: una mujer joven, arreglada, con los ojos y los labios un poco pintados, con el pelo limpio y el mono de colores brillantes. Es verdad, está guapa. Pero, en medio del orgullo por su aspecto y por lo que acaba de decirle mamá, algo en su interior se entristece porque lo que ha desatado esa reacción en su madre no tiene nada que ver con ella misma, solo con su apariencia, con su cáscara exterior, como si prefiriera tener una muñequita linda en lugar de una hija valiente y comprometida que es redactora jefe del periódico del instituto y directora de la obra de teatro que pusieron a principios de mayo y que fue un éxito rotundo y las acercó un poquito más a su sueño del viaje a Mallorca.

Piensa fugazmente en César y se pregunta qué pensará él al verla vestida así, disfrazada de mujer mayor. Pero a él le gusta disfrazarse; son casi almas gemelas en muchas cosas, excepto en eso. Desde que sale con Manolo lo ve mucho menos, pero sigue siendo su mejor amigo y por suerte trabajan juntos en el periódico, en los festivales del instituto, en todo lo que tenga remotamente que ver con lo artístico, que a Manolo no le interesa.

Cuando salen al jardín, Manolo —con americana clara y camisa azul, guapísimo— está tomándose una cerveza con su padre y su hermano y, al verla, suelta un largo silbido.

—Menos mal que eres mi novia, Marga. Si no, me moriría de envidia —dice sinceramente.

Le fastidia que Manolo la llame «mi novia»; le parece anticuado y estúpido, pero a sus padres parece que les gusta y ella no protesta cuando están delante. Cuando no están, Manolo le toma el pelo: «¿qué quieres que te llame, a ver? ¿Mi "compañera"? Yo no soy de esos. Nosotros somos novios, aunque no te guste». Ella nunca dice «mi novio»; todo el mundo tiene nombre, así que, cuando tiene que presentarlo, dice «Manolo», porque eso de «amigo fuerte» le parece aún más idiota y «compañero»… en eso Manolo tiene razón, él nunca podría ser su compañero.

—Te sientan bien los ochenta años —dice su padre, guasón—. ¿O eran dieciocho?

—La verdad es que, esforzándote, tienes un pase —comenta Tony. Cuando están solos es cariñoso y leal, muy hermano mayor, pero en cuanto hay gente delante disfruta de tomarle el pelo, para que nadie piense que lo tiene bobo.

—Es como cuando lavas el coche —se encoge ella de hombros—. El modelo y la carrocería son los mismos, pero siempre mejora.

Se echan a reír y en ese momento llegan las primeras amigas. Se oyen sus voces antes de verlas y, por el tono de sus risas, está claro que vienen Carmen, Sole, Ana y Tere. Las habrá traído el padre de Sole, que quiere saber siempre dónde está su hija y que se acaba de comprar un Dodge y tiene que lucirlo. Candela ya tiene carné de conducir y seguramente cogerá el coche de su madre y pasará a recoger a Magda, que es la que vive más lejos.

Marga entra corriendo en la casa y sale enseguida con la cámara de fotos. Siempre ha querido una Nikon de arrastre automático para poder hacer instantáneas realmente rápidas, pero son demasiado caras y tiene que conformarse con una Kodak que, al menos, es manual, no como esas estúpidas cámaras automáticas de tres posiciones que tienen todas sus amigas y con las que las fotos siempre salen oscuras o quemadas de luz o totalmente borrosas.

Al verlas llegar, sonríe para sí misma. Ha hecho bien en comprar película de color. Parecen un arco iris. Carmen, de rojo, su color favorito; Ana de azul; Sole, de blanco, claro —la novia en la boda, el niño en el bautizo, el muerto en el entierro—; y Tere de beis con algún toque de naranja. Seguro que Magda aparece con algún modelo indio comprado en Londres, de color malva o violeta, y Candela de amarillo o de blanco y negro.

Marga dispara y dispara mientras las ve acercarse a través del visor; luego se gira y fotografía a su padre, a su hermano y a Manolo mirándolas a ellas. Espera haber comprado bastantes rollos.

Media hora después también han llegado Marga —de morado, con estrellitas bordadas con espejuelos— y Candela —blusa amarilla de volantes y amplia falda negra—, César —todo de negro, con americana clara, original e impresionante, como siempre—, Javier, Paco, Chimo —arregladísimos— y los dos mejores amigos de Tony, Juanma y Tomás, a los que Marga apenas si mira porque tienen más de veinte años y, por tanto, están más allá de su esfera.

La mesa lateral de la marquesina está cubierta de paquetes de colores y Marga los fotografía para el recuerdo.

Sus padres y su tía hablan y ríen con unos y con otros y se nota que están disfrutando una barbaridad. Los conocen a todos desde la escuela primaria, conocen a sus padres, se sienten rejuvenecidos en contacto con esos jóvenes que hace poco aún eran niños y ahora están entrando ya en el mundo de los adultos. Los oye hablar de milis, de prórrogas, de carreras, de residencias de estudiantes y colegios mayores, de carnés de conducir.

César se acerca a la mesa con un paquete que evidentemente contiene un disco y, al depositarlo, le dice sin mirarla:

—Esa también eres tú, Rita.

Es el único que la llama Rita, y solo cuando no los oye nadie. Por Rita Hayworth, dice, y porque es un nombre con fuerza, con personalidad. Como ella, dice.

—¿Quién?

—Esa mujer del mono de colores y los pendientes largos. No es un disfraz. Es uno de tus avatares.

César siempre tan críptico, usando palabras extrañas.

—Tú y yo somos diferentes, lo sabes —insiste—. Felicidades —la abraza ligeramente y le roza los labios con los suyos.

Marga ve por el rabillo del ojo que Manolo se ha dado cuenta y se apresura a soltarse bajo la mirada burlona de César.

—Estos gallitos hispánicos... —lo oye murmurar, antes de reintegrarse al grupo que se está sirviendo ya las bebidas.

Su padre carraspea con fuerza y al cabo de un momento todos se dan cuenta de que quiere decir algo y van callándose.

—Chicos, como mi hija nos ha hecho prometer que desapareceremos en cuanto esté todo listo —buhhs y bahhs mezclados con risitas— y ya lo está, solo quería, antes de irnos, brindar con vosotros por Marga y sus dieciocho años. Pero antes, hija, tu madre, tu hermano y yo tenemos un regalo para ti.

—¿Otro? —se le escapa a Marga—. ¿Aparte de la fiesta?

—Otro —confirma el padre—. Tu tía Dora piensa que es una

57

memez y por eso ella te ha comprado otra cosa, pero nosotros hemos creído que te haría papel. No es exactamente lo que querías, pero se le acerca, creo yo. ¡Anda, ábrelo! Aquel cuadrado del papel a rayas.

Marga se acerca a su regalo inesperado con manos temblorosas y, viendo que su padre lo ha empaquetado con su precisión habitual, se desespera y empieza a arrancar el envoltorio con las dos manos.

Los amigos, al ver la expresión de su rostro, contienen la respiración. No saben aún qué es, pero está claro que Marga no puede creer lo que está viendo.

—¿Qué es?, ¿qué es? —pregunta Carmen, saltando de un pie a otro.

—No seas teatrera, Margarita —dice Candela con su mejor voz de señorita Rottenmeyer—. Deja de ponerte la mano en el pecho y dinos ya qué es.

Marga se vuelve hacia su familia, que le sonríe, orgullosa. Apenas los ve porque tiene los ojos llenos de lágrimas.

—¡Es una cámara de superocho! —dice casi sin voz—. ¡Una cámara!

—Hemos pensado que estaría bien que tuvieras un tomavistas para que nos inmortalices y dejes de fastidiar con la máquina de fotos —dice su madre lanzándose a abrazarla—. ¿Te gusta?

—Me encanta, mamá, me encanta. Es increíble. Voy a ponerme enseguida a ver si me aclaro y puedo grabar un poco de la fiesta.

—Y yo, ¿con quién voy a bailar? —dice Manolo, un poco picado. Sabe que Marga es muy capaz de pasarse toda su fiesta trasteando con la cámara en lugar de atender a los invitados y bailar hasta la madrugada.

—Si eres bueno y lo pides con educación, no te faltarán partidos —dice Carmen, coqueta.

Manolo le echa una mirada furiosa y Carmen sonríe descaradamente y se cuelga del brazo de Chimo, que está encantado.

Después de los abrazos y una última copa, los padres se marchan llevándose a la tía Dora y por un momento Marga se siente ruin, negándoles la participación en aquella fiesta que ellos han hecho posible, pero lleva semanas prometiéndole a sus amigas que van a estar solos, que luego se pueden quedar ellas a pasar la noche, que no habrá adultos que los controlen, de modo que se muerde el interior de las mejillas, los acompaña al coche y vuelve a abrazarlos.

—Portaos bien —dicen casi a la vez papá y mamá.

—Yo creo que deberíamos quedarnos —insiste la tía Dora.

Y eso los decide. Ponen en marcha el Seat 1500 y se pierden por el camino agitando las manos a través de las ventanillas bajadas.

Cuando vuelve, Manolo la está esperando en el camino de entrada, con las manos en los bolsillos y una expresión que a él debe de antojársele muy digna.

—¿Pasa algo? —pregunta ella.

—Pasa que si no fuera porque estamos en tu casa y somos los anfitriones —ella tuerce el gesto al oír el «somos»— le soltaría un par de hostias al gilipollas que se permite esas confianzas contigo. Y lo peor es que tú te dejas.

—¿Que yo me dejo qué?

—Que te morree delante de todo el mundo.

—César es mi mejor amigo desde hace casi cuatro años y tú lo sabes. Venga, Manolo, no me estropees la fiesta, ¿quieres?

—Eso depende de ti.

—¿Qué quieres que haga?

Manolo le sonríe provocativamente y apoya las dos manos en sus caderas.

—Dame un beso.

—¿Ahora? ¿Aquí? —Hace un rápido cálculo mental y decide que no quiere que una imbecilidad le amargue la fiesta que lleva semanas planeando, así que lo besa y se suelta en cuanto nota que él se le pega y trata de meterle la lengua en la boca—. Venga, luego más.

Manolo parece conformarse y, pasándole el brazo por los hombros, la lleva de nuevo a la marquesina, donde todo el mundo ya ha empezado a comer.

—Me vas a volver loco, nena —le susurra Manolo al oído antes de que ella se separe de su abrazo y vaya a encontrarse con sus amigas que se están riendo hasta las lágrimas de alguna estupidez que ella se ha perdido.

Luego, Tony empieza a poner discos y poco a poco se anima

el ambiente. Salen a bailar unos cuantos bajo las ramas del olivo mientras el cielo se va poniendo azul oscuro y aparecen las primeras estrellas.

Tere está sentada en una tumbona, charlando con Tomás, que estudia medicina en Granada. Ve alejarse a Magda con César hacia la zona de la balsa y, sin saber por qué, siente una punzada de envidia. Carmen está pidiendo a gritos que pongan algo lento, que ya está agotada de tanto dar saltos. Sole, como siempre, está rodeada de chicos pero no baila; se contonea apenas al ritmo de la música y mueve las manos haciendo tintinear las pulseras de plata que le llenan los brazos. Ana, ahora que han puesto una lenta, está bailando con Juanma y, por lo que parece vista desde atrás, luchando con todas sus fuerzas para que no se le pegue demasiado. Candela está sola junto a la mesa de las bebidas, como investigando lo que tienen antes de decidirse. Se cruzan sus miradas y Marga se acerca sonriendo.

—¿Te pongo un cubalibre o un vodka con naranja? —pregunta Candela.

—Lo segundo.

Tiene unas manos largas y finas, aristocráticas, y todos sus movimientos son elegantes.

—No sé cómo aguantas a ese imbécil —comenta como de pasada.

—¿A Manolo?

Candela repite con voz de falsete:

—¿A Manolo? No, al Yeti.

Marga se encoge de hombros.

—Debió de pillarme en la hora tonta. Yo era la única que nunca había salido con nadie.

—Yo tampoco he salido con nadie, pero es que yo aspiro a más.

Beben un momento en silencio y luego se dirigen hacia la zona que cubre la buganvilla, hacia un banco de azulejos que queda oculto de los que bailan. Se sientan, se miran a los ojos y hacen chocar los vasos.

—Feliz cumpleaños —dice Candela—. Por nuestro futuro, Marga.

—¿Crees tú que nos irá bien, Candela? ¿Que seremos felices?

—Tú y yo sí.

—¿Las demás no?

—Psé. ¿Quién sabe? La verdad es que me da bastante igual.

—¡Qué bruta eres!

—Soy sincera. A mí la única que me importa eres tú, ya lo sabes.

Candela deja el vaso en el banco y le pone las manos en los hombros, obligándola a mirarla de frente.

—Lo sabes, ¿no?

Marga asiente, sobre todo porque eso le permite bajar la cabeza y liberarse de la mirada de Candela que la quema por dentro, que le susurra cosas que no quiere saber. Recuerda el momento de hace apenas dos semanas, después de gimnasia. Se habían quedado un rato a solas en el patio para que Candela le enseñara un par de trucos de balonvolea con los que aplacar a la asquerosa de Dolores, la profesora de deporte, que la odia, y al volver al vestuario a cambiarse Candela la besó. O se besaron. No consigue recordarlo con claridad y tampoco quiere saberlo.

Teme que vuelva a hacerlo ahora, en ese mismo banco, en su fiesta, pero Candela se limita a acariciarle la mejilla con una suavidad y una ternura que están a punto de hacerla llorar. Luego le coge la mano y, mirándola a los ojos, le da un beso en la palma. Entonces ella misma, sin decidirlo, acerca los labios a los de su amiga y la besa voluntariamente, porque sí, porque hay algo en su interior que sabe que es justo, que es lo que debe ser.

De repente suena una voz desde la oscuridad del almendro, una voz femenina, chillona, que les da grima a las dos porque la conocen demasiado bien.

—¡Feliz cumpleaños, parejita!

Candela se pone en pie hecha una furia.

—¿Qué pintas tú aquí?

—Pensé que a Marga se le habría olvidado invitarme, pero yo no soy rencorosa, así que he venido.

—Pues ya te estás largando. —Candela echa chispas por los ojos.

—Que me lo diga ella. Es su fiesta, ¿no?

Marga trata de retener a Candela, que está a punto de lanzarse contra la recién llegada.

61

—Deja, déjala. Vamos a bailar.

En ese momento aparece Tony con una botella de cerveza en la mano.

—Hola, chicas. ¿Qué hacéis aquí a oscuras? ¿Penas de amor? ¿Y esta quién es? —pregunta, asombrado porque han repasado la lista de invitados un montón de veces y sabe perfectamente quiénes van a venir.

—Esta es Mati —dice Marga con un hilo de voz—. Una compañera de clase. Ha venido porque…

—Porque quería darle una sorpresa —termina Mati—. Y te la he dado, ¿verdad?

28 de mayo de 2007

—Mira, Ingrid —dijo Rita deteniéndose en una esquina—. Este es el antiguo colegio de las monjas; aquí venía yo a estudiar piano, tres veces por semana, a eso de las seis, siempre con el miedo de no haber practicado bastante, de que se me enredaran los dedos en el rondo y solo consiguiera llegar al final a trompicones para encontrarme con el bigote de la hermana Armonía. Tenía bigote, en serio, lo que pasa es que solo se le notaba cuando te había salido fatal. Cuando sonreía, ni te dabas cuenta.

—No sabía que hubieras estudiado piano —Ingrid pasó la vista distraídamente por un edificio que ya era una ruina, con hierbajos secos creciendo en los alféizares de las ventanas enrejadas.

—Ya casi ni me acuerdo. Solo recuerdo el frío de aquella sala oscura; un frío que iba reptando por las yemas de los dedos hacia arriba, hacia el codo, hasta que te sentías como la muñeca del doctor Coppelius, abandonada en la penumbra, de espaldas a la puerta, tocando variaciones de Bach en un silencio que te hacía pensar que eras el único ser vivo en el convento y que te iba sumiendo en una especie de trance hipnótico que se rompía de pronto con un grito desde el otro cuarto, donde la hermana enseñaba solfeo a las pequeñas, «¡Si natural!» «¡Fa sostenido!» y tus ojos buscando el fallo en la partitura y deseando que no entrara, que no te dijera que así no llegarías nunca a ninguna parte, que tenías que estudiar más, que si no sabías el dinero que tu educación les costaba a tus padres… Lo dejé sobre los dieciséis años y no me he arrepentido jamás. Anda, a ver si encontramos la tasca. Debe de estar por aquí. Pero es curioso, lo había leído muchas veces en novelas y ahora me doy cuenta de que es verdad. Esta calle era mucho más larga, y más estrecha; de noche casi no se le veía el final y más de una vez, al salir subiéndonos el cuello del abrigo y con la cabeza caliente de *mig-i-mig* nos parecía como las calles del poema de Espronceda, de *El estudiante de Salamanca*, ¿te acuerdas? Qué maravilla de ritmo, de sonido, de imágenes, es un auténtico videoclip. Me encantaría filmarlo algún día. Pero ¡qué barbaridad, chica! Es que no dices nada.

Ingrid se quedó mirándola con una luz burlona en los ojos, de ese azul tan intenso, rodeados de pestañas rubias.

—Si es que no me dejas.

Rita se echó a reír. Esa risa clara, sonora, que a veces asustaba un poco porque no parecía proceder de un cuerpo tan flaco como el suyo.

—Tienes razón. Perdona. Es que de pronto me vienen tantos recuerdos, tantas asociaciones…

—Es que estás nerviosa.

Rita asintió sin palabras, dedicándole a sus zapatos su famosa «sonrisa de conejo» como la llamaba Ingrid, y se encendió un cigarrillo.

—*Touchée*.

—Hace treinta años que no las ves, mujer, es natural.

Siguieron andando despacio por calles que en otro tiempo debieron de pertenecer al casco antiguo y ahora parecían no poder decidirse: edificios modernos de varios pisos se alzaban junto a casitas tradicionales ya casi en ruinas.

—Durante aquellos años fuimos amigas de verdad. Y luego, prácticamente en un momento, se acabó. Nos dispersamos. Yo me fui a Londres para un curso y ya no volví nunca porque en verano nos íbamos a una casa que mis padres alquilaban en Galicia. Al principio mi madre me daba noticias de ellas, incluso nos escribimos durante algún tiempo, en Navidad, por los cumpleaños… luego se fue perdiendo y hasta ahora. Bueno, pues creo que ya hemos llegado, esta debe de ser la tasca.

—¿Cómo que «debe de ser»?

—Nunca lo he sabido seguro, además de que nunca he venido sola.

—¿No sabes el nombre?

—No. Siempre fue «la tasca», desde que la descubrimos allá por los catorce años y empezamos a venir a comernos un bocadillo de calamares y a sentirnos mayores y mundanas hasta las diez de la noche, que es cuando teníamos que volver a casa.

—A ver… —dijo Ingrid esforzándose por leer un cartel pintado a mano encima de la puerta—. Aquí pone…

—No me lo digas. Faltaría más que después de treinta años tenga que saber ahora cómo se llama este tugurio. Nunca ha tenido nombre. Déjalo que siga así.

A través de la puerta de cristales, el local tenía un aspecto mugriento y levemente inquietante, como de tiempo detenido, amenazador y espeso. Una barra muy larga, de madera oscura, una pared cubierta de botellas y calendarios de chicas en biquini, un hombre gordo y calvo que, de brazos cruzados, miraba sin pestañear un partido de fútbol por televisión.

—Pues vaya sitio para reunirse —comentó Ingrid antes de sostenerle la puerta para entrar.

—Las tapas son buenas. O eran. ¡Vaya usted a saber!

Se dirigieron al fondo, a una salita que había a la derecha y no se adivinaba desde la calle. En la única mesa grande, tres mujeres alzaron la vista al verlas aparecer. Una de ellas se levantó enseguida y se acercó a Rita sonriendo, con los brazos abiertos. Era casi tan alta como ella, llevaba el pelo liso y oscuro cortado en media melena y vestía un conjunto de lino de color crudo.

—¿Tere? ¿Teresa? —Estaba claro que se trataba de Teresa, pero había engordado y adquirido porte de señora de mediana edad.

—Pues claro, Marga. Esto… Rita, perdona.

Se abrazaron mientras Ingrid las miraba sonriente. No parecía que quisieran hacer sufrir a Rita. Las otras dos se habían levantado también y las rodeaban esperando su turno.

—¡Dios mío, Magda, digo, Lena, sigues estando preciosa; hecha una cría! Y tú, Carmen, igual de explosiva que siempre.

—Una tallita más, pero la grasa ha ido a donde debía —rio Carmen ciñéndose los pechos con las dos manos. Llevaba una camiseta roja con *wonderbra* y unos pantalones blancos.

Rita presentó a Ingrid y, cuando se calmaron las primeras

65

risas se sentaron de nuevo y pidieron una jarra de cerveza al camarero mientras Carmen se encargaba de pedir algo de picar para todas, sin preguntar a nadie.

—¿Muchos recuerdos? —Lena cogió la mano de Rita, que se había sentado a su lado y le sonrió con dulzura. Seguía llevando el pelo largo, recogido ahora en una trenza floja a la espalda y vestía un conjunto de falda y top de tela africana, en tonos tierra.

—Imagínate. Ya casi no reconozco nada, pero vosotras estáis igual.

—Sí, igual —suspiró Teresa—. Ya quisiéramos. Lo que pasa es que, al vivir todas aquí, nos vemos de vez en cuando y nos hemos acostumbrado, pero tú tienes que vernos viejísimas.

Rita negaba con la cabeza reconociendo en sus voces y sus sonrisas a las chicas de su juventud. Y no mentía al decirles que estaban igual que entonces porque la imagen que conservaba de ellas se acababa de evaporar como un frasco de alcohol para dejar solo el presente que la rodeaba.

—A ti te hemos visto mucho en fotos, claro —continuó Teresa—. Hace dos años quedamos todas en casa de Lena para ver la ceremonia de los Oscars, por si acaso ganaba tu película. No veas lo locas que nos pusimos cuando dijeron tu nombre, lo menos a las tres de la madrugada. Y cuando saliste a recoger el premio…

—¿Por qué te vestiste de hombre? —interrumpió Carmen, que ya estaba sirviendo la cerveza—. Me hiciste perder diez euros.

—¿Y eso? —Rita estaba realmente sorprendida.

—Me aposté con Candela a que para una ocasión así te pondrías un vestido de noche. Ella apostó a que llevarías pantalones.

—No iba vestida de hombre —la defendió Ingrid—, pero Rita no se ha puesto un vestido de noche en toda su vida y tenía miedo de hacer el ridículo con zapatos de tacón y faldas largas, así que al final elegimos esa especie de frac con un top semitransparente con lentejuelas, muy femenino. Y la convencí de quitarse las gafas y ponerse lentillas. Y maquillaje. Estaba guapísima, ¿no?

Todas asintieron con la cabeza.

—Estábamos superorgullosas de ti, Rita. —Lena volvió a mirarla con esa sonrisa que Rita no había olvidado y que parecía iluminarla desde dentro—. Eres la única de nosotras que ha conseguido ser alguien en la vida.

—Todos somos alguien, Lena —contestó Rita, sonriendo también, pasando la vista por el grupo de mujeres, como orgullosa de ellas.

—Ya me entiendes. Yo siempre supe que eras algo especial.

—¿Y las demás? ¿Van a venir? —preguntó de golpe para cambiar una conversación que empezaba a hacérsele incómoda.

—Ana tenía un parto, pero llegará en cuanto termine. Y Candela llegará la última, como siempre, para poder hacer una entrada triunfal, que es lo suyo —dijo Teresa—. Hay cosas que no cambian.

—Sí —cabeceó Carmen—. Por ese lado seguimos igual. Teresa, la sensata; Lena, la soñadora; yo, la más bruta. ¿Te acuerdas de aquella vez, en primavera, Tere?

Teresa se echó a reír sin que nadie supiera qué estaba pasando.

—Cuéntalo, cuéntalo —pidió Ingrid, que estaba empezando a disfrutar con aquellas desconocidas, tan diferentes de sus amigas inglesas.

Carmen tomó un largo trago de cerveza, miró a Teresa y estuvo a punto de echarse a reír, pero consiguió dominarse.

—Era una tarde de principios de primavera, en COU, me acuerdo como si fuera ahora. Los árboles de la Gran Avenida se habían llenado de capullos de un día para otro y estaban empezando a abrirse unas flores rosa parecidas a las de los almendros pero más espesas, más chillonas. Era la primera vez que florecían, que yo recuerde. Tere y yo subíamos al instituto, a clase de tarde; tendríamos gimnasia o labores o alguna de esas marías que teníamos de cuatro a seis, y de repente va Tere y se queda parada mirando los árboles como alelada y dice con esa voz solemne que sabe poner ella: «¿Tú te das cuenta, Carmen, de que al año que viene por ahora será primavera en Valencia?».

Teresa la interrumpió como si fuera un diálogo teatral mil veces ensayado:

—Y tú, que nunca has tenido ni sombra de imaginación, vas y me dices: «Claro, en Valencia y aquí. Al año que viene por ahora será primavera en todo el hemisferio norte». ¡Menos mal que me dio por reírme!

—¡Que si te dio, tía! Te estuviste riendo hasta la verja del instituto y allí casi te tengo que soltar dos galletas para que te callaras.

—Es que yo me refería a que al año siguiente tendríamos dieciocho, seríamos universitarias, llevaríamos casi un curso viviendo solas, haciendo nuestra vida, administrando nuestro dinero...

—Compartiendo nuestra cama —añadió Carmen.

—Yo no pensaba en eso entonces. Pensaba en la libertad de la madurez.

—Ya lo sé. Tú siempre fuiste muy seria. Nos pasamos todo el camino de vuelta hablando de ello.

—¿Sí? De eso ya no me acuerdo.

—¿Ves? Yo sí. Me acuerdo de que se veía toda la calle de color de rosa por las flores aquellas y yo me preguntaba si en Valencia habría flores y si después de un curso allí me sentiría tan feliz y tan llena de vida como esa tarde contigo, Tere.

—¿Y cómo te sentiste? —preguntó Ingrid, inclinándose sobre la mesa hacia Carmen.

Carmen se encogió de hombros, agarró una servilleta y empezó a retorcerla concienzudamente.

—¡Fatal, claro! Además, no me duró hasta la primavera. No fui más que tres meses a Valencia, ¿no te acuerdas? Me casé de penalti en febrero, a toda prisa, antes de que se me notara mucho. El mayo siguiente tuve a Vanessa. Los puñeteros árboles estaban todos en flor al volver del hospital.

Ingrid miró a Rita como buscando confirmación de lo que acababa de contar Carmen, pero Rita parecía tan sorprendida como ella.

—¿No te acuerdas tú tampoco, Rita? Me casé con Manolo. Yo tenía dieciocho años, él diecinueve.

—¿Manolo?

—Manolo Cortés, chica, pareces tonta. Fuisteis novios todo el curso, hasta que volvimos de Mallorca. Debimos de ser una de las primeras parejas españolas en pedir el divorcio, en cuanto lo legalizaron. En fin, que de mis sueños dorados de Valencia, nada.

—¿Y tú, Teresa? —preguntó Ingrid, para suavizar la situación, que se había vuelto tensa.

—Bien. No tanto como imaginaba, pero bien. Sacaba buenas notas, terminé Medicina en cinco años, con beca, claro, y conocí a Jaime, que también estudiaba Medicina y estaba acabando. Nos casamos en el 82 y seguimos juntos. Él es dentista y yo ginecóloga. No fue mala época, pero la verdad es que no volvería.

—Yo sí. —Lena lo dijo con una expresión soñadora que hacía pensar en una intensa nostalgia.

—Pero si tú no fuiste a la universidad —dijo Teresa, sorprendida.

—Yo no me refería a la universidad, sino a aquella época en general, a los diecisiete, dieciocho años.

—¿Para qué? —El tono de Carmen era francamente agresivo. Sin ser consciente de que estaban cayendo en antiguos rituales, Teresa y Rita cambiaron una mirada de preocupación, como antes—. ¿Para que vuelva a chulearte Pablo, el de la autoescuela? ¿Sabes, Ingrid? La época dorada de esta pobre imbécil consiste en los meses en que salió con el hijo del dueño de la autoescuela, un chulo insoportable que un día, para hacerle una gracia, frenó el coche cuando ella iba a ochenta por carretera y le partió la barbilla contra el volante.

Lena cierra los ojos un momento como si al bloquear la imagen de Carmen pudiera bloquear también las palabras. No había pensado en eso desde hacía años. Ni se le había ocurrido que lo de Pablo fue por esa época. Al hablar de los diecisiete años ella ve un verano en Inglaterra, el último antes de COU, la sombra de los árboles inmensos sobre el verde imposible del césped de los parques, un césped que se puede pisar, donde se puede una tumbar a ver pasar las nubes, a disfrutar de que se acabó el curso y el boletín de notas y la gimnasia obligatoria.

Es una tarde de julio en Londres y ella se acaba de poner su falda india recién comprada; la tela le acaricia los tobillos sobre las cintas de las sandalias y unas campanillas en el elástico de la cintura acompañan sus movimientos. Se mira al espejo de la habitación que comparte con otras cuatro chicas y, mientras se peina la larga melena lacia, se gusta a sí misma como no se ha gustado nunca: el brillo en los ojos, la estrella negra que se ha pintado en la mejilla, la cinta azul con espejitos que le cruza la frente, la camiseta lila con mangas de hada que hoy se ha puesto por primera vez sin sujetador, la falda hippy. Se mira al espejo como para fijar su propia imagen para el recuerdo, su imagen en el atardecer de una casa victoriana que ha visto tiempos mejores, en un espejo de marco dorado que la encierra como un retrato, como un conjuro que la preservará de la vejez y de la ruina, del dolor.

La luz que entra por la ventana entreabierta es rojiza y saca un lustre opaco al marco del espejo, a su pelo aclarado por el sol del verano. Se muerde los labios y se sonríe a sí misma, temerosa y valiente. Es la primera vez que va a cenar con un chico, con un hombre. Él tiene veintiséis años, se llama Mike y es conductor de autobús. Es alto. Rubio. Extranjero.

La lejana imagen de Mike se funde con los rasgos imperiosos de Candela que acaba de llegar a la tasca.

Rita la miró dirigirse resuelta a su mesa y, sin saber por qué, sintió un ahogo en la garganta. No había envejecido bien, pero las canas y las arrugas le daban todavía más un aspecto de duquesa rusa en el exilio, tiesa como un poste, cuerpo esbelto, lengua viperina.

—¿Qué, Lena, papando moscas como siempre? Hombre, hombre, si ha venido la celebridad, muchachas, la estrella en persona.

Había olvidado su tono, su agresividad, su absoluta necesidad de ser el centro exacto de todo. Con una mirada a Ingrid, Rita se encogió ligeramente en su silla de palo deseando de nuevo no estar allí.

—A ver, chicas, ¿quién me pide un vino? —Su mirada aterrizó con un peso casi físico sobre Ingrid—. ¿Y esta quién es?

Antes de que Rita pudiera contestar, lo hizo Teresa.

—Es Ingrid, la amiga de Rita, su P.A. también, ¿no?

—Vaya, vaya, nuestra querida Marga con P.A. ¡Qué fina te has vuelto, hija! Yo soy Candela, ya te habrán hablado mal de mí, me figuro. Y la verdad, chicas, si íbamos a admitir gente de fuera, yo me hubiera traído a Gonzalo y podría haberos dado envidia. Está de muerte.

—Aquí la única regla siempre ha sido «de hombres nada» —dijo Carmen, que siempre se ponía agresiva en presencia de Candela porque no soportaba que su lengua quedara en segundo lugar.

—Lo que les viene de perilla a las solteronas y a las divorciadas.

—Lo que has sido tú hasta hace cuatro días.

Teresa y Rita volvieron a cambiar una mirada, como calculando si debían intervenir.

—¿Solterona o divorciada?

—¿Divorciada, tú? Pero si a ti no te ha querido nunca nadie.

—Yo, la verdad, es que cuando os llamé para esta reunión, no pensaba que empezáramos tan mal.

—Calla, Santa Teresa. Si Carmen y yo siempre hemos disfrutado insultándonos. ¿A que sí, Carmen? Vaya, mi vino. ¡A vuestra salud, panda de cincuentonas!

Chocaron los vasos entre sonrisas y el camarero empezó a dejar sobre la mesa todas las tapas que habían pedido: patatas bravas, boquerones en vinagre, mejillones, caracoles, platos de jamón y queso, dos ensaladas, pescaditos, tortilla de patatas… comida como para alimentar a un colegio.

Mientras la conversación iba haciéndose general y entrecortada, Rita las contemplaba como si viera una película, como si ella no perteneciera a la misma realidad. Sin saber cómo, todas aquellas chicas de su recuerdo se habían convertido en señoras, salvo tal vez Lena, que era ahora una mujer sin edad, algo desvaída, con su largo pelo trenzado a la espalda y sus pendientes étnicos; una mujer que se había quedado en tierra de nadie, que ya no era lo bastante joven para ser una chica ingenua ni lo bastante vieja para parecer una dulce anciana. Detrás de todas ellas Rita adivinaba la sombra de sus hombres, los actuales y los pasados, el primer amor, el primer dueño, el señor legítimo, el primer ex, el segundo…

—¿Alguien sabe algo de Ana? —preguntó Candela entre dos bocados.

—En el hospital —contestó Teresa—, atendiendo un parto con el que no contaba. Si termina a tiempo, pasará por aquí.

—Yo, la verdad, siempre he pensado que Ana tiene problemas sexuales.

Todas estallaron en carcajadas ante la mirada falsamente perpleja de Candela.

—¿De qué tipo, a ver?

—¡Yo qué sé! Yo soy de las pocas de nuestra edad que no estudiaron psicología. Frigidez, inapetencia… algo así.

—Pues ya es raro —Teresa sonreía con un algo de picardía—, porque David está como para mojar pan.

—Esos no llegan ni a fin de año. Hacedme caso.

Carmen se enderezó en la silla y su expresión se hizo dura, aunque de momento solo lo advirtiera Ingrid.

—Llevan diez años juntos —dijo, aparentemente molesta—. ¿Has oído algo?

—Intuición femenina, preciosa.

—Que te encanta malmeter. —Lena tampoco estaba disfrutando de la situación—. Ana y David son una pareja estupenda, y si les tienes envidia, te aguantas. Hay gente que ha tenido suerte y hay gente que no; eso es todo, ¿verdad, Carmen?

Carmen la miró fijo, con los ojos muy brillantes y, por un segundo, a todas les pareció que estaba a punto de levantarse de la mesa, pero logró controlarse, volvió a sonreír y echó una mirada a lo que quedaba en los platos como decidiendo lo que le apetecía meterse en la boca.

—Pues yo no habré tenido suerte en el amor, pero el mes que viene me voy de crucero por el Caribe con Felipe —dijo, desafiante, en cuanto terminó de masticar.

—¿Con Felipe? —preguntó Teresa, casi escandalizada.

—¿De crucero? —El tono de Rita era igual que el de Teresa y todas acabaron riéndose de la similitud de sus preguntas.

—Sí, con Felipe, que ya sé que sigue casado y que además no es mi príncipe azul, pero con alguien hay que ir y si me sale algo mejor, ya me lo quitaré de encima. Y sí, de crucero. No veo qué tiene eso de raro. Lo hace todo el mundo.

—Es que a Rita le dan horror los barcos —intervino Ingrid—. Nunca he podido convencerla ni de subir al trasbordador de Francia a Inglaterra.

—A ninguna nos gustan los barcos —Lena hablaba muy bajito, mirando el hule de cuadros rojos y blancos, cubierto de desperdicios.

—¿Otra vez a vueltas con lo de Mallorca? —Carmen había

acabado de limpiarse la boca con la servilleta y buscaba el lápiz de labios en su bolso—. Sois increíbles, hijas, y pesadas. Hace más de treinta años y tampoco fue para tanto.

—Rita nunca ha querido contármelo —Ingrid hablaba con naturalidad pero tratando de que se le notara el interés por conocer un episodio del que a Rita nunca le había gustado hablar.

—Tuvimos muy mal tiempo. Una tormenta eléctrica —dijo Candela al cabo de un momento de silencio tenso—. Hubo un accidente. Lo pasamos bastante mal y a ninguna nos apetece volver a montar en un barco. Menos a esta descerebrada que se cree todo lo que le echan por la tele y que es capaz de irse con un casposo cualquiera, casado además, para creerse que sigue siendo joven y deseable.

Se hace un nuevo silencio en el que nadie parece sorprenderse de que Carmen no contraataque. Ingrid la mira fijo y Rita, como antes ha hecho Lena, cierra los ojos.

¿Cómo explicarle a Ingrid lo que ellas eran entonces, cuando todo el futuro se extendía frente a sus ojos como la alameda de un palacio encantado, como las escaleras alfombradas de rojo y flanqueadas de guardias que la Cenicienta sube para llegar al salón de baile donde el príncipe la espera?

Porque siempre era el príncipe. O el aventurero de buen corazón, o el ladrón de guante blanco, o el policía honrado, o el millonario incomprendido. Al final de los sueños siempre había un hombre, el Hombre de Tu Vida, el que haría realidad todos los deseos, tu príncipe. Pero, al revés que en el cuento, la rana siempre eras tú. Él era quien haría lo que quisiera de ti: una mujer, una señora, una cualquiera. Tú no eras más que la arcilla con la que él formaría la mujer de su vida, la madre de sus hijos para los cuales serías solo una vasija. Evidentemente el barro siempre resultaba una buena imagen al hablar de hombres y mujeres.

Para ellas, casarse ya no era la meta inmediata, esa era la idea fija de sus madres. La de ellas era más bien lo de El Hombre de Tu Vida, la aventura, la pasión, el irse a vivir juntos y ser compañeros, cómplices, enamorados, una relación canallesca, cinematográfica, sofisticada, llena de purpurina de oro en el marco, aunque en la foto los dos fueran de vaqueros y jerséis marrones y anoraks con capucha. Los cuellos vueltos y las trencas habían sido de la generación anterior y estaban tan prohibidos como las faldas con cancán y los pantalones de tergal.

Ingrid le dio un codazo que la sacó de sus recuerdos y cavilaciones de inmediato. Llevaba años haciéndolo en los momentos más imprevisibles.

—¡Que qué tal te va a ti, artista! ¡Que nos cuentes algo de tu vida! —Candela parecía haber cubierto efectivamente el silencio que se había instalado al hablar del barco y, precisamente para contribuir a olvidar el tema, Rita comenzó a hablar, sin saber muy bien adónde iba, mientras en algún lugar de su mente creía distinguir los comentarios mentales de las que habían sido sus mejores amigas.

—Pues qué os voy a contar. Ya sabéis. Vivo en Londres —*¡qué sofisticada! Las demás somos de pueblo, claro*—; al principio me costó establecerme, pero ahora no me puedo quejar, me va bien, ya no tengo problemas de financiación cuando me planteo una nueva película —*está más guapa, se nota que es algo especial*—; lo del Oscar a la mejor película extranjera ya lo sabéis —*¡qué manera de chulear!*—; viajo mucho por cuestiones de trabajo —*¡qué bonito tiene que ser ir siempre de acá para allá; ir al Festival de Venecia, a Cannes, a Hollywood!, ¡qué pobre nuestra vida en comparación!*—; no me casé, no tengo hijos —*¡qué vida más triste, más solitaria, más egoísta!*—, aunque, como vivo con Ingrid y sus hijos eran casi bebés cuando se vino a casa, los considero prácticamente míos...

—¿Y nunca se te ocurrió tener un hijo tuyo? —Lena se inclinaba hacia ella, como ayudándola a contestar.

—Parecía que nunca era el momento adecuado. Y nunca encontré a un hombre que me gustara lo bastante y... no sé... ahora ya es tarde. ¿Soy yo la única que no tiene hijos?

—Candela tampoco tiene —Carmen había vuelto al tono agresivo, como si tratara de vengarse por lo de antes.

—Es que yo nunca quise tener. Todas os dejasteis comer el tarro con aquello que nos contaban de que «una mujer sin hijos no está completa». Yo sí. Hago lo que me da la gana, entro y salgo a mi aire, sin darle explicaciones a nadie, y me acuesto con quien quiero. Los hijos no dan más que disgustos. Te chupan el tiempo, el dinero y la energía. Yo estoy mejor que todas vosotras porque he sido más lista.

La conversación se desdibuja en torno a Candela, que acaba de sentir una punzada en el vientre y de repente un golpe de miedo, poderoso como el chicotazo de una ola, la sacude. Recuerda en un instante su cama en el hospital, la voz del médico diciendo que lo han sacado todo, que ha tenido que ser rápido, que esperan una recuperación total. La sensación de ser un pollo en un mostrador de mármol, abierta, vacía, una mano enguantada que entra y arranca, un parto invertido, macabro.

Y luego lo otro, lo peor, lo que ni siquiera quiere confesarse a sí misma.

Cuando alza los ojos del mantel, se encuentra con la mirada de Teresa, fija en ella, sus ojos llenos de compasión, sus labios fuertemente cerrados, como para indicarle que no dirá nada, que su secreto está seguro con ella, que nadie sabrá que no llegará a Navidad.

En ese momento aparece Ana, despeinada y sin aliento.

—¡Menos mal que aún os encuentro, chicas! ¡Qué poca vergüenza, os lo habéis comido todo! ¡Marga! ¡Qué alegría verte! ¡Estás igualita! No. No me hagas caso. ¡Estás mejor!

—Tú estás casi tan flaca como yo, pero igual de guapa que antes.

—Es la vida que llevo, hija. Esto de ser matrona es un horror. Pero si vieras qué criatura más preciosa acabo de traer al mundo…

—Si os vais a poner a hablar de partos, me largo. —Candela parece haberse repuesto y se levanta de la mesa con un movimiento brusco—. Que no, tías, que os lo creéis todo. Voy a pedirle algo a esta. ¿Qué te traigo? ¿La consabida tostada de boquerones?

Cuando vuelve Candela ya están hablando de las Fiestas de Moros para las que apenas si faltan diez días y cómo piensa pasarlas cada una.

—Si queréis, os invito al chalé a una cena de chicas. Mis hombres se quedan en el pueblo para las fiestas porque los dos salen de Moros y yo no tengo ya ganas de tantos líos. ¿O vosotras salís? —pregunta Ana.

Todas niegan entre risas, como si ya les pareciera absurdo lo que en otros tiempos llenaba sus pensamientos durante meses: las fiestas, la escuadra, el alquiler del traje de cada año, el maquillaje impactante y original, los desfiles, las noches en los cuartelillos… Las que tienen hijos se quedan por ellos; las que ya los tienen mayores tratan de marcharse al apartamento de la playa, al chalé, donde sea… pero todas están dispuestas a aceptar la invitación de Ana, excepto Ingrid, que tiene pensado hacer un viaje por Andalucía.

Cuando salen de la tasca, algo achispadas por la cerveza, el tinto y el licor de manzana que Carmen se ha empeñado en pedir, se despiden en la calle con un abrazo mientras Ingrid va apuntando los teléfonos de todas para que puedan seguir en contacto hasta el día de la cita.

Candela se acerca a Rita y, sin decirle nada, la abraza con fuerza antes de estamparle dos besos en las mejillas y susurrarle al oído:

—Te he echado de menos todos estos años, cretina. Llámame.

Luego se pierde, sola, por la callejuela mal iluminada que lleva al ayuntamiento mientras Rita la mira empequeñecerse en la distancia, con un recuerdo impreciso que no acaba de aflorar.

Mayo de 2007

*R*ita abrió los ojos y, por un momento, no supo dónde estaba. La luz entraba por la derecha y el techo que enfocaban sus ojos se descascarillaba en la esquina. También olía raro, a un detergente desconocido, pero había pasado tantas noches de su vida en tantos hoteles que sabía por experiencia que solo tenía que volver a cerrar los ojos y su mente se pondría definitivamente en marcha y acabaría por darle la información necesaria, de modo que los cerró, estiró una pierna —nadie, estaba sola en la cama— y encontró la respuesta: el piso de la tía Dora, la cama grande de la tía Dora, el día después del encuentro con las chicas. Se relajó unos segundos y enseguida se levantó y empezó a hacer planes. Había soñado con el Campo, como tantas otras veces, y ahora que tenía la posibilidad de ver con sus propios ojos en qué se había convertido, no pensaba desaprovecharla. Pero era algo que quería hacer sola, sin Ingrid. De modo que se vistió sin hacer ruido, dejó una nota en la mesa de la cocina y salió de la casa sigilosamente. Eran ya casi las diez. Tomaría un café rápido en algún bar que le saliera al paso y se acercaría a aquel lugar que para ella siempre había representado el paraíso de su infancia. Ingrid tenía previsto ir a una agencia de viajes para ver de organizar su gira por Andalucía y, si le sobraba tiempo, seguro que empezaría a mirar por la casa qué cosas valía la pena conservar y de cuáles deberían deshacerse. Ingrid tenía una mente práctica que representaba un complemento perfecto a la suya, creativa y un poco caótica.

Cogió el coche alquilado, encendió el primer cigarrillo del día y, sin acordarse del café, cogió la carretera y diez minutos después enfilaba el camino que llevaba al Campo. Solo que ahora era un camino asfaltado, sembrado de farolas y de chalés adosados que habían surgido como setas después de la lluvia.

La casa seguía en pie, aunque ya había tomado un inconfundible aspecto de ruina; lo que antes era un maravilloso jardín mediterráneo era ahora un paisaje de tierra removida llena de altos matojos intensamente verdes que en el verano estarían amarillos y resecos. Alguien había arrancado la hiedra que antiguamente cubría toda la verja, ocultándolos de las miradas de los pocos vecinos que tenían, y ahora toda la desolación quedaba a la vista de un modo que se le antojaba impúdico y falto de dignidad. En la cancela de entrada, pelada por el tiempo y la intemperie, había un cartel: CORTESSA CONSTRUCCIONES.

Debían de estar esperando a que subieran los precios del terreno para construir más adosados encima del territorio de su infancia.

Sintió que se le llenaban los ojos de lágrimas y un ahogo empezó a apretarle la garganta. Maldijo a la tía Dora y al imbécil de aquel Joaquín con el que se casó, ya pasados los cincuenta años, y que la había convencido de vender el Campo.

Pero el olivo seguía en pie. Muy castigado, menos frondoso de como ella lo recordaba, pero fuerte y altivo, orgulloso de sus más de trescientos años.

Echando una mirada por encima del hombro, se decidió en un segundo y trepó por la puerta de hierro, admirándose en su fuero interno de recordar con tanta precisión dónde tenía que poner los pies y las manos; cruzó por entre las hierbas altas, y un minuto después apoyaba la frente contra el tronco del viejo olivo con la sensación de haber vuelto a casa.

Las luces y las sombras eran como ella las recordaba de su infancia y, si se quedaba quieta, de espaldas al edificio, el tiempo parecía haberse detenido.

Faltaban cinco días para el 3 de junio. Treinta y tres años atrás, faltaban también cinco días para su fiesta, aquella maravillosa fiesta que fue la última de su vida porque desde entonces no había vuelto a celebrar su cumpleaños. Ahora ya no eran dieciocho; ahora eran ya cincuenta y uno. Sus padres habían muerto, su hermano vivía en Nueva Zelanda, la tía Dora llevaba un año enterrada y el Campo pronto sería una pérdida más cuando entraran las máquinas y apisonaran el terreno, machacando bajo sus ruedas y sus palas todos los recuerdos de su infancia y juventud, las pocas raíces que le quedaban.

—¿Cómo pudiste hacerme esto, tía? ¿Cómo pudiste quitarme lo único que me importaba?

Entonces sonó su móvil y, con un esfuerzo, echó una mirada al *display*, suponiendo que la llamada sería de Ingrid y se encontró con el nombre de Carmen.

—Rita Montero —contestó automáticamente.

—¡Chica, qué formalidad! Ni que fueras un Banco. ¿Qué haces?

—Nada de particular —mintió.

—¿Te apetece que nos tomemos algo juntas? Acabo de salir del gimnasio y se me ha ocurrido llamarte, a ver si te pillo con ganas de tomarte un daiquiri conmigo.

—¿A las once y cuarto de la mañana?

—También puedes pedir un agua mineral.

—Vale. ¿Dónde nos vemos?

—En el Cotton Club. Aún no estará abierto al público, pero Chema, el barman, es amigo mío.

—¿Dónde está eso?

—¿Te acuerdas de donde vivía la abuela de Manolo?

—Sí. En Dávila.

Carmen se echó a reír.

—Hija, eres más antigua que el túnel. Ahora ya no se llama Dávila, claro, pero sí, ahí. Justo al lado de donde vivía ella. Venga, te espero.

Colgó con una sonrisa ausente y, antes de volver a escalar la puerta de hierro, fue a echarle una mirada a la balsa, que estaba cuarteada, llena de un agua cenagosa y verde, con manchas espumosas, ocres, donde cientos de insectos se afanaban en una actividad incomprensible.

Localizó el Cotton Club sin ninguna dificultad. Efectivamente, estaba justo al lado de la casa de la abuela de Manolo, que había sido sustituida por un edificio de siete plantas, como casi todas las demás de la calle.

El local tenía el cierre echado, pero en cuanto ella se acercó, un muchacho salió a su encuentro, la dejó pasar con una sonrisa y volvió a bajarlo. Carmen estaba ya instalada en una mesita cerca del escenario, iluminada por un foco de color de rosa. El wonderbra parecía a punto de hacer reventar el polo blanco que llevaba.

—Chema, querido —dijo antes de saludar a Rita—, ya puedes empezar a hacer maravillas. ¿Dónde te has dejado a Ingrid?

—Tenía que ir a la agencia de viajes. Luego nos veremos para comer, supongo.

—Entonces es verdad que eres lesbiana —dijo Carmen, como tratando de no darle importancia.

—¿Porque como con Ingrid? —sonrió Rita.

—No, sí a mí me da igual. Pero no sé cómo no te da asco acostarte con otra tía.

—¿A ti no te da asco acostarte con Felipe?

Carmen soltó la carcajada.

—Pues mira, chica, a veces un poco, ¿qué quieres que te diga? Pero es lo que hay. A caballo regalado no hay que mirarle el diente.

—Además, Carmen, que yo no me acuesto con Ingrid.

Chema llegó con dos daiquiris helados y los depositó sobre unos posavasos negros y azules con el logo del club.

—Usted es Rita Montero, ¿verdad? —preguntó el chico.

Ella asintió.

—He visto todas sus películas. Me encantan. Dicen que es usted la nueva Alfred Hitchcock, pero no es verdad; usted es mucho mejor.

—Gracias, hombre.

—Lo digo en serio. Invita la casa. Vuelva cuando quiera. Por la noche hay buena música, a veces en vivo. Ahora solo tengo la radio puesta, pero si quiere oír algo especial, no tiene más que pedirlo.

Se alejó discretamente con una sonrisa, y Carmen, con su daiquiri ya en la mano, se inclinó hacia ella, con avidez.

—¿Cómo es eso de que no te acuestas con Ingrid?

—Pero ¡qué indiscreta eres, narices! ¿A ti qué te importa?

—Candela lleva años dándonos la vara con que eres lesbiana y con que ella lo ha sabido siempre. Y ahora que te tengo a tiro, tengo que enterarme de primera mano. Lo comprendes, ¿no? Venga, dímelo, anda.

Rita inspiró hondo, tomó un sorbo de su bebida, encendió un cigarrillo y miró fijamente a Carmen hasta que a las dos les dio risa.

—Vale, padre, confieso. Se lo contaré todo por el bien de mi alma.

Las dos sabían que esa era la fórmula que usaban en la catequesis una eternidad atrás.

—Cuando empecé a vivir en Londres ni yo tenía claro si me gustaban más los chicos o las chicas. Mi única experiencia había sido Manolo.

—Pero si con Manolo nunca hiciste nada —interrumpió Carmen—. Perdona. Es que me lo contó él, que nunca lo dejaste.

—Pues será verdad. Ya no me acuerdo. El caso es que en aquella época Londres era el paraíso europeo del «amor libre», ¿te acuerdas de esa expresión? Durante un par de años probé bastantes cosas; viví un tiempo en una especie de comuna, luego me fui con una chica, más tarde viví en pareja, con un hombre, durante casi un año, él era profesor de la escuela de cine y bastante mayor que yo…

Carmen tomaba sorbitos de su daiquiri y no le quitaba la vista de encima.

—Pero me fui haciendo mayor y llegó un momento en que me di cuenta de que soy una de esas raras personas que no necesita sexo para vivir. Necesito amistad, compañía, cariño, confianza, seguridad… pero no echo de menos una relación sexual.

—¡Qué rarita eres, hija!

—Entonces conocí a Ingrid. Estaba embarazada de su segundo hijo, tenía ya a la niña, y su marido, un cubano francamente insoportable, acababa de abandonarla por otra. Necesitaba trabajo, ayuda y un lugar donde vivir, así que la contraté como secretaria y le ofrecí que se vinieran a vivir conmigo durante una temporada, hasta que decidiera lo que quería hacer. De eso hace doce años. Shane nació en casa, yo estuve en el parto. Glynis y Shane son casi tan hijos míos como de Ingrid; he pasado por todo lo que pasa una madre, salvo el embarazo y el mal rato de parirlos. Mi madre se vino a vivir con nosotras cuando murió mi padre y fue una abuela para los niños. Y aunque nunca tuvo claro cuál era nuestra relación, trataba a Ingrid casi como a una nuera, la quería de verdad y pasaba más rato haciendo cosas con ella que conmigo.

—Y ella, ¿tampoco tiene amantes?

—¿Quién? ¿Ingrid?

Carmen asintió con la cabeza.

—Ocasionalmente. Una vez incluso parecía que pensaba volver con el inútil de Guillermo, pero conseguí quitárselo de la cabeza. Somos un buen equipo; trabajamos juntas, tenemos a los dos niños, vivimos en una casa grande y nos queremos de verdad. Puede que para ti sea difícil de aceptar una familia de ese tipo, pero para nosotras es lo normal.

—¿Y los niños cómo te llaman?

—Aunt-mum. Tía-mamá. O Rita, ahora que se van haciendo mayores. ¿Qué? ¿Ya me has sonsacado bastante?

Carmen alzó ligeramente los hombros con su mejor sonrisa de buena chica, como pidiendo disculpas, pero sin arrepentirse. Por los altavoces sonaba «Do you think I'm sexy», de Rod Stewart.

—Me encantaba esta canción —dijo Rita con la mirada perdida en el techo negro del local—. ¡La de veces que la habré bailado! ¿Tú no?

—Yo, cuando esta canción estaba de moda, ya no iba a las discotecas. Estaba casada con Manolo, tenía una cría pequeña y nadie nos echaba una mano, para que aprendiéramos lo que significaba eso de jugar a papás y a mamás. Aparte de que la familia de Manolo no me quiso nunca, menos la abuela, supongo que para fastidiarlos. Yo era poco para el niño, claro.

—¿Cómo se te ocurrió liarte con Manolo?

Por un instante, Rita tuvo la impresión de que no pensaba contestar a la pregunta, de que le parecía impertinente, pero se contuvo, volvió a encogerse de hombros y respondió casi desafiante.

—Porque estaba hecho polvo cuando tú lo dejaste al volver de Mallorca y a mí siempre me había gustado. Pero claro, nunca pensé que llegáramos a tanto. Además, enseguida me di cuenta de que era un auténtico gilipollas, igual que toda su familia. Solo que para entonces ya era tarde. Luego nos divorciamos, me casé con Julio, tuvimos una hija, me dejó por otra —su secretaria, imagínate, qué original—, me quedé con la hija, el coche y la casa, volví a divorciarme, puse una tienda de decoración que me sigue yendo muy bien, y un par de años después conocí a David y me enamoré como una imbécil. Nos duró unos meses maravillosos, le presenté a Ana, se lio con ella y ahora están casados desde hace diez años y tienen un hijo. Ya ves. Mi vida en cinco minutos. ¡Chema, tráenos otra ronda!

—Pues no está mal, Carmen. Al menos no te has aburrido.

Ella se echó a reír ruidosamente, como en el instituto. Poco a poco se fue calmando, cogió su segundo daiquiri y le dio una chupada feroz a la cañita.

—Sigues enamorada de David, por lo que veo.

—Ya te digo, como una imbécil. Pero sé perfectamente que no hay nada que hacer, así que me las arreglo con Felipe y trato de disfrutar de la vida antes de que llegue la vejez. Brindo por ti.

—Por nosotras —chocaron los vasos y bebieron unos momentos en silencio.

—Siempre te estuve agradecida por librarme de Mati, ¿sabes? Creo que no llegué a decírtelo nunca. —Carmen tenía una expresión curiosa, que no acababa de casar con lo que decía.

—¿Yo te libré de Mati? ¿Cuándo?

—Va a ser verdad que te estás volviendo senil. Antes de la fiesta de tu cumpleaños, antes de Mallorca, ¿no te acuerdas?

—De Mati sí.

—Era una hija de puta, eso no se te habrá olvidado. Me vio besándome con alguien en un cuartelillo y me amenazó con decírselo a mi padre para que no me dejaran ir a Mallorca. Te lo conté y tú fuiste a hablar con ellos y a explicarles que había una compañera que me odiaba y que estaba soltando amenazas de ir con mentiras a mi familia para que me castigaran por algo que no había hecho. Y te creyeron. A ti siempre te creía todo el mundo. Eras tan seria, tan buena chica… tan hija modelo. Me salvaste la vida. —Carmen le cogió la mano con una mano helada de sostener la copa del daiquiri y se la apretó.

—¡Qué forma de exagerar!

—No exagero un pelo. ¿O tampoco te acuerdas de las famosas palizas de mi padre?

—¿Te pegaba tu padre? —Rita había contestado automáticamente, pero en ese mismo momento empezó a recordar lo que Carmen le había contado una tarde muchos años atrás.

—A mí, a mi hermana y a mi madre. Siempre por nuestro bien, claro —tensó los labios en una mueca que apenas si parecía una sonrisa—. Tú eras la única que lo sabía. Por eso te tomaste tan en serio lo de Mati y viniste a casa. Luego, cuando me quedé embarazada, mi mayor terror era que mi padre me mataría a golpes y tú no estabas para impedirlo —empezó a trazar círculos húmedos en la mesa con el agua que escurría de la copa—. Por eso primero se lo dijimos a los padres de Manolo y fuimos todos juntos a hablar con mis padres y a arreglar lo de la boda. Por la noche mi hermana y yo nos encerramos en nuestra habitación y oí cómo le pegaba a mi madre. Fue espantoso.

Carmen mira fijamente los círculos de agua que ha dibujado en la mesa y en su mente van apareciendo las imágenes de dos chicas aterrorizadas, abrazadas en la cama, oyendo los gritos apagados que se cuelan por la puerta cerrada de la habitación, los golpes de cosas que caen y quedan abandonadas en el suelo, las palabrotas del padre que pega e insulta, pega e insulta, el ruido violento de la puerta del piso al cerrarse y luego el silencio largo, largo, punteado de gemidos como de animalillo asustado hasta que las dos consiguen reunir el valor suficiente y salen de puntillas del cuarto, entran en el dormitorio de los padres y se encuentran a su madre encogida en un rincón, sujetándose un ojo del que mana una sangre brillantemente roja que le escurre entre los dedos. «He tropezado y me he dado contra el pico de la mesita de noche», balbucea la figura en camisón, tratando de cubrirse los brazos con las mangas para que no se vean los hematomas que salpican su piel. «Cada día estoy más tonta. Papá ha ido un momento a la farmacia de guardia. Iros a la cama, hijas, ya es muy tarde.»

Las chicas se miran en silencio y, en silencio, se encaminan a la puerta. «¿Cómo has podido darle ese disgusto a papá, Carmen?», la oyen decir desde el rincón. «¿Cómo has podido hacernos eso?»

—¿Cómo está tu madre? —oyó preguntar como desde lejos y tardó un segundo en comprender que Rita estaba hablando, que estaban en el Cotton Club, que ya se le había acabado el daiquiri.

—Bien. Estupenda. Desde que enviudó está fenomenal. Sale con sus amigas, viaja… por fin es libre. Como las nietas ya no la necesitan, figúrate, una tiene más de treinta años y la otra más de veinte, se dedica a vivir para sí misma. Yo casi no le veo el pelo.

—¿Y nunca habláis de aquello?

—¿De aquello? ¿De lo de papá? No. ¿Para qué? Hay cosas que es mejor olvidar. Cosas que están muertas y enterradas y a las que hay que echarles mucha tierra encima para poder seguir adelante. Mucha. Sabes de qué hablo, ¿no?

—¿Yo?

—Todos tenemos ese tipo de cosas, Rita. Algunas conseguimos olvidarlas; otras no. Pero si no se habla de ellas, antes o después desaparecen. Por eso lo importante es no hablar de ellas nunca.

—No sé, Carmen.

—Yo sí. Hazme caso. —Carmen parecía haber zanjado una cuestión que para Rita ni siquiera había quedado clara y ahora estaba de pronto más relajada—. ¡Chema! Haznos el último, anda, cielo.

—¿De verdad nos vamos a tomar otro daiquiri antes de comer? —Rita había empezado a sonreír sin saber de qué, como siempre que tomaba alcohol sin tener nada en el estómago.

—Yo no pienso comer a mediodía; no me toca. Hay que hacer algo por la figura, hija. Tú no, claro, tú siempre fuiste flaca. ¿De verdad se marcha Ingrid y se pierde las Fiestas de Moros? Al menos podría quedarse el primer día, para ver el desfile. Siendo extranjera, seguro que le encanta.

—No es del todo extranjera. Su madre era española, de Málaga, pero se casó con un inglés y ella ya nació en Londres. Su padre era director de fotografía, muy bueno; por eso le pusieron a ella Ingrid, por Ingrid Bergman. No sé; no se me había ocurrido lo de los Moros, pero tienes razón, a lo mejor le gustan.

—Y así puede venir también a la cena de las chicas. Yo creo que es mejor que esté.

—¿Mejor? —Rita no acababa de comprender lo que Carmen parecía estar insinuando. Era como si ella tuviera que saber algo que Carmen no quería nombrar pero que suponía que ella captaría sin tener que decirlo.

—Es que si viene alguien de fuera no nos pasaremos toda la noche hablando del pasado.

—¿Qué tiene de malo hablar del pasado? Tenemos un montón de años que recuperar. Al menos yo, que hace siglos que no sé nada de vosotras.

—No hay mucho que saber. Ya ves, mi vida te la he con-

85

tado en cinco minutos y ya sé un montón de cosas de ti en menos de tres daiquiris. Si lo multiplicas por las cuatro que te quedan, en veinte minutos te pones al día y podemos dedicarnos a pasarlo bien.

Chema trajo los daiquiris, se llevó las copas vacías y el cenicero sucio, y regresó con uno limpio y un cuenco de cacahuetes.

—Si no os traigo algo de picar, tendré que llevaros a casa en brazos —dijo como disculpa. Carmen le dedicó una sonrisa ausente y lo alejó con un gesto de la mano, como quien espanta una mosca.

—¿Y de Sole sabéis algo? —preguntó Rita.

—Marisol; ahora se llama Marisol, como la cantante de nuestra infancia, ¿te acuerdas de aquellas películas? —Rita cabeceó con el cigarrillo entre los dientes—. ¡Mira que nos echaban mierda encima! Si no hubiera sido por el cine americano...

—Que también tenía de todo...

—Sí, pero era mejor, no me digas que no. En fin..., Sole. Estudió derecho en Madrid, no me preguntes por qué. Se ligó a un señorito andaluz, sevillano, también abogado, que iba para diplomático, se casaron en la Catedral de Sevilla por todo lo alto, lo sé porque me invitaron y Manolo estuvo de mala leche todo el fin de semana porque él siempre se había creído rico hasta que vio todo aquel derroche. Luego se fueron a no sé dónde, a algún sitio de África, creo, y después a Asia... todo muy exótico. Tuvieron tres niños, ella no ha ejercido en la vida, más que de señora de diplomático. Y él le pega de vez en cuando. Será para aliviar la tensión de sus muchas responsabilidades —torció el gesto, como si ni siquiera a ella le pareciera divertida la broma que acababa de hacer.

—¿Y tú cómo lo sabes?

—Por mi madre, que es amiga de la suya y que le aconseja a su hija que aguante por el bien de la familia, para no convertirse en una divorciada, para que los niños no crezcan sin padre, esas memeces, ya sabes.

—Pero no habéis vuelto a verla...

—No. No viene por aquí. Es su madre la que va a visitarla. Ahora creo que están en Perú o en Chile. ¿Te acuerdas de que Sole era feminista?

—En aquella época todas éramos feministas.

—Yo no. Yo solo trataba de montarme la vida lo mejor posible. Yo siempre supe que los hombres eran casi todos unos mierdas, pero que no se podía vivir sin ellos. Lo mío no era teórico.

El móvil de Rita empezó a sonar desaforadamente provocando ecos en el local vacío.

—Si es Ingrid puedes decirle que venga y nos tomamos otro.

Rita negó con la cabeza, haciendo gestos con la mano izquierda para indicarle que ya había bebido bastante.

—Que si quieres venirte a casa a comer —le dijo a Carmen, tapando el móvil con la mano—. Ha hecho un pescado al horno; hay bastante para tres.

—No, cielo. Yo ahora me voy a casa, me tumbo un rato —el *beauty sleep* que se llama—, luego me paso por la tienda a ver cómo van las cosas y esta noche me encuentro con Felipe para ver detalles del viaje. Tengo una vida muy ocupada, como ves.

—Vale —dijo Rita, quitando la mano que cubría el teléfono—. Llego en cinco minutos, Ingrid. No, Carmen no viene; tiene cosas que hacer.

—Vete, vete. —Carmen le hacía gestos hacia la puerta, como ahuyentándola—. Yo me quedo aún un ratito. Ya nos vemos pronto.

Rita se inclinó hacia su amiga, que siguió sentada, le dio dos besos y salió del Cotton Club con un saludo a Chema, pensando que en la conversación, que ahora ya era solo un recuerdo, había muchos puntos oscuros que quizá le convendría aclarar.

Junio de 1974

*E*l calor es una cosa tangible que pesa sobre la piel humedecida, el pelo se les pega a la nuca y sienten la ropa empapada de sudor mientras van firmando los exámenes y corrigiendo, casi febriles, los últimos fallos antes de que don Luis recoja las hojas azules, de papel casi transparente, selladas con el cuño del instituto para evitar que algún alumno pueda dar gato por liebre trayéndose de casa preguntas ya contestadas. Todos saben que es una estupidez, que es imposible que alguien se haya traído la traducción de latín ya hecha porque no hay manera de saber qué texto ha podido ocurrírsele elegir a don Luis, pero las normas son las normas y se trata del examen final de COU.

Marga y Tere entregan casi a la vez y, echando una mirada de conmiseración a sus amigas que aún luchan sobre los papeles, salen al pasillo cuidando de no hacer ruido, deseando salir al patio y ponerse a dar saltos y aullidos de alivio. Ha sido su último examen en el instituto. A partir de ese momento todos sus exámenes serán ya en Valencia, en la universidad.

Sin embargo, una vez en el exterior, en lugar de saltar y gritar, Marga lanza un largo suspiro, saca un paquete de Bisontes sin filtro, le ofrece uno a su amiga y enciende los dos. El humo les llena los pulmones de cosquillas y las hace sonreír, agotadas pero felices.

—¿Qué tal te ha ido? —pregunta Marga.

—Bien. Creo. Detesto a Salustio, pero me he pasado dos semanas temiendo que se le ocurriera ponernos algún epigrama de Marcial de los que no habíamos hecho. No creo que sea de sobresaliente pero con un notable tengo de sobra para la beca. ¿Y tú?

Las dos saben que Tere necesita desesperadamente esa beca, que es la única posibilidad de tener el futuro que desea porque sus padres no pueden mantener a un hijo en la universidad, y mucho menos a una hija.

—Sobre un notable también, supongo, a menos que haya metido la pata en muchas tonterías. Lo importante es que ya está. Mañana vamos a la piscina todas juntas y luego ¡a pensar en Mallorca!

Tere sacude la cabeza.

—No, Marga, mañana yo no puedo.

—¿Te han castigado otra vez?

Tere esboza una sonrisa que, en un rostro más viejo, sería amarga y en ella solo resulta un poco torcida, como fuera de lugar. Por un momento piensa en decirle a Marga la verdad, contarle lo que le pasa realmente, pero al final decide callar. Todo el mundo le cuenta sus cosas a Marga que, poco a poco, se está convirtiendo en el cubo de basura psíquica del grupo. Lo haría tal vez si ella pudiera echarle una mano, pero nadie puede ayudarla, de modo que contesta con una verdad parcial.

—No. Esta vez no. Tengo que ayudar a mi madre en casa. Ya sabes que mi padre no soporta ver a la gente parada y, como ahora ya he terminado los exámenes…

Marga le echa un brazo por los hombros.

—¿Quieres que hable yo con tus padres?

—No, deja. No vayamos a estropear lo de Mallorca.

Caminan en silencio hacia la cantina, buscando la sombra, mientras esperan que las demás terminen y acudan a reunirse con ellas, a comentar el examen y reírse juntas de las barbaridades que habrá escrito Carmen y de los riesgos que habrá corrido Ana para ayudarla a aprobar.

—¡Estoy más harta de todo, Marga! Tengo unas ganas de salir de aquí, de pasar de todo esto, de vivir mi propia vida y ganar mi dinero y hacer lo que me dé la gana! ¿Tú sabes lo que es haberse pasado la vida en una Casa Cuartel, donde todo el mundo se entera de lo que se habla, de quién sale y quién entra, y cuándo y con quién? ¿Tú sabes lo que es vivir en una

89

jerarquía militar? En cuanto llegue a Valencia me busco lo que sea: cuidar niños, limpiar escaleras, lo que haga falta.

—¿Dónde vas a vivir por fin? ¿Se han decidido?

—De momento en una residencia de monjas, pero en cuanto pueda quiero buscarme un piso con otras chicas. ¿No te apuntarías?

—Ya mismo. Pero mis padres quieren que pase el primer año en un Colegio Mayor, hasta que me adapte y tal. Parece que no se fían de nosotras. Como ellos no fueron a la universidad, sabe Dios lo que se imaginan que es aquello. Orgías continuas o algo así.

—Eso es también lo que cree Carmen.

La cantina está solitaria a esas horas de la tarde. Cayetano pasa la bayeta por la barra y las saluda con la cabeza distraídamente mientras ellas se acomodan en el rincón después de haber acercado sillas para las que faltan.

—Creo que voy a echar de menos todo esto —comenta Marga, con una mirada circular a la sala decrépita, con sus mesas de Railite desportillado y las paredes llenas de avisos, anuncios y pósteres clavados con chinchetas, todo del año de maricastaña.

—Yo no. Ni un solo instante —el tono de Tere es rebelde, agresivo—. Voy a olvidar el pasado en cuanto salga de este pueblo y voy a empezar a pensar solo en mí y en mi futuro.

—Hombre, gracias por la parte que me toca.

Tere se echa a reír, le da una palmada en el hombro y se pone de pie.

—¡No, mujer! Tú eres parte de mí y de mi futuro, como todas las locas que están a punto de llegar. Venga, si pones una peseta, te invito a una Coca-Cola; no llevo bastante para las dos.

Marga asiente sonriendo, saca la peseta y se queda mirando la espalda de su amiga en la barra mientras las voces de las demás se van acercando. Y de pronto siente un golpe de nostalgia, de miedo, de ganas de encogerse, de hacerse muy pequeña y meterse en la cama para no tener que dejar el instituto, para no tener que salir al mundo y bregar por sí misma hasta convertirse en una mujer adulta. Es como si una ola enorme le pasara por encima dejándola empapada, helada, sin sentido de la orientación. Pero entonces vuelve Tere con las dos Coca-Colas y en cuanto su mano se ajusta a las redondeces de la botella y sus ojos se encuentran con los de su amiga, el miedo se va desdibujando hasta que chocan los vidrios y oye la voz de Tere:

—Por nuestro futuro, Marga.

Entonces llegan las otras y todo se llena de risas, de voces, de cuerpos sudorosos, y pasa el mal momento y queda olvidado.

Junio de 2007

Aparcaron frente a los barcos de paseo que salían hacia la isla de Tabarca y fueron caminando despacio en dirección a la Lonja de pescado, buscando el bar donde habían quedado en encontrarse con Jaime y Teresa. El mar brillaba, azul y en calma, al sol de las doce, y a pesar de todas las renovaciones y mejoras que había sufrido el puerto desde la última vez que Rita había estado allí, aún quedaba algo del antiguo encanto del pueblecillo de pescadores que había sido Santa Pola en su infancia. Los turistas que lo asaltarían en los meses de julio y agosto, convirtiendo una población de veinte mil habitantes en una de doscientos mil, aún no habían llegado y se respiraba un ambiente de tranquilidad sureña, con las palmeras recortándose contra el cielo azul, las flores adornando los parterres y los mástiles de las embarcaciones del puerto deportivo balanceándose suavemente en la brisa del mar.

—Es bonito esto —comentó Ingrid, mirando las olas romper en la playa de Levante.

—Sí. Cuando yo venía aquí, de pequeña, era precioso. Las puestas de sol en el puerto, al salir de la subasta de pescado, eran de lo mejor que he visto en mi vida. Pero ya sabes que a mí el mar no acaba de gustarme. Anda, vamos a esperarlos dentro.

—Nunca he comprendido que a alguien pueda no gustarle el mar.

—Cada uno tiene sus manías.

Rita encendió un cigarrillo protegiéndolo con las manos y se quedó un momento más con la vista perdida en la masa de agua tranquila, espumosa en la orilla, confundida con el cielo en el horizonte, donde la silueta de Tabarca se destacaba nítida y amarronada sobre el azul. Llevaba tres décadas tratando de desligar la vista del mar de los recuerdos de aquel verano del 74. Estaba harta de luchar contra unos sentimientos que se le imponían, sin imágenes que pudiera desmenuzar y analizar hasta conquistarlas. Eso era lo peor de todo: que no había imágenes, que por mucho que se esforzara solo conseguía recuperar fotogramas oscurecidos, desenfocados, de momentos de aquella noche que lo cambió todo. Y la sensación, que aún hacía que le temblaran las manos. Esa sensación de horror, de incertidumbre, de culpa, de miedo quemante.

Y de alivio. Casi lo peor de todo. De alivio.

—¿Me lo contarás alguna vez, Rita? —Ingrid le puso la mano en el hombro y buscó sus ojos con una mirada de dulzura y compasión que le dio ganas de aullar y sacudir a su amiga violentamente. De modo que se soltó con suavidad, se encaminó hacia el bar, en silencio y, una vez en la barra, preguntó:

—¿Qué quieres tomar?

Ingrid se encogió de hombros. Estaba claro que Rita quería cambiar de tema, como siempre, y que no sacaría nada presionándola, así que pidió cerveza y se resignó a escuchar recuerdos infantiles de su amiga que no tenían nada que ver con lo que ella quería saber.

—Es curioso que las chicas hayan cambiado tan poco —dijo Rita, una vez instaladas en una mesa—. Quiero decir, que han cambiado, claro, pero que las constelaciones siguen igual. Carmen y Candela siguen siendo el perro y el gato; Teresa es sensata al cuadrado; Lena sigue un poco en las nubes y Ana… bueno, Ana sí parece diferente.

—¿En qué sentido?

—No sé explicarlo bien. Ana, en el instituto, era una chica pizpireta, aunque algo tímida para cosas de chicos, pero dispuesta a comerse el mundo, a llegar a lo más alto. Era la que más politizada estaba, la que más discutía de política y religión en clase, feminista convencida. Siempre quiso hacer derecho porque decía que la única posibilidad que tenía uno de cambiar el mundo era conocer la ley y luchar con medios legales por lo que creía justo. Resulta curioso que ahora Candela sea la abogada del grupo y que Ana se haya hecho matrona. No le va en absoluto. Es como si se hubiera hecho más pequeña en lugar de hacerse mayor.

—A veces las circunstancias le cambian a uno la vida. Pregúntale en la fiesta.

—Sí, la verdad es que me gustaría que me lo contara. Y también tengo ganas de conocer a su marido.

—¿Porque dicen que está como para mojar pan? —la sonrisa de Ingrid era malintencionada.

Rita le devolvió la sonrisa.

—Porque, como muy bien sabes, una de mis teorías dice que conociendo a la pareja de la gente es como se conoce de verdad a una persona. Tengo curiosidad por saber por qué eligió a un policía.

—Los policías también son personas.

Rita soltó la carcajada. Parecía que lentamente se estaba recuperando de lo que fuera que le hubiese sucedido momentos antes; Ingrid estaba acostumbrada a esos cambios de humor.

—Algunos sí, como en todas las profesiones. Pero que Ana se haya enamorado de un policía, por muy bueno que esté, es raro. Nunca le gustó la policía. Bueno, ni a ella ni a ninguno de los que crecimos en la España franquista.

—¿A Teresa tampoco? Me dio la impresión de ser una mujer muy de orden.

—A Teresa menos que a ninguna. Su padre era guardia civil y pasó su infancia viviendo en la Casa Cuartel con una madre callada y sumisa y un padre que los trataba a todos como reclutas. Menos mal que ella sacó un carácter fuerte, pero la castigaban cada dos por tres, para que aprendiera disciplina. —Rita dibujó con los dedos unas comillas imaginarias en el aire.

—Cambia de tema. Ya están aquí.

Jaime y Teresa llegaban en ese momento paseando con calma por delante de los puestos de pescado, cerrados a esa hora. Venían sonrientes y cogidos de la mano, como dos adolescentes. Jaime era alto, bastante calvo, y lucía la típica barriga prominente de los hombres de más de cincuenta años que han decidido que la curva de la felicidad es inevitable e incluso les da cierto carisma. Tenía los ojos azules y una sonrisa llena de dientes perfectos.

—Tenemos mesa para las dos y media en Guardamar

—las informó Teresa después de las presentaciones—. Si queréis, podemos ir en nuestro coche y luego volver a recoger el vuestro.

Pidieron más cerveza y se acomodaron en la mesa de ellas. Rita y Teresa de espaldas al mar, Ingrid y Jaime de frente.

—¿Cuándo sales de viaje? —preguntó Teresa mirando a Ingrid.

—Por fin me marcho el domingo que viene porque Rita me ha convencido de que me quede a ver uno de los famosos desfiles de Moros y Cristianos. Ya tengo la entrada. Cuando acabe el desfile me pasaré por la fiesta en el chalé de Ana y al día siguiente me iré a Granada.

—Lo pasaremos de maravilla. Ana cocina estupendamente y el chalé es precioso, ya veréis. Será casi como tu famosa fiesta de cumpleaños, Rita. ¿Te acuerdas?

Rita asintió con la cabeza, en silencio. No le apetecía hablar de ello, pero Teresa no pareció advertirlo y continuó.

—¿Qué fue de vuestra casa de campo? ¿La has heredado tú?

Tardó unos segundos en contestar porque era un tema que aún le dolía demasiado.

—No. Mi madre y mi tía la vendieron hace años.

—¿Y no la quisiste comprar?

—No pude. Estaba pagando mi casa de Londres y además era coproductora de una película en la que confiaba mucho. Le pedí a mi tía que retrasara la venta hasta que yo pudiera comprarla, pero su marido la presionó y al final acabaron vendiendo. Mi madre no se animó a enfrentarse a su hermana, que de repente quería el dinero ya, y acabó firmando. Al parecer se lo había prometido o algo así, y mi madre era de esas raras personas que aún tenían palabra.

—Aún te duele, ¿verdad? —preguntó Teresa, con suavidad.

—Sí. La verdad es que sí. Eran mis raíces. Lo único que me quedaba de mi infancia.

Jaime seguía la conversación sin participar, maravillándose de estar sentado en un bar del puerto con una directora de cine de fama internacional hablando de cosas tan íntimas y cotidianas. Teresa le había dicho que Rita era una muchacha normal, pero él no acababa de creerlo porque al fin y al cabo hacía treinta años que no se habían visto y en treinta años casi todo puede

95

cambiar radicalmente. De todas formas, él había supuesto que hablarían de cine, que Rita les contaría anécdotas y comidillas de Hollywood, de actores y actrices famosos que ella conocía en persona. Pero su mujer parecía menos interesada en los esplendores de la industria cinematográfica que en los pequeños detalles de la vida de su amiga. Quizá después, en la comida, podrían hablar de las cosas que le interesaban a él.

—¿Y la casa de tus padres, la del pueblo? —estaba preguntando ahora Teresa.

—Mi madre la vendió cuando empezó a no encontrarse bien, ya muerto mi padre, para comprarse un piso más pequeño, con ascensor. Luego se vino a vivir con nosotras a Londres. En fin, vamos a hablar de otra cosa, si os parece.

—No te preocupes, Rita —dijo Jaime afablemente—, todas las familias tienen sus historias. Lo que es un fastidio es que, a nuestra edad, aún no hayamos conseguido librarnos de ellas, que el pasado aún siga haciéndonos daño.

—El pasado siempre influye en el presente, Jaime. No se puede ir en contra. Somos lo que somos ahora a consecuencia de lo que fuimos, de lo que hicimos, de lo que nos sucedió. —Rita se había puesto muy seria, a pesar de que Jaime solo había intentado hacerla sentir mejor, pero estaba claro que era un tema que a ella le importaba mucho. No había más que ver sus películas.

—En inglés hay un proverbio —intervino Ingrid— que dice que «Los viejos pecados proyectan largas sombras».

Teresa y Rita cruzaron una mirada que los otros dos no supieron interpretar.

—Muy cierto —dijo Jaime.

—Pero como nosotros no tenemos viejos pecados —la voz de Teresa era jovial— viviremos siempre a plena luz, sin sombras que nos asusten, ¿verdad, queridos? Anda, Jaime, paga y así nos da tiempo a dar un paseo por la playa de Guardamar antes de la paella.

Junio de 2007

*P*arada en la Plaza de los Luceros, mirando las palmeras que apenas si se movían con la brisa que venía del mar, Rita tuvo la sensación de que ya era tarde para ella, de que estaba contemplando todo aquello con ojos de turista, maravillada por la buena temperatura, por lo bien vestida que iba la gente, por la mole del castillo de Santa Bárbara que se recortaba sobre un cielo perfectamente azul, mediterráneo, extranjero. Le dio lástima por sí misma, por haber perdido el contacto visceral con aquella tierra que era la suya, que fue la suya hasta los dieciocho años y ya casi no lo era.

Había leído en alguna parte que los exiliados y los emigrantes sienten nostalgia de un tiempo, no de un lugar; por eso se trata de una nostalgia incurable: porque uno puede volver a su ciudad, pero no a su juventud, a como era aquella ciudad entonces, con su ambiente, sus tiendas, sus cafeterías, las personas que constituían su mundo.

Por fortuna, aquella plaza no le traía recuerdos especiales. Las pocas veces que las habían dejado ir juntas a Alicante a pasar la tarde, siempre habían estado por la zona de la Explanada, o por las Ramblas y la calle Mayor mirando escaparates, que era lo que se hacía antes de que los jóvenes descubrieran el *shopping* como deporte. Antes, cuando una necesitaba unos pantalones negros, recorría dos o tres tiendas de confección buscando unos pantalones negros de precio razonable y, cuando los encontraba, volvía al día siguiente con su madre para que ella diera su aprobación y, según los casos, regateara con la dueña del establecimiento.

Cuando ella se fue a Londres, ni siquiera estaba El Corte

Inglés en Alicante, solo en Murcia. Y para muchas mujeres era una ansiada excursión de sábado a la que tardaban meses en arrastrar a sus maridos.

Le extrañaba un poco que Candela la hubiera citado en una cafetería en lugar de quedar en su casa. Al marcharse de la tasca, unos días antes, le había dado la impresión de que tenía muchas ganas de hablar con ella a solas, de que quería recuperar en lo posible la amistad que las había unido. Y sin embargo ahora, en lugar de abrirle las puertas de su casa, la había citado en un local público sin darle mucha importancia a su encuentro.

—Ya iba siendo hora de que te dignaras llamar —le había dicho con su aspereza de siempre, lo que las otras llamaban entre risas «su encanto natural», que siempre la hacía encogerse por dentro—. Mira, acabo sobre las seis. ¿Qué te parece a las seis y media en el Sausalito, en la plaza de los Luceros? Y ni se te ocurra traerte a la P.A.

Por un momento había pensado que le iba a resultar incómodo decirle a Ingrid que Candela no quería tenerla delante, pero todo resultó muy fácil porque Ingrid se había puesto a revolver armarios y parecía encantada de tener unas cuantas horas por delante para decidir a solas qué valía la pena guardar y qué no. De modo que había ido a Alicante sin compañía y se había sentado en la terraza del Sausalito diez minutos antes de su cita.

Vio venir a Candela vestida de lino blanco, con unas enormes gafas oscuras y un maletín de trabajo, y se puso de pie para recibirla.

—¡Estás hecha una guiri! —fue el primer comentario de su amiga—. ¿Cómo se te ocurre ponerte aquí, con este sol de justicia? Anda, vamos dentro. Tienen aire acondicionado.

Obedientemente, Rita cogió su cerveza y entraron. El local era frío, en todos los sentidos. Mucho metal y cristal, tonos neutros —tapicería gris claro en sillas y sofás— y paredes pintadas de rojo oscuro que, sin embargo, no aportaban ninguna calidez.

—Suelo venir aquí después del trabajo —comentó Candela, soltando el maletín sobre uno de los sillones—. Lo que ahora llaman *chill-out*, supongo. Lo que antes hubiéramos dicho: «Se acabó. A tomar por culo el trabajo».

—El curro —corrigió Rita, encendiéndose un cigarrillo.

—No, lista. Eso vino después. Antes trabajar se llamaba trabajar, sin más. Y además era un valor nacional. Franquista, claro. ¿No te acuerdas de aquello de «el trabajo dignifica al hombre»? «Currelar» solo lo decían los gitanos y estaba muy mal visto.

Las dos se rieron, Candela pidió un agua mineral con gas y una rodaja de limón y se quedó mirando a Rita como si esperara algo. En vista de que no se decidía a hablar, empezó ella:

—Bueno, Marga, ¿para qué me has llamado? No me digas que, después de treinta años sin mandar ni una postal, de repente te ha entrado el deseo de verme.

Rita estaba perpleja y casi tartamudeó al contestar.

—Tú me dijiste que me habías echado de menos... que te llamara...

Candela soltó la carcajada.

—Sí. Tienes razón. Yo sí que te he echado de menos, pero a todo se acostumbra una.

Hubo un silencio que a Rita se le hizo eterno, aunque quedó paliado por la llegada del camarero con el agua y un platito de almendras fritas.

—Lo jodimos todo, ¿te das cuenta? —Candela hablaba en un tono distendido, juguetón, que contrastaba fuertemente con sus palabras—. Teníamos tantos planes, tantos sueños... Ni tú ni yo somos lo que pensábamos ser.

—Yo sí.

—Venga ya. Tú querías hacer Historia del Arte, ¿te acuerdas? Y trabajar en museos, y ver mundo, y no dejarte pisar por ningún hombre.

—Eso lo he conseguido —dijo Rita, ya a la defensiva—. Lo de no dejarme pisar por un hombre.

—Ya. Ahora te pisa una mujer. Si te parece mejor...

Candela estaba echada hacia atrás en el sillón, con el vaso en una mano morenísima, surcada de venas abultadas y adornada con dos enormes sortijas de plata y piedras. Estaba tan delgada que su rostro parecía una máscara de cuero tensada en una expresión burlona. Solo sus ojos seguían siendo como antes, líquidos, luminosos.

—Ingrid es solo mi amiga, mi asistente —empezaba a cansarse de tener que dar explicaciones sobre su vida íntima a todo el mundo, pero nunca había podido evitar querer que la comprendieran, que la aceptaran.

—Al menos has tenido el valor de elegir a una mujer.

—¡Que no, Candela! ¡Qué pesada te estás poniendo, joder!

Su amiga se inclinó sobre la mesa hacia ella, clavándola con aquellos ojos grises de espesas pestañas maquilladas que, a pesar de los años, aún no habían perdido el brillo.

—¿Ya no te acuerdas de que queríamos estar juntas? ¿De que querías estar conmigo? Verano del 74. ¿Te suena?

Rita apagó el cigarrillo aplastando la brasa hasta que no quedó más que ceniza en el cuenco de cristal, y encendió otro.

—De eso hace treinta años, Candela.

—Treinta y tres. Pero nadie puede cambiar el pasado, por mucho que lo intente, por mucho que lo niegue, por mucho que le avergüence.

—¿Por qué no me has llevado a tu casa? —preguntó Rita de golpe, tratando inconscientemente de devolverle el daño que le estaba haciendo.

—Para que no pensaras que quería ponerte en una situación incómoda, que te estaba atrayendo a mi guarida o algo así. Pero ya veo que he sido demasiado considerada. U optimista. No sé. No se me había ocurrido que se te hubiera olvidado sin más.

—¿Siguen gustándote las mujeres, entonces?

—No, Marga. Sigues gustándome tú. —Se bebió el vaso de un solo trago—. Ya ves, Candela siempre tan directa.

—Entonces, ¿Gonzalo?

Candela esbozó una sonrisa que a Rita le pareció maligna.

—Es mi amigo. Mi socio. Como Ingrid, ya ves.

Rita cogió un par de almendras y empezó a masticar aplicadamente. No tenía ningún deseo de comer, pero sentía que necesitaba masticar algo duro.

—¿Por qué te estás comiendo las puñeteras almendras? Ese ha sido siempre tu problema, Marga, que te enseñaron a comerte cualquier cosa que te pongan delante, en todos los sentidos, y nunca has sabido rebelarte contra ello.

—Pero ¿qué sabes tú de mí, maldita sea? ¿Quién te crees que eres? —La voz de Rita iba subiendo de tono—. ¿Quién te da derecho a juzgarme, a meterte en mi vida, a creer que me conoces porque hace más de treinta años fuimos juntas a la escuela?

—Me he pasado más de treinta años pensando en ti, gilipollas. En cómo podría haber sido todo, en por qué no me llamabas, no me escribías... Esperando que lo digirieras, que entendieras por fin... —Rita vio cómo se iban llenando de lágrimas los ojos de Candela y cómo se esforzaba para que ella no se diera cuenta, hasta que acabó por bajar la vista hacia la mesa—. Incluso estudié derecho —terminó con la voz rota, como si aquello fuera el máximo sacrificio que pudiera esperarse de ella.

—¿Qué tiene eso que ver? —Toda la agresividad que había sentido Rita momentos antes acababa de esfumarse para dejar solo una inmensa perplejidad.

—Vamos a dejarlo, Rita. Ya veo que no te acuerdas, o que no quieres acordarte, que es peor. Vamos a hacer como que no ha pasado nada, que nunca pasó nada, que somos simplemente dos amigas del colegio que se han encontrado al cabo de un siglo para contarse lo bien que les va y sus proyectos de futuro. ¡Cuéntame de tus proyectos, anda! Perdona, me molesta ese reflejo en el parabrisas de aquel coche —dijo, poniéndose de nuevo las gafas de sol.

Rita no tenía ningunas ganas de contarle sus proyectos, pero el cambio de tema le daba ocasión de alejarse del peligro hablando de cosas cotidianas, superficiales, casi intrascendentes.

—Pues... lo primero, vaciar la casa de la tía Dora, ponerla en venta, disfrutar un poco del verano, terminar un guion y luego, para el 2008, empezar a rodar una película que ya tengo preparada. Lo de siempre, vamos. ¿Y tú?

—Llevo un montón de casos; tenemos el cupo cubierto hasta la primavera. —En los escasos segundos que había necesitado Rita para exponer sus planes más inmediatos, Candela parecía haberse recuperado y hablaba ahora con un tono casual—. Luego, quizá por mayo, tomarme unas vacaciones. Hace siglos que no me tomo tiempo para mí. Pensaba en el Caribe, Cuba quizá. Nunca he estado en Cuba. Pero ahora que la imbécil de Carmen se va de crucero por aquella zona, creo que iré a otro sitio. Me amargaría pensar que ella ya ha estado por allí haciendo fotos. A todo esto, ¿por qué la llamaste primero a ella?

Tratando de no perder la paciencia, Rita se contentó con una inspiración antes de decir:

—Me llamó ella a mí, justo al día siguiente de lo de la tasca.

—Es una maruja.

—Sí. Eso me pareció. Pero no está bien, Candela. Bebe muchísimo.

—Su padre era alcohólico. Eso se hereda. Va en los genes.

—No es solo eso. Yo creo que no es feliz.

—¿Quién es feliz? —Candela tenía una expresión extraña.

—Yo, por ejemplo. Yo soy feliz. Y Tere, creo. Y Ana y Lena.

—Sí. Tú quizá lo seas. Y Teresa también; ella es una roca. Es de las que son felices por cojones, con los dientes apretados; de las que luchan a muerte por su miajita de felicidad. Casi como yo. Lena se ha quedado colgada en los veinte años y yo creo que ya ha tirado la toalla, que sabe que la vida ya no le traerá nada que valga la pena. Como si fuera una zombi, que se mueve y hace cosas, pero sin saber por qué, simplemente porque es lo que toca, porque no hay nada más. Me subleva. Siempre me ha sublevado esa mansedumbre de Lena. Y Ana… ¿qué quieres que te diga? Ella dice que le gusta su trabajo, que quiere a su marido, que está loca por su hijo y le encanta su chalé, pero esa no es Ana. No ha vuelto a serlo. ¿Tú te acuerdas de cómo era Ana? Ella era la que iba a ser abogada, la que se iba a pasar la vida luchando por los derechos de la mujer, de los pobres, de todo el universo. ¡Era comunista, por Dios! Era comunista de carné cuando aún estaba prohibido, cuando aún te enchironaban por eso.

—¿Tú cómo lo sabes?

—Me enteré cuando lo legalizaron. Cuando nos invitó a la fiesta roja. Pero para entonces ya había perdido fuelle, ya casi se había convertido en lo que es ahora.

—¿Y qué es ahora, según tú?

—Una pobre mujer castrada que se arrastra por la vida como pidiendo perdón a todos y por todo, como si no mereciera vivir, como si le pareciera injusto tener lo que tiene.

—A un comunista de corazón puede parecerle vergonzoso haber renunciado a sus ideales —la defendió Rita—, todo eso de tener casa propia y coche y sueldo fijo…

—No. Tú sabes que no es eso. O no lo sabes, ¿qué más da? Tú ya no quieres saber nada. Te has hecho tu capullo de seda y vives ahí recogidita y feliz. —Se interrumpió de golpe y cambió de expresión—. ¿Te apetece venirte conmigo de vacaciones? —La pregunta sonaba como un desafío, como una provocación.

—¿Al Caribe? —preguntó Rita para hacer tiempo.

—Donde sea, ¿qué más da? Podríamos volver a conocernos. Mira, si te animas, en cuanto termines con lo de la casa, lo dejo todo y nos largamos a cualquier parte. Ya mismo.

Rita empezó a negar suavemente con la cabeza.

—¿Por qué no, Marga? —Candela le cogió la mano y se la apretó fuerte primero, luego con más y más suavidad, hasta que acabó acariciándola entre las suyas. Luego le dio la vuelta y la besó en la palma, como había hecho una vez, tantos años atrás.

—Porque los milagros no se recuperan, Candela —consiguió decir Rita en voz ahogada.

Su amiga le soltó la mano, hizo un gesto imperioso al camarero y sacó la cartera.

—Valía la pena intentarlo —dijo, como si aquello no hubiera tenido importancia, y se puso de pie—. Nos vemos el viernes en casa de Ana.

—¿No cenamos juntas?

—Lo siento. Tengo otro compromiso y aún tengo que arreglarme —mintió, sabiendo que Rita sabía que estaba mintiendo—. Si te gusta la comida mexicana, en la Cactus Cantina se come bien, y si prefieres volverte a casa son apenas veinte minutos, ya te habrás dado cuenta de que la carretera ha mejorado muchísimo.

No se abrazaron, no se dieron un beso en la mejilla. Rita siguió a Candela con la vista hasta la puerta de cristales. Su silueta blanca sobre la luz roja del atardecer. De repente Rita sintió una pena enorme, una desgarradura casi física que la hizo gritar.

—¡Candela!

Ella se volvió apenas, con los ojos cubiertos por las gran-

103

des gafas oscuras, y Rita volvió a sentarse, sin saber qué hacer. Había sido solo un impulso y ahora no se le ocurría nada que decirle.

—¡Nos vemos el sábado! ¡Cuídate!

Con una leve inclinación de cabeza, más envarada que nunca, Candela desapareció en el bullicio de la plaza de los Luceros.

Se pasó todo el viaje de vuelta a Elda pensando en la conversación del Sausalito, tratando de recordar si Candela había sido siempre así o si se había vuelto amarga y cortante con la edad, con las frustraciones, con la menopausia, incluso. Pero como le pasaba con casi todo lo que tuviera relación con aquella época, todo se le desdibujaba, como sucede en sueños cuando tratas de apresar un objeto y se va alejando de tu mano tendida. «¡Qué escurridizo es el recuerdo!, pensó, ¡Qué traidor! Crees que te acuerdas de una época y, si tratas de hacerla presente, te encuentras con que no tienes más que algunos esbozos, como diapositivas borrosas que resumen meses, años de tu vida. Y los únicos momentos que podrían servir de cabo del ovillo para tirar del hilo y devanar la madeja son los que más celosamente has ocultado debajo del sofá, con su compañía de pelusas e insectos muertos.»

Al pasar junto al Fontcalent, descubrió de nuevo las formaciones rocosas que de niña le parecían una princesa dormida, custodiada por su séquito de gigantes, y se dio cuenta de pronto de que ella también era así, también se había convertido, por voluntad propia, en una mujer dormida que soñaba historias hermosas y coherentes, protegida por su corte de productores, fotógrafos, actores, especialistas; una mujer de piedra.

A la última luz del atardecer, ahora que el sol ya se había ocultado tras el horizonte, el aire era de color melocotón maduro y las sombras invadían las rocas que fingían la melena de la mujer dormida. «Sigue durmiendo», susurró. «Duerme, princesa, no despiertes nunca.»

Conectó los faros del coche y trató de concentrarse en la carretera sin pensar en nada, limitando sus expectativas al futuro inmediato. ¿Estaría Ingrid en casa? ¿Y si no? ¿Le apetecía llamar a alguien o prefería irse a cenar sola a cualquier parte? Porque lo que estaba claro que no pensaba hacer era entrar en casa de la tía Dora y ponerse a revolver armarios y a sacar cajones en aquel piso oscuro y desierto.

Tuvo que dejar el coche a un par de calles de distancia para evitarse al día siguiente el engorro de madrugar para sacar el tiquet de aparcamiento; luego caminó despacio, cruzándose con cantidades de jóvenes que iban o venían de clases particulares, de gimnasios, de bares, de tiendas... todos charlando animadamente, todos en parejas y en grupos, salvo un par de chicas que, abrazadas a una carpeta, caminaban solas, concentradas en sus planes, como ella había hecho tanto tiempo atrás. Se preguntó qué les tendría reservado la vida, qué sorpresas les esperaban al volver la esquina del tiempo.

Antes de llegar a casa, lanzó la vista hacia arriba y se dio cuenta de que todas las ventanas estaban oscuras. Ingrid era un culo de mal asiento y seguramente ya habría tenido bastante polvo para un solo día. Conociéndola, se habría ido a cualquier terraza a pegar la hebra con el primero que se le pusiera por delante para sentirse parte del paisaje. No iba a tener más remedio que llamarla y preguntar qué planes tenía. A ella no se le ocurría nada de momento.

105

Ya con el móvil en la mano, se fijó en un hombre que, parado delante del edificio de la tía Dora, miraba también hacia arriba. No era nadie que conociera y tampoco parecía un galán esperando a la chica con la que había quedado. Era sólido y recio, con una barriga prominente, acusada calvicie y barba clara.

El hombre se la quedó mirando de un modo que se le antojó insolente y de repente su rostro pareció florecer en una amplia sonrisa.

—¡Marga! ¡Si eres tú!

Estaba claro que se conocían. Y que se conocían de antes. Nadie la llamaba Marga ya, salvo Candela, que llamándola Marga trataba de dejar claro que estaba apelando a una relación antigua que pretendía conservar y reactivar.

—¡Hola! —contestó sin embargo, con todo el desparpajo del que fue capaz, para no tener que confesar de momento que no sabía quién era.

—Te acuerdas de mí, ¿no? Manolo. Manolo Cortés.

Sonaba tanto a lo de «Bond. James Bond», que le dio risa y tuvo que hacerla pasar por un golpe de tos. Pero era cierto. Era Manolo. Treinta años más viejo. Treinta años más gordo y más calvo y lo menos cincuenta años más hortera. Cuando salían juntos, era un chico más bien guapo. Ahora se había convertido en un hombre parecido a su propio padre, aunque el padre de Manolo jamás se hubiera puesto aquel horroroso polo de color de rosa bien ajustado sobre la barriga y rematado por un cinturón italiano de marca.

—Claro que me acuerdo, hombre. Es que así, con la barba…

Se dieron dos besos y en ese momento, al verle los ojos, Rita creyó descubrir a su novio adolescente debajo de la piel morena y la barba ya canosa.

—¿Qué haces tú por aquí? —preguntó ella para soltarse cuanto antes de su abrazo.

—Vivo aquí. No como otras…

—¿Aquí? ¿En este edificio?

—No, mujer —lo dijo como si fuera impensable que un hombre de su categoría pudiera vivir en aquel edificio vetusto—. Aquí, en el pueblo. La que vive ahí al lado es mi hija, Vanessa. Voy a sacarla a cenar si está libre. ¿Te apuntas?

Rita negó con una risa que a ella misma le sonó forzada y un poco histérica.

—No, gracias, hoy no puedo. Ya he quedado.

—¡Qué lástima! Para una vez que nos encontramos… Mira, dame tu número y te llamo ahora en cuanto pasen las fiestas. Te voy a llevar a cenar a un sitio que ya lo quisieran en Londres.

Intercambiaron los números de teléfono entre sonrisas y confusiones y, mientras Rita marcaba el de Manolo, él se dedicó a pasear su mirada por todo el cuerpo de ella, como si tuviera que hacer un peritaje sobre su estado de conservación.

—Te veo muy bien, Marga, pero que muy bien.

—Gracias.

—¿Te casaste?

—No. Llevo una vida muy loca. No hay marido que lo aguante.

—Has hecho bien. Es como mejor se vive. Desde que estoy

libre me he dado cuenta de que así es como se está a gusto. Ya ves, yo me he casado dos veces y para nada. Eso sí, las dos me han sacado las entrañas. Y lo que me queda… pero como dinero no me falta, pues no me quejo.

—¿Te va bien la fábrica?

—¿Qué fábrica, mujer? Hace lo menos veinte años que soy constructor. Si echas una mirada por el pueblo, verás que todo lo que vale la pena es mío. Cortessa, Construcciones, ¿no te suena?

Sí que le sonaba, pero no sabía de qué y prefirió negar con la cabeza.

—Claro, es que ya no vives aquí. Pero ya te irás enterando. Ahora está la cosa un poco más floja, pero hemos tenido unos años estupendos. Y remontará. Acuérdate de lo que te digo, remontará.

—Bueno, Manolo, disculpa, pero tengo que irme o no llego.

—Lo dicho. Te llamo en cuanto pase el follón de Moros y te saco un rato por ahí, para que veas que aquí no nos mocamos en la manga.

Volvieron a intercambiar dos besos y Rita se alejó con la sensación de que la mirada de Manolo le estaba agujereando la espalda.

107

La voz de Ingrid sonaba fresca y feliz.

—Rita, qué bien que llames. Estoy aquí en la Plaza Mayor, en una terraza, con Lena, y Ana y David. Aún no hemos pedido la cena. ¿Vienes?

Aceptó, prometió explicar después por qué estaba libre y se encaminó hacia la plaza que le habían indicado, una plaza que en sus tiempos no existía, aunque iban mucho por la zona que, entonces, estaba ocupada por dos cines: el Coliseo y el Alcázar. Se había pasado media vida en aquellos cines, y en los otros diez que existían en su pueblo y que ahora, al parecer, habían desaparecido. Desde su infancia, el cine había sido su refugio, su ventana al mundo, un mundo más real y más pleno que el que la rodeaba, tan estúpido, tan plano, tan previsible. Entre los cuatro y los dieciocho años había visto cientos, miles de películas en aquellas maravillosas sesiones continuas de programa doble a las que uno podía entrar en cualquier momento, con la película empezada, y tenía que esforzarse para comprender lo que estaba pasando en la pantalla; luego, cuando volvía a empezar la cinta, después del paréntesis de la segunda película, iba comprobando si lo que había imaginado coincidía con la realidad creada por el guionista. Siempre había pensado que eso había hecho más ingeniosa a la gente de su generación; eso y los cine-forums de su juventud, las complejas y atrevidas películas de arte y ensayo que veían las noches de los jueves y sobre las que discutían a veces hasta la medianoche tratando de comprender por qué todos los personajes iban vestidos de azul o qué había querido expresar el director mostrando un gato lamiendo un charco de sangre. Ahora solo los que se consideraban a sí mismos intelectuales dedicaban un rato a comentar la película que acababan de ver; la gente normal iba al cine a pasar un par de horas, a comer palomitas y a seguir con sus asuntos en cuanto volvían a la calle. Para los jóvenes el cine se había convertido en un sucedáneo de los parques de atracciones y no pedían más que explosiones, acción, sangre, comportamientos estereotipados y algo de sexo. Ese sexo rápido, animal, que no salía del corazón sino de las tripas.

Y ella empeñada en hacer películas sutiles, llenas de diálogo, de matices, de sentimientos, empeñada en dejar pistas que el lector inteligente pudiera seguir.

Hacía una noche cálida, casi calurosa, y parecía que medio pueblo había aprovechado el buen tiempo para salir a pasear, a cenar o simplemente para ir de bar en bar, tapeando y hablando de las inminentes Fiestas de Moros y Cristianos que parecían ocupar todo el cerebro de la gente cuyas conversaciones captaba a retazos al pasar. Todas las calles principales estaban ya adornadas con guirnaldas de luces y sobre las aceras empezaban a alzarse las tribunas para las sillas de los espectadores de los diferentes desfiles.

Había una euforia en el aire que resultaba casi incongruente con el hecho de que fuera un martes vulgar. Toda aquella gente que llenaba las calles tendría que trabajar al día siguiente y sin embargo daba la impresión de que no pensaban retirarse temprano.

Volvió a darse cuenta de que estaba de nuevo pensando

como una turista, como una extranjera, y se maldijo por ello. ¡Como si ella no supiera perfectamente cómo se sentían todos aquellos eldenses a apenas tres días del comienzo de las fiestas!

Pero la conversación con Candela y el encuentro con Manolo la habían descolocado, y la idea de encontrarse ahora de nuevo metida en un grupo de gente no le seducía tampoco particularmente. ¿Cómo se las habría arreglado Ingrid para reunirse con ellos? ¿Qué excusa habría puesto? Al fin y al cabo, no los conocía de nada, pero Ingrid no tenía ninguna traba debida a la timidez. Por eso era tan buena P. A. Cuando era necesario conseguir cualquier cosa, ella se encargaba y lo conseguía.

La Plaza Mayor estaba a rebosar. Todas las mesas de las terrazas estaban ocupadas, había montones de gente de pie con un vaso en la mano charlando y riendo, y los niños pequeños corrían enfebrecidos entre las piernas de los mayores sin que nadie les prestara demasiada atención.

Estaba ya a punto de marcar de nuevo el número de Ingrid para que la orientara cuando los descubrió en una mesa al fondo de la plaza. Todos se levantaron a saludarla y Ana le presentó a su marido: David Cuevas, el famoso policía. Era realmente un hombre guapo. Sobre los cuarenta y pocos, alto, fuerte y de pelo claro. Ana, a su lado, todavía parecía más pequeña y flacucha y, cada vez que él se movía, como cuando fue a buscar a la camarera para pedir la bebida de Rita, lo miraba con embeleso, como si después de diez años aún no pudiera creer la suerte que había tenido al encontrarlo.

—¿Cómo es que estás ya de vuelta? —preguntó Ingrid.

—Candela tenía una cita para cenar. Hemos tomado una copa juntas y he decidido volver. No me apetecía dar vueltas sola por Alicante.

—¡Qué morro tiene Candela! —dijo Ana—. Primero te hace ir a Alicante y luego te despide como una reina tirana.

Rita se encogió de hombros.

—Es que siempre tiene mucho trabajo —explicó Lena, tratando de dejar bien a la amiga—. Tienen una barbaridad de clientes. Ya es una suerte que venga el viernes a la cena. Normalmente, siempre que la llamamos para algo, no puede.

—¿Alguien sabe por qué hizo derecho? —preguntó Rita.

109

Ana y Lena la miraron sin comprender.

—Quiero decir, que yo no me acuerdo de si era eso lo que quería estudiar cuando estábamos en el instituto. Siempre pensé que la que quería ser abogada eras tú, Ana, pero ya no lo sé seguro. Y ahora acaba de decirme que estudió derecho como si fuera un sacrificio, como si alguien se lo hubiera impuesto.

Ana lo pensó un momento, miró por encima del hombro hasta que localizó a David charlando con dos hombres un poco más allá y dijo, como eligiendo las palabras:

—Candela siempre quiso ser periodista. Periodista y escritora, decía. Por eso estudió en Madrid. No nos dimos cuenta de que había cambiado de planes hasta que estaba lo menos en segundo de carrera. Ella siempre nos dijo que, al llegar a Madrid y ver cómo estaban las cosas en los periódicos, decidió hacer derecho. Lo de escribir ya no volvió a nombrarlo nunca más.

—No, Ana —intervino Lena—. Yo sé que estuvo escribiendo una novela durante mucho tiempo, años. Una vez incluso dijo algo de leernos algún fragmento, pero más tarde, en otra ocasión, dijo una cosa curiosa...

—¿Qué? —Ingrid se inclinó hacia Lena como para animarla a seguir.

—No sé por qué se me ha quedado grabado. Una vez que hablábamos de no sé qué novela que estaba de moda Candela dijo que ahora sabía que como escritora nunca tendría nada que hacer porque había perdido la fantasía, porque en toda su vida no sería capaz de escribir más que una sola historia, la que había escrito ya. Y que un escritor de una sola novela no es un escritor.

—¿Y de qué iba la novela? —insistió Ingrid.

Lena se encogió de hombros.

—Lo mismo estaba escribiendo la historia de su vida —comentó Ana, tendiendo la mano a David, que se acercaba a ellas con la cerveza que había ido a buscar.

—En el fondo es lo que hacemos todos —dijo Rita, sonriéndole a David para agradecerle la cerveza.

—¿Cómo la has encontrado? —preguntó Lena.

—¿A Candela? Bien. Apabullante, como siempre. —No

pensaba contar a sus amigas lo que realmente habían hablado. Ni siquiera a Ingrid, por el momento—. Muy maquillada, muy delgada.

—Ha perdido mucho peso. La verdad es que me da un poco de miedo. Se ha pasado todo el invierno de infección en infección; nada grave, pero cuando no era otitis, era una bronquitis leve o Dios sabe cuántas cosas. Y yo creo que es porque casi no come. A nuestra edad, no conviene estar tan flaca, a menos que sea de constitución.

Ana y Rita cruzaron una mirada y se echaron a reír.

—Vosotras siempre habéis sido así. Y yo, si no estoy gorda, es porque soy casi vegetariana y además vivo sola. Es aburridísimo guisar para una sola, así que me preparo una ensalada y me la como delante del ordenador.

—Tú te pasas la vida trabajando, Lena —dijo David—. Deberías divertirte más. No sé. Salir por ahí, buscarte un novio.

—Yo ya he tenido todos los novios que necesitaba, gracias. Creo que todos entre los diecisiete y los veintisiete. Con eso ya tuve para saber lo que es.

—Parece que no tienes buena opinión de los hombres —insistió él.

—No es verdad. A mí los hombres me parecen muy bien, siempre que no estén ni en mi piso ni en mi cama.

Todos soltaron la carcajada.

—¡Que lo digo en serio, joder! Que yo tengo muchos amigos chicos. Eso sí, casi todos lejos y por internet. El otro día incluso conseguí ponerme en contacto con un danés a quien le había perdido la pista hace lo menos veinticinco años. Pero como resulta que es músico, lo localicé por su página web.

—Y con Nick, ¿sigue sin haber suerte? —preguntó Ana.

Lena sacudió la cabeza. De repente dejó de sonreír.

—Llevo intentándolo desde que tengo internet, pero no hay nada. Y en la embajada de Estados Unidos hace años que no quieren saber nada de mí; deben de pensar que soy una loca, pero ¿tan raro es que una mujer quiera localizar al padre de su hijo, ahora que tiene treinta años y nadie le va a pedir pensión ni alimentos?

—¿Nick es el padre de tu hijo? —preguntó Ingrid.

Lena asintió.

—¿Sabes su apellido? —Ya había sacado la agenda electrónica para anotarlo.

—Nick Devine. O al menos es lo que me dijo él y lo que ponía en su pasaporte, pero nunca me fijé en esos detalles, Ingrid. En aquella época, te hablo del año 77 o así, Nick y yo éramos una feliz pareja de hippies que no se preocupaba de tonterías como papeles oficiales, visados y demás. Estábamos en la India. Esa fue la última vez que nos vimos, en Nueva Delhi, justo cuando yo me puse de parto y nos refugiamos en la embajada de Estados Unidos. Él me dejó en la puerta diciendo a los guardias que era su mujer, que había roto aguas y que él volvería enseguida, y no lo vi más. Nunca más.

Lena cierra los ojos para contener las lágrimas que se empeñan en volver, a pesar del tiempo transcurrido, y de repente, como siempre, le llega una vaharada de olores pungentes, los olores de la India, y se ve a sí misma corriendo de la mano de Nick, casi arrastrada por el tumulto que llena las calles mojadas de Nueva Delhi. Hay una manifestación frente a la embajada de Gran Bretaña no sabe por qué, y los rostros de la gente con la que se cruzan parecen máscaras airadas, que retienen apenas la violencia que se palpa en el aire.

Las contracciones le vienen cada pocos minutos y tiene que detenerse, jadeando, apoyada en alguna pared, mientras el brazo de Nick le rodea la cintura y su boca, pegada a la oreja, le musita palabras de ánimo.

Habían pensado que sería un parto natural, sin complicaciones, que podrían participar juntos del nacimiento de su hijo rodeados de sus amigos y de la comadrona india que les ha prometido asistirla, pero hace apenas unas horas que la expresión dubitativa de la mujer les ha hecho entender, mejor que sus palabras, que no está segura de que la cosa vaya a llegar a buen término, y Nick, en un impulso, ha tomado la decisión de ir a su embajada a pedir ayuda para ella.

Han recogido dinero de todos los amigos para poder tomar un taxi, pero al cabo de un rato parados, envueltos en la corriente humana que fluye en dirección contraria abriéndose como un río en torno al vehículo, han decidido hacer a pie el kilómetro y medio que los separa del edificio americano.

Lena, doblada sobre el vientre, traspasada por unas contracciones cada vez más feroces que, sin embargo no parecen capaces de abrir de una vez el útero para que pueda salir el bebé, echa miradas de reojo al rostro de Nick, que se ensombrece por momentos.

Tiene miedo de poner el pie en su embajada y ella lo sabe. Hace casi cinco años que ha salido de Estados Unidos para evitar que lo lleven a Vietnam y desde entonces es prófugo. Ahora ya ha acabado la guerra, pero ninguno de los dos sabe si los cargos contra él siguen vigentes, si nada más entrar en territorio estadounidense los separarán y él tendrá que pasar años en la cárcel.

Cuando llegan a la verja de hierro, custodiada por varios marines más de lo habitual, a Lena se le doblan las rodillas y los guardias los apuntan con sus armas temiéndose una treta.

—*I'm American!* —grita Nick—. *We need help! My wife is in labour!*

Es la primera vez que oye a Nick llamarla «mi esposa» y, dentro del dolor que siente, la palabra la hace sonreír de felicidad.

Los marines se miran indecisos y entonces el cuerpo de Lena, como si lo tuviera perfectamente cronometrado, cede y un caudal de agua se derrama entre sus piernas salpicándolos a los dos.

—*She's broken water!* —grita Nick de modo totalmente innecesario porque los guardias ya se han dado cuenta, aunque todos son tan jóvenes que ni siquiera acaban de comprender qué está pasando—. *Please, please, help her!*

Uno de los marines empieza a hablar por su *walkie-talkie* mientras otro sale corriendo hacia el interior del edificio.

A Lena le tiemblan tanto las piernas que no puede tenerse en pie. Está asustada, mareada, y se agarra a Nick con desesperación. Las luces de las farolas se reflejan en el pavimento mojado, en las superficies de cristal de coches y ventanas, el olor se vuelve nauseabundo, todos los sonidos se le clavan en la cabeza como esquirlas de vidrio. Viene una contracción que la deja ciega por unos momentos y oye un aullido largo y desgarrado como si en alguna parte alguien estuviera torturando a un animal. Cuando pasa el dolor se da cuenta de que el aullido ha salido de su propia garganta y la vergüenza la inunda.

113

Parir es algo natural, se recuerda, todas las mujeres lo hacen, todos los animales paren sin ayuda. Eso es lo que se han repetido durante meses, desde que saben que van a tener un hijo, que forman parte del ciclo de la vida, pero ahora no sirve, ahora de repente no hay más que dolor y miedo.

Sale un hombre corriendo del edificio, seguido de dos marines que llevan una camilla, se abren las altas rejas y el hombre aparta a Nick con suavidad y la ayuda a tumbarse. Ella tiende los brazos a Nick que, de repente, empieza a caminar hacia atrás, mirándola a los ojos.

—No te vayas —susurra ella—. No me dejes sola.

—*I'll be back* —contesta él sin dejar de mirarla—. *Take care!*

La camilla se alza, se bambolea suavemente durante unos segundos y le sobreviene otra contracción que la hace encogerse y cerrar los ojos. Cuando vuelve a abrirlos, Nick ha desaparecido en la noche de Nueva Delhi, tragado por el río de gente airada.

—¿No te ayudaron ellos a encontrarlo? —preguntó Ingrid. Ana y David se habían levantado y charlaban con unos amigos junto a la mesa de al lado.

—No constaba en sus archivos. Al menos no con ese nombre. No había ni rastro de un Nick Devine de la edad del mío. En el estado de Omaha, de donde él era, había tres, pero dos eran viejos y uno recién nacido.

—¿No sabes nada más de él? El nombre de soltera de su madre, por ejemplo, o dónde estudió, o si tenía hermanos.

Lena les dedicó una sonrisa pálida.

—Me he pasado treinta años tratando de reunir todos los datos que él me dio en el tiempo que pasamos juntos; incluso llegué a pagar unas sesiones de hipnosis en Barcelona para tratar de recordar más de lo que me dijo. Nada encaja. Nick Devine debió de ser una identidad falsa, un invento para olvidar quién era realmente. Quizá incluso hubiera robado el pasaporte, yo qué sé. Entonces no me importaba; me parecía romántico incluso. Acosados, perseguidos, solos contra el mundo. Totalmente peliculero. Perdona, Rita, no quería ofenderte.

Rita negó con la cabeza.

—Tardé mucho en aceptar que me había abandonado, que

nos había abandonado. Me pasé años pensando que quizá hubiera muerto en aquella manifestación. Murieron varios occidentales y muchos indios pero, a pesar de que el nombre de Nick no estaba en las listas, yo seguí creyendo que era imposible que nos hubiera dejado sin más. Nos queríamos de verdad y él estaba loco por el bebé. Ya veis —terminó, pasándose un pañuelo de papel por los ojos—, aún me afecta.

—¿Qué le contaste a tu hijo? —preguntó Rita.

—Al principio le dije que su padre había muerto en aquella manifestación, que cuando me dejaron salir del hospital, recogí su cadáver y lo enterramos en la India. Es también lo que les dije a mis padres y a mi abuela, aunque supongo que no llegaron nunca a creérselo. Más adelante, cuando me pareció que Jeremy ya tenía edad de compartir mis dudas, le conté lo mismo que a vosotras ahora. Se puso furioso. Me insultó. Pasamos días sin hablarnos. Luego acabamos por hacer las paces, pero ya nunca fue igual; poco después se fue a la universidad y luego consiguió una beca para Estados Unidos. Él es estadounidense porque nació en territorio americano; ahora vive allí y casi nunca viene a verme. Su mujer es de Shanghai, pero solo la conozco por fotos.

—¿Se casó sin decírtelo?

—Sí. Me llamó para decirme que se habían casado, que había sido todo muy rápido y muy íntimo. Me dijo incluso que estaba seguro de que yo, precisamente yo, comprendería que no hubieran contado con la familia.

—¿Por qué? —preguntó Ingrid.

—Porque yo también me había ido de mi casa a los dieciocho años, primero a Ibiza, luego a Londres y después a la India. Porque me había pasado varios años sin decirles a mis padres dónde estaba… supongo que tenía razón.

—Entonces, nosotras estuvimos en Londres a la vez, sobre la misma época —dijo Rita con los ojos entrecerrados, calculando fechas—. Eso sería sobre el 76, ¿no?

—Sí. Yo llegué a Londres después de aquel verano de calor brutal del que todo el mundo hablaba. Traté de localizarte a través de tus padres, pero me dieron largas dos o tres veces por teléfono y yo no tenía dinero para insistir. Aquellas conferencias costaban una fortuna.

115

—Nunca me dijeron nada. —Rita se había puesto triste de repente.

—Parece que tú tampoco llamabas mucho. —Lena le dedicó una sonrisa cómplice—. No sufras, Rita, te comprendía muy bien, pero me habría gustado poder verte aquel otoño. Estaba muy sola, muy perdida, hasta que conocí a Nick.

Rita se enreda por unos segundos en el mundo de entonces, en las clases de la escuela de cinematografía, en el piso de Jim, en Kensington, en las copas de los árboles del parque que van perdiendo las hojas y forman una intrincada alfombra de colores que ella ve desde la ventana de su dormitorio mientras piensa si vivir allí, con él, es lo que realmente quiere.

—Bueno, chicas —dijo David sentándose de nuevo—, ¿alguien tiene hambre? Lo digo porque hemos pedido mesa para las diez y habrá que ir entrando.

—¿Qué habéis hecho con el niño? —preguntó Ingrid, guardando la agenda en el bolso.

—Duerme en casa de un amigo. Es un invento genial que me permite a mí cenar con cuatro mujeres.

Mientras pasaban al comedor, Rita, echando una mirada a Ingrid, se dio cuenta de que tenía la expresión rapaz que siempre adoptaba cuando estaba de caza. Al parecer tenía planes para buscar a Nick Devine.

Junio de 1974

Son las tres de la madrugada. Marga y Manolo caminan despacio por el centro de la calle Martínez Anido, entre las dos filas de sillas de palo que unas horas atrás estaban llenas de espectadores entusiastas y ahora están vacías, esperando el siguiente desfile, salvo alguna que sirve de ancla a un borracho que los mira pasar con una sonrisa estúpida, el maquillaje corrido y una botella en la mano.

Ellos también están algo achispados y por eso se apoyan el uno en el otro, sincronizando sus pasos como si desfilaran. Marga va vestida de mora, Manolo de estudiante, pero hace tiempo que han pasado por sus casas para dejar allí lo más molesto —ella el turbante con las plumas, el pesado cinturón con alfanje y la capa larga; él la capa con las cintas y el lápiz gigante— y ahora solo les queda lo mínimo, que de todos modos se les pega a la piel porque el calor no ha mejorado mucho con la llegada de la noche.

Caminan en un silencio cómodo, él pasándole el brazo por los hombros, ella por la cintura, disfrutando del cansancio, de la música que les llega a retazos de aquí y de allá, de la noche de verano, de la sensación de que son fiestas de Moros y ya queda poco para acabar el curso y pronto se irán del pueblo para ser estudiantes universitarios.

—¿A qué hora te toca maquillarte? —pregunta Manolo.

—A las cuatro y media.

—Entonces no vale la pena que te acuestes. ¿Vamos un rato al cuartelillo a ver quién hay?

Dan media vuelta y bajan de nuevo por la misma calle en dirección a la iglesia de Santa Ana cruzando sonrisas y saludos con otros comparsistas que se tambalean también un poco y necesitan urgentemente un retoque de maquillaje. Se oyen gritos de «Alegría, alegría, estamos en el primer día»; alguien, vestido de contrabandista, vomita frente a un garaje mientras dos amigos suyos, vestidos de pirata, esperan que termine para seguir la juerga.

Cerca del Casino oyen música y se consultan un instante con los ojos, pero deciden seguir adelante. Más allá de la calle Nueva la noche se vuelve tranquila, apenas se cruzan ya con gente. El cuartelillo está en una calleja cerca de la iglesia y, cuando llegan, les parece que no hay nadie, aunque brilla una luz en la sala del fondo y suena una música a poco volumen, «Black magic woman». Alguno de los amigos estará echando una cabezada en los sofás desvencijados que han conseguido reunir entre todos.

—¿Qué quieres beber? —le pregunta Manolo.

—No sé. Nada. Creo que ya hemos bebido bastante.

—Venga, mujer, te pongo un cubalibre, o un vodka con limón o algo. Estamos en Moros.

—Bueno, lo que sea.

118

Manolo se pierde en las oscuras profundidades del cuartelillo y Marga se queda en la primera habitación, la única que da a la calle, moviéndose lánguidamente al ritmo de la música, frente a un póster que muestra un Frankenstein de tamaño natural que a algunas de las chicas les resulta intimidante. Por el suelo brillan un par de bombillas de muy bajo voltaje cubiertas con paños rojos. Marga enciende un cigarrillo y, envuelta en su propia niebla, disfruta del momento, de la soledad, del maravilloso cansancio del desfile. Tiene sueño, pero ya dormirá un rato mientras la maquillan.

Manolo llega con dos vasos.

—No había hielo —dice—, pero por suerte la nevera funciona. Jose anda por el fondo, bastante curda, pero seguirá poniendo música mientras aguante.

Chocan los vasos y beben frente a frente, sonriéndose. Él le pone una mano en la cadera y ella apoya la mano que sostiene el cigarrillo en el hombro de Manolo. Se acercan, se mueven despacio, con los ojos cerrados, mientras suena «Samba pa ti».

Para Marga es un momento perfecto: la música, la oscuridad rojiza, el humo, el frío del vaso en la mano, el sabor del vodka con naranja en la boca, el cansancio, el cuerpo relajadamente apoyado en el de Manolo, con naturalidad, con camaradería. Abre los ojos, vuelve a cerrarlos y suspira.

Entonces él, de repente, empieza a apretarla como si fuera una boa ciñendo a su presa. Mete la cabeza en el hueco del hombro de ella y pega los labios a su cuello chupando como un vampiro mientras su mano libre baja por la cintura y la manosea de un modo que a ella le resulta desagradable.

—¿Qué haces? —dice, forcejeando para apartarlo—. Me estás haciendo daño en el cuello.

—Te estoy marcando —susurra él a su oído—. Para que todo el mundo sepa que eres mía.

—Yo no soy tuya —dice ella, cada vez más molesta—. Yo no soy de nadie. ¡Déjame en paz!

Manolo se libra del vaso estrellándolo contra el suelo, en un rincón, para tener las dos manos libres. Marga se agarra al suyo como si fuera un arma, o una tabla en el mar. El traje de terciopelo que lleva Manolo es tan negro como la oscuridad del fondo y, por un segundo, parece que no tiene cuerpo, que solo es una cabeza flotante que la mira fijamente con ojos brillantes, de fiera; tiene el rostro pálido y desencajado, el pelo se le pega a la frente.

—Deja de hacer la idiota, Marga —susurra él en un tono que a ella le parece amenazador—. Sabes muy bien a qué hemos venido, no te hagas la inocente.

Ella niega con la cabeza. De repente se ha quedado sin palabras. Siente una especie de fuerza bruta que emana de él, como el calor que sale de un radiador. Quiere darse la vuelta y salir corriendo pero no sabe cómo mover las piernas que han empezado a temblarle. Cae el cigarrillo con una pequeña explosión de chispas que Manolo aplasta con el pie.

Él le quita el vaso de la mano, lo estrella en el mismo rincón y la agarra por los hombros llevándola hacia el fondo de la casa, hacia la sala más oscura, donde hay un par de sofás que todo el mundo sabe para qué sirven.

—Déjame —consigue decir por fin—. Déjame, animal, no quiero, ¿me oyes? No quiero. Estás borracho.

—Sí —dice él—. Estoy borracho. Y el otro día, en tu cumpleaños, estaban tus amigas delante y no estábamos solos. Y la semana pasada te dolía mucho la cabeza. Y hace dos semanas tenías que estudiar latín y ni siquiera saliste. Somos novios, joder. Tengo derecho.

Están parados en la habitación que en una casa normal sería el comedor. Los mismos metros la separan de la salida y del cuarto del fondo. Siente que una corriente eléctrica recorre todos sus músculos y que algo en su interior se aprieta de repugnancia, algo que se anuda en su estómago como una serpiente. En la penumbra, la cara de Manolo se ha convertido en una máscara; le brilla el sudor en el labio superior, tiene el pelo pegado a la frente y a las sienes, sus dientes blancos relampaguean en la oscuridad, y de pronto Marga sabe que nunca, nunca se va a dejar tocar por él, que está dispuesta a sacarle los ojos con las uñas si lo intenta, y en ese mismo instante Manolo parece darse cuenta del peligro y cede; su cuerpo se relaja, esa fuerza animal que irradiaba desaparece, como si nunca hubiese existido.

La música ha callado hace rato. Se dan cuenta ahora del chirrido de la aguja del tocadiscos en el surco vacío.

—Jose debe de haberse quedado frito —comenta Manolo, haciendo un esfuerzo para volver a la normalidad.

—Tengo que irme. —Marga intenta que no le tiemble la voz, pero lo que sale de su boca es una especie de graznido.

—Te acompaño.

—No, deja, es igual. Quédate con Jose y duerme un poco.

—Ni pensarlo. No voy a dejar que mi novia vaya sola por ahí a estas horas y con tantos borrachos.

Marga está a punto de soltar la carcajada de pura histeria. Le da mucho menos miedo encontrarse con un borracho desconocido que seguir allí con él, pero lo más importante es salir a la calle. Si le diera tiempo, lo que de verdad querría es irse a casa, darse una ducha y dormir un par de horas antes del desfile de la mañana, pero son casi las cuatro y no puede faltar a su turno de maquillaje.

A la altura de la calle Nueva, Manolo, que no ha abierto la boca desde que han salido del cuartelillo, le coge la mano y le sonríe.

—La verdad, Marga, es que estoy muy orgulloso de ti. Me jode un poco, claro, pero me alegra. Eres lo que se llama una chica decente. Ahora tengo la seguridad de que eres virgen.

Junio de 2007

—*P*erdona que llegue tan pronto, Ana, pero es que el taxi no podía traerme más tarde, con el lío de los desfiles y las calles cortadas. Y quería dejarle el coche a Ingrid para que pueda venir ella después por su cuenta. Tampoco he podido traerte nada; estaba todo cerrado.

Ana, en la puerta de su casa, la miraba socarronamente mientras escuchaba sus explicaciones.

—Venga ya, mujer, pasa y déjate de monsergas. Esto no es una visita de cumplido. Además, me alegro de que hayas venido antes, así tenemos un ratito antes de que empiecen a llegar todas y nos podemos tomar una cerveza en la terraza con tranquilidad.

Cruzaron el salón de la casa y salieron al jardín, donde Ana ya había preparado una mesa grande bajo una enorme sombrilla blanca.

—Eres una auténtica ama de casa, Ana —dijo Rita echando una mirada circular a los parterres de flores, el columpio, la mesa puesta con platos y vasos a juego y servilletas de colores cálidos—. ¿Quién iba a decirlo hace treinta años?

—Es raro, ¿verdad? Incluso yo lo encuentro curioso a veces, como si estuviera jugando a papás y a mamás, pero desde que nació Ricky y nos vinimos a vivir aquí le he cogido el gusto a limpiar y guisar y preocuparme de la casa y esas cosas. Será la edad…

—No sé, chica. A mí la edad no me ha vuelto más hacendosa.

—Porque tú tienes otras cosas que hacer.

—Y tú también. Y además con unos horarios bastante locos, supongo.

—Sí, la verdad es que de horarios vamos fatal. Entre las guardias de David y las cosas que surgen sin que nadie las espere, y mis partos… menos mal que tengo a mi madre, que siempre está dispuesta a acudir cuando hace falta.

—Pero te va bien, ¿no?

Ana suspiró, sirvió dos cervezas sin preguntar y se sentó enfrente de su amiga.

—Sí. Me va bien. Pero es como… no sé… como si todo fuera una burbuja a punto de romperse. No me lo acabo de creer y sin darme cuenta me paso el rato tratando de vivir a tope, de disfrutarlo todo, de recordarlo todo… para cuando se acabe.

—¿Por qué se va a acabar? ¿No estarás enferma o algo?

Ana sacudió la cabeza.

—No. Me hago un control al año y parece que estoy como una rosa. Todos estamos bien.

—¿Entonces?

—Ni idea. Es una cosa rara. Una sensación de miedo vago. Como… como si me hubiera colado en un banquete sin invitación y se fueran a dar cuenta de un momento a otro.

Rita se rio.

—No te agobies. A mí también me pasa a veces. Como cuando hace dos años nos recibió la reina, a mí y a mi productor, y yo subía aquellas escalinatas flanqueadas de guardias reales y en cada control pensaba «ahora me dirán que ha sido un error y me pondrán de patitas en la calle». Pero en tu caso… chica, lo más normal del mundo es tener una familia y una casa donde vivir y un trabajo que te gusta, o que no te disgusta demasiado. Tampoco es tanto pedir.

—Pues ya ves.

—A todo esto, ¿cómo se te ocurrió hacerte partera?

—Matrona.

—Vale, matrona, pero es que me suena tanto a señora mayor, a patricia romana.

—Tengo cincuenta años, Rita.

—Ya. Y yo cincuenta y uno.

—Quiero decir, que ya soy una señora mayor —dijo Ana, enfatizando el «soy»—. Y lo de hacerme matrona… no sé. Después del instituto hice muchas cosas, muchos trabajos sueltos aquí y allá. Viví en Barcelona unos años, luego en Madrid y al final… no te lo vas a creer porque suena totalmente falso, como de película. Un día iba yo en taxi, en Madrid, y de repente, al pasar por una parada de taxis vacía, vemos a una mujer embarazadísima, medio histérica, haciéndonos señas. El taxista para y pregunta qué pasa; la mujer, antes de contestar, se sube a mi lado y le dice que tiene que llevarla a una clínica, que ya ha roto aguas y las contracciones vienen cada dos minutos. El hombre, muerto de miedo, echa a andar y yo empiezo a intentar tranquilizarla. Nos metemos en un atasco, la mujer se pone a pegar gritos, yo estoy a punto de bajarme y dejarlos allí cuando, de repente, me agarra de la mano y me dice «ayúdame, por favor, ayúdame». Yo no tenía ni idea de lo que había que hacer, claro; el taxista no hacía más que llamar a la central para que mandaran una ambulancia y la pobre chica estaba a punto de parir en el taxi. Total, que sin saber bien cómo, resulta que la ayudé lo mejor que supe y cuando la ambulancia llegó a la Gran Vía, yo ya tenía una chiquitina toda sucia de sangre y babas en los brazos. Acompañé a María al hospital, arreglaron a la peque, que su madre había decidido llamar Ana, como yo, y cuando me vi en la calle de nuevo decidí estudiar para matrona y ayudar a las mujeres cuando pasan por ese trance, colaborar a que sea una experiencia positiva para ellas, a que no pierdan ni por un momento la dignidad. De eso hace veintiséis años. Y me sigue gustando. Sigo pensando que hago algo útil, que compenso de algún modo todas las vidas que se pierden injustamente en el mundo. Me entiendes, ¿verdad?

Rita dio un largo trago a su cerveza con la vista perdida en la pineda del chalé de enfrente. Tenía sentido. Ana siempre había sido partidaria de ayudar, de colaborar, de mojarse por las cosas en las que creía. ¿Qué más daba que hubiera cambiado la abogacía por traer criaturas al mundo, si ella lo sentía como un privilegio? No le parecía que Ana fuera, como había dicho Candela, «una mujer castrada» solo porque no había estudiado Derecho y ya no le interesaba la militancia política. ¿Cuántos adultos llegan a ser lo que pensaban en el instituto? La mayor parte acaban por decidirse por otra cosa, como ella misma, como Candela que, sin embargo, se creía con derecho a reprocharle a Ana lo que en ella le parecía bien.

—Durante mucho tiempo traté de justificar aquello. Luego traté de olvidarlo, pero no empecé a sentirme mejor hasta que no

123

atendí mi primer parto y me di cuenta de que era una especie de compensación. Me entiendes, ¿verdad? —insistió.

Rita la miró sin acabar de comprender. Cada vez con mayor frecuencia se perdía en sus propios pensamientos en mitad de una conversación y luego le resultaba difícil retomar el hilo. En una novela todo era muy sencillo: los personajes hablaban y el lector podía seguir no solo sus palabras, sino también los pensamientos que habían motivado las palabras y que no siempre se correspondían con ellas, pero en la vida real uno nunca lograba acceder a los pensamientos del otro. Por eso ella prefería el cine: porque era más parecido a la vida. Tanto en la realidad como en una película, lo único que uno tiene es la suposición que establece sobre los pensamientos y sentimientos del otro juzgando por sus miradas, por la expresión de su rostro, por su lenguaje corporal.

Ahora Ana se inclinaba hacia ella, agarrando el vaso con las dos manos, como pendiente de que le diera una señal de que había entendido lo que quería decirle, como esperando que la reafirmara, de modo que lo hizo sin saber exactamente en qué la estaba reafirmando.

124

—Claro que te entiendo, Ana —dijo por fin, y su amiga se echó hacia atrás en el sillón con una pequeña sonrisa que recordaba a la de entonces—. Deja de darle vueltas. Está bien así.

—¿Tú crees?

Ahora parecía una niña, con su camiseta blanca y el diamantito brillando en el hoyuelo de su garganta.

—El pasado ya pasó, Ana. Hay que mirar hacia delante. Al menos nosotras hemos llegado hasta aquí y hemos envejecido bien.

Ana asintió con la cabeza y, viendo que Rita acababa de sacar un cigarrillo, se levantó para buscar un cenicero.

—El otro día —dijo Rita, alzando un poco la voz para que su amiga la oyera desde la cocina—, el martes, cuando cenamos juntos, poco antes de reunirme con vosotros, ¿sabes a quién me encontré? A Manolo —continuó sin esperar respuesta—. Tardé en reconocerlo, ¿sabes? Está gordo, hortera, no sé, chica, un horror.

—¡Qué lástima de chico! —dijo Ana, dejando un gran cenicero de cristal tallado al lado de Rita—. Antes estaba bastante bien, de pinta al menos. Por dentro siempre fue… bueno, ¿qué te voy a contar a ti?, digamos que yo siempre pensé que le faltaban dos veranos. Pero ahora se ha puesto fatal. Se ha hecho de oro con lo de los pisos y se cree que es alguien. Nos mira a todos por encima del hombro, como si de repente no fuéramos lo bastante buenos para él. Claro, que a mí me da igual; nunca fuimos realmente amigos. Y cuando empezó a maltratar a Carmen, yo dejé de hablarle, incluso después del divorcio y todo.

—¿Le pegaba a Carmen?

—Un par de veces, hace siglos. Hasta que entre todas la convencimos de que lo dejara. Para entonces ya existía el divorcio y Candela ya era abogada. Le sacó todo lo que pudo, por eso se odian.

—Es increíble la cantidad de cosas que no sé.

—Mujer, increíble no es. Llevas años y años sin contacto con todo esto. Pero supongo que se te hace raro que haya tantos secretos que no conoces. Antes tú siempre lo sabías todo.

—¡Y dale! ¡Qué manía os ha entrado a todas!

Ana se encogió de hombros como si pensara que no merecía la pena discutirlo.

—Oye, ya que estamos...

—¿Tú también me vas a preguntar si me acuesto con Ingrid? —preguntó Rita algo picada.

—No, mujer, eso es asunto tuyo y la verdad es que me da lo mismo, en serio. Lo que te iba a preguntar es algo muy antiguo. Nuestra profe de literatura, doña Bárbara, ¿tenía un amante?

Rita se quedó un segundo en blanco y luego se echó a reír estrepitosamente.

—Ya sé que en el fondo da igual, y que hace más de treinta años y todo eso, pero hace tiempo lo oí comentar y la verdad es que me muero de curiosidad porque como ella era tan seria, tan de orden, tan amiga de la profe de formación política... ¿te acuerdas? Y como tú hacías buenas migas con ella y a veces ibais juntas al teatro...

Rita se encendió otro cigarrillo y sonrió.

—Sí.

—¿Sí qué?

—Que sí que íbamos al teatro y que sí que tenía un amante, aunque yo, lógicamente, no lo vi nunca.

—Cuenta, anda.

125

—Ella sacaba las entradas para la función y le decía a su marido que iba al teatro con unas alumnas. Entrábamos juntas y a los diez minutos se levantaba discretamente como si fuera al lavabo y me dejaba allí. A veces volvía justo a tiempo de recogerme al final y otras veces yo me iba a la confitería de Santa Ana hasta que cerraban y luego a casa. Al día siguiente le contaba la obra en el recreo. Nunca me dio muchos detalles, aunque estaba claro que estaba enamorada de verdad de aquel hombre pero no se atrevía a separarse porque habría perdido el empleo. Le daba mucha vergüenza utilizarme así y lo mismo me regalaba un libro que luego me ponía verde en clase cuando no me sabía algo. Después de COU le perdí la pista, ya no sé si acabaría divorciándose.

Ana negó con la cabeza.

—No. Iban cada uno por su lado pero, que yo sepa, siguieron casados hasta que ella murió de cáncer de útero.

—¡Joder, la pobre! Al menos tuvo aquella época buena.

—¿Y tú cómo te metiste en aquel lío?

Rita se encogió de hombros y perdió la vista en el cielo que se iba oscureciendo.

126

—Por casualidad, como siempre, y por no saber decir que no. ¡Cuántas gilipolleces he hecho en la vida por no atreverme a decir que no, Ana! Me la encontré un día en el teatro; yo había ido con mi madre, nos vimos en el vestíbulo, charlamos un poco y al día siguiente, en el instituto, me preguntó si me había gustado la obra. Me escuchaba como si tomara nota de todo lo que le estaba contando y acabó confesándome que se había dormido y por eso no se había enterado de nada. Luego, poco a poco, empezó a invitarme a ir con ella a todo tipo de obras, incluso al cine. A mí me venía bien que me pagara la entrada y a ella le venía bien que no le preguntara dónde había estado. Una cosa fue trayendo la otra y, cuando me quise dar cuenta, ya no podía decirle que no. O yo creía que no iba a poder. Da igual, tampoco era para tanto.

—O sea —dijo Ana—, que tú también tenías tus secretos. Nunca notamos nada.

—Esa era la gracia de la cuestión. Si lo hubierais sabido, ya no habría sido secreto. Y además, no era un secreto mío que pudiera haberos contado. Era de doña Bárbara. Habría perdido su autoridad en clase, habría sido chantajeable.

Ana se frotó los brazos como si tuviera frío.

—Sí, eso es horrible. El chantaje siempre me ha parecido el crimen más horrible. Jugar con el miedo de las personas para obligarlas a hacer cosas.

—A pagar, normalmente.

—No solo pagar.

Cuando Rita estaba a punto de preguntarle a qué se refería, si David le había contado algo que pudiera resultar interesante para incorporarlo a un guion, empezó a sonar desaforadamente un claxon a la entrada del chalé y Ana se levantó con una amplia sonrisa.

—Carmen, siempre tan discreta —comentó, ya en marcha.

Al cabo de unos momentos Rita las vio acercarse charlando entre risas y se levantó a abrazar a Carmen que venía pintada como para una fiesta, con unos pantalones cortísimos y unas sandalias de tacón alto llenas de pedrería.

—A ver, confesad, pelmazas, ¿a que ya estabais hablando del pasado? —Las dos esbozaron una sonrisa culpable—. Bueno, pues como ya os habréis puesto al día, ahora vosotras me dais algo bueno de beber y yo me pongo a daros envidia con lo del crucero. Ya hemos elegido la ruta: ¡dieciocho días por el Caribe, chicas!

—Con Felipe —dijo Ana con la evidente intención de picarla.

—Menos da una piedra —contestó Carmen sin inmutarse—. ¿Y si me haces un margarita para que vaya entrando en ambiente?

En ese momento sonó el timbre y Ana se disculpó con un gesto.

—Pónselo tú, Rita, hazme el favor.

—Yo no sé hacer esas mariconadas —Rita estaba de todas formas junto a la mesa de las bebidas, examinando las botellas.

—Trae, artista, me lo hago yo. Tú puedes ir exprimiendo la lima. ¡Qué bien me conoce Ana! ¡Hasta me ha comprado limas!

—¿No bebes demasiado, Carmen? ¿No te estás pasando mucho?

—Yo preferiría pasarme en otras cosas, la verdad… pero ya ves… al menos para pasarte bebiendo no necesitas a nadie. Y puestos a ello, tú fumas como un indio.

Miró el cigarrillo que humeaba en su mano izquierda, trató

de recordar cuándo lo había encendido y le pareció que Carmen tenía razón, así que no dijo nada y se sirvió otra cerveza helada.

Teresa venía con una bandeja enorme tapada con un papel de aluminio.

—He hecho un tiramisú, chicas. Un día es un día. Hoy hasta pienso tomar alcohol, para que veáis.

—¿Hace un margarita?

—¡Venga! Creo que no lo he tomado en la vida, pero hoy estoy dispuesta a dejarme a todo.

Lena había pasado primero por la cocina para depositar una cesta de ostras frescas.

—A ver, Lena, dime qué te pongo. —Carmen se había erigido en barman del grupo.

—¿Te acuerdas del alaska, una cosa que tomábamos en los guateques cuando nos sentíamos sofisticadas?

—¿Aquella asquerosidad?

—A mí me gustaba.

—Pero si no era más que Coca-Cola con leche condensada y mucho hielo.

—Bueno, a veces le poníamos un chorrito de coñac.

—Yo no te hago una guarrería así. Además, no creo que Ana tenga leche condensada.

Lena se quedó pensando.

—¡Venga, ponme un martini! Total…

Viendo que la mano de Carmen se deslizaba hacia la botella de ginebra, Lena dio un grito.

—No, mujer, dulce.

—No sé qué he hecho yo para merecerme a estas amigas… Dios mío… parecéis una panda de catequistas… martini dulce, cervecitas… la otra que ni siquiera ha probado un margarita en su vida… ¡joder!

—A mí puedes ponerme un bourbon con hielo —se oyó de pronto la voz de Candela, que había entrado sin llamar, por la cancela del jardín, y había rodeado la casa—. Doble, si no te importa.

—Así me gusta, machote. Eres la única que sabe beber.

—¿Veis? —dijo Lena echando una mirada circular con expresión satisfecha—. Ya solo nos falta Sole. Si estuviera también ella, seríamos las chicas del 28 al completo.

—Considerando que hace casi treinta años que no se ha dejado caer por aquí, podemos hacer como que estamos todas —intervino Candela—. Para Sole nunca fuimos más que una solución de emergencia mientras esperaba a que empezara su vida. ¿Alguna de vosotras fue de verdad amiga de Sole?

—Todas éramos amigas de Sole —dijo Ana, con un tono algo dubitativo.

—Según a qué llames tú ser amigas.

—A lo normal, supongo.

—Lo normal es hacer cosas juntas, contarse las ilusiones y las penas, hacer proyectos, compartir alegrías, saber cosas que nadie más sabe. ¿Alguna tuvo ese tipo de relación con Sole?

Todas se miraron como esperando que alguien tuviese algo que decir.

—¿Lo veis? Sole está de más —concluyó Candela—. Estamos todas.

Rita tuvo la impresión de que Lena estaba a punto de añadir algo, pero en ese momento Ana se puso de pie y Lena la imitó, en silencio.

—Pues entonces, echadme una mano —dijo Ana, dirigiéndose a la cocina— y vamos sacando todas las cosas buenas de comer que tengo por ahí. Hoy es nuestra noche, chicas. Sin hombres, sin hijos, sin tener que volver a casa a hora fija y sin dar explicaciones a nadie. La noche es nuestra y la vamos a disfrutar a tope.

129

A la una y media había vasos y copas por todas partes, ABBA sonaba casi con furia en el jardín y la mitad de las chicas bailaban como poseídas junto a la piscina mientras la otra mitad chapoteaba en el agua como si tuvieran quince años. Habían apagado casi todas las luces y en los rincones titilaban montones de velas creando sombras blandas y misteriosas. Olía a flores, a cloro de piscina, a cera de abeja de las velas, a verano, a libertad.

—Un respiro, chicas, un respiro —jadeó Lena, fue al equipo de música y cambió el ritmo de ABBA por «Samba pa ti».

—Una canción tan erótica —dijo Carmen entre risas, secándose el sudor que le bajaba por las sienes— y ni un miserable Felipe que echarse al cuerpo.

—Siempre puedes agarrarte a Rita, que es lo más parecido a un hombre que tenemos —dijo Candela desde el agua, con una amplia sonrisa.

—Anda ven —contestó Rita—. No será la primera vez que bailamos chicas con chicas.

Carmen puso cara de vampiresa y se dejó abrazar por su amiga mientras las demás aplaudían, se secaban a toda prisa, y se emparejaban también. Entre risas, las que hacían de chicas colocaban los brazos como escudo frente al cuerpo de la otra y las que fingían ser hombres trataban de apretarlas y deslizaban las manos por la espalda buscando el trasero de su pareja. Carmen bailaba con Rita, Lena con Ana, Candela con Teresa.

—¡Cambio de pareja, cambio de pareja! —anunció Carmen cuando acabó la canción.

Teresa con Ana, Lena con Carmen, Rita con Candela.

—Ven —susurró Candela al oído de Rita al cabo de unos momentos—. Vamos a fumar un cigarrillo ahí atrás —y empezó a tironear de su mano hacia la zona de sombra, mientras las otras seguían riéndose, exagerando cada vez más los papeles antiguos.

—Pero si tú no fumas.

—De vez en cuando sí. Dame uno, anda.

Pasaron por la mesa de las bebidas, cogieron sus vasos y dieron la vuelta a la casa, hasta encontrarse casi a oscuras, con la espalda apoyada en la pared, que aún estaba caliente del sol de la tarde. Encendieron dos cigarrillos y se quedaron quietas, una junto a la otra, mirando las estrellas de verano, sintiendo cómo el sudor se iba evaporando de su cuerpo.

—Perdona lo del otro día —dijo Candela en voz baja, sin mirarla—. Fue una gilipollez.

—No tiene importancia. Estabas hecha polvo, y creo que no empezamos con buen pie. Olvídalo.

Candela soltó una risita tan incongruente que hizo que Rita se girara hacia ella.

—¿He dicho algo gracioso?

—Sí. Eso de «olvídalo». Aparte de que suena como una película americana, es que me hace gracia que al parecer tú sí que eres capaz de hacerlo. Cuando algo no te gusta, lo olvidas, sin más. ¡Qué suerte! Yo nunca he podido.

Estaba claro que Candela esperaba que ella le preguntara qué era lo que no había podido olvidar, pero Rita no tenía ningunas ganas de estropearse la noche, la alegría que sentía desde hacía unas horas de estar allí con ellas, disfrutando de su risa, de no pensar en nada, de sentirse cómoda casi por primera vez desde que había llegado al pueblo de su infancia.

—¿Te acuerdas de tu fiesta de cumpleaños? —insistió Candela. No hacía falta decir qué cumpleaños; no había habido otro en sus vidas.

—Hay cosas que no se olvidan —contestó Rita, mirando hacia la oscuridad, concentrando la mirada en los destellos de las velas que brillaban como luciérnagas al pie de los árboles.

—Me alegro.

La mano de Candela, larga, huesuda, se posó en el hombro de Rita y ella notó como una corriente eléctrica que pasaba desde la mano a todo su cuerpo. Se giró de medio lado y, en la penumbra, vio sus ojos brillantes, hambrientos, implorantes.

Se besaron durante unos segundos, extrañadas de que su cuerpo recordara con tanta precisión las texturas, los olores, los movimientos de la otra. Se separaron, casi sin aliento, y la mano de Candela acarició el pelo de Rita, igual de fuerte, igual de suave, aunque mucho más corto que entonces.

131

El cuerpo es inocente, se dijo Rita. No necesita pensar, no necesita más que un impulso para caer en las viejas rutinas, en la suavidad del abandono. En la penumbra del jardín, Candela podía tener de nuevo dieciocho años. Su piel estaba fresca y olía a piscina y a noche de verano; su boca sabía a ginebra con limón. ¿Qué más daba que hubiera pasado media vida desde aquella noche en el hotel de Mallorca? El tiempo había dado la vuelta, como un nadador, y se había anulado, volviendo al principio.

—¡Aquí estabais! —sonó una voz muy cerca de ellas y Rita se odió a sí misma cuando su primer pensamiento fue que por suerte Ingrid, que venía de la luz, no podía verlas bien ni saber lo que habían estado haciendo.

El cuerpo de Candela se endureció entre sus brazos y se separó del suyo.

—Dame otro cigarrillo, anda —dijo con voz ronca—. No quería que las demás me vieran fumar —explicó—. Lo dejé hace años.

Ingrid no parecía haberse dado cuenta de nada. Las esperaba

en la esquina, iluminada parcialmente por la luz que acababa de encenderse en la sala de estar y sonreía como una niña a punto de destapar un regalo.

—Venid, venid, tengo una sorpresa para vosotras. Las otras ya están esperando.

Rita se pasó la mano por la nuca y soltó el aire que se le había acumulado en los pulmones sintiéndose de golpe como una cría pillada en falta, como una adolescente que se besa con su chico en el portal y de repente se ve cara a cara con su padre, pero Ingrid ya se había dado la vuelta y las precedía hacia la casa.

Las demás estaban en la terraza, con un gesto de perplejidad. Al parecer, la llegada de Ingrid les había hecho a todas el mismo efecto y, a pesar del alcohol que circulaba por su sangre, las había dejado en una especie de tierra de nadie, como esperando algo que tenía que suceder.

—Os he preparado una sorpresa —anunció Ingrid, sin perder la sonrisa, sin darse cuenta de que acababa de arruinar algo muy valioso—. Ya podéis entrar al salón.

—Y tú ¿por dónde has entrado? —preguntó Teresa.

—Por la puerta principal. David me dio la llave el otro día, para que pudiera prepararlo todo sin que os dierais cuenta. A ver si os gusta.

Nadie se animó a decirle que la fiesta les gustaba así como era, que no necesitaban más y que, sobre todo, no necesitaban que alguien de fuera hubiera venido a sorprenderlas con nada.

—Venga, poneos cómodas. Tú, Ana, por favor, apaga las luces.

—Y ahora —dijo Carmen, arrastrando la voz— es cuando traes la tarta gigante y de dentro sale el *boy* en calzoncillos de plata.

Sonaron unas risas.

—Más o menos —contestó Ingrid disfrutando de antemano de lo que les había preparado—. ¡Tachán! Empieza la función.

En medio del salón de Ana, Ingrid había puesto un proyector de diapositivas de modelo antiguo y una pantalla plegable que ahora acababa de iluminarse con una instantánea que las mostraba a todas ellas treinta años atrás.

—¡Rita, tu fiesta de cumpleaños! —dijo Lena—. ¡Es increíble! Nunca llegué a ver esas fotos. ¿De dónde las has sacado, Ingrid?

Ella sonrió recogiéndose los labios con los dientes.

—Vaciando armarios en casa de la tía Dora. Ahora veréis. Son preciosas.

Rita se quedó de pie un par de metros por detrás de Ingrid deseando salir de allí a toda prisa. No quería ver aquellas fotos, no quería volver al pasado, no quería tener que reírse y recordar y mirar todos aquellos rostros juveniles que ya se habían borrado de su memoria, sustituidos por los actuales.

Candela se acercó a ella y le puso en la mano un vaso de vodka con naranja.

—Aguanta —le susurró antes de apartarse.

Las chicas se estaban riendo ya de los modelitos que llevaban todos los que iban apareciendo en la pantalla. Rita oía sus comentarios como si hablaran en un idioma que no le resultara familiar.

… qué cuellos de camisas, Dios mío… tú estabas preciosa, Lena… madre mía, mirad a Manolo, ¡si era flaco!… y qué guapo era César, ¿qué habrá sido de él?… Rita, tus padres eran jovencísimos… ay, Sole, ¿os acordáis de sus pulseras?… pero ¿cómo podíamos ser tan jóvenes y no saberlo?… tú siempre tan sexy, Carmen…

133

De momento hay muchas risas, muchas exclamaciones, palmadas en hombros y brazos, cruces de miradas risueñas, pero Rita sabe que no falta mucho para que todo se venga abajo, para que empiecen los pensamientos a girar y a girar, dando vueltas como aves carroñeras sobre los despojos de un mundo desaparecido, y tiene ganas de gritar, de arrancar el cable y dejar que la oscuridad se lo trague todo para salir huyendo sin ser vista. Pero se queda quieta donde está, dándole vueltas al vaso que se va calentando en su mano, encendiendo un cigarrillo tras otro mientras en la pantalla van pasando las fotos de aquel día y los recuerdos vuelven como una nube de insectos que tiene que apartarse a manotazos para que no se le metan en la nariz, en las orejas, para incubar dentro de ella y llenarla de veneno.

—Pues yo creo que estamos mejor ahora, chicas —dice Carmen, sirviéndose una ginebra con hielo mientras por encima del hombro ve una foto de ella y Manolo bailando y, sin que nadie lo advierta, se le encoge el estómago de pura grima. Le da vergüenza recordar, y que las otras recuerden, que tuvo una hija con ese payaso, que vivió varios años con él, que toda su vida se torció en aquel momento. Tiene ganas de coger una ametralladora, como en las películas de acción que tanto le gustan, y empezar a disparar hasta que no quede nada, pero como siempre, vuelve su agresividad hacia sí misma y se toma la ginebra de un trago, sin paladearla, esperando que el alcohol le acolche el pensamiento.

La última diapositiva es una foto de grupo, más de veinte jóvenes sonrientes y ya algo achispados. Solo falta Tony, que está tras la cámara. En el lateral izquierdo, esquinada como siempre, con el pelo lacio cayéndole sobre los ojos, está Mati, la única que no ha sido invitada.

Las chicas deben de haberse dado cuenta porque, de repente, todas callan y el silencio resulta tenso, antinatural. Ingrid se afana con algo, pero ellas siguen con la vista clavada en la pantalla, arañando los brazos de los sillones, mordiéndose los labios, cuidando de no cruzar la mirada con nadie, esperando que se apague la luz y se difumine ese rostro para siempre, que deje de seguirlas como un fantasma hambriento.

—Y ahora —anuncia Ingrid, triunfal— agarraos bien porque viene la joya de la corona. Esto sí que no os lo esperáis.

Acaba de sacar otro proyector y, nada más oír el sonido del ventilador, Rita se convierte de nuevo en Marga y sabe que tiene que ser un proyector de superocho, que Ingrid está a punto de pasar una película, no una serie de diapositivas estáticas, que dentro de un segundo las verá moverse y hablar, que se verá a sí misma cuando ella era otra, y sus manos se engarfian en el respaldo del sofá que tiene delante hasta que, sin saber cómo, Candela aparece a su lado y le pasa por los hombros un brazo flaco que ella agradece aunque no se mueve, aunque ni siquiera la mira.

No entiende qué pretende Ingrid haciéndoles pasar por esto y piensa que es culpa de Carmen, que la ha convencido de que se quede, de que participe en la fiesta que debía haber sido solo para ellas, y a la vez se alegra de que le haya salido mal la jugada, de que, creyendo que teniéndola iban a evitar el pasado, sea precisamente Ingrid la que esté a punto de derramar el pasado sobre todas ellas, como un diluvio de barro.

Porque la película, ahora lo sabe, aunque no ha visto más que los primeros segundos, es la que ella tomó en el viaje a

134

Mallorca y que estaba segura de haber destruido antes de marcharse a Inglaterra.

Las chicas miran la pantalla como fascinadas, como un ratón frente a una cobra, sabiendo que ya es tarde para todo, que no podrán huir.

Desde el abismo del tiempo parecen llegarles las risas de las que fueron entonces. Se ven subir por la pasarela del barco haciéndose las divas, saludando con la mano a los padres que las han traído al puerto de Alicante, tironeando de maletas gigantes —casi todas sofisticadamente blancas— que aún no llevaban ruedas. Casi les llega el olor a mar estancado, a brea, a sal. La luz es intensa a pesar de que solo son las ocho de la mañana y las sombras aún son largas, de izquierda a derecha. Ya va haciendo calor y, contraviniendo los consejos de las madres, se quitan las rebecas, las chaquetas, y enseñan el estómago, enfundadas en sus pantalones de campana y sus *mini-pulls* de cuello alto y sin mangas, como dicta la moda. Todas llevan grandes gafas de colores: rosa, azul, o blancas, de pasta. Están radiantes y son tan jóvenes que resulta doloroso.

Aparecen don Javier y doña Marisa. Ella lleva un minivestido amarillo, zapatos de cuña alta con plataforma, y un bolso negro que reluce al sol. Don Javier va de cura, con un traje gris claro y el alzacuellos. Nunca se habían dado cuenta de que era un hombre joven; visto ahora parece que no tiene ni treinta y cinco años. Doña Marisa es más joven, incluso, y se ríe con ellas mientras toman posiciones en cubierta y se acodan en la baranda para despedirse de las familias que saludan desde abajo.

El barco es grande, blanco, hermoso, como una gigantesca alfombra voladora que va a llevarlas al País de los Sueños.

Los chicos de la otra clase, del COU A, van acercándose también, con doña Loles y don Telmo, el director, que de repente es también un hombre joven y sorprendentemente atractivo. Ahora le está sonriendo a Tere y Tere aparta la vista como si le ofendiera que el director del instituto le estropee la mañana de verano, la despedida y el futuro que se abre frente a ella. Un chico, cuyo nombre no recuerda ya, lleva un comediscos colgado del hombro y, Rita, sin saber por qué, piensa que la canción que suena es «Venus», de Shocking Blue, aunque recuerda que en el 74 ya hacía tiempo que no estaba de moda.

135

Van pasando las imágenes en un silencio espeso, cada vez más esponjoso, del que han desparecido los comentarios que han acompañado la sesión de diapositivas. Ingrid empieza a darse cuenta de que hay algo que no va bien.

Ana y Lena están muy juntas, casi abrazadas, acurrucadas en el sofá, con la vista clavada en la pantalla. Teresa a su lado, recta y seria, como agarrada a su vaso, como si el vaso fuera el punto de contacto entre los dos mundos. Carmen, sentada de medio lado en el amplio brazo del mismo sofá, tiene la mirada vidriosa, pero puede ser el alcohol. Rita y Candela siguen abrazadas a espaldas de Ingrid que se vuelve hacia ellas por unos segundos, como interrogándolas con la mirada, pero ambas han perdido el contacto con el salón de Ana, con el chalé donde un rato antes bailaban y chillaban como adolescentes, y no se dan cuenta de que Ingrid necesita que alguien le diga qué ha hecho mal.

Se ven bailando en la cubierta del barco, poniéndose crema unas a otras, luciendo los nuevos bikinis que se han comprado para la ocasión. Luego la imagen cambia y se ven panorámicas del hotel tomadas desde la terraza de una habitación: un jardín con césped, piscina y sombrillas blancas, el mar de un azul intenso, un promontorio escarpado de rocas afiladas que se despeñan hasta la base cubierta de espumas blancas.

Lena hace una inspiración profunda y se cubre la boca con las manos. Ana le acaricia el pelo. Después vuelven a aparecer las chicas en ese mismo jardín, pero ya es de tarde, ¿el segundo día, el tercero?, todas tienen la melena lisa y brillante, recién lavada, y se han maquillado. Hablan por los codos y sonríen constantemente mientras echan miradas hacia un grupo de chicos rubios, de piel enrojecida por el sol, que beben cerveza al fondo y se empujan unos a otros como dándose valor para hacer algo.

La cámara se va acercando a los rostros de los muchachos extranjeros; Marga probando el zoom. La película no tiene sonido, pero todas creen oír lo que dicen: la voz de Carmen «ese, ese, el de la camisa roja, acércalo, venga, que luego pueda verlo bien en casa», la voz de Sole —cuánto tiempo sin oír la voz de Sole, pero con qué claridad la reproduce el cerebro al ver su imagen—, «el alto también, el que va de blanco», la risa de Marga, complaciente, «vale, vale, los sacaré a todos; sois unas obsesas».

Los extranjeros se deciden por fin y se van acercando a ellas, bordeando la piscina.

—Los suecos —dice Lena en el silencio de la sala de estar, como si dijera «los extraterrestres», «el primer contacto con una inteligencia alienígena».

Imaginan una voz masculina: «*Do you speak English?*» y muchas risas de las chicas, «venga, Lena, traduce».

Se corta la escena y ahora es un grupo grande bajando de un autobús, chicos y chicas de COU, en el mirador de Formentor, haciéndose fotos contra el mar de azulete. Está claro que llevan ya un par de días en la isla porque todos van vestidos con camisetas de las que aún no se pueden comprar en Elda, camisetas de todos los colores, muchas negras, con el logo de Penélope, con dibujos psicodélicos, con Queen y el Che con su boina, y Frank Zappa, y Bob Dylan, y el símbolo del *flower power*, con «*Make love not war*».

La cámara hace una larga panorámica y muestra varios grupos: los profesores, hablando entre sí y moviendo la mano para que deje ya de filmarlos, unos cuantos chicos haciendo muecas, César encaramado a la baranda poniendo cara de estrella de cine o de intelectual, ellas con Reme y las de Novelda.

—¡Madre mía! —dice Teresa—. ¡Si es Reme!

Hacía años que no había pensado en Reme, que ni siquiera se había preguntado qué habría sido de ella, aunque ahora recuerda que alguien le dijo que estudió psicología y trabaja en la cárcel de Fontcalent.

Todas asienten con la cabeza. Es una chica un poco gordita, con mucho pecho, que nunca formó parte del grupo pero con la que tenían una buena relación, a pesar de que todas pensaban que era tonta y un poco vulgar, que era un alma de cántaro a quien cualquiera podía convencer de cualquier cosa.

—Y Mati —dice Carmen, como para sí misma—. Siempre Mati a nuestro alrededor, como una mierda de perro pegada a la suela del zapato.

Ingrid se sobresalta, pero nadie parece tener interés en explicarle nada.

—¿Otra amiga vuestra? —pregunta.

Carmen se vuelve sonriente, con los ojos desenfocados.

—¿Amiga? ¡Anda ya!

137

Rita enciende otro cigarrillo y arruga la cajetilla vacía. Quiere que se acabe de una vez. Supone que todas quieren que se acabe pero nadie se anima a decirlo así de claro. Y ella no puede hacerle eso a Ingrid.

Van pasando las escenas, siempre alegres, siempre diurnas, Rita recuerda que intentó rodar también de noche, pero que la luz nunca era suficiente, aunque no sabe si por fin salió algo, ya que nunca llegó a ver la película. Desvía la vista hacia las paredes adornadas con cuadros, hacia una estantería llena de libros de tapas duras, y de pronto le extraña que todo eso sea real ahora que nota el tirón del mundo perdido y sabe que han vuelto a establecer el contacto, como cuando, por ignorancia, invitas al vampiro a entrar en tu casa y ya siempre podrá entrar sin pedir permiso.

Vuelven a salir las chicas al atardecer, arregladísimas, preciosas.

—Ese fue el último día —dice Ana. Se levanta y se sirve algo de beber.

—¿Cómo lo sabes? —pregunta Carmen.

—Por el vestido que llevo. Mi madre me cosió ese vestido blanco y se empeñó en que me lo llevara. A mí me parecía demasiado fino, demasiado de buena chica para una discoteca de Mallorca, pero al final me lo puse la noche que habíamos quedado con aquellos finlandeses. Luego lo perdí. Cuando saqué la ropa al volver, no estaba y tuve que inventarme rápidamente una mentira para cuando mi madre me preguntara.

—¿Qué te inventaste? —pregunta Teresa.

—Ya no me acuerdo. No hizo falta. Cuando volví, no me preguntó nadie. —Ana se encoge de hombros y vuelve a acomodarse en el sofá.

Recuerda a su padre en el puerto de Alicante, esperándola, el silencio en el coche que ella trata de llenar hablando y hablando descontroladamente sin darle ocasión a que él diga nada porque no quiere oír lo que él va a decirle, lo que ella sabe desde hace meses y casi ha conseguido olvidar en esa semana de vacaciones. Pero cuando llegan a Elda su padre le dice que su madre se ha ido de casa definitivamente y que él está pensando en denunciarla por adulterio y abandono del hogar conyugal. Ana se queda helada. Una denuncia por adulterio no es ninguna tontería; son varios años de cárcel. Su hermana está en

Teruel, de campamento, y ella se pasa la tarde llorando sin que nadie la consuele hasta que el sueño la vence. Cuando despertó, había pasado un día y la vida continuaba.

La siguiente escena está tomada casi de noche y no se ve bien. Es como si a Marga le temblara el pulso, porque la imagen se sacude constantemente y apenas si se adivina la silueta de las chicas subiendo a un barco, a trompicones, como si estuvieran agotadas o borrachas.

—Parece que la última noche pillasteis una buena —comenta Ingrid—. Ya no se ríe nadie.

—Apenas dormimos —dice Candela; es la primera vez que habla y su voz suena lenta, como si le costara un esfuerzo—. Nos acostamos casi al amanecer, tuvimos que recogerlo todo para salir del hotel antes de las doce y los profes se empeñaron en llevarnos al Castillo de Bellver hasta que saliera el barco por la tarde, creo. Parecíamos una cuadrilla de zombis, pero doña Marisa se empeñó en que Marga acabara de documentar la excursión; por eso le tiembla tanto la cámara.

Rita le da un ligero apretón en el brazo con el que Candela le rodea la cintura.

—Y luego es cuando llegó la tormenta —añade Ingrid.

—¿Qué tormenta? —pregunta Teresa, sin volver la cabeza, concentrada en las últimas imágenes en las que se adivinan sus rostros como distorsionados, pálidos sobre un fondo cada vez más oscuro.

—¿No hubo una tormenta esa noche? ¿Un accidente? —insiste Ingrid.

Las chicas se miran entre sí. Durante unos segundos, mientras se suelta la cinta y golpea como un látigo dando vueltas y vueltas, nadie dice nada.

—Sí —se decide por fin Rita—. Esa noche Mati cayó al mar. Nunca recuperaron su cadáver.

Ingrid se gira hacia ella, los ojos desorbitados, la mano cubriéndose la boca, y por un momento Rita siente la tentación de soltar la carcajada. Parece una actriz de cine mudo exagerando los gestos de ese modo, pero Rita sabe que su sorpresa horrorizada es auténtica, que no se esperaba una noticia de ese tipo.

—Ingrid, para esa máquina, por Dios —dice Ana—. Me está volviendo loca.

Rita se suelta de Candela y apaga el proyector mientras Ana empieza a encender las luces del salón.

—¡Qué calor está haciendo! —Carmen se levanta del sofá y sale a la terraza bamboleándose, seguida de Lena y de Teresa. Candela las sigue también tras una pequeña vacilación.

—Sí —dice Ana—. Vamos fuera. El año que viene queremos poner el aire acondicionado. Vamos a refrescarnos un poco.

—Lo siento, Rita —dice Ingrid—. No podía imaginarme… lo siento de verdad. Yo quería daros una sorpresa.

—Sabes que no me gustan las sorpresas. —Rita quisiera poder consolar a su amiga de la decepción que acaba de sufrir, pero la rabia que se le está acumulando dentro no la deja hacer lo que le gustaría. Antes de que llegara Ingrid era feliz, había recuperado parte del pasado, lo bueno del pasado: la camaradería, las risas, la ligereza de la juventud… y ahora… mira el salón y le parece verlo en ruinas, como después de una guerra.

—Lo siento —vuelve a murmurar Ingrid agachando la cabeza—. No tenía que haber venido. Aquí estoy de más, esto no es para gente de fuera, ahora lo comprendo. Por suerte mañana me marcho.

—¿Mañana ya?

Ese «ya», hace que Ingrid vuelva a sonreír un poco y que se olvide de que Rita no ha intentado contradecirla diciéndole que no está de más, que la han aceptado.

—Claro. Mañana es domingo. Bueno, de hecho ya es domingo. Son las tres y el taxi viene a recogerme a las ocho. Mi vuelo sale a las diez y cuarto.

—Pues no vas a dormir mucho, pero si te vas ya, aún puedes sacar un par de horas.

—¿Tú no vienes a casa?

Rita echa una mirada hacia la terraza, donde las chicas se han vuelto a sentar a la mesa, como muñecas desmadejadas en los sillones de caña.

—Creo que debo quedarme un rato.

—Claro. Lo comprendo. Tendréis que hablar.

Están de pie una frente a la otra, como desconocidas que se

tratan con cortesía, en un tira y afloja. Rita da el primer paso que Ingrid espera, se acerca a ella y la abraza.

—Hablar es lo que menos me apetece ahora. De hecho, creo que no me ha apetecido nunca. No he vuelto a hablar del tema desde entonces.

—Entonces, por eso te fuiste de aquí.

—Sí, supongo que en parte sí. Fue una huida.

—Pero ¡qué tonta eres! —Ingrid le acaricia la cabeza, como si Rita se hubiera vuelto tan pequeña como su hijo Shane. Ella se deja hacer, relajándose poco a poco. Ingrid no entiende nada. Una mujer tan inteligente, tan eficiente... y no entiende nada, pero ella no tiene ganas de dar explicaciones. Está cansada, simplemente cansada.

—Anda, vete ya —anima Rita—. Yo tomaré un taxi para volver a casa o me bajará una de ellas.

—Si quieres que me quede... si me necesitas...

—No, mujer, no. Te has ganado ese viaje. Disfrútalo y llama con frecuencia, ¿vale?

Se dan un beso en los labios y, al separarse, por encima del hombro de Ingrid, Rita ve a Candela mirándolas fijamente a través de los cristales que separan el salón de la terraza. Su rostro es una mancha blanquecina contra la oscuridad del jardín.

—Despídeme de todas —dice Ingrid.

—¡Espera! —se oye la voz de Lena desde fuera—. ¿Puedo irme contigo? Estoy agotada y, como no he traído el coche...

—Claro.

Ingrid espera mientras las chicas van abrazando a Lena. que parece haberse encogido en la última hora. Cuando le toca el turno a Rita, Lena le dice en voz baja:

—Vente a mi casa a cenar el miércoles, ¿quieres? Hay algo que tengo que contarte. Me lo he callado durante todos estos años, pero ya no puedo más.

A pesar de que su voz ha sido poco más que un susurro, por las miradas que se cruzan las chicas, Rita está segura de que todas han oído la invitación. Asiente con la cabeza y, con Candela, acompaña hasta la puerta a Ingrid y a Lena. Cuando ya están a punto de subir al coche, Lena insiste.

—¿Vendrás?

—Claro —contesta Rita, y se esfuerza por sonreír. Luego,

141

contestando a la pregunta muda de Ingrid, añade—: Lena no quiere que me sienta sola y me ha invitado a cenar. Debe de pensar lo mismo que tú sobre mis cualidades de cocinera.

El coche se pierde en el camino que serpentea hacia abajo y en la última curva sus luces rojas desaparecen tragadas por los pinos.

—Tu P.A. es tonta del culo —dice Candela sin mirar a Rita, con las manos en los bolsillos.

—¿Tú crees?

—¿A que no te ha preguntado quién de nosotras la mató?

—Candela, por Dios…

—Esa es la pregunta del millón, querida. La que llevamos treinta y tres años haciéndonos. Porque todas sabemos que lo de Mati no fue ningún accidente. Y, si no me equivoco, lo hizo una de las chicas del 28.

Junio 2007/Curso académico 1973-74

He had it coming
He had it coming
He only had himself to blame
If you'd have been there
If you'd have heard it
I betcha you would
Have done the same!
(...)
They had it coming
They had it coming
They had it coming all along
I didn't do it
But if I'd done it
How could you tell me that I was wrong?*

«Cell Block Tango» (*Chicago*. The musical)

* Se lo estaba buscando / Se lo estaba buscando / Todo fue culpa suya. / Si hubieras estado allí, / Si lo hubieras oído / Apuesto a que habrías hecho lo mismo. / (...) / Se lo estaban buscando / Se lo estaban buscando / Se lo estuvieron buscando todo el tiempo / Yo no lo hice / Pero si lo hubiera hecho / ¿Cómo podrías decirme que hice mal?

*G*erardo Machado era un hombre corpulento de unos cincuenta años, con el pelo prematuramente gris y unos ojos hundidos en los que a Rita le pareció ver algo de perro tranquilo y tozudo.

Apenas hacía dos días de la muerte de Lena y las habían vuelto a citar a todas para un nuevo interrogatorio a cargo de Machado, que había sustituido a David en la investigación.

Rita volvió a contar punto por punto lo que había hecho desde que salió de casa para acudir a la invitación de su amiga y se quedó esperando más preguntas.

Machado se pasó la mano por la nuca, miró sus notas y, después de resumir lo que acababa de escuchar, empezó a preguntar.

—Entonces, usted no comió ni bebió nada en casa de Lena.

—No, claro. No me dio tiempo —le parecía curiosísimo que le hubiera preguntado tal estupidez, pero se guardó de mostrarlo.

—¿Y fumar? Tengo entendido que es usted una fumadora compulsiva.

Ella esbozó una sonrisa.

—Es una forma de llamarlo, sí. No. Tampoco. Creo que ni se me ocurrió. Ya le he dicho que desde que llegué a casa de Lena, desde que me encontré la puerta entornada, empecé a sentir como un mal presagio.

—¿Y no habría sido lógico encender un cigarrillo en esa situación de tensión?

Rita se encogió de hombros.

—Pregúntele a David o a los agentes que llegaron con él. Si hubiera encendido un cigarrillo ellos lo habrían olido.

—No necesariamente. Todas las ventanas estaban abiertas; en el piso había una temperatura de treinta y dos grados.

—¿Se puede saber de qué va eso de si fumé o no en el piso de Lena?

—Solo estamos atando cabos.

—Ya.

—Dígame qué hizo entre el domingo por la mañana, cuando se marchó de casa de Ana y David, hasta el miércoles por la noche, cuando estaba citada con la víctima.

—Entonces, ¿está claro que se trata de un asesinato?

Machado permitió que una ligera sonrisa resbalara por sus labios.

—Conteste a mi pregunta, haga el favor.

Rita hizo una inspiración profunda. El hombre no era desagradable, pero estaba claro que aquello no era una conversación amistosa.

—Llegué a casa el domingo casi a mediodía y, como no tenía planes ni me esperaba nadie porque mi secretaria se había ido de viaje esa misma mañana, me metí en la cama y dormí hasta el atardecer. Me acerqué al bar de Paco, en la calle Jardines, a comer un bocadillo, volví a casa, trabajé un rato en el ordenador y me acosté hasta el lunes a media mañana. Comí también fuera, no me gusta cocinar y menos para mí sola, trabajé toda la tarde y salí a eso de las nueve a dar una vuelta. El martes me llamó una amiga, Candela Alcántara, y quedamos para cenar en su casa, en Alicante, esa noche. Volví bastante tarde y me acosté directamente. El miércoles me levanté tarde también, trabajé un rato, salí a comprar flores y vino para Lena y fui a su casa. Lo demás ya se lo he contado antes.

Machado estaba grabando el interrogatorio y además tomaba notas de vez en cuando con una letra pequeña y pulcra.

—¿Se encontró con alguien entre la fiesta del sábado y la noche del miércoles?

—Con Candela, ya se lo he dicho.

—¿Con nadie más?

Lo pensó unos segundos.

—Sí. Con un antiguo conocido, con Manolo Cortés. Pero no fue una cita planeada; me lo encontré el lunes por la noche cuando salí a tomar un bocado.

—¿Y adónde fueron?

—A dar una vuelta por el pueblo, recordando viejos tiempos. Luego él quiso invitarme a cenar pero no acepté.

—¿Por qué?

—Porque no me apetecía. Manolo y yo ya no tenemos mucho en común y yo estoy trabajando en un guion que me interesa bastante más que la conversación con él.

—Suena como si se hubieran peleado.

—¿Peleado? ¿Por qué iba yo a pelearme con alguien que no he visto desde hace treinta y tres años? Además, ya le he dicho que estuvimos dando un paseo y nos tomamos una cerveza juntos en un bar de la Plaza Mayor.

—Eso no me lo había dicho.

—Pues así es. Supongo que alguien me habrá reconocido.

—Y la noche que fue a Alicante a cenar con Candela Alcántara, el martes, ¿no? —Rita asintió—, ¿de qué hablaron?

Ella lo miró, perpleja.

—¿Cómo quiere que me acuerde, inspector? Pues… no sé… de todo. De mi vida, de la suya, de tiempos pasados, de recuerdos del colegio, de las amigas comunes…

—O sea, que fue una noche agradable y tranquila, sin peleas.

—Pero ¡qué manía tiene usted con lo de las peleas! Yo no me he peleado con nadie en la vida; no me va. Si una situación se me hace incómoda o no me gusta estar hablando con alguien, me limito a marcharme.

—¿Y a qué hora se marchó?

—Ni idea. Sobre las tres, quizá. Quizá más tarde. Pregúntele a Candela.

—¿Por qué no se quedó a dormir en su casa, en Alicante, si ya era tan tarde?

—Porque me gusta despertarme en mi propia casa, hacerme un café y trabajar un rato cuando mi cerebro aún funciona. ¿Le parece bien?

Machado sonrió abiertamente.

—Ni bien ni mal, señora Montero. Ya ve, en eso no me meto. —Se puso de pie, dando por terminada la entrevista, pero no le tendió la mano—. Muchas gracias por haber venido. Si me hace el favor de pasarse un momento esta tarde, podrá firmar la declaración.

147

Estuvo a punto de preguntarle si se sabía ya cuándo podrían enterrar a Lena, pero decidió dejarlo para Teresa. Eso entraba claramente en sus competencias y Rita tenía la impresión de que aquellos policías, por lo que fuera, desconfiaban profundamente de ella, de modo que saludó con la cabeza y salió del despacho con la clara sensación de que no habían hecho más que empezar.

Diciembre de 1973

Cuando Carlos Montero llega a casa, Ana, la amiga de su hija, está esperando en la escalera a que Marga baje a reunirse con ella. Siempre le ha caído bien aquella muchacha que ahora se ha convertido casi en una mujer y está preciosa con sus rizos oscuros saliéndosele del gorro de lana roja y el cuello envuelto en una larguísima bufanda del mismo color.

—¿Qué, chicas? ¿De ligue?

—¡Venga, papá! —Marga, que acaba de llegar, bajando los escalones de dos en dos como siempre, está seria—. Ana y yo, y César y Magda, vamos a la manifestación.

El padre traga saliva.

—¿Qué manifestación?

—Es que no te enteras de nada. La manifestación contra la pena de muerte para Puig Antich.

—Eso es ilegal.

—¡Claro que es ilegal! También es ilegal que quieran matarlo por algo que no ha hecho.

—¿Tú qué sabes si lo ha hecho o no?

—Da igual. Nadie tiene derecho a matar a otro ser humano.

—Y el Estado menos que nadie —interviene Ana.

—Ni hablar. Tú de aquí no sales, Marga.

—No puedes prohibírmelo.

—Por supuesto que puedo prohibírtelo. Soy tu padre y tú eres menor de edad. Ya que estáis tan enteradas, sabréis cómo han ido las cosas en las capitales. La policía tiene órdenes de cargar contra los manifestantes. ¿No tenéis miedo de los grises? Dicen que los han traído de fuera, para evitar que conozcan a la gente y los traten mejor.

—Claro que tenemos miedo —dice Ana—. Para eso los sacan, para que la gente se asuste y no participe, pero es nuestra obligación moral.

—Palabras, palabras, estáis llenos de palabras altisonantes, pero ellos primero pegan y luego preguntan. Tenéis toda la vida por delante; ya protestaréis cuando pueda servir de algo. ¿De qué le va a servir a ese muchacho o a nadie que os rompan la cabeza con una porra?

—Hay que reivindicar un estado de derecho. Si somos muchos y gritamos fuerte, tendrán que oírnos.

Carlos hace una mueca.

—Sois unas inocentes. ¡Venga! ¡Subid a casa a ver la tele o a oír unos discos!

—Esto va en serio, papá. Nos esperan los amigos.

—¿Amigos? ¿Qué amigos? Seguro que Sole no va, ni Candela, ni Tere.

—No, claro —dice Ana, tratando de sonar razonable—. Tere es hija de guardia civil y las otras dos son de familias de derechas. Aún no están concienciadas. Pero Magda sí que viene.

150

—Porque es roja —se le escapa a Carlos quien, a pesar de sentirse orgulloso de que sus padres hayan sido republicanos, no puede consentir que su hija se ponga físicamente en peligro.

—Sí —dice Ana—. Igual que yo.

—¿Qué sabrás tú de rojos y de azules, por el amor de Dios? ¿Cuándo naciste, en el 57, en el 58?

—En el 56, igual que Marga; voy a cumplir dieciocho. Ya tengo edad de tomar mis propias decisiones y de aportar lo posible para que este país vuelva a ser decente.

Carlos suelta un bufido.

—A ti no puedo obligarte, claro, pero a mi hija sí. ¡Venga, tira para arriba!

Marga se queda mirando fijamente a su padre, y él se da cuenta de que no piensa ceder por las buenas.

—Puedes venir con nosotras, si quieres —dice su hija, como retándolo.

—Es que no quiero.

—Cuando mataron a Carrero Blanco dabas saltos de alegría. Eso sí, claro, en casa, en familia. ¿No crees que ya es hora de salir a la calle y hacer algo?

Carlos no quiere hablar de esas cosas delante de Ana, así que se limita a menear la cabeza.

—No me explico que hayas salido así, Marga.

—Nosotros también hemos sido siempre una familia roja, ¿no? Siempre hemos estado muy orgullosos de no ser franquistas. Ahora tenemos ocasión de demostrarlo.

Carlos se sienta en el segundo peldaño de la escalera y las mira desde abajo: dos chicas valientes, jovencísimas, tontas, que no tienen ni idea de lo que puede pasarles.

—¿No os dais cuenta de que si os cogen en la manifestación, aparte de llevaros un par de golpes, estaréis fichadas? Lo mismo ni siquiera os dejan entrar en la universidad.

—Franco no vivirá eternamente —dice Ana, muy seria.

—A veces no estoy muy seguro. —Carlos se pasa una mano por la frente. De repente se siente agotado. Por una parte está orgulloso de haber educado a su hija para que sea así de valiente; por otra tiene miedo. Sus recuerdos propios y los que ha heredado de sus padres están muy presentes en su interior.

Se oyen unos pasos elásticos por la escalera y aparece Tony, calzado con zapatillas de deporte, cerrándose el anorak.

151

—¿Vosotras vais también? —Al parecer no ha advertido la presencia de su padre—. ¡Venga, que no llegamos! ¡Hola, papá! —En su rostro aparece una sonrisa, como si estuviera sorprendido y orgulloso de verlo allí—. ¿Vienes?

Carlos se levanta con esfuerzo, como si de pronto su cuerpo se hubiera vuelto de plomo.

—Cuídalas, hijo. No volváis tarde.

Se da la vuelta y empieza a subir las escaleras sin mirar atrás.

—¡Cobarde! —escupe Marga, en voz baja.

—Cada uno según su conciencia —dice Ana, abriendo la puerta de la calle—. Además, Marga, ellos son una generación castrada, no pueden evitarlo, tienen el miedo en los huesos. No lo pienses más.

—¿Lleváis zapatos para correr? —pregunta Tony—. Si nos separamos, luego nos vemos en el bar de Arturo.

La noche está fría pero hay una especie de calor en el ambiente, como una ligera corriente eléctrica que se dispara cada vez que se cruzan sus miradas con las de otros jóvenes que caminan en la misma dirección, hacia la plaza Castelar, donde van a reunirse a los pies de la estatua del antiguo político.

A la entrada del jardín, en las escaleras, se encuentran con César, que las espera, junto con Magda y otros dos compañeros de instituto. Todos llevan los gorros calados hasta las cejas e incluso algunos de los manifestantes se han echado la capucha sobre la cara para evitar ser inmediatamente reconocidos en las fotos que la policía va a tomar a diestro y siniestro.

Cogidos del brazo, avanzan entre los grupos que poco a poco van cerrando filas hasta concentrarse bajo la estatua. No habrá discursos ni proclamas. La idea es, simplemente, concentrarse allí, alzar las pancartas que piden el indulto para Puig Antich y dirigirse ordenadamente hacia el Ayuntamiento o lo más lejos que la policía los deje llegar. Todos saben que el gobierno quiere dar un ejemplo con la brutalidad de costumbre para que nadie piense que el régimen está acabado, así que, para ellos, lo importante es expresar su disidencia, su rechazo de la violencia estatal.

Casi ninguno de los presentes ha participado nunca en una manifestación callejera, aunque muchos de los alumnos del instituto han hecho sentadas que nunca han conseguido demasiado, y la sensación de ser observados por la policía, que espera no se sabe qué en el interior de los coches blindados, es, por un lado, intimidante, y por otro les produce una agradable excitación, un cosquilleo de miedo que los hace sentirse parte de algo para lo que ni siquiera tienen nombre, algo que se condensa a veces en la simple palabra «libertad».

—Si nos dispersan, en el bar de Arturo —susurra Ana a sus compañeros.

De repente, un hombre trepa al pedestal de la estatua de Castelar y, en dos frases, resume las intenciones de los manifestantes: dejar constancia de que el pueblo no está dispuesto a seguir aceptando sin resistencia los atropellos criminales de un régimen caduco y reivindicar el indulto para Salvador Puig Antich.

Aquí y allá, entre los aplausos, empiezan a surgir gritos de «amnistía y libertad» que poco a poco son coreados por todos los manifestantes hasta que las dos palabras se convierten en un solo rugido.

Ana, Marga y Magda, cogidas del brazo, se miran de vez en cuando para descubrir en los ojos brillantes de las otras su propia alegría, la alegría de gritar en una plaza pública lo que siempre han dicho en voz baja, en familia, o en la habitación de una de ellas oyendo las canciones de Joan Baez o de Violeta Parra.

El jardín está lleno de gente, no solo jóvenes, sino también muchas personas mayores que han vivido la terrible posguerra, la represión franquista, en su propia carne y ahora, arropados por la nueva generación, han vuelto a encontrar el valor de afirmar sus convicciones.

Es un momento mágico en el que todas ellas, y sus amigos y sus compañeros, y hasta los desconocidos que los rodean, se sienten de pronto conectados, solidarios, parte de algo tan grande y tan fuerte que les pone un ahogo en el pecho y a la vez les da alas.

Entonces carga la policía.

Sin saber cómo, se encuentran separados unos de otros, corriendo sin rumbo entre los gritos, tratando de esquivar las porras que parecen llover a su alrededor, saltando sobre los que se han caído en los parterres, en las escaleras, buscando una salida de ese jardín que todos conocen desde su infancia, donde han comido toneladas de pipas sentados en los bancos de piedra, y ahora se ha convertido en una ratonera.

Se oyen insultos, amenazas, gritos de dolor, y todo el mundo corre, tropezando entre sí, sin reconocerse. Marga se oculta un momento detrás del tronco de un pino, tratando de ver por dónde hay más posibilidades de escapar o al menos de distinguir a su hermano o a alguno de sus amigos, pero no hay más que anoraks y capuchas y gorros calados y uniformes grises y cascos y porras, como si ya no quedaran seres humanos en aquel hormiguero, sino uniformes de uno y otro bando. Ve un río de gente corriendo hacia arriba y, pensando que en el número puede estar la salvación, se une a ellos y corre desesperadamente, dando gracias en su interior por vivir en un pueblo, donde el jardín principal no está rodeado por una verja de hierro, sino simplemente por un poyete de apenas medio metro de altura. De modo que, en lugar de seguir corriendo hacia la salida que da a Martínez Anido, se limita a saltar por detrás de unos arbustos y echa a correr cuesta arriba, hacia la iglesia de la Inmaculada.

153

Le parece que un policía la mira desde la acera de enfrente y cree verlo dudar un instante sobre si perseguirla o no, pero sigue corriendo sin volver la cabeza y un minuto más tarde, el fragor ha quedado atrás y solo se oye el golpeteo de sus zapatos sobre las baldosas. La calle está desierta, pero gira en varias esquinas para despistar a un perseguidor eventual, aunque sabe que está sola, que aquel policía no ha creído necesario cansarse persiguiendo a una cría de instituto.

Se mete en un portal para recuperar el aliento porque los pinchazos en el costado ya no la dejan respirar. Luego asoma la cabeza, se asegura de que la calle sigue vacía, se guarda el gorro en el bolsillo, y camina despacio hacia el bar de Arturo, que brilla como una estrella anaranjada al final de su camino.

Unos minutos más tarde están todos allí, sudados, agotados por la carrera, felices. Nadie ha sufrido contusiones, nadie ha sido detenido. Se abrazan al borde de las lágrimas, sonriendo, sintiendo la fuerza que emana de sus cuerpos sudorosos.

Al fondo del café, bajo la fotografía en blanco y negro que muestra un paisaje de una ciudad brasileña, está Mati, con Nieves, otra de las de Novelda, mirándolos con su sonrisa torcida. Tiene un bolígrafo en la mano y, sin dejar de sonreírles ni disimular lo que está haciendo, escribe una lista en el bloc de anillas: los nombres de los que acaban de participar en la manifestación.

Junio de 2007

*T*eresa echó una mirada a la oficina donde le habían pedido que esperara y sonrió para sí misma, pensando en lo que diría su padre si pudiera ver cómo trabajaban los policías actuales: con aire acondicionado, con ordenadores, con muebles funcionales pero en buen estado, en despachos adornados con plantas, con fotos de la familia y con recuerdos de viajes a países exóticos. Ella aún recordaba con toda claridad el frío que hacía en invierno en el cuartucho donde trabajaba su padre, las ventanas por las que se colaba el aire helado, los horrendos archivadores grises con sus carpetas amarillentas, los mastodónticos escritorios de madera llena de agujeros de carcoma, los tinteros y el papel secante de color de rosa, las máquinas de escribir negras, donde cada letra era un golpe. Para su padre, toda aquella dotación actual no serían más que «mariconadas», algo impropio de hombres serios y entregados como lo era él.

En ese momento entró Gerardo Machado y Teresa se levantó a darle dos besos. Se conocían desde hacía más de veinte años; Lucía, su mujer, era paciente suya y además había sido también su primera cesárea, por eso preguntó enseguida por Samuel, que ya habría terminado el curso en la universidad.

—Bien, bien, no nos quejamos —contestó Gerardo, sentándose al otro lado del escritorio—. No es de sobresaliente, pero parece que va a pasar el curso limpio, y en arquitectura no es fácil.

—Me alegro, Gerardo. Hoy en día, si los hijos no te dan problemas, ya puedes hacer tres cruces.

—Y que lo digas. A ver, un par de preguntas y acabamos enseguida.

—Tú dirás.

—Cuéntame algo de Rita Montero.

Teresa se echó a reír.

—Pero ¡qué cotillas sois los hombres! Para que luego digan de nosotras.

—Venga, Teresa, en serio, que lo voy a grabar.

—Vale. ¿Qué quieres que te diga?

—Tú habla. De cómo era antes, de cómo es ahora, lo que se te ocurra.

Teresa cerró los ojos un momento, como si estuviera visualizando a Rita cuando aún era Marga.

—Rita siempre fue lo que se llama una chica seria. Trabajadora, concienciada que decíamos antes, muy activa en todo.

—¿En política también?

—Sí, creo que sí. No tanto como Ana, pero sí.

—Si participaba en manifestaciones y sentadas aún debemos de tener por ahí los informes.

—¿Aún no habéis tirado toda esa basura?

Gerardo se encogió de hombros con una sonrisa.

—Era delegada de los alumnos del instituto, un gran honor y mucho trabajo, redactora del periódico, organizadora de los festivales… de todo. Muy competente, muy buena chica.

—¿Y ahora?

—¡Qué quieres que te diga, hombre! Hacía siglos que no la veía, pero yo diría que sigue igual, aunque… no sé… como más tranquila, más pasota, más cerebral.

—Creo que no lo capto.

—Es que no sé cómo explicarlo. Antes era pura polvorilla, no podía estarse quieta, se apuntaba a todo, discutía apasionadamente de todos los temas… y ahora habla poco, escucha mucho, te deja terminar lo que estás diciendo y no trata de convencerte de que te equivocas. Claro, que antes tenía diecisiete, dieciocho años y ahora cincuenta. Parece que la vida le ha enseñado mucho.

—La verdad es que yo me había imaginado de otra forma a alguien tan famoso.

—Sí, uno siempre piensa que se le habrá subido a la cabeza, pero no. A veces es casi como si pidiera perdón por haber llegado a ese nivel en el cine.

—¿Tú la crees capaz de matar a alguien?

Teresa lo miró fijamente.

—¿A Rita? ¿De matar a alguien? ¿A quién? ¿A Lena, que era un trozo de pan?

—Por ejemplo.

—No. Jamás. Aparte, ¿por qué narices la iba a matar?

—Si lo supiera, habría adelantado mucho. —Hizo una pausa—. Dime, Teresa, ¿quién sabía que Rita iba a cenar con Lena el miércoles?

—Yo. Y creo que todas. Lena la invitó al marcharse de la fiesta, cuando se estaba despidiendo. Habló en voz baja, pero lo hizo delante de todas.

—¡Vaya por Dios! Eso no me ayuda mucho.

Teresa se encogió de hombros.

—¿Por qué se fue antes que vosotras?

—¿Lena? Porque estaba ya muy cansada. Siempre tuvo dificultades para metabolizar el hierro y tenía poca resistencia.

—¿No pasó nada en la fiesta esa que la deprimiera de algún modo?

Teresa tardó unos segundos en responder. ¿Cómo le iba a contar a Gerardo, por muy agradable y bonachón que fuera, lo que de verdad había pasado, la fatal ocurrencia de Ingrid con aquella película, el aluvión de recuerdos desatados por aquellas imágenes? Se decidió por lo más neutro, por lo que enseguida podría comprobar en cuanto hablara un rato con David, que sabía muy bien de la obsesión de Lena por encontrar a Nick.

—No sabría decirte. Quizá sí. Estuvimos mucho rato hablando del padre de su hijo —mintió—; te habrá comentado David que hace años que intenta dar con él y hasta ahora no lo ha conseguido.

—Sí, algo me dijo. ¿Crees que eso podría ser motivo de suicidio?

—Así que aún no habéis descartado la posibilidad.

—Estamos en ello. ¿Qué me dices?

—No, la verdad es que no creo. Hace veinticinco años no te diría que no, pero ahora ya… a estas alturas… Aunque nunca se sabe, claro. A veces ha aguantado una durante un montón de tiempo y luego cualquier estupidez se convierte en la gota que hace desbordar el vaso.

Gerardo se inclinó y sacó un papel del cajón de su derecha.

—Lee esto y dime qué se te ocurre.

Eran apenas unas líneas impresas, sin encabezamiento y sin final.

Los secretos destruyen a quien los guarda, pero mucho más a quien los olvida porque entonces siguen vivos y lo devoran calladamente, en la oscuridad.

¿Crees que podría olvidar con solo desearlo? Recordar es el castigo de quien pierde la inocencia.

Lo que hice, lo que haré, ya nada importa: en la vida, en el sueño, en el insomnio, no soy más que la tenaz memoria de esos hechos.

—¿Qué es esto? —preguntó Teresa frotándose los brazos, después de haber dejado el papel sobre el escritorio.

—Lo que había en la pantalla del ordenador de Lena. ¿Te suena de algo?

Teresa negó con la cabeza.

—Parece que la pobre estaba mucho peor de lo que yo pensaba —dijo al cabo de unos segundos.

—¿Por qué lo dices?

—Porque suena a obsesión y yo creía que ya lo había superado.

—¿Lo del padre de su hijo?

Ella asintió.

—Eso, y el haber dejado tirados a sus padres durante unos años y que luego se mataran en accidente de tráfico antes de que ella hubiera tenido tiempo de arreglar las cosas de verdad, y el que su hijo se marchara para siempre y ni siquiera la invitara a su boda… muchas cosas que la hicieron sufrir durante mucho tiempo, pero le recomendé una terapia y parecía que le había ido bien. Aunque ahora, con esa nota… ya no sé qué decirte.

—¿Es su estilo? La nota, digo.

—Y yo, ¿cómo voy a saberlo? Nos veíamos todos los días, Gerardo; no nos escribíamos.

—Ya, claro.

—La que más sabe de textos es Rita. Pregúntaselo a ella.

—Lo pensaré. —Se puso de pie, rodeó el escritorio y le dio dos besos a Teresa—. Gracias por haber venido tan pronto; ya te llamaré si necesito saber algo más.

—Cuando quieras. A todo esto, ¿qué hay de Lena? ¿Cuándo podremos llevárnosla?

—En cuanto el forense dé luz verde. Un par de días a lo sumo. ¿Te ocupas tú de los trámites?

—Claro. No le queda nadie, salvo su hijo, pero me ha dicho que es mal momento, que están en plenos exámenes.

—Cría cuervos… —dijo Gerardo—. Descuida, te avisaré.

Apenas se había marchado Teresa cuando le dijeron que acababa de llegar Rita Montero a firmar la declaración, de modo que salió al pasillo con el papel en la mano.

—¿Tiene un minuto?

—Claro, inspector, dígame.

La Montero estaba como por la mañana, amable, tranquila, cerrada como una ostra. Le tendió la nota y se quedó mirándola fijamente mientras la leía, tratando de calibrar su reacción.

—¿Le suena de algo?

—Las dos primeras frases son casi literales de mi última película, de *El secreto*.

—Ahá. ¿Y la tercera? Yo no entiendo, pero me parece que está muy bien escrita.

La Montero sonrió.

—Está efectivamente muy bien escrita, inspector, mucho mejor que las mías. Es de Bioy Casares.

—¿De quién?

—De Adolfo Bioy Casares, un escritor argentino ya muerto, muy amigo de Borges.

—Debe usted de tener una gran cultura, si es capaz de reconocer una frase suelta de un vistazo.

—No sea usted suspicaz, inspector. La reconozco porque es de un cuento policial muy famoso: *El perjurio de la nieve*. Lo leí varias veces cuando preparaba el guion de *El secreto*.

—¿Y sabe también qué quiere decir?

—No le entiendo.

—Esta nota era lo que había en la pantalla del ordenador de Magdalena Santos. ¿Le dice algo?

—Yo lo interpreto como que Lena estaba obsesionada por algo que sucedió hace mucho tiempo y que se veía incapaz de cambiar. No le sé decir más.

—No parece usted muy sorprendida.

—No lo estoy. David me dijo al poco de encontrar el cadáver de Lena que en su ordenador había aparecido una nota que usaba frases de mi película. Supongo que no reconoció la otra. ¿Puedo irme ya?

—Si ya ha firmado, por supuesto, cuando quiera, pero me gustaría que no se marchara de Elda sin avisarme de dónde puedo encontrarla. —Sin esperar respuesta, el inspector Machado volvió a encerrarse en su despacho.

Rita salió de la policía con una impresión de irrealidad que no había sentido desde hacía mucho tiempo, como si ella misma estuviera encerrada en un largometraje cuyo guion no hubiera escrito. Subió por Padre Manjón, por delante de la Biblioteca Municipal, y luego continuó hacia arriba, por la Gran Avenida, de la que habían desaparecido todos los árboles por las obras de un aparcamiento que se extendería por todo el subsuelo, buscando inconscientemente el bar de Arturo, que ya no existía, igual que lo habría hecho treinta años atrás, esperando encontrar allí a cualquiera de sus amigos o amigas de entonces, a alguien que le devolviera la dimensión real del mundo y de las cosas.

Habría dado diez años de su vida por encontrarse con César y volcarle encima toda su frustración y su angustia hasta que él, con sus frases crípticas y su belleza aristocrática, la hiciera reír y la convenciera de que ellos dos eran seres especiales y, por tanto, estaban por encima de las pequeñas miserias cotidianas. Pero el bar había desaparecido, y César no era más que un recuerdo tan lejano que empezaba a creer que se había limitado a inventarlo para sobrevivir.

Entró en otra cafetería, semidesierta; pidió un café con hielo y encendió un cigarrillo por pura inercia. Le había costado todo su autodominio no contarle al policía el rato con Manolo, la noche con Candela. Tenía la sensación de que no podía callar más cosas, de que una más, por pequeña y estúpida que fuera, haría rebosar el vaso y entonces todo acabaría por derramarse, lo bueno y lo malo.

No tendría que haber vuelto, se repite por enésima vez. Nunca debí dejarme convencer por Ingrid para regresar aquí.

Recuerda a Manolo la noche del lunes, casi montando guardia a la puerta de la casa de la tía Dora, después de haberla llamado varias veces a su móvil, que ella nunca ha cogido al ver su nombre en el *display*, la sorpresa fingida, mal fingida, de Manolo al verla salir de casa. «Venga, Marga, te invito a cenar.» Su negativa, sus protestas, «estoy muy liada con un guion, solo quería salir a despejarme un poco y comer un bocadillo, pero voy retrasada, aún me queda mucho que hacer». «Pues entonces mañana.» «Lo siento, Manolo, he quedado con Candela.» «Pasado.» «Ceno con Lena.» «Ya que no quieres cenar, al menos te acompaño un rato. Nada, nada, no me vas a despreciar unas cervezas.»

Él lleva una americana de lino, carísima, que sería elegante en otro cuerpo, en otro hombre, y habla sin parar, contándole sus éxitos, sus proyectos inmediatos, la urbanización que está construyendo cerca de Altea, en primera línea, lo mejor de lo mejor para quien pueda pagarlo. «Anda, no me digas que no te gustaría comprarte un chaletito enfrente mismo del mar, no me dirás que no te lo puedes permitir ahora.» Todo el mundo empeñado en que es rica, sin saber que todo lo que gana es para invertirlo en otros proyectos, en su productora, en su nueva película. Sin saber por qué le dice que ella preferiría haber podido comprarse el campo de su familia, pero él ya está lanzado con lo de Altea y parece que no la oye. Recorren el pueblo a paso de paseo, en dirección a la calle Nueva, porque él ha decidido enseñarle el Casino, que está como nuevo, mejor que nuevo, recién remodelado, y ella se deja llevar sin más hasta que pasan de largo y él le hace un guiño y le pide paciencia.

Dejan atrás la iglesia de Santa Ana y Manolo se mete por un callejón que a ella empieza a despertarle vagos recuerdos; saca una llave y le abre la puerta de una planta baja que huele intensamente a moho. «Espera —le dice—, debe de haber luz por algún lado.» En la habitación del fondo se ilumina una bombilla de veinte vatios y Manolo se queda plantado con orgullo de propietario, las manos en los bolsillos, en mitad de la pieza central. «¿No te acuerdas?», le pregunta. «El cuartelillo, mujer. Lo compré hace años y aún no me he animado a derribar la casa. Durante mucho tiempo esta zona estaba muerta, todo el mundo quería un adosado en las afueras, pero ahora van volviendo y pronto haré pisos aquí. Me los quitarán de las manos, ya verás. Mira, en este cuarto estaba el póster de Frankenstein.»

Poco a poco van volviendo los recuerdos, imprecisos. No entiende por qué Manolo está tan sonriente; ella no asocia nada especial con ese cuartelillo, pero parece que él sí.

«Aquí bailábamos las piezas lentas, ¿te acuerdas?»

Ella le regala una sonrisa desvaída, poco comprometedora, y se enciende un cigarrillo para cubrir el silencio.

«Siempre pensé que aquí conseguiría por fin acostarme contigo», dice en una voz grave que pretende ser acariciadora y no consigue más que arrancarle un escalofrío. «En fin, es eso que se llama nuestra asignatura pendiente, ¿no crees?»

Rita se ríe, aunque no lo encuentra gracioso.

—No, Manolo, tú y yo no tenemos nada pendiente.

—Fuimos novios —dice él posando una mano en su nuca y acariciándole el lóbulo de la oreja con el pulgar.

—Salimos juntos una temporada —precisa ella, apartándose—. Hace treinta y tres años para ser exactos.

—A mí aún me gustas, a pesar de todas las tonterías que se dicen de ti.

—¿Qué tonterías? —No tiene interés en saberlo, pero quiere tenerlo distraído, hacerlo hablar.

—Todo eso de que te gustan las mujeres, ya sabes.

—Eso es verdad, Manolo. Soy lesbiana.

—¡Venga ya! Eso es porque nunca has encontrado a un hombre que valiera la pena, que fuera un hombre de verdad.

Rita se echa a reír porque, de alguna curiosa manera, Manolo tiene razón. Nunca ha conocido a un hombre por el que se haya sentido físicamente atraída, pero esa es precisamente la confirmación de lo contrario. Ha pasado por varios enamoramientos breves, siempre con otra mujer.

Él vuelve a acercarse.

—Por los viejos tiempos —susurra, intentando pegarse a ella.

—Venga, Manolo, no te pongas en ridículo, ya somos mayores. —Aún no está asustada, pero quiere salir de allí cuanto antes—. Vamos a tomar una caña.

—Tienes razón, Marga, ya somos mayores —ella suspira aliviada—. Te propongo un trato. Tú me das lo que quiero y yo te devuelvo el campo de tu familia a precio de amigo, ¿hace?

Rita se ha quedado de piedra. En la casi completa oscuridad de la habitación, lo mira fijamente a los ojos y él malinterpreta su mirada.

—Mujer, no te lo voy a regalar sin más, pero te juro que te lo doy barato.

—¿Lo compraste tú?

—Me hacía ilusión quedarme con ese campo; por eso no he hecho nada con el terreno. Todo está igual que en tu fiesta de cumpleaños. Soy un sentimental, aunque no lo parezca. ¿Qué me dices?

Rita se da la vuelta y sale del antiguo cuartelillo sin mirar atrás, con los ojos llenos de lágrimas y un deseo salvaje de machacarle la cara contra una piedra. Manolo la alcanza casi a la altura de la plaza Mayor y la arrastra entre disculpas a la barra de un bar de tapas. La gente los mira, muchos la reconocen, le sonríen, levantan su vaso hacia ella.

—¿Qué, Manolo? —dice un hombre de su edad que come caracoles con su mujer en una mesa junto a la barra—. ¿Ya le estás vendiendo algo a la estrella?

Suenan risas que ella corea y en algún momento se encuentra sola en su portal, sintiendo la bilis que se le ha acumulado en el estómago. Vomita, se toma un somnífero, y se mete en la cama sin poner el despertador, esperando que la noche traiga el olvido, como tantas veces.

—¿Otro café con hielo? —El camarero se materializó junto a su mesa y Rita se dio cuenta de que era viernes, que acababa de salir de la policía, que Lena llevaba dos días muerta.

—Sí, por favor —contestó para que se marchara, para que tuviera algo que hacer.

Sacó un cuaderno de la bolsa que llevaba en bandolera y empezó a pasar páginas simulando concentración. Ahora quería estar sola pero no soportaba la idea de meterse en su casa, sin Ingrid, sin los niños.

—¿Le traigo algo de comer?

—No, gracias, el café vale.

No puede quitarse de encima la imagen de Lena desangrada

163

en la bañera, su pelo flotando como una anémona de mar, el sol de la tarde tiñéndolo todo de rojo. Sabe que algún día tendrá que hacer una película que contenga esa escena; es su único modo de exorcizar los recuerdos. Alguna vez, en un plató, una actriz de pelo largo se meterá en una bañera de agua rojiza y los maquilladores la rodearán para asegurarse de que parece un cadáver mientras alguien mide la luz y ella mira la pantalla corrigiendo errores. Pero aún no, aún Lena es una realidad quemante. Como Candela.

Candela recibiéndola en su piso —«¿Ves? Ahora sí que te he invitado a casa»—, un piso elegante, con buenos muebles, con telas exquisitas, con esculturas modernas y africanas a partes iguales, con grandes cuadros abstractos y una magnífica vista del puerto y el castillo, con velas encendidas, todas blancas, y música de jazz.

Su móvil pita dos veces. Rita parpadea y el piso de Candela se desvanece en el recuerdo. Es un SMS de Ingrid: *Wish you were here. Granada is beautiful! The kids are all right. They miss you too. Love.*

164

No le ha dicho a Ingrid que Lena ha muerto. No quiere estropearle las vacaciones, pero la echa tanto de menos que casi duele. Lleva doce años compartiéndolo todo con ella y ahora, por primera vez, se siente sola, perdida, sin nadie en quien confiar. Piensa por un instante en llamarla y decírselo, o llamarla y no decirle nada, simplemente oírla hablar de las bellezas de Andalucía, pero teme que le tiemble la voz, así que teclea rápidamente: *Miss you too, dear,* y pulsa la tecla de enviar. Luego, después de una pequeña duda, llama a Teresa y se invita a cenar a su casa.

1974

Mientras los alumnos están en el patio, don Javier y don Alonso, el sacerdote invitado para dirigir el retiro espiritual —el último que tendrán los alumnos de COU antes de abandonar el centro— están desplegando los papelitos anónimos del ejercicio que don Alonso les ha propuesto antes del recreo y que consiste en decidir, después de cinco minutos de reflexión y examen de conciencia, qué es lo más importante de sus vidas, su máxima aspiración, el punto central al que tiende todo su ser.

Los dos curas tienen la sensación de que las chicas se lo han tomado mucho más en serio, mientras que los chicos han garabateado lo primero que les ha venido a la cabeza y se han marchado a comprarse el bocadillo a la cantina.

Sentado a la mesa del escenario, en el silencio del salón de actos, frente al patio de butacas ahora vacío, don Javier va apuntando las respuestas en un cuaderno, haciendo palitos verticales en las que se repiten:

El amor. Cuatro palitos. Una de las respuestas es de Carmen, está seguro; aunque ya no tiene tan claro qué es lo que ella entiende por amor. Sonríe para sus adentros pensando que lo más probable es que haya pensado «Los chicos» y luego le haya dado vergüenza escribirlo. Por eso ha escrito «Amor» con mayúscula, para que suene más elevado.

La libertad. Tres palitos. Uno de Magdalena, seguro. La conoce bien a través de los debates de clase. Los otros pueden ser de cualquiera. Últimamente «libertad» es la palabra que más se oye por todas partes y en todos los contextos; pero en cualquier caso son respuestas de chicas valientes, considerando que saben que quienes van a leer aquellos papelitos son dos sacerdotes, uno de ellos anciano.

La independencia. Una sola mención. ¿De quién será? De Candela. Solo Candela es lo bastante perspicaz y lo bastante madura para no haber escrito como las otras: «libertad», que es un concepto tan vago, sino «independencia» que resulta mucho más concreto, más modesto y más posible de alcanzar.

La justicia. También una única mención, que tiene que ser de Ana, la combativa, con su mente clara y su gran corazón. La única hasta ahora que aspira a algo que no es solo para sí misma.

La familia. Seis palitos. Digan lo que quieran, y a pesar de los largos debates sobre el divorcio, las relaciones prematrimoniales y el amancebamiento, aún quedan muchas que piensan, gracias a Dios, que la familia es un valor que hay que mantener. ¿Cuál de entre sus chicas —don Javier siempre piensa en el grupito de amigas como «sus chicas», aunque es consciente de que no debería hacer distinciones entre las alumnas— habrá votado por la familia? Margarita, probablemente. Y quizá Teresa, que, aunque tenga un padre autoritario, tiene muchos hermanos y parece feliz en el seno de su familia.

La seguridad. Una sola vez. Esa también puede ser Tere, una chica sólida y estable, con la cabeza en su sitio y las cosas muy claras, que parece mayor de lo que realmente es.

El éxito. La imagen de Soledad resplandece en su mente, como rodeada por un halo de luz artificial. ¿Quién, si no? Solo alguien que tiene todo lo demás —familia, fortuna, belleza— y que sin embargo no posee la inteligencia, la generosidad o el interés necesarios para reflexionar profundamente sobre el mundo como Ana, sería capaz de poner el éxito por encima de lo demás.

La sabiduría. ¿A quién se le ha ocurrido eso? ¿A Reme, quizá, a quien todas consideran la empollona de la clase? Reme, en su opinión, no es una empollona. Simplemente es de las pocas que está hambrienta de aprender, que se pasa horas en la biblioteca cuando su padre no la necesita en el bar; que sabe que la posibilidad de tener una educación es un privilegio, y más para ella, hija de un matrimonio que apenas pudo ir a la escuela más que lo justo para aprender a firmar y a hacer las cuentas básicas.

Don Javier se pasa el índice por el alzacuellos, tratando de soltarlo un poco y de aliviar el picor. Está deseando terminar de hacer la lista y salir unos minutos al aire libre. Aquel salón parece una cripta, sin luz natural ni ventilación.

Mi Patria. ¡Vaya por Dios!, piensa. Al parecer a alguien le han hecho efecto tantos años de Sección Femenina, de campamentos de verano, de horas y horas de Formación del Espíritu Nacional. Y no es que él esté en contra del patriotismo, pero resulta raro que una muchacha de diecisiete años, con tantas cosas que podría haber elegido, diga que lo central en su existencia es su patria. ¿Quién puede ser? ¿Julia? Una sola mención, como era de esperar.

Abre otro papelito; solo quedan dos.

Dios, en grande, con mayúsculas, y debajo «mi religión». ¿Cuál de sus alumnas es tan religiosa? ¿O se trata solo de dar jabón, de hacerle la pelota a él y a Monseñor Uribe, pensando que es eso lo que quieren oír? Podría ser Nieves, si la respuesta es sincera. O Mati, si se trata de quedar bien. Es un prejuicio suyo que le hace sentir culpable, pero no le gusta Mati. No le gusta su modo de mirar, esquinado, su sonrisa equívoca, su risa de hiena que suena siempre que alguien se ha hecho daño o ha sido humillado en su presencia.

El poder. En letra de imprenta. Subrayado dos veces. ¡Esa sí que es Mati, que por una vez ha decidido mostrarse sincera, aprovechando que los papeles son anónimos! Le da grima esa muchacha. Pero no puede tener la seguridad de que sea ella; Mati no es tonta, no va a ganar nada con esa respuesta y ella solo hace cosas que le aporten beneficio. No quiere dejarse llevar por esas ideas fijas y piensa que quizá podría enseñarle el papelito a Marisa al día siguiente porque ella sí que conoce la letra de todas sus alumnas, mientras que él les pone la nota solo por sus intervenciones en clase.

Suma las respuestas, se asegura de que sean veintidós y echa una mirada a don Alonso que, cabeceando y murmurando por lo bajo, está también terminando de sumar las diecinueve de los chicos del COU A.

—La verdad, padre Hidalgo —dice al cabo de un momento—, es que no parece que sus clases hayan dado mucho fruto. Aquí todos los chavales no piensan más que en ganar dinero,

167

en el amor, lo que ellos entienden por amor, que usted y yo sabemos lo que es a los diecisiete años, y algún que otro la familia. ¡Ah! y, claro, la famosa libertad; más bien el libertinaje, supongo, pero no lo iban a escribir con todas las letras...

Javier baja la vista y se encoge de hombros imperceptiblemente. Don Alonso continúa.

—Vamos a contrastar las respuestas de las chicas, a ver si con las mujeres del mañana tenemos más suerte. ¿Cuáles son las respuestas más frecuentes?

—Lo primero la familia —don Alonso esboza una media sonrisa satisfecha—, pero también el amor en segundo puesto y la libertad en tercero.

—¿Y la religión, y Dios, y España? —Su voz va subiendo progresivamente mientras pronuncia las sagradas palabras y ya no sonríe.

—Una mención cada una. Bueno, Dios y religión en la misma respuesta, para ser exactos.

—O sea, dos en total. Dos de veintiuna chicas y ninguna entre los chavales. La sesión de la tarde va a ser movidita, padre. No voy a tener más remedio que dejarles claro que ha hecho usted muy mal trabajo. —Javier hunde la cabeza y se recuerda a sí mismo que le debe obediencia y respeto al monseñor que tiene delante y que viene directamente del obispado de Orihuela—. ¿De qué hablan ustedes en clase, si se puede saber?

—Seguimos el programa, monseñor. Pero no puedo dejar de hablar de los temas que les interesan a ellos, de drogas, de relaciones prematrimoniales, de las cosas que ven en las películas, de política internacional...

—¿De política internacional? ¿En clase de religión? —Don Alonso está francamente escandalizado.

Javier sabe que no debería haber nombrado la política, pero ahora ya está hecho y no tiene más remedio que continuar.

—Son cuestiones de moral: el conflicto del Medio Oriente, la guerra de Vietnam, la muerte de Salvador Allende...

—Me deja usted de piedra. ¿Y de los sacramentos no les ha hablado? ¿Del alto valor de la virginidad? ¿Del sacrificio? ¿Del apostolado laico? ¿De la gloriosa resurrección de Nuestro Señor?

—También, también, claro... pero no participan en los debates. Los más lanzados me dicen que eso no tiene relación con su vida.

—¿Ah, no? Así que eso no tiene relación con la vida de un cristiano...

—Yo hago lo que puedo, monseñor, se lo aseguro; pero si no queremos perderlos, tenemos que preocuparnos por darles respuestas a las preguntas que ellos nos hacen. No podemos darles nosotros tanto las preguntas como las respuestas.

—¿No? ¿Y qué es lo que hacen los profesores de matemáticas, y los de literatura y de lo que sea? No me dirá que ninguno de esos chavales se ha preguntado nunca en serio por qué Garcilaso empezó a escribir sonetos o para qué sirve un aoristo en griego o cuántas formas hay de despejar una incógnita en una ecuación de tercer grado. ¡Se les enseña y no hay más que hablar! —Recogió los papeles de un manotazo y los metió en una carpeta gris—. Estoy muy decepcionado de su labor, padre Hidalgo.

—Créame que no es fácil, monseñor.

—Si fuera fácil, no sería labor para un ministro de Cristo. —Se pone de pie con porte mayestático y ofendido; Javier lo imita automáticamente—. Fíjese bien en mí en la sesión de tarde y no se deje amilanar por los nuevos vientos de la libertad, tolerancia y demás zarandajas. La Iglesia católica ha sobrevivido a casi dos mil años de oposición, de herejías, de luchas... Ni estos chavales, ni sus hijos, ni sus nietos van a destruir lo que ha costado siglos levantar. Pero tenemos que estar alerta, Javier. Y creo que usted, quizá por su juventud, se está dejando influir demasiado por sus alumnos. Voy a recomendarlo para un curso de formación este verano, un largo retiro donde pueda reconsiderar este tipo de cuestiones. Y quizá, después del verano, le conviniera volver al trabajo parroquial, al contacto directo con los feligreses en algún pueblo tranquilo, con menos juventud a su alrededor. Lo hablaré con Su Excelencia en cuanto vuelva a Orihuela. —Don Alonso le pone una mano en el hombro, paternal—. No se preocupe, muchacho. Dios solo le envía a cada uno lo que es capaz de soportar, y nosotros, los mayores, estamos aquí para ayudarlo. —Sus ojos se desvían hacia el gran reloj de la sala—. ¡Vaya! Se ha hecho un poco

169

tarde. Voy a dar una vuelta por el patio, que dentro de veinte minutos hay que empezar la sesión.

Javier ve marcharse al viejo del salón de actos, satisfecho de sí mismo, pensando que ha hecho lo correcto, aunque eso le vaya a costar a él la única vida que le gusta: la relación con los jóvenes, el contacto directo con los sucesos diarios, las conversaciones con gente de su nivel. Sacude la cabeza, incrédulo y angustiado, y por un momento se imagina quitándose la sotana que hoy ha tenido que ponerse, saliendo del salón para no volver, marchándose a París a estudiar Psicología. Pero sabe que no lo hará, que acabará el curso tratando de disfrutar de todo lo que traiga porque, probablemente, será el último que le permitan enseñar en un instituto, y que luego, cuando reciba la orden de traslado, sacará el atlas para ver dónde está su próximo destino y se marchará a donde le ordenen, a confesar beatas, a dar la extremaunción a viejos campesinos, a presidir banquetes de bodas y bautizos y comuniones con la sotana puesta para no escandalizar. Y luego, al caer la tarde, dará un paseo por el pueblo saludando a unos y a otros «Buenas noches, Atilio», «Buenas noches, padre; ¡con Dios!» hasta meterse en la casa parroquial donde alguna buena mujer le habrá dejado preparada la cena que tomará solo, viendo la tele, si la hay, o leyendo una revista de dos meses atrás. Solo. Siempre solo. Toda la vida.

2007

Ana sacó una bandeja con dos cervezas y unos cacahuetes a la mesita del jardín, donde David ya se había puesto cómodo al volver del trabajo. Era casi un rito que habían desarrollado desde que vivían en el chalet y que a los dos les resultaba básico para desconectar de todo lo que hubiera pasado durante el día: hablaban un rato, se contaban las menudencias de la jornada, se tomaban la cerveza despacio, mirando el brillo del agua de la piscina y, poco a poco, los enfados y las contrariedades iban quedando atrás hasta que se limitaban a sonreírse en silencio, felices de estar juntos, de tener una buena casa, un hijo precioso que no daba problemas y un trabajo que, a pesar de todo, les gustaba lo suficiente como para no desear otro.

David estaba hoy particularmente tenso. Ana lo notaba en la rigidez de sus hombros y en la vista que se le perdía en las copas de los árboles del chalé de enfrente. Ella tampoco estaba bien desde la fiesta, pero no quería que él se lo notara; así que le sirvió la cerveza helada y le acarició el pelo.

—¿Qué? ¿Mal día?

David se encogió de hombros.

—No hemos avanzado nada. De lo de Lena, digo. Suicidio no es; eso está claro. Y las pocas pistas que tenemos… —se interrumpió de golpe.

—¿Qué pasa? ¿Ahora de repente, después de tantos años, se te ocurre que lo que pasa en comisaría es confidencial, hasta para tu mujer?

Él volvió a encogerse de hombros y tomó un largo trago.

—Es que eras amiga de la víctima y conoces a todas las posibles sospechosas.

—¿Sospechosas? Pero si todas tienen coartada... Venga, ¿qué pistas tenéis? Siempre me has dicho que contarme las cosas te ayuda a pensar.

David se puso de pie y se acercó al borde de la piscina, como dudando. Ana guardó silencio y él acabó por explotar un minuto más tarde.

—¡Es que no tiene ningún sentido! Hemos encontrado una colilla en el cubo de la basura que, por lo demás, estaba totalmente limpio.

—Lena no fumaba ya.

—Ya lo sé. Es una colilla de Rothman's. No es que sea una marca muy habitual. ¿Y sabes quién fuma esa marca? —Apenas hizo una pausa de medio segundo antes de contestarse a sí mismo sin esperar a que lo hiciera su mujer—. Rita Montero.

—Y unos cuantos millones más, supongo. Que yo sepa, se vende en todos los estancos, ¿no?

—¿Lo ves? Ya estás empezando a defender a tu amiga.

—No la defiendo; pienso con la cabeza. ¿Tú crees que Rita iba a tirar una colilla de su tabaco a un cubo totalmente limpio después de haber asesinado a Lena? Rita es una de las personas más inteligentes que he conocido en la vida.

—¡Ya lo sé, joder! Habría que ser un completo descerebrado para hacer eso. Y para llevarse la cuchilla si trataba de hacerlo pasar por suicidio. Y para no tirar el gazpacho que Lena había preparado. ¿Ves por qué te digo que la cosa no tiene ni pies ni cabeza?

Ana se quedó callada, pasando el dedo por la superficie húmeda de la mesa, como si dibujara algo invisible.

—¿Y si lo ha hecho alguien que quiere comprometer a Rita?

—Ya lo hemos pensado. Pero ¿quién? ¿Y para qué?

Ana lo miró sin expresión. No se le ocurría nada concreto, pero si empezaba a verbalizar todas las combinaciones que se le estaban pasando por la cabeza a raíz de lo sucedido en la fiesta, la conversación podía derivar hacia temas que no quería sacar a colación; temas que había enterrado profundamente en la memoria y que se había jurado a sí misma no volver a tratar en toda su vida.

—¡Venga! No me mires así. ¿Se te ocurre algo?

—¿Manolo Cortés? —dijo casi en un susurro, sabiendo que

172

era una estupidez, pero una estupidez que alejaba un poco la conversación de su grupo de amigas.

—¿Qué Manolo Cortés? ¿El constructor? —Ana asintió con la cabeza—. ¿Qué pinta ese aquí?

—Fue novio de Rita hace una eternidad. Se lio con Carmen por puro despecho; luego ella se quedó embarazada y se casaron, ya lo sabes. Según Carmen, Manolo nunca consiguió superar el que ella lo dejara y la pone verde siempre que sale su nombre a colación. Ayer me encontré con su hija, Vanessa, y me dijo que su padre se está volviendo senil, que después de ponerse en ridículo con todas las antiguas amigas que se le han puesto a tiro, ahora se le ha metido en la cabeza ligarse a Rita por no sé qué de que es la única mujer que se la ha resistido en su vida. Vanessa se partía de risa imaginándose a Manolo de Don Juan y precisamente con alguien que todo el mundo sabe que es lesbiana.

—¿Ah, sí? Yo no lo sabía.

—Bueno, ella no lo dice. Las revistas dicen que Rita es de esas que llaman del «armario de cristal». Sigue dentro del armario, pero todo el mundo sabe que está allí, aunque aún no haya salido oficialmente.

—Y según tú, ahora, después de más de treinta años, el tal Manolo se lía la manta a la cabeza y mata a la infeliz de Lena para inculpar a Rita. No puedes decirlo en serio.

—No, si a mí también me parece marciano… pero es que no se me ocurre nada más.

—Tendremos que pedirle a Rita una muestra de ADN y comprobar si la colilla es suya —murmuró David casi para sí mismo—. Y lo último que nos interesa es un escándalo mediático. A la alcaldesa no le va a hacer ninguna gracia que la mayor gloria local esté implicada en un asesinato.

—¿Y si es de Rita?

—Sabemos que, al menos en eso, ha mentido.

—¿Y la acusaréis de asesinato?

David volvió a encogerse de hombros. En ese momento sonó el timbre.

—Debe de ser Ricky. Ya le abro yo y me lo llevo directamente a la ducha; vendrá hecho un desastre como siempre. ¡Ah! Ana, por favor, ni una palabra de esto. No debería habértelo contado ni a ti, ya lo sabes.

173

Apenas hubo desaparecido David, Ana cogió el móvil y marcó el número de Teresa.

—No puedo hablar ahora —dijo a toda prisa en cuanto su amiga contestó—. Localiza a Rita y dile que va a necesitar muy pronto un abogado. Que llame a Candela; ella sabrá qué hacer. No, yo no puedo llamar a Rita desde mi móvil. Ya te explicaré. Un beso.

Tumbada a la sombra, junto a la piscina de su casa de La Habana, Sole estaba inquieta. Hacía días que no había recibido ningún mail de Lena y eso, que apenas unos meses atrás no se le hubiera pasado por la cabeza, ahora la ponía nerviosa. Se había acostumbrado a escribirle a su antigua compañera de colegio y a recibir de inmediato su respuesta; mucho más deprisa de lo que antes se decía «a vuelta de correo». Sin saber bien por qué, y a pesar de que los mensajes de Lena le habían producido muchas noches de insomnio, echaba de menos sus palabras, sus recuerdos, todo lo que poco a poco volvía a anudarla con una vida que a veces ni siquiera le parecía la propia, como si todo lo que les sucedió a aquellas muchachas, que en algún tiempo fueron ellas, les hubiera ocurrido a los personajes de una serie de televisión de esas que uno sigue durante años y acaban convirtiéndose en seres familiares, junto a quienes se goza y se sufre.

Con los ojos cerrados al sol de mediodía, tanteó por la hierba buscando el cubo con la botella de agua mineral que Juana había dejado a su alcance y que ya tendría el hielo derretido. Odiaba la sensación de estar esperando algo, la dependencia de algo que no estaba en su mano manejar. Lo odiaba profundamente, a pesar de que era lo que había hecho toda su vida: esperar, depender, no haber tomado nunca una decisión que hubiera sido realmente suya. Pero ahora era peor, incluso, porque desde que los hijos se habían independizado y Pedro había dejado de hacerle caso, Lena se había convertido en algo como una válvula, un escape que, sin exigirle nada, le permitía ir recuperando lentamente una cosa que cualquiera de los pedantes que la habían rodeado durante tanto tiempo podría llamar identidad y que ella, al menos de momento, aún no llamaba de ninguna manera, aunque era consciente de que había recuperado su nombre de entonces —Sole— con todo lo que conllevaba: lo bueno y, por desgracia, lo malo también, aquellos recuerdos que tanto se había esforzado por borrar, estudiando una carrera que no le interesaba, casándose con un hombre que tendría que vivir siempre lejos de España y tomando un nombre con el que nunca se había identificado.

Y ahora Lena no le contestaba. Lo último que había sabido de ella era que habían hecho la fiesta de reencuentro en la que había sucedido algo que había dejado a Lena destrozada, tanto como para no haberle escrito más, a pesar de que en su último mensaje le había prometido contárselo todo. ¿Se habría encontrado por fin con Marga, con la Rita actual? ¿Qué sería lo que quería contarle? ¿Qué creía saber de lo que realmente sucedió aquella noche en el barco? ¿Era remotamente posible que Lena hubiera sabido siempre quién empujó a Mati por la borda? ¿Que hubiera guardado ese secreto durante treinta y tres años porque implicaba a una de sus más íntimas amigas, a una de las chicas del 28? El asesinato no prescribe. Eso lo sabían todas y, sin haberlo puesto nunca en palabras, todas sabían que, fuera lo que fuese lo que cada una de ellas hubiera creído saber, o incluso haber visto, todas estaban más seguras si ninguna hablaba. Así lo habían hecho desde el 74. Y de repente, por algo que Sole no podía y no quería imaginar, Lena había decidido hablar con Marga y contarle... ¿qué?

175

—Rita, ¿ha pasado algo?

Teresa acababa de abrirle la puerta a su amiga y la miraba con expresión preocupada mientras la hacía pasar y la acompañaba al salón, donde ya estaba la mesa puesta. En alguna parte sonaba una tele a toda potencia.

—Me van a volver loca estos críos —murmuró Teresa, cerrando las puertas correderas—. Los jóvenes se han vuelto sordos. Dime, ¿qué pasa?

Rita se dejó caer en uno de los sofás y cerró los ojos unos instantes.

—Nada, Tere, no sé. No puedo más. Quisiera desaparecer, pero la policía me lo ha prohibido. No sé qué tienen contra mí pero me tratan como si creyeran que yo he matado a Lena. No sabía dónde ir y por eso te he llamado, porque tenía que hablar con alguien. Igual necesito un abogado.

—Sí, yo también lo creo.

Rita la miró, perpleja.

—Yo tampoco sé lo que creen tener contra ti, pero Ana me ha llamado hace un momento diciéndome que hay que ponerse en contacto con Candela. Al parecer sí que piensan acusarte de algo.

—Esto es de locos —dijo Rita sacudiendo la cabeza—. ¿Por qué yo, que acabo de llegar al pueblo y hace más de treinta años que no veía a Lena?

—Vamos a llamar a Candela —Teresa tenía ya el teléfono en la mano.

—No. Espera, por favor, espera. Necesito un poco de tiempo para pensar.

—¡Mamá! —se oyó una voz por encima del ruido de la tele—. ¡Huele a quemado!

—Perdona, Rita, voy a ver, vuelvo enseguida.

Rita se quedó donde estaba, con la cabeza echada hacia atrás en el respaldo del sofá y los ojos cerrados. Se sentía acosada, impotente, ridícula, como metida en una pesadilla que, sin embargo era la realidad, aunque fuera una realidad extraña a su vida cotidiana. Siempre había pensado que no se puede regresar al pasado y, sin embargo, ahora era como si aquellos treinta y tres años no hubieran existido y todo lo que debió suceder entonces, al volver de Mallorca, hubiera empezado a ocurrir en el mismo punto en el que se había interrumpido hacía tanto tiempo, como si su huida, la de todas ellas, no hubiera sido más que un compás de espera y ahora tuvieran que pasar por todo lo que creían haber dejado atrás.

Ni siquiera ella misma tenía ya control sobre sus recuerdos. Apenas dos noches antes, en el piso de Candela, ella misma había sacado el tema porque algo en su interior le decía que era necesario hablar, aclarar las cosas, comenzar un proceso de purificación que quizá ya no fuera posible.

En la terraza de Candela, frente al puerto y el castillo iluminados, con un gin-tonic bien frío en la mano, ella misma pregunta:

—Lo que dijiste la otra noche, en la fiesta, eso de que una de nosotras tuvo que ser quien tiró a Mati por la borda, ¿te consta?

Las palabras salen con dificultad, como si hablara una lengua recién aprendida. Fija la mirada en la mole del castillo para no tener que verle los ojos a su amiga y, sobre todo, la sonrisa cínica que con toda seguridad acaban de dibujar sus labios finos sobre el borde del vaso.

—¿Qué quieres decir con «si me consta»? ¿Si lo vi? ¿Si lo hice yo?

Entonces no tiene más remedio que mirarla.

—No. No lo vi y no fui yo, aunque a veces me gustaría haber tenido el valor de hacerlo. Creo que soy la única que hubiera podido vivir con ello. Espera, voy a enseñarte una cosa para que lo entiendas.

Candela se pierde en el interior de la casa y ella se queda en la terraza, acariciando a ciegas unos geranios que, al tocarlos, huelen tan intensamente que casi marean. Es posible que Candela tenga razón. Que sea la más fuerte de las siete. Es también la única que se ha comprado un piso frente al mar, la única excepto Carmen que, al parecer, no ve el mar como la tumba de Mati. Pero Carmen siempre ha sido una cabeza de chorlito.

Ahora ha vuelto y, de pie frente a ella, le tiende un cuaderno de anillas de tapas negras que le trae recuerdos imprecisos. Con la túnica blanca y la mano tendida parece una maga sacada de una película de *fantasy*, una maga tal vez maligna ofreciendo un regalo envenenado.

Ella, sin darse cuenta, se mete en el bolsillo la mano libre en lugar de extenderla.

—¿Qué es eso?

Candela ríe. Una carcajada corta y seca, como un ladrido.

—El famoso cuaderno de Mati. ¿No te acuerdas de que se pasaba la vida mirándonos de reojo y apuntando cosas en una libreta de tapas negras? Era esta.

—¿Y cómo es que la tienes tú?

Candela tira el cuaderno encima de la mesa de la terraza, recupera su vaso y se acomoda en el balancín.

—La vida trae muchas sorpresas. Pero pensaba que esos temas eran tabú, querida. Suponía que íbamos a pasar una noche agradable hablando de nosotras y emborrachándonos por los viejos tiempos. ¿Es porque mañana cenas con Lena y quieres ir preparada para lo que te cuente?

Ella asiente sin hablar. No se había dado cuenta de que era eso lo que quería, pero ahora que Candela lo ha formulado, sabe que sí es por eso.

—Supón por un momento —continúa Candela— que mañana la buena de Lena te dice que vio con sus propios ojos cómo una de nosotras empujaba a Mati, o le clavaba un cuchillo, o la estrangulaba…

Rita se ve a sí misma como desde fuera y se da cuenta de que el vaso ha empezado a temblarle en la mano porque el hielo tintinea contra el cristal.

—De hecho, nadie sabe cómo murió Mati. Solo sabemos que al llegar a puerto no estaba en el barco y que nunca la volvimos a ver. —Candela habla en un tono neutro que empieza a poner un ahogo en su garganta porque nadie debería hablar así sobre una muchacha de diecisiete años asesinada por sus compañeras de clase—. Imagínate que Lena lo vio, lleva media vida guardando el secreto y ahora, de repente, no puede aguantar más y te lo dice. A ti. A santa Margarita de los Secretos Ajenos. ¿Qué piensas hacer? ¿Denunciar a la culpable?

Ella se vuelve hacia el mar, negrísimo más allá del puerto y de las luces que pintan estrías de color en sus aguas.

—Yo nunca he querido saber, Candela —dice sin volverse—. Al contrario de Mati, que lo sabía todo y lo apuntaba todo, yo solo quería olvidar lo que me contaban. Porque nunca me contaban nada bueno. Y luego, cuando se habían desahogado, les quedaba un resquemor, una vergüenza enorme por habérmelo dicho, porque yo también supiera lo que no debería saber.

—Pero si te constara quién de nosotras fue, ¿qué harías? ¿La entregarías a la policía después de treinta y tres años?

Ella, aún de espaldas, sacude la cabeza en una negativa.

—No. No creo. Pero ya nada sería como antes. Ya no podría mirarla y ver a aquella muchacha de mi instituto, a la amiga que en aquel tiempo fue tan importante para mí. Creo que acabaría volviéndome loca; ya he estado a punto un par de veces. He tenido más depresiones que la mayoría de gente que conozco.

—Pues no vayas. Porque lo más probable es que no sepa nada, en cualquier caso nada más que tú o que yo, pero a lo largo de los años puede haberse contado una historia propia con detalles de aquella noche y puede haber acabado creyéndosela. No tienes forma de saber si fue así o no, pero te envenenará.

—¿Y si lo habláramos todas juntas? —Ahora se da la vuelta y mira a Candela de frente, con esperanza.

—¿Terapia de grupo? —La sonrisa despectiva de Candela es tan fría como el hielo de su vaso—. ¿A estas alturas? «Me llamo Rita y soy una asesina», ¿una cosa así?

—Nunca llegamos a reunirnos para que cada una aportara los datos que tuviera. Eso podría aclarar las cosas.

—Mira, Rita, esto no es una novela de Agatha Christie; es la realidad. —Candela se levanta, recoge el cuaderno y se acerca a ella, que se encoge ligeramente—. Aquí está todo. Todas teníamos un motivo de peso para librarnos de ella; todas nos sentimos aliviadas con su muerte. Es un hecho, no hay que darle más vueltas. ¿De qué le sirve a nadie ahora volver a empezar, volver a remover el cieno? La vida es corta, ya no somos niñas, nos queda poco y hay que disfrutarlo.

—¿Qué tenía Mati contra ti? —pregunta con labios temblorosos.

—¿Aparte de que sabía que me gustaban las chicas, y que estaba enamorada de ti? ¿Además de que sabía que eso habría destrozado la reputación de mi familia? Tú te acuerdas de mi familia, ¿no? Viudas y solteras. Catequistas. Iglesia, Sección Femenina y alivio de luto. Lo único que tenían era su reputación, el respeto del pueblo.

Ella baja la vista.

—Mira. —Esta vez Candela le tiende un carné de la Biblioteca pública de Alicante, amarillo de puro viejo, con una foto en blanco y negro en la esquina derecha. Asomada a su superficie bidimensional, Mati las mira con su rictus amargo—. Fíjate en el nombre.

Ella coge el carné con la punta de los dedos, como si estuviera contaminado, lo acerca a un grueso velón blanco y lee «Candelaria Alcántara de Frías». La tarjeta cae sobre la mesa, boca abajo.

—Se hacía pasar por mí siempre que podía. Yo no lo supe hasta mucho después. En su casa hablaba constantemente de nosotras, pero sobre todo de mí; les contaba que yo era su mejor amiga, que éramos íntimas, que a veces incluso nos cambiábamos las identidades para jugar. Hablaba de nuestros planes para cuando fuéramos a la Universidad, de que íbamos a estudiar lo mismo y viviríamos en el mismo piso. Su familia estaba encantada, claro; ellos eran agricultores de Novelda y yo era hija única de una de las familias más influyentes y ricas de Elda. Me robaba pequeñas cosas y trataba de vestirse con ropa parecida. O eso creía ella —otra vez la carcajada perruna—. Me enteré de todo hará unos quince años, por pura casualidad.

Candela se gira hacia un mueble de jardín y empieza a quitarle el papel de aluminio a una bandeja que ha estado allí desde el principio: una selección de canapés tan bonitos que parecen joyas.

—Anda, siéntate y come algo mientras te cuento.

Ella se sienta como si un titiritero la obligara. Candela duda unos instantes y se mete en la boca uno de los canapés; luego saca una botella de cava de su cubo, la destapa con dos movimientos precisos y sirve las copas.

—Si te parezco muy fría es que he tenido casi quince años para hacerme a la idea. Ya no me afecta. ¡Por nosotras!

Chocan las copas, beben, y Candela sigue contando.

—Vino a verme al despacho una mujer de unos cuarenta años por un asunto de divorcio de lo más vulgar. Se llamaba, bueno, supongo que se sigue llamando, Isabel Ortega Navarro. Me sonaba el nombre, claro, pero no lo relacioné de inmediato. Me contó su caso y luego me dijo que había elegido mi bufete porque nunca había necesitado a ningún abogado y, al ponerse a buscar dio con mi nombre. Sabía que su hermana pequeña y yo habíamos sido íntimas amigas en el instituto. Me quedé de piedra, como te puedes figurar. A Mati se la podría haber definido de muchas maneras, pero jamás como mi amiga íntima. Entonces me enseñó este carné y, con alguna que otra lágrima, me contó todo lo que Mati decía de nosotras, de nuestros planes de futuro, de todo. Y luego me dio esto. —Candela hace un gesto de asco hacia el cuaderno—. Me dijo que ya se habían desecho de todas las cosas de Mati pero que había conservado la libreta por su valor sentimental, ¿te imaginas?, ¡sentimental! Y que ahora que me conocía pensaba que lo mejor era que se lo quedara su mejor amiga porque allí Mati había apuntado cosas de aquella época que habíamos compartido. Ella nunca había tenido ni el valor ni la curiosidad de leerlo. No sé. Lo mismo es verdad, porque si lo hubiera leído se habría dado cuenta de que su dulce hermana era una chantajista y entonces nunca me lo habría dado.

—¿Lo has leído? —pregunta ella.

—Sí. Muchas veces. Es pura mierda, como era Mati.

—¿Qué pone?

—No quiero aguarte la sorpresa. Pero, como te he dicho, ahí queda claro que cualquiera de nosotras podría haberlo hecho. Incluso tú, Rita. ¿O hubieras estado dispuesta en aquella época a que todo el mundo se enterara de lo nuestro? Si ni siquiera ahora eres capaz de confesarlo…

Ella se pone violentamente en pie. Las copas tiemblan sobre la mesa.

—¡Tú sabes que no fue eso! ¡Tú sabes muy bien que yo entonces…! —grita y, de repente, se le corta la voz.

—¿Qué, Rita? Tú, entonces, ¿qué? —Candela se ha levantado, se acerca y la sujeta por los hombros, con fuerza, buscando sus ojos.

—Te quería, Candela —dice por fin, muy bajo, sin apartar la vista—. Te quería, ¿no te acuerdas? Estaba enamorada de ti. ¿No te acuerdas de aquella noche en Mallorca?

181

Candela la abraza fuerte y, antes de decidirlo, se besan desesperadamente, como si no hubiera pasado el tiempo, como si tuvieran de nuevo dieciocho años y estuvieran en Mallorca de viaje de fin de curso.

—Perdona, Rita. —Teresa había vuelto a entrar en el salón, con el delantal puesto—. Si me descuido no cenamos. No se me ha quemado por un pelo. ¿Quieres que llame yo a Candela a ver qué se puede hacer?

Rita la miró con los ojos desorbitados, sin saber de qué le hablaba ni dónde estaban.

—Si vas a necesitar un abogado, Candela sabrá aconsejarte. La has visto últimamente, ¿no?

—Anteayer.

—¿Y cómo la has encontrado?

—Bien. Bien. —La conversación empieza a resultar absurda. No quiere contarle a Teresa lo que pasó en casa de Candela. Ella no sabe nada del cuaderno de Mati, ni de que treinta años atrás Candela y ella habían decidido hacerse un futuro juntas, ni de que se ha dado cuenta de que la sigue queriendo, aunque ya nada sea como antes. No quiere contarle que al final de la noche de hace apenas dos días acabó diciéndole a Candela que no puede volver a verla, que no está dispuesta a cambiar toda la vida que se ha construido con tanto esfuerzo por un espejismo juvenil, que esa noche era todo lo que podía darle. No quiere tener que explicarle a Teresa la mirada desesperada y luego vacía de Candela; su propia cobardía; el asco de haber visto el cuaderno de Mati, aunque no lo haya leído; el deseo irracional de volver a hacer el amor con Candela, a pesar de lo que le ha dicho—. Candela estaba como siempre —termina casi ahogándose—. Bien.

—¿Y si te vas a casa y te metes en la cama, Rita? Tienes muy mala cara. Yo me ocupo de lo de Candela. Ella te llama mañana y lo habláis con calma.

Rita se levanta como un autómata y se deja llevar hasta la puerta.

—¿Te pongo algo de cenar en un *tupper* por si luego te entra hambre?

Rita niega con la cabeza.

—¿Le digo a Jaime que te acompañe a casa?

Vuelve a negar.

—Gracias, Tere. Solo necesito dormir un poco. Te llamo mañana.

Cuando sale a la calle siente las miradas de la gente que se cruza con ella y le parece que, sin saber cómo, se ha metido en una película de terror, donde nadie es lo que parece y todos quieren lo mismo: su sangre.

Junio de 1974

Acaban de llegar al hotel. Se han despedido en el puerto de Palma del grupo de los chicos, de don Telmo y doña Loles, y han quedado en reunirse al día siguiente para hacer la excursión a las Cuevas del Drach.

Mientras los profesores se dirigen al mostrador de recepción para empezar a repartir las habitaciones, las chicas, abandonando sus maletas en el vestíbulo, corren hacia las cristaleras que se abren al jardín y se quedan extasiadas ante la vista: césped impoluto, tumbonas blancas y sombrillas de palma, una piscina de ensueño y al fondo el mar violentamente azul, virando al rosado del atardecer. Las fotos del folleto hechas realidad.

Se abrazan entre gritos y risas pensando que nunca, fuera de las películas de James Bond, han visto algo tan maravilloso, que tienen siete días para disfrutarlo, que por fin han salido del pueblo, de la monotonía de su vida de colegialas, de la vulgaridad.

Ya no queda casi nadie en el jardín; solo un par de matrimonios mayores, en bañador, juegan a las cartas en una de las mesitas junto a la piscina.

—Como sean todos de esa edad... —comenta Carmen con una mirada de reojo a los jubilados, obviamente extranjeros.

—No, mujer —dice Magda, que ya ha estado en Inglaterra y sabe más que las otras de costumbres europeas—. Es que si es un hotel de extranjeros, se habrán ido ya todos a arreglarse para cenar.

—¿A cenar a las siete?

—Entre las siete y las ocho. Y eso porque están de vacaciones. En la vida normal cenan sobre las seis.

—Si yo ceno a las seis, a la hora de meterme en la cama podría comerme un buey.

—Venga, chicas —dice Sole—, ahora a la habitación, duchita, pintadita, cambio de ropa y a comernos el mundo.

—Yo ya me duché ayer —dice Tere muy seria.

—Pues te duchas otra vez.

—¿Para qué? ¿Tan mal huelo? Toda la vida nos hemos bañado una vez a la semana, al menos las que no teníamos ducha en casa.

Como siempre que alguien nombra la diferencia de clases, Sole hace un mohín y se desentiende. Al fin y al cabo ella no tiene la culpa de que su familia tenga más dinero que las de las demás, salvo quizá Candela, ni de que Tere se haya pasado la vida viviendo en casas-cuartel.

—Tenía razón doña Marisa —comenta Marga con una sonrisa soñadora—. Esto es el paraíso, chicas.

—¡Venga! Don Javier nos está haciendo señas. —Ana las empuja hacia recepción.

Marga se deja llevar por las otras sintiéndose liviana, como si flotara entre ellas. Su sueño se ha hecho realidad por fin después de tantos meses de trabajo, de reunir dinero, de convencer a unos y a otros de esto y aquello. ¡Ya están en Mallorca! Todas las amigas juntas. Y Candela.

Y, además, Manolo está en otro hotel. El paraíso.

Doña Marisa está leyendo la lista de habitaciones:

—He hecho lo que he podido para que estéis como queríais. A ver si os vale. Marga con Candela, habitación 22. Tere con Ana, habitación 23. Carmen con Magda, habitación 24. Sole con Reme, habitación 28. Julia con Nieves, habitación 29. ¡Mati! Tú puedes elegir compartir cuarto con otras dos chicas o quedarte una individual, lo que prefieras.

Mati no parece sorprendida de que, en las notas que le han pasado a doña Marisa expresando preferencias, nadie la haya elegido como compañera de cuarto; da la sensación de que casi se alegra, a juzgar por la sonrisa con la que recibe la noticia.

—Prefiero una de tres, con Marga y Candela.

—¡Ni lo sueñes! —El tono de Candela es tan definitivo que hasta doña Marisa da un respingo—. Si quieres compartir, vete con Julia y con Nieves que son de tu pueblo.

—Si sirve de algo —interviene Reme— a mí no me importa estar sola en el cuarto.

—Entonces, Mati puede compartir con Sole —dice doña Marisa, conciliadora.

Todas saben que Sole no se va a atrever a decir que no. Sole está acostumbrada a que se lo solucionen todo sin tener que mojarse, pero les da lástima que tenga que compartir la habitación precisamente con Mati

—Vente tú con nosotras, Sole —dice Tere, después de cambiar una mirada con Ana. Sole les dedica una sonrisa brillante y asiente con la cabeza, encantada.

—Pues eso nos deja a Mati con Reme, ¿vale así?

—¿No podríamos tener dos individuales? —pregunta Reme con su mejor expresión de inocencia—. Yo ronco muchísimo.

—Pensaba que os lo pasaríais mejor siendo dos en el cuarto, pero por mí... Si cogemos una triple para Tere, Ana y Sole, supongo que sí podemos arreglar dos individuales. No acabo de entenderlo, la verdad.

Reme mira hacia el suelo, como avergonzada de haber tenido que confesar lo de sus ronquidos. Mati sigue sonriendo de ese modo que incluso a doña Marisa le resulta inquietante y que la hace comprender que nadie quiera tenerla cerca.

—Vale, pues lo dejamos así y, en el peor de los casos, a lo mejor después de la primera noche podemos aún hacer cambios. ¡Hala! Cada una a su cuarto y nos vemos a las nueve en el comedor; hoy ya no salimos del hotel. Además, tenemos media pensión y hay que aprovecharla.

—¿Estamos todas en el mismo pasillo? —pregunta Carmen.

—Son bungalows en el jardín. En cada bungalow hay cuatro habitaciones, dos abajo y dos arriba. Si queréis cambios lo solucionáis entre vosotras. Ya está bien —acaba con un bufido.

Don Javier ha permanecido al margen durante toda la discusión y ahora ve con alivio cómo las chicas van cogiendo sus maletas y se alejan hacia el jardín.

—¡Qué edad más tonta! —comenta—. Yo me pasé la vida en internados y seminarios durmiendo en salas de veinte y nunca me pasó nada.

—Suerte tuya, Javi.

—¿Suerte?

—De que no te pasara nada —dice doña Marisa guiñándole un ojo. Él se pone colorado.

—¡Qué bruta eres, Marisilla!

—Es que yo también estuve interna, con las monjas, y te podría contar de todo, hijo. ¡Anda! Vamos a arreglarnos un poco. Como yo no necesito acicalarme mucho, si quieres te invito a una caña a las ocho y media, antes de que aparezcan las Ménades y tengamos que ponernos serios.

—¿Las Ménades?

—Ese es el texto que les mandó traducir Telmo en el examen final de griego, por lo que me han dicho. ¡Hay que ser animal!

—Las Ménades ¿no eran esas sacerdotisas antiguas que celebraban rituales en los que sacrificaban y descuartizaban humanos?

—Sí. Ménades, Bacantes, por ahí va la cosa. Y luego se los comían —terminó con una sonrisa—. Por eso te digo que el pobre es un animal. Pero a Telmo siempre le ha gustado lo picante en los clásicos. El año pasado las puso a traducir la Lisístrata, imagínate, con todas esas palabrotas y obscenidades, y luego les hacía leer la traducción en voz alta. Lo pasaron fatal las chavalas, pero como es el director y Aristófanes es un clásico...

Iban caminando por el jardín buscando su bungalow, mirando a todas partes, tan entusiasmados como sus alumnas pero más comedidos.

—¡Qué bien has elegido, Marisa! Es la primera vez en la vida que estoy en un sitio tan elegante.

Ella se dio cuenta enseguida de que a Javier la conversación empezaba a resultarle incómoda y estaba intentando cambiar de tema, pero ya que había empezado, había algo más que quería dejar caer, aunque solo fuera para ver su reacción a algo que a ella le daba vueltas por la cabeza desde hacía meses.

—¿Tú te has fijado en cómo mira Telmo a algunas chicas, Javi?

Él se quedó parado delante del bungalow que llevaba el número que andaban buscando.

—¿Cómo las mira, según tú?

—Como un adulto casado, un profesor y el director del centro no debe mirar a una chavala. —Marisa le buscaba los ojos, atenta a su reacción.

—Él no es cura como yo, Marisa —dijo por fin, midiendo las palabras—. Y las chicas, aunque no sean mayores de edad, son ya mujeres. Y se visten como mujeres. Y son preciosas, no me lo vas a negar. Mirar no es nada malo.

—Vale, déjalo. Lo mismo son manías mías. Pero no me negarás que estaremos más tranquilos cada uno en su hotel. No estando los chicos, ni siquiera tenemos que preocuparnos por vigilar las habitaciones de noche.

—Así que lo has hecho adrede esto de los dos hoteles.

—¡No seas malpensado, hombre! Es que Loles quería estar en la ciudad y a mí me apetecía lo de los bungalows y la vista al mar. ¡Es estupenda!, ¿no? Y las que tengan las habitaciones más allá, cerca del promontorio, tendrán todo el mar enfrente al salir a la terraza. Tendríamos que haber pedido una de esas para nosotros.

—Estamos mejor aquí. Más cerca del bar —terminó con un guiño, antes de entrar en su cuarto—. A las ocho y media. Invitas tú a este pobre cura.

Marisa subió las escaleras hasta su habitación pensando que cura o no cura, todos los hombres eran iguales en cuanto se trataba de mujeres, sobre todo jóvenes y guapas, y que, como decía el refrán, «entre lobos, no se muerden».

En la habitación triple, la respiración de las chicas es apenas audible. Aunque ninguna está dormida, después de las risas y los comentarios sobre la cena, y sobre los chicos extranjeros que ya han visto en el comedor, han decidido —Tere ha decidido— que ya es hora de apagar la luz y dormir un par de horas porque al día siguiente tienen que levantarse temprano para salir de excursión.

Sole da vueltas en la cama, molesta por la humedad de la melena, ya que, entre risas y tomaduras de pelo de sus compañeras, se ha vuelto a dar una ducha rápida antes de dormir y, a pesar del gorro de plástico que se ha traído de casa, no ha podido evitar que se le mojaran un poco las puntas y la nuca. Todo el mundo le toma el pelo por su costumbre de lavarse. Hasta ella misma sabe que es más una manía que una necesidad real, pero no consigue meterse en la cama sin sentirse totalmente limpia, oliendo a jabón. Solo así puede desconectar de lo sucedido durante el día,

187

como si al lavarse, junto con las escamas de piel muerta desaparecieran también las otras escamas sucias, las de la mente, las que no la dejan pensar con claridad en ese futuro que ya siente al alcance de su mano, en cuanto se marche a la universidad y deje de ver a su madre, a su padre, a los abuelos y al tío Ismael, sobre todo al tío Ismael. Aunque desde hace unos años, desde que trabaja en el obispado de Orihuela, las cosas han mejorado tanto que a veces piensa si no será una simple pesadilla todo lo que cree recordar de los tiempos en que el tío Ismael era párroco de un pueblo cerca de Elda y venía una vez por semana a visitar a su hermana y, de paso, a darle clase de alemán a ella, que entonces tenía diez años, aprovechando que había estudiado teología en Tübingen y que «una señorita moderna de cierto nivel debe de saber lenguas extranjeras », como le había dicho, muy serio, su abuelo.

Sole se aprieta contra el colchón, boca abajo, y muerde la almohada, como entonces. Se acuerda muy bien de la salita de música donde daban las lecciones; una habitación que nunca se usaba porque la única de la familia que tocaba el piano era la tía Mercedes, que llevaba ya años muerta; los retratos de santos colgados de las paredes, el sofá de raso verde oliva con los cojines de rayas, la mesita faldera donde ellos se sentaban frente al libro cubierto de palabras incomprensibles; la voz del tío Ismael que, con esos sonidos guturales, se hacía más grave, más profunda, casi como cuando predicaba; la mano del tío Ismael acariciándole la cabeza una y otra vez mientras ella se esforzaba por repetir las palabras desconocidas; esa mano velluda acariciando y acariciando su melena rubia, sedosa, enredándose entre las mechas, hasta que ella sacudía la cabeza, desesperada, y él, sonriendo —cuánto llegó a odiar esa sonrisa—, le ponía la mano en la rodilla —la mitad de su enorme mano sobre la falda del uniforme, la otra mitad sobre la piel desnuda— y poco a poco le iba acariciando el muslo sin que le temblara la voz, sin dejar de corregirle los fallos de pronunciación «quiero que lo hagas perfecto, princesa».

En aquella época, Sole aún no se lavaba más que los sábados, cuando Lola, la muchacha, le llenaba la bañera y la dejaba jugar a sus anchas hasta que se le arrugaban los dedos de las manos y los pies.

Un día, su madre le dijo que, ahora que se estaba convirtiendo en una pollita, debería prestar más atención a su aspecto, lavarse más, ponerse un poco de agua de colonia. El tío Ismael estaba acostumbrado a tratar con personas importantes y, si les hacía el favor de enseñarle alemán a ella, con tantas ocupaciones como tenía, lo menos que podía hacer era arreglarse un poco antes de ir a clase.

Al principio pensó que, si se lavaba cada vez menos, el tío Ismael acabaría por cansarse y dejaría de darle lecciones, pero no sirvió de nada porque entonces, en cuanto entraba a la salita de música, el tío la rociaba con un asqueroso perfume femenino que le daba unas náuseas que tenía que ocultar.

«Las alemanas son las mujeres más modernas, princesa, las más sofisticadas», le había dicho un día entregándole una barra de labios violentamente roja. «Ponte esto para las clases y te sentirás como una auténtica mujer emancipada. Luego te lo limpias al salir. Será nuestro secreto.»

Ese fue el principio de los secretos y, poco a poco, el principio de sus duchas nocturnas, en cuanto el tío Ismael la dejaba libre para que fuera a arreglarse antes de la cena familiar de los viernes, mientras él se lavaba las manos y, desentendiéndose de ella a partir de ese instante, ocupaba el centro de la mesa, presidida en ambas cabeceras por el padre y el abuelo.

«Ya que te has aficionado a la ducha», le decía su madre, ¿no sería más lógico que lo hicieras antes de ir a clase de alemán, en lugar de tenernos a todos esperando en la mesa?» Y ella sacudía la cabeza, sin querer explicarle, sin poder explicarle, porque ni ella misma sabía bien lo que estaba pasando. «¿No podrías ducharte antes, para darle el gusto a tu tío?» Era una frase común, que todo el mundo usaba para las cosas más dispares, pero el «dar gusto» se le ha quedado prendido en la mente desde entonces, porque su madre no podía saber… y sin embargo… sin embargo algo en su voz y en la forma que tenía de no mirarla a los ojos cuando nombraba al tío le hacía pensar que tal vez… y eso no, eso nunca; si su madre sabía lo que pasaba en aquella sala oscura bajo las miradas extáticas de los santos, se moriría de vergüenza, se tiraría al pozo que tenían en la casa de campo, un pozo tan profundo que había que esperar varios segundos hasta oír el choque del caldero contra la superficie del agua.

Pero el tío Ismael había venido un día, orgulloso como un pavo, a decirles que «habían sido requeridos sus servicios en el

189

Obispado» y que, lamentablemente, ya no podría seguir dándole lecciones de alemán a la niña, más que alguna que otra vez cuando viniera de visita. Para entonces ella ya tenía trece años, se le había desarrollado el busto y acababa de tener la regla; ya era oficialmente «una mujer».

Desde entonces el tío Ismael no ha vuelto a tocarla. Incluso las más que esporádicas clases de alemán, que ella sigue odiando casi tanto como entonces, suelen tener lugar en el comedor, si es invierno, o en la marquesina, si ya se puede estar fuera. Cualquiera que pase por allí puede verlos, sentados frente a frente; ella leyendo en voz alta o traduciendo lo leído; él dando sorbos de chocolate o limonada, según la estación, y asintiendo con la cabeza o corrigiendo los fallos. Como si nunca hubiera pasado nada, como si aquellas manos de gorila nunca hubieran paseado por su cuerpo de niña en la salita de música, sobre el sofá de raso verde oliva.

Pensar en el sofá le da náuseas y rechaza los pensamientos, intentando sustituirlos por imágenes luminosas del futuro que está a punto de comenzar, que está comenzando ya en esa misma habitación del hotel, ahora que ya han terminado el bachiller y en septiembre se irán a Valencia.

Tere también piensa en Valencia, pero lo que ella ve con los ojos de la mente no es lo mismo que lo que está soñando Sole en la cama de al lado. Porque Tere está aterrorizada aunque nadie lo sepa. Tere tiene tanto miedo que a veces necesita encerrarse en el baño y aullar en silencio durante unos minutos hasta que consigue dominarse y salir a encontrarse con las demás con la mirada serena que todas le conocen.

En la cama, boca arriba, con los ojos abiertos en la semioscuridad del cuarto, se lleva las manos al vientre, plano y tibio, y trata de sentir lo que le está creciendo dentro, lo que pronto desaparecerá si las cosas salen como las ha calculado. En cuanto vuelvan a casa, después de la semana de vacaciones, la espera la tía Práxedes, una partera vieja que es muy amiga de la tía Angustias, la curandera a la que su madre recurre en todas las enfermedades desde que viven en Elda, una mujer sensata y cariñosa que cura con las manos y con ciertas hierbas y que se dio cuenta de lo que le pasaba en cuanto la vio, pero que tuvo la amabilidad de llevarla aparte para preguntarle qué pensaba hacer.

«Esta muchacha ha crecido muy deprisa», le dijo a su madre, «y trabaja demasiado. ¿Me dejas que le eche una mirada?»

Cuando se quedaron solas, porque la tía Angustias siempre se queda a solas con el enfermo, la miró y le dijo: «Si quieres tenerlo, bendito sea. Si no, hay que darse prisa». Ella se echó a llorar. De alivio. Simplemente porque había elección.

«No puedo tenerlo, tía Angustias. Quiero estudiar en Valencia. Si lo tengo, no podré ir y seré madre soltera toda la vida. Será un hijo ilegítimo. Y yo nunca seré médico.»

«¿No quiere casarse?»

Ella negó con la cabeza, sin dar más explicaciones.

«Entonces llamaré a Práxedes. Te dolerá, pero eres muy joven; no creo que te mueras. De todas formas, te voy a dar unas hierbas para que las vayas tomando ya. Aflojan la matriz y a lo mejor se suelta solo.»

Pero no se había soltado, aunque había tenido algunas pérdidas, y ahora, en cuanto volvieran a Elda, tendría que ir a casa de la tía Práxedes, a tumbarse en la mesa de su cocina, abrir las piernas y dejarse hacer cosas en las que prefería no pensar.

191

Nadie lo sabía, salvo él, que le había prometido darle el dinero pero que hacía más de una semana que no hablaba con ella ni siquiera en público.

Lo había llamado dos días antes, luchando para estirar todo lo posible el cable del teléfono y llevárselo al rincón del pasillo para que nadie oyera la conversación; pero con la madre en la cocina, apenas a unos pasos, el padre en la sala de estar y sus cuatro hermanos yendo y viniendo al cuarto de baño y entrando y saliendo de las habitaciones, apenas había podido hablar más de cinco minutos, usando todas las frases crípticas que se le habían ocurrido. Y a él debía de haberle pasado lo mismo, porque no contestaba más que con monosílabos y ella casi lo podía ver mirando por encima del hombro antes de hablar. Pero no había habido manera de convencerlo de que tenían que verse para hablar con calma. «Es muy mal momento», le había dicho. Muy mal momento. Como si hubiera algún buen momento para lo que le estaba pasando.

—Tere, ¿estás despierta? —susurra Ana, desde la cama supletoria que han decidido turnarse entre ellas porque saben que Sole necesita una para ella sola, que no es capaz de dormir en unas sábanas que ya hayan sido usadas por alguien más.

—No —contesta Tere—. ¡Venga! ¡A dormir!

Ana se calla, sonriendo en la oscuridad por el tono de sargento que se le pone a veces a Tere, pero es tan feliz que no consigue conciliar el sueño. Le encanta estar en el primer día de vacaciones, con sus mejores amigas, con el bachiller muerto y enterrado, con la perspectiva de marcharse de casa y vivir a su aire durante cinco maravillosos años. No comprende cómo las otras no están dando saltos por dentro como le pasa a ella.

Su optimismo natural la lleva a pensar que a lo mejor, cuando regrese a casa, ahora que sus padres han tenido ocasión de estar solos una temporada —su hermana pequeña está de campamento—, hayan conseguido arreglar por arte de magia sus problemas. Le gusta pensar que podría ser, que al llegar al puerto estén los dos abrazados, esperándola, como ella los recuerda de cuando eran pequeñas las dos, antes de que aquel imbécil de José Luis se metiera en sus vidas y las destrozara; antes de que su madre se convirtiera en una extraña que siempre tenía prisa y ya no estaba en casa cuando ellas volvían del colegio; antes de las peleas y los gritos y las amenazas de su padre que, aunque no tuvieran ningún fundamento, porque él no sería capaz de hacer una cosa así, la asustan. El adulterio de la esposa es un crimen que se puede denunciar, y solo hacen falta dos testigos: dos vecinas cotillas, dos compañeros de trabajo, dos personas que hayan visto a su madre besando a José Luis o entrando en su piso por la noche.

Pero no quiere pensar ni en el pasado ni en el futuro. La vida es ahora, se recuerda. Ahora. Ella es casi adulta, tiene sus planes hechos; no es responsable de lo que sus padres puedan haber hecho de sus vidas. Y, convenciéndose a sí misma, lentamente, empieza a dormirse.

Junio de 2007

Carmen estaba tumbada en la cama, aunque ni siquiera era la hora de la siesta. No había ido al gimnasio y acababa de hacer lo que se había jurado a sí misma no hacer jamás: había entrado en la habitación con una botella de ginebra que ahora esperaba, ya mediada, en la mesita de noche.

Desde la muerte de Lena no había conseguido vivir con normalidad, no había pasado por la tienda, no había hablado con nadie, ni siquiera con sus hijas; mucho menos con las chicas. Ni ella misma se explicaba cómo era posible que le hubiera afectado tanto, porque Lena nunca había sido íntima suya. Sin embargo, ahora que no estaba, sentía como si alguien hubiera arrancado un pedazo enorme de su vida y le venían a la cabeza imágenes lejanísimas, frases que se habían dicho la una a la otra al correr de los tiempos, recuerdos del instituto, bandejas de pasteles que habían compartido a los quince años, cuando a ninguna de las dos les preocupaba la figura.

No podía admitir que alguien hubiera asesinado a Lena, precisamente a Lena, la más dulce, la más pasiva, la más paciente de todas ellas, la única de la que nunca nadie hablaba mal. Tenía que haber sido un loco, uno de esos seres extraños que se acercaban a Lena buscando su compasión y por los que ella siempre se había sentido atraída. Un hombre en cualquier caso. En su experiencia, solo los hombres destruyen lo que no comprenden, porque así queda resuelto el problema.

Tenía la boca seca y las sienes le latían con un golpeteo sordo y constante, pero no podía ser por la ginebra; tampoco había tomado tanta, apenas media botella, y ella tenía costumbre de beber.

Se levantó y, tambaleándose y tropezando con los muebles, fue a la salita y sacó el álbum de fotos. La casa se movía suavemente, como un barco en un día de buena mar.

Una a una, fue arrancando las fotos de las páginas, sin detenerse a mirarlas. Estaba harta de recuerdos. ¿Por qué se empeñaba la gente en conservar imágenes de un tiempo que no volvería jamás? ¿Qué tenía ella que ver con aquellos bebés que alguna vez fueron sus hijas? ¿Para qué quería tener guardadas aquellas fotografías de su juventud, de excursiones que no recordaba ya, de viajes en los que no fue feliz, de hombres que pasaron por su vida sin dejar rastro?

Le habría gustado salir de casa, cerrar la puerta para siempre y marcharse para no volver. Quemarlo todo. Olvidar. Empezar de nuevo.

Alzó la cabeza y el espejo grande de marco dorado le devolvió la imagen de una mujer de piel cérea y pelo descuidado, vestida con unos pantalones de chándal ya muy gastados y una camiseta de tirantes de color indefinido. La imagen de una vieja. De una vieja borracha, se corrigió. Eso eres ahora, Carmen, no te andes con paños calientes; te has convertido en una vieja borracha y cada vez será peor. Tú sabes muy bien que cada vez será peor. ¡Empezar de nuevo! ¡Irte! ¡Venga ya! ¿Adónde vas a ir, a tu edad, con esa pinta? ¿Adónde vas a ir, imbécil? Esto es todo lo que tienes: esta casa, la tienda que te da de comer, las cuatro amigas que te quedan, las hijas que hacen su vida por su cuenta, el cretino de Felipe. Si lo dejas todo, ¿qué harás? Ni siquiera tienes estudios, ni un miserable título a tu nombre, ni experiencia de trabajo, ni suficiente dinero para no necesitar todo lo demás.

¿Sería eso lo que le había pasado a Lena? ¿Se habría dado cuenta ella también de que había llegado al final de los sueños?

Cogió el móvil y marcó el número de Felipe. La llamada se cortó de inmediato. Seguramente lo había pillado en un momento en que no podía contestar, pero estaba harta de que siempre fuera él quien decidiera cuándo podían hablar, de modo que volvió a llamar, una y otra vez, hasta que oyó su voz.

—¡Hombre, Carlos! —le oyó decir para que los compañeros no supieran que era ella quien llamaba—. Espera un momento, no te oigo bien. Un momento, que salgo a la calle a ver si hay mejor cobertura.

Pasaron unos segundos hasta que volvió a oírlo.

—Pero ¿tú eres imbécil, Carmen? ¿No te tengo dicho que no me llames al Banco?

—Te estoy llamando al móvil.

—Sí, pero en horas de trabajo. Está aquello lleno de clientes, de compañeros… mi mujer trabaja en la mesa de al lado, por Dios… como si no lo supieras… Bueno, ¿qué querías?

Carmen tragó saliva.

—Nada. Hablar contigo.

Le oyó bufar de exasperación.

—Pues ya hablaremos en otro momento. Ahora me viene fatal. ¿Por qué no te pones guapa, que es lo tuyo, y te pasas por la tienda, para variar? Si tuvieras más cosas que hacer, no tendrías que llamarme a estas horas.

Carmen cerró el teléfono sin despedirse, le sacó la lengua a su imagen en el espejo y avanzó por el pasillo, tocando cosas al azar: un cuadrito de *petit-point* regalo de su madre, un enorme jarrón de Murano del que se había encaprichado en una Feria, una jirafa de madera casi tan alta como ella, un amate mexicano, una escultura de acero que nunca le había gustado, pero que nunca se había animado a tirar, incluso después de que el escultor hubiera desaparecido de su vida… Cosas y cosas y cosas, una vida almacenando cosas para los malos tiempos, igual que las ardillas almacenan nueces para el invierno. Y luego las cosas no sirven para nada, ni para llenar el vacío, ni para calmar la angustia.

En el baño todo estaba limpio y ordenado. Gladys, la ecuatoriana, era una joya y sabía cómo le gustaba tenerlo.

La bañera, inmensa, de color marfil, tenía un plato de teca lleno de velas de distintos tamaños y una selección de sales de baño perfumadas —rosa, jazmín, sándalo, mimosa, naranja amarga—. En el cajón estaba la almohadilla reposacabezas y el antifaz de gel. En el armario las cremas, los perfumes, las toallas.

Se imaginó la bañera llena de agua tibia, oliendo a mimosa; su cabeza descansando en la almohada, los ojos cubiertos por el antifaz, las venas abiertas manando suavemente, sin prisa, desconectándola de todo.

Se sentó en el borde y abrió los grifos. Luego empezó a desnudarse, recogió las prendas y las echó al cubo de la ropa sucia, sacó una cuchilla del armario y se quedó mirándola, deslumbrada

195

por el brillo del acero, por su frialdad, hasta que empezó a temblarle la mano.

Dejó caer la cuchilla, salió del baño, cogió el móvil y eligió un número.

—Hola, Lina, soy Carmen. Sí, ya sé que siempre llamo con prisas, pero es que me urge mucho. ¿Puedo pasar esta misma tarde? Es muy poca cosa. Me lo iba a hacer yo misma con la cuchilla pero, como no tengo costumbre, igual me hago una carnicería, y prefiero la cera, la verdad. ¡Gracias Lina, eres un cielo! No sé lo que haría sin ti.

Luego marcó otro número.

Media hora después, vestida y maquillada, salía de casa.

Después de una noche de descanso y de haber hablado con Philip, su abogado, Rita se sentía mejor. Lo conocía desde su primera película y, mientras tanto se había convertido en algo parecido a un amigo, aunque su natural británico no le permitía abrirse realmente ni preguntar nada que no fuera cien por cien relevante para el problema que tuvieran que resolver. Y eso, que en otras circunstancias le resultaba exasperante, ahora le venía muy bien porque no estaba dispuesta a contarle más de lo estrictamente necesario.

Habían quedado en que él se pondría en contacto con unos colegas de Madrid especialistas en el tema y, si fuera necesario, también se desplazaría a Elda para ayudarla en cualquier cosa, porque Rita le había dejado claro que no quería estropearle las vacaciones a Ingrid y prefería que, de momento, no se enterase de nada.

Pero ahora que ya había dejado resuelto lo más importante, tenía que llamarla y, después de haberle dado un par de vueltas durante el desayuno que había tomado en el bar, decidió contarle sucintamente lo de Lena para que más tarde no pudiera acusarla de haberla mantenido al margen de algo tan serio.

Al tercer pitido se cortó la llamada y, ya iba a probar de nuevo, cuando sonó su móvil.

—Perdona que te haya colgado, pero es que estaba en la mezquita y no podía hablar. Ahora he salido al patio. ¿Cómo van las cosas? ¿Avanzas con los trastos del piso?

A Rita ni se le había pasado por la cabeza que en el piso hubiese nada que hacer.

—No —confesó—. Pero es que... verás, Ingrid, ha pasado algo.

—Dime.

—Lena.

—Lena, ¿qué?

—Ha muerto.

—¿Quéee?

Rita calló unos instantes, dándole tiempo a digerir la noticia.

—¿Un accidente?

—Suicidio, suponemos.

—¡Oh, *dear*! ¿Cuándo ha sido?

—Hace un par de días. No te lo había dicho para no fastidiarte las vacaciones, pero al final he pensado que tenías que saberlo.

—¿Quieres que vuelva?

—No, Ingrid. ¿Para qué?

—Sí, ya me he dado cuenta de que estoy de más.

Rita esbozó una mueca de exasperación frente al espejo del bar.

—No es eso. Es que de verdad no serviría de nada que vinieras. Ni siquiera sabemos cuándo la entierran, porque tienen que hacerle la autopsia y Dios sabe qué más. Ya te lo diré cuando sepa algo.

Hubo un silencio en el que Rita oía campanas lejanas, campanas cordobesas de sonido profundo y solemne.

—Ayer hablé con los niños —dijo Ingrid al cabo de lo que a Rita le pareció una eternidad de tañidos—. Están bien, pero nos echan de menos, a las dos. Había pensado que tal vez podríamos ir a Cuba, quedarnos una semana y luego volver todos a Elda, pero ahora no te vendrá bien, claro.

—Pues la verdad es que es mal momento, sí, pero puedes ir tú, Ingrid, en serio.

—Y estar al otro lado del mundo si me necesitas.

—Si te necesito de verdad, son diez o doce horas de vuelo. Tampoco estamos en los tiempos de Marco Polo.

—Pero me llamarás si hago falta, ¿no?

—Te lo prometo. Tú sabes que nunca me ha dado vergüenza decirte cuándo te necesito.

—Sí. Lo sé. —Rita casi podía ver la sonrisa de Ingrid.

—Pero ahora Shane y Glynis te necesitan más que yo.

—¿Seguro?

—Seguro. Nos llamaremos. Un beso.

—Un beso, Rita. Sé buena contigo misma, ¿me lo prometes?

—Claro.

Sintió un alivio infinito al colgar, bloqueó las llamadas del móvil, y pidió otro café con leche antes de ponerse a analizar el sentimiento, como era su costumbre. Siempre se justificaba a sí misma diciéndose que, si no era capaz de comprender lo que pasaba en su propio interior, jamás conseguiría crear en sus películas personajes que parecieran reales; pero sabía que no era toda la verdad. Simplemente tenía la imperiosa necesidad de entender sus reacciones y, desde hacía más de veinte años, intentaba siempre que esas reacciones fueran racionales, que sus decisiones fueran tomadas más con el cerebro que con el corazón o con las tripas. Pero eso solo lo podía conseguir con las decisiones, y no siempre. Con las meras reacciones y con los sentimientos, el control estaba muchas veces fuera de su alcance.

198

Por eso le había dicho a Candela que no se veía capaz de cambiar su vida por una ilusión momentánea. Por eso se había sentido aliviada ahora al saber que Ingrid estaba lejos, en otra esfera, en la que le correspondía, lejos de su pueblo, de las chicas, de los dolorosos recuerdos que compartía con ellas y con nadie más. En los dos casos había sido la decisión correcta, la más sensata, la única que podía justificarse ante sí misma, ante el ser pensante que estaba orgullosa de ser.

Aunque, lo de Candela… ¿Por qué había sido tan tajante con ella, tan cruel? ¿Quizá para negarse a sí misma que la había querido, que la seguía queriendo, que la deseaba como nunca había deseado a nadie? Candela le había reprochado que no hubiese aceptado su homosexualidad, pero ella, Rita Montero, no se sentía homosexual, por eso no podía aceptarlo. Ella, casualmente, quería, o al menos deseaba, a un ser humano de su mismo sexo. Y eso no era lo mismo que ser homosexual. Nunca había tenido historias serias con otras mujeres y todos los hombres a los que había dejado entrar en su esfera íntima la habían decepcionado al poco tiempo. Hacía años que su impulso sexual estaba dormido, muerto incluso, había llegado a pensar.

Y ahora llegaba Candela y ella tenía que aceptar que solo había estado latente, esperando el olor adecuado, la mirada, la piel que la suya buscaba sin saberlo. Pero ¿qué podía hacer? Dos mujeres de cincuenta años con la vida hecha no pueden empezar de nuevo como si fueran dos niñas sin pasado, con todo el futuro por delante. Ella necesitaba estabilidad para poder seguir trabajando; necesitaba a Ingrid en casa, a los niños, a su equipo, a su pequeño círculo de amigos. Su vida estaba en Londres y se desarrollaba en inglés; se había convertido en una guiri que cenaba entre las seis y las siete y nunca visitaba a nadie sin haber llamado antes por teléfono, que no hacía preguntas íntimas, que no estaba ya acostumbrada a contestarlas. Candela era un ser de otro planeta para ella y quizá fuera eso lo que la hacía tan atractiva a sus ojos. O el pasado compartido. Los secretos. La culpa.

Se preguntó, como en miles de ocasiones anteriores, si los chicos del COU A se habrían sentido como ellas en las mismas circunstancias, si habrían actuado igual, si su futuro habría quedado marcado de la misma manera. O si todo era cuestión de que, al ser mujeres y haber sido educadas en el franquismo y la moral católica, nunca habían podido librarse de esa gran culpa omnipresente en sus vidas: la culpa de ser mujeres, y por tanto malvadas. La culpa de haber traído el pecado al mundo.

199

Su móvil dio los dos pitidos con que se anunciaban los SMS y las llamadas perdidas y, por pura inercia llamó al buzón de voz.

—Rita, soy Carmen. —La voz sonaba nublada por el alcohol, desamparada—. Se me cae la casa encima. Necesito hablar con alguien y te ha tocado a ti, no es novedad. De verdad, Rita. —Hubo un instante de duda—. Estoy mal. Por favor. Llámame en cuanto oigas esto. —Una larga pausa—. Por favor, Marga, por favor.

—Pero Teresita, ¿qué te pasa? —Jaime había encontrado a su mujer encogida en el sofá, agarrada a un cojín, con las lágrimas deslizándose por las mejillas.

Se sentó a su lado, le pasó el brazo por los hombros y la atrajo hacia su cuerpo. Ella escondió la cabeza en su hombro y empezó a sollozar violentamente mientras él le acariciaba el pelo.

—¡La echo tanto de menos! —repetía entre hipos—. ¡Me da tanta pena! ¡Pobre Lena! Ahora que empezaba a estar bien…

Jaime la dejó llorar tranquila, sin intervenir, dándole solo el consuelo de su presencia, de su abrazo, hasta que su respiración empezó a tranquilizarse.

Todo el mundo pensaba que Jaime era un poco simple, superficial, una especie de calzonazos simpático que se dejaba mandonear por su mujer. Lo que nadie sabía era que para Teresa su marido era el complemento perfecto: un hombre tranquilo, con una enorme serenidad en momentos de crisis, una torre de fuerza cuando hacía falta, una pared sólida en la que apoyarse aunque, hacia el exterior, la que parecía más resistente fuera ella y todos pensaran que Teresa era una roca. Con Jaime podía quitarse la coraza y sacar sin miedo su parte más débil e insegura, sabiendo que él jamás se aprovecharía de su fragilidad.

Alzó la cabeza y lo besó, agradecida por su amor y su presencia.

—¿Hay novedades? —preguntó él con la idea de estabilizar a su mujer hablando de cosas prácticas.

—Me han llamado de la policía; podemos llevárnosla. Y lo he arreglado con el crematorio para el lunes. No tiene sentido esperar más. Por mí habría sido mañana mismo, pero como es sábado…

—Pues, a las horas que son, no va a dar tiempo ya a que lo saquen en el periódico.

Ella sacudió la cabeza.

—Ni falta que hace. No es una verbena. Iremos sus amigos y punto.

—¿Con misa o sin misa?

—Sin misa, claro. Eso es lo que me preocupa un poco, Jaime. La misa sería una hipocresía y una estupidez. Lena no se sentía católica. Se había acercado un poco al budismo, sin llegar a hacerse budista. Pero no podemos enterrarla sin rito, sin gracia, como si tiráramos una lata vacía a una papelera, ¿comprendes?

Él asintió, totalmente serio. Se levantó, fue a la cocina y trajo dos copas y una botella de vino blanco muy frío.

—¿Y qué propones? —preguntó, sentándose de nuevo.

—Se me había ocurrido que cada uno de nosotros dijera unas palabras, que contara algún recuerdo personal de Lena, pero sé que a algunas no se les puede pedir eso. Ana y Carmen se hincharían a llorar y nos contagiarían a todos, aparte de que no les saldría la voz del cuerpo. Candela, tratando de ser graciosa, haría algún comentario cínico que nos daría grima a todos. No sé. A lo mejor le pido a Rita que lo haga ella.

—¿Y si lo haces solo tú? Tú eras quien mejor la conocía.

A Teresa empezaron a temblarle los labios, otra vez a punto de llorar.

—¿Por qué no le preguntas a Ingrid qué se le ocurre a ella?

—¿A Ingrid? Pero si apenas la conocemos, y está de viaje.

—Está en Andalucía y tenemos su teléfono. Ella está acostumbrada a organizar cosas, a improvisar. Anda, llámala, tampoco perdemos nada.

Teresa parecía indecisa.

—No sé, Jaime… es algo tan nuestro que… meter a extraños…

—Piénsalo, anda. ¿Has sabido algo de Candela? ¿Ha llamado a Rita?

—Me ha prometido llamarla hoy mismo, pero está rara. Como si estuviera furiosa y triste, y a la vez se alegrara de poder ayudar.

—Es que no lo tiene fácil, la pobre. Y está tan sola… —dio un largo trago—. ¿Cómo lo lleva?

—Candela es una tumba, ya lo sabes. ¡Vaya, lo siento! ¡Qué chiste más macabro me ha salido!

—Ella lo sabe, ¿no? Sabe que no le queda mucho.

—Se lo dijo su oncólogo y se lo dije yo misma. Entre uno y tres meses. Con suerte un poco más. O quizá menos, incluso, ya sabes cómo son estos linfomas. Pero, que yo sepa, no se lo ha contado a nadie. Ella es así; no soporta que le tengan lástima. Ni casi que la quieran… —añadió Teresa en voz apenas audible. Se levantó y empezó a dar vueltas por el salón con la copa en la mano—. Al menos no sufrirá. Ya me encargaré yo, cuando llegue el momento. Es lo único que puedo hacer por ella, ¡maldita sea! ¿Cómo puede ser que con cincuenta años se me estén muriendo las amigas, Jaime? ¿Cómo es posible? Ahora Lena. Pronto Candela. Sole como si estuviera muerta. Rita, si la acusan y las dos tonterías que tienen como prueba convencen a un juez, encerrada para toda la vida. ¡No es justo, joder, no es justo! Y a nosotros nos va tan bien…

201

—Hemos luchado mucho por ello.

—Todo el mundo lucha por su felicidad, Jaime, no somos los únicos. Cada uno hace lo que puede, pero no todos lo consiguen. Es como cuando haces un solitario en el ordenador, todo depende más de cómo se hayan mezclado las cartas que de lo listo que seas. Es cuestión de suerte.

—No me puedo creer que precisamente tú digas eso. —Jaime rellenó las copas—. La Teresa Soler que hace planes a diez años vista, que va paso a paso hasta llegar adonde se había propuesto, que calculó minuciosamente hasta la fecha de la concepción de nuestros hijos para que nacieran en el mes de vacaciones, que lleva años preparándose para la menopausia... si tú nunca has creído en la suerte.

Teresa se echó a reír.

—Se hace lo que se puede, pero ya sabes «el hombre propone y Dios dispone» y «a Dios rogando y con el mazo dando». Precisamente porque no puedes confiar en la suerte, porque uno tiene que poner de su parte para minimizar sorpresas.

—¿Nos vamos a cenar algo por ahí, aprovechando que estamos solos?

—Genial. Ni siquiera he hecho la compra con todo el lío del tanatorio. Miro rápido los mails, por si acaso, me cambio y nos vamos adonde sea.

Mientras Teresa se metía en la habitación más pequeña de la casa, apenas un trastero, donde tenían el ordenador, Jaime devolvió la botella a la nevera y fue a afeitarse para salir. Mirándose al espejo, decidió que aún tenía buen aspecto, aunque ya se le podía llamar calvo sin faltar a la verdad, pero no se podía esperar mucho más a los cincuenta pasados. Al fin y al cabo, no era ningún galán de cine, sino un simple dentista que había tenido mucha suerte en la vida, sobre todo la inmensa suerte de haber encontrado una mujer buena, valiente y práctica que seguía queriéndolo.

—¡Jaimeee! —le llegó la voz de Teresa, en un tono tan sorprendido y perentorio, que acudió de inmediato con toda la cara llena de espuma.

—Acabo de recibir un mail increíble. ¡De Sole! Dice que está preocupada por Lena, que hace días que no le contesta el correo. Yo ni siquiera sabía que estuvieran en contacto. ¿Qué hago? ¿Le escribo ya mismo y le cuento...?

—Dile también cuándo es el entierro. A lo mejor quiere venir...

—¿Desde Cuba?

—Los diplomáticos viajan gratis y, por lo que cuentas, a Sole el dinero nunca le ha faltado. Si ahora se carteaba con Lena, igual luego se ofende si no se lo habéis dicho.

—Puede que tengas razón. Anda, termina de afeitarte mientras le escribo. Después de tantos años sin saber la una de la otra, tiene bien poca gracia escribirle para esto.

Como no había nada que decir, no dijo nada y se metió de nuevo en el cuarto de baño.

203

1974

Alas dos de la madrugada, por fin, todas las habitaciones están tranquilas, todas las chicas han apagado la luz y cada una se entrega a sus pensamientos mientras esperan el sueño en la semipenumbra. Unas hacen proyectos de futuro, otras piensan en el pasado reciente o lejano, todas sienten como un aleteo en la boca del estómago, un temblor de anticipación frente a lo que la vida les traerá en los próximos días, en los próximos meses.

Magda, que es capaz de dormirse en cuestión de segundos esté donde esté para exasperación de sus amigas, no ha conseguido todavía conciliar el sueño, aunque de momento no le preocupa. Se está bien arrebujada entre las sábanas, oyendo la respiración de Carmen; la noche es agradablemente fresca y, ahora que han terminado por fin los exámenes, se siente tranquila, abierta al mundo, feliz.

No se le va de la cabeza la imagen de un grupo de hippies que acaba de ver en el puerto de Palma, con sus ropas de colores, sus melenas rizadas y sus sandalias de cuero. Sabe que sus padres no lo aprobarían jamás, pero cuando piensa en su futuro, como ahora, dejándose llevar sin más por la libre asociación de ideas, es así como se lo imagina: una sucesión de días al sol, sin horarios, sin obligaciones, sin planes ni proyectos razonables ni metas que alcanzar. Se ve como una más en uno de esos grupos de aves de paso, viajando por el mundo, viviendo al día, buscando el sentido de su vida en la armonía cósmica, en el amor libre, en la experimentación de todo lo que durante sus diecisiete años de vida ha estado prohibido porque era ilegal o era pecado o, simplemente, no era razonable. Siente que está a punto de salir de una cueva en penumbra para quedar deslumbrada por la luz del mundo abierto, siente que todo está a su alcance, que la vida es una fiesta a la que ya ha sido invitada. Solo tiene que decidirse a entrar. Y ese es el problema. Que sabe el daño que eso haría a sus padres, que esperan algo mejor para ella, y no se ve con ánimos para defraudar sus esperanzas hasta ese punto. Tendrá que contentarse con algún curso de verano en Inglaterra, con un mes de libertad para vivir a su aire y luego de vuelta a los estudios, a la universidad, a terminar una carrera que le permita ganarse la vida, ocupar un lugar en la sociedad burguesa, conocer a un buen chico y casarse, preferiblemente de blanco, con las dos familias presentes, y marcharse de viaje de novios durante unos días antes de comenzar una vida estable, con piso puesto y dos hijos, niño y niña. Sabe que sus sueños de libertad, de vivir en comuna, de practicar el amor libre convertida en uno de esos *drifters* de los que hablan las revistas, no son más que eso: sueños, pero ahora es ahora, y están en Mallorca, y el futuro se extiende, esplendoroso, por delante. En alguna parte hay un chico esperándola, el hombre de su vida, y, pensando en eso, tratando de imaginar cómo será ese chico que la espera, se deja deslizar hacia el sueño, como en un tobogán gigantesco, y se queda dormida con una sonrisa.

205

Carmen, en la cama de al lado, también está a punto de dormirse. Ha estado esperando un rato para masturbarse, sabiendo que Magda pasa de la vigilia al sueño en cuestión de segundos. Pero esta vez no ha salido como ella esperaba. Su amiga ha estado dando vueltas en la cama, suspirando de vez en cuando, hasta que ahora, por fin, parece que se ha sosegado justo cuando ella acaba de perder el interés y empieza a abandonarse al cansancio del viaje y de todas las emociones del día.

Nunca lo ha comentado con las demás, pero cree que ella es la única que ha descubierto la sensación que una misma puede producirse acariciándose entre las piernas. Le gustaría hablarlo con alguna de las amigas, pero algo en su interior le dice que eso sería tanto como confesar que ella no es como las demás, que no es decente. Hace poco, en una conversación en el bar de Arturo, hablaban sobre unas chicas que habían hecho el bachiller en un internado de monjas y a todas les parecía incomprensible que obligaran a las alumnas a dormir con las dos manos fuera del embozo y que las castigaran si la hermana de noche notaba que las habían metido bajo las sábanas. Ninguna se explicaba el porqué de esa medida absurda y solo ella parecía saber qué era lo que temían las monjas.

Con parte de su mente, Carmen sabe que eso no puede ser nada malo, porque no le hace daño a nadie y a una misma la deja tranquila y descansada, pero hay otra parte que insiste en decirle que solo una chica sucia y perversa encuentra satisfacción en una cosa así. Las mujeres son, de nacimiento, obedientes, humildes y castas; eso es lo que le han dicho toda la vida en el colegio, en las clases de religión, en las clases de formación del espíritu nacional. Y las que no son así son mujerzuelas, putillas, escoria.

Ella no es obediente, ni es humilde, pero hasta hace poco al menos ha sido casta, y sigue siendo virgen, aunque la virginidad empieza a pesarle como una manta mojada, porque, a pesar de que muchos hombres son auténticos cerdos, a ella le gustan los hombres. Le gusta la sensación que le produce que la miren, que bromeen con ella mientras les brillan los ojos, que se les note tanto lo que están pensando, lo que quisieran hacer si pudieran; le gusta ponerse una minifalda y subir las escaleras del instituto sin recogerse los bordes con las dos manos como le ha enseñado su madre, para darles una pequeña alegría a los chicos que miran desde abajo creyendo adivinar el destello blanco de la ropa interior en las profundidades de sus muslos.

Suele tener cardenales en las piernas, porque es ahí donde su padre lleva menos cuidado cuando se enfada, pero no importa mucho porque, como juega en el equipo de balonmano, la mayor parte de las chicas tienen golpes por todas partes y nadie se imagina que los suyos no sean solo del deporte. Al menos nunca le pega en la cara ni a su hermana ni a ella. Con su madre es otra cosa, pero eso no es asunto suyo. Y ahora, durante una semana, nadie le va a pegar; no tendrá que llevar cuidado con lo que dice y lo que hace, con qué ropa se pone, con cuánta sombra de ojos puede permitirse. Mañana se encontrarán con los chicos y se irán de excursión por la isla; y por la noche irán a una discoteca de verdad, llena de gente de todas partes, con la mejor música inglesa, con extranjeros rubios y altos como los que ya ha visto en el comedor.

Carmen se estira en la cama, se pone de lado, con la mano derecha acunando el pecho izquierdo y, suavemente, se va quedando dormida.

En la habitación de arriba, Marga y Candela duermen ya. Han salido un rato a la terraza y han fumado unos cuantos cigarrillos mirando el brillo de la luna creciente sobre el mar, casi borrachas de felicidad, juntas, solas en una habitación preciosa con su terracita individual, oyendo el susurro de las palmeras en la brisa y el golpeteo de las olas contra las rocas del promontorio, a su izquierda. Se han sentido adultas, mundanas, libres, como si después de muchos años de ser solo hijas y nietas fueran ahora por fin ellas mismas, en el marco adecuado a su nueva independencia.

Candela ha rodeado con un brazo la cintura de Marga y se ha atrevido a besarla suavemente en el cuello, en la nuca, mientras Marga sentía un delicioso escalofrío. Pero Candela ha estado cuidadosa, tierna; no ha tratado de forzar la situación porque sabe que les quedan muchos días, que Marga necesita tiempo. Así que se han lavado los dientes, se han puesto el camisón entre risas y han acabado apagando la luz y dándose las buenas noches, cada una en su cama, mirando las sombras blandas agitarse en el techo de la habitación.

Reme, sola en su cuarto, se ha dormido al poco de llegar sintiéndose más feliz que en toda su vida. Nunca ha tenido una amiga íntima ni ha formado parte de un grupo cerrado como las otras, pero las risas y los ruidos procedentes de las habitaciones de al lado no le han dado ninguna envidia, ya que ha conseguido lo que quería: tener un cuarto para ella sola, después de haberse pasado la vida compartiendo el suyo con tres hermanas. Ya ha cumplido los dieciocho y, como aún no está muy claro si le van a conceder la beca ni si sus padres van a dejarla ir a Valencia a estudiar, tiene que aprovechar esta semana de independencia para hacer lo que lleva mucho tiempo deseando: dejar de ser virgen de una maldita vez. Desde que empezaron a hablar de la excursión de fin de curso ha estado haciendo sus planes y, ahora que ha conseguido una habitación individual, piensa aprovechar la ocasión en cuanto encuentre a un chico que le resulte atractivo, que sea mayor que ella y extranjero. Eso es importante porque no quiere atarse a nadie todavía. Le parece ridículo esperar a tener una vida sexual hasta estar enamorada. Hace mucho que ha llegado a la conclusión de que el sexo no tiene que ver directamente con el amor, a pesar de lo que diga don Javier y todos los curas que le

207

han precedido como maestros de religión. A lo largo de los años les han enseñado a despejar ecuaciones, a dibujar en perspectiva, a traducir el griego y el latín, a mil cosas absolutamente inútiles para la vida. Les han enseñado incluso a bordar en realce, a calcular menús nutritivos y económicos para una familia de ocho personas, a destetar a un bebé —maldito examen el del destete y la preparación de papillas—, a distinguir el gótico del barroco... pero nunca les han enseñado nada que tenga que ver con cómo llevar una vida sexual satisfactoria, cómo evitar quedarse embarazadas, cómo decidir por sí mismas en cuestiones fundamentales como el sexo y el amor. ¿Cómo es posible ser tan imbécil para casarse sin tener ninguna experiencia previa? Después de tantos años estudiando y oyendo lo importante que es tener conocimientos para ser una persona completa e independiente, ¿cómo pueden decir que la virginidad es lo mejor que tiene una mujer, si la virginidad no es más que ignorancia, inexperiencia?

Por eso ha decidido que se tiene que acabar y se tiene que acabar ahora, en la semana de Mallorca. Luego ya se verá.

Está segura de que las demás piensan que es un poco tonta, a pesar de su media de sobresaliente; nunca le han hecho mucho caso. No la rechazan, como a las de Novelda, pero tampoco la aceptan en su grupo. Ella es poca cosa; su padre tiene un bar; su madre es peluquera y trabaja en la cocina cuando sale de la peluquería, así que ella tiene que ser tonta necesariamente, clase baja, una chica que vive en un piso lleno de gente, donde no hay libros ni revistas ni discos; en su casa no hay dinero para pagarle clases de francés, ni de tenis, ni de nada, así que tiene que ir a la biblioteca municipal y trabajar mucho para sacar buenas notas, porque si consigue la beca podrá estudiar. Todo el mundo piensa que es simplemente una empollona, que sus notas no se deben a su inteligencia sino a su tozudez, pero a ella no le importa. Hace tiempo que se ha dado cuenta de que no puede esperar mucho de la gente que la rodea desde hace años y por eso ha puesto todas sus esperanzas en el futuro, en la universidad, en salir del pueblo donde todos saben de qué familia viene. Pero antes de ser libre tiene que demostrarse a sí misma que es capaz de serlo, que puede tomar una decisión importante sin haberlo hablado con nadie. Y eso es precisamente lo que ha venido a hacer.

La única que aún no se ha metido en la cama es Mati. A las dos de la mañana ha terminado de hacer su ronda, como ella la llama sonriendo para sus adentros, y está sentada en una silla de plástico, oculta entre las sombras, en el pequeño jardín de delante de su habitación, fumándose un Celtas sin filtro. Si hubiera alguien en el pretil que da al mar, a la escarpadura que cae a pico sobre las rocas de la cala, lo único que distinguiría de ella sería la brasa del cigarrillo que se ilumina intermitentemente con sus caladas.

Mati fuma satisfecha mientras su mano izquierda acaricia el cuaderno, que es su más valiosa posesión; no porque lo necesite para recordar lo que hay escrito en él, sino porque sabe que ese cuaderno es un arma que intimida a las que lo ven y lo reconocen. Es como el grimorio de los alquimistas medievales: no todas las recetas que contiene son malignas; ni siquiera funcionan todas o han sido probadas, pero todo el mundo sabe que está lleno de fórmulas que podrían funcionar, y si lo hicieran, harían mucho daño.

Le gusta ver ese escalofrío de miedo en las miradas de sus compañeras. Le da una sensación de poder que no cambiaría por nada en el mundo.

209

La simple idea de que ella apunta cosas en ese cuaderno, cosas que podrían comprometerlas, hace que todas se plieguen más o menos fácilmente a sus deseos. ¡Cuántos exámenes ha pasado gracias a que una u otra le ha dejado copiar del suyo! ¡Cuántas veces ha podido saltarse una clase, sabiendo que alguien iba a mentir por ella diciendo que se encontraba mal o que había tenido que ir al médico o a un funeral! ¡Cuántos pequeños regalos ha ido almacenando con solo comentar que le gustaba ese bolígrafo o esa bufanda! Pero ahora que ha conseguido terminar el bachiller, todo eso le resulta pequeño comparado con lo que aún le espera.

Quiere ir a Valencia. Necesita ir a Valencia. No puede imaginarse quedándose en su pueblo, o trabajando en Alicante en el estudio de su tío o buscando en alguna oficina un empleo que nunca la sacará de pobre, mientras todas las demás se van a estudiar una carrera para convertirse en mujeres importantes, profesionales, con estudios, con un buen sueldo.

Durante años sus padres no querían ni oír hablar de que estudiara, pero ahora los tiene medio convencidos diciéndoles que se buscará un trabajo en Valencia para pagarse la carrera y que Candela, que es rica, la ayudará un poco con los libros y las pequeñas cosas que pueda necesitar.

Pero Candela es difícil. Luchadora, como ella, testaruda, incluso colérica en ocasiones. Por eso le gusta, porque es dura y ofrece resistencia, y la sensación que tiene cuando consigue vencerla es maravillosa. Y ahora la muy imbécil se ha enamorado de Marga, la niña modelo.

Claro que eso, precisamente, se va a convertir en su punto débil y ella piensa explotarlo al máximo. «Si no puedes conseguir que tu pueblo te ame, haz que te tema.» Es lo único que recuerda de la clase de historia. Maquiavelo. *El Príncipe*. ¡Qué razón tenía Maquiavelo! El miedo es mucho más poderoso que el amor, esa emoción idiota que vuelve blanda a la gente. Pero, por fortuna, además de blanda, fácilmente manejable, y ella tiene muchos hilos en sus manos; no todos, pero muchos. Y si hasta ahora no había sido posible poner a unas en contra de otras, porque se veían todos los días y siempre estaban juntas, en cuanto estén en Valencia todo irá mejor: van a estudiar en distintas facultades, tendrán amigos y compañeros nuevos, ya no se verán a diario; será mucho más fácil manejarlas, sugerir, insinuar… Malmeter, como dice su misma madre.

Se irán separando; ella las irá separando, y sacará un poco de cada una, lo suficiente para vivir, para algún capricho, para sentir cómo aumenta su poder. Estudiará Psicología y aprenderá métodos científicos para desarrollar su talento innato. El futuro se presenta bien si juega bien sus cartas, pero para eso es necesario saber cosas, muchas cosas, de los demás: desde las más triviales hasta las más embarazosas. Hay que estar siempre alerta, escuchar muchas conversaciones, mirar por las ventanas, seguir a las víctimas, ocultarse en el momento adecuado, mostrarse después. «El conocimiento es poder.» «Dadme un punto de apoyo y moveré el mundo.»

Solo que a veces era muy difícil encontrar ese punto de apoyo. Con Candela estaba claro cuál era: no podía permitir que su familia se enterara de que era tortillera; con Marga, si todo salía según sus suposiciones, muy pronto estaría claro también. El padre de Carmen era un borracho que lo disimulaba bastante bien, y le pegaba a su mujer y a sus hijas, aunque nadie se hubiera dado cuenta todavía. Ana era roja, seguramente comunista, la había visto acudiendo a deshoras a una fábrica donde se reunían otros de su calaña, y su madre tenía un amante con el que se encontraba en un piso de Petrel, igual que doña Bárbara. Por eso había sacado ella sobresaliente en literatura sin tener que presentar siquiera el trabajo de fin de curso. Contra Magda no había conseguido encontrar nada aún, aunque una vez había visto que llevaba papel de fumar en la cartera y suponía que fumaba cosas que no eran precisamente tabaco. Tere era un misterio. Estaba rara, muy rara, pero no había podido todavía averiguar por qué y eso era algo que le molestaba profundamente porque, en su experiencia, todo el mundo tiene un secreto que le parece vergonzoso, aunque no lo sea tanto. Ahora solo tenía que concentrarse en Tere, sin perder de vista a las demás, y lograr enterarse de qué era lo que la tenía tan preocupada. Primero había pensado que podía tener algo con don Javier porque los había visto saliendo del seminario de religión después de las seis de la tarde, cuando ya no quedaba nadie en el instituto, pero los había seguido algunas veces y había acabado decidiendo que no había nada por ese lado. Hasta que no lograra saber qué ocultaba Tere no podría dormir tranquila, pero al menos dormía sola y podía pensar con tranquilidad.

Y Sole…

Mati estira los brazos por encima de la cabeza, sonriendo a la luna que se asoma entre las palmeras, ya a punto de ocultarse tras el horizonte. Con Sole le ha tocado la lotería, aunque aún no está segura de cuándo ni cómo abordarla para decirle no solo lo que sabe de ella, sino para enseñarle la prueba fehaciente.

Apaga cuidadosamente la colilla, sonríe de nuevo y va a acostarse, segura ya de que todas duermen y no se va a perder nada por el momento. Ahora que las chicas van a pasar juntas todo el día y se creen libres, está segura de que los próximos días estarán llenos de cosas que anotar en su cuaderno.

211

2007

*E*n el avión que la llevaba a Madrid, Sole dormitaba, volvía a despertar, cobraba conciencia de dónde estaba y a qué iba a España, lloraba un rato y volvía a quedarse en un estado de duermevela que la mantenía flotando en una especie de limbo neblinoso, como si el tiempo se hubiera anulado y ella fuera un fantasma, un ser casi invisible, sin edad, sin cuerpo, prácticamente inexistente.

Nada más recibir el e-mail de Tere, había dejado una nota para Pedro, había ido al aeropuerto y se había metido en el primer avión que salía para España. No llevaba más que una pequeña bolsa de viaje, las cartas de Lena y una revista de modas que se había comprado por inercia mientras esperaba la salida de su vuelo. Había llamado a su madre para avisarla de que llegaría con el tiempo justo de acudir al entierro de su amiga y ella se había empeñado en acompañarla, después de un breve tira y afloja.

La secretaria de Pedro le había alquilado un coche que la esperaría en el aeropuerto de Alicante y de allí iría directamente a recoger a su madre y al funeral. Después de eso no tenía planes. Al cabo de treinta y tres años iba a volver a ver a las chicas, o lo que quedara de ellas, y no quería siquiera imaginar qué podría pasar; pero tenía que ir a despedirse de Lena, era lo menos que podía hacer.

Estaba cansada. Llevaba apenas cuatro horas en el avión y ya estaba cansada. De llorar por Lena, de tener lástima de sí misma, de miedo de volver al pueblo de su infancia.

Los recuerdos se empecinaban en acudir a su mente nublada por el cansancio y la pastilla que había tomado para poder dormir durante el vuelo y que, a pesar de todos sus esfuerzos, cobraban realidad incluso con los ojos abiertos: Lena, cuando aún era Magda, cepillándose la larga melena en Mallorca, con los ojos brillantes de excitación; su abuelo, con su habitual cara de vinagre diciéndole a su madre que, aunque sabía que la decisión de permitirle hacer aquel viaje no era cosa suya, estaba totalmente en contra; la mirada indulgente, algo cómplice, de su padre una de las raras veces que se animaba a ponerse de su parte en contra del resto de la familia; el tío Ismael con su sonrisa de comadreja enseñándole los colores en alemán, el juego del Schlüpfer y del cetro, la náusea irreversible que se apoderó de ella a los diez años y para siempre; el repugnante rostro del fotógrafo de Alicante, especialidad «retratos artísticos», sus manos blandas y sudorosas girándole la cara y los hombros desnudos, acomodándole la melena rubia, su lengua de serpiente pasando una y otra vez por esos labios estrechos y descoloridos mientras sus ojos la clavaban con una fría mirada de reptil.

Los recuerdos hermosos —la sonrisa de Lena, los partidos de balonvolea, los bailes del casino— siempre acababan dando paso a los otros, a los más terribles y oscuros, a los que llevaba toda la vida tratando de enterrar. No quería pensar en ello, no quería ver esas imágenes que durante años y años había tachado, ocultado en lo más profundo de su mente, pero desde hacía un tiempo el cerebro no respondía a sus órdenes desesperadas y, en cuanto bajaba la guardia, se encontraba asistiendo a aquella infamia, impotente para detenerla, como si estuviera atada y amordazada en la butaca de un cine que pasara constantemente la misma película de terror. El tío Ismael entregándole un paquetito en la sala de música, tras la puerta cerrada «vete detrás del sofá, quítate lo que lleves debajo de la falda y ponte una de estas, princesa, sin mirarla; y no preguntes para qué, porque es un juego». Su vergüenza al descubrir que el paquetito estaba lleno de bragas transparentes, de varios colores, unas bragas como ella no había visto nunca, como nadie había visto nunca en la España de 1967. «*Welcher Schlüpfer hast Du an? Antworte mir! Schnell! Nicht gucken!*» Una pausa esperando a que ella comprendiera aquellas palabras alemanas. «Tienes que decirme de qué color son las que llevas.» Su voz infantil, tímida, asustada, indecisa: «*Blau?*» «*Mal schauen ob Du es richtig hast.*» Las manos enormes levantándole la falda del uniforme para comprobar si había acertado, los

213

ojos brillando como brasas en la salita tan oscura, donde solo la lámpara de la mesa camilla marcaba un círculo de luz. «*Falsch, Prinzessin. Dein Schlüpfer ist rot. Meine Lieblingsfarbe.*» Y si se equivocaba, el castigo era bajarle las bragas, ponerla sobre sus rodillas y darle un par de azotes «en broma, tontita, no es más que un juego para que no se te olviden nunca los colores. Son los métodos modernos, ¿sabes?, los métodos europeos».

Nunca ha podido oír hablar de métodos europeos en ningún contexto sin sentir que se le aprieta el estómago hasta el vómito. Igual que siempre ha odiado las Casas Reales desde el juego del cetro, que empezó al año siguiente, cuando el tío Ismael se cansó de todos los otros métodos pedagógicos modernos.

A lo largo de su vida, como esposa de diplomático, ha tenido que saludar a Sus Majestades en muchas ocasiones y en todas ellas ha acabado con el mismo espantoso dolor de cabeza de entonces, cuando el tío Ismael le explicaba que toda princesa tiene que llegar a ser reina y toda reina tiene un cetro en una mano y una esfera en la otra, como la reina Isabel de Inglaterra. Ella tenía que empuñar ese cetro una y otra vez debajo de las faldas de la mesa mientras leía poemas de Schiller, de Goethe, de Hölderlin, sin comprender lo que estaba diciendo. Y luego tuvo que besarlo porque el cetro era un símbolo sagrado y luego vino lo de que «una reina tiene que sentir muy dentro el símbolo de su poder sobre los hombres, pero también debe permanecer virgen hasta el matrimonio porque es lo que espera el rey que te merezca.»

El dolor, la vergüenza, las duchas, las palabras en alemán, tantas palabras…

Recuerda a su padre anudándose al cuello el pañuelo que ella le ha comprado por su cumpleaños y que a su abuelo le parece ridículo, para acercarse al Club de Campo a tomar café con los amigos y jugar una partida antes de ir a la fábrica, y a su yo de once años preguntándole: «Papá, ¿es verdad que todas las reinas tienen un cetro y que es un símbolo sagrado?». Su padre, sonriéndole aprobadoramente: «¿quién te ha dicho eso, las monjas, en el colegio?». «El tío Ismael.» «Pues sí, querida, es verdad. Tiene mucha razón tu tío.» En su familia nadie desautoriza a nadie. Y luego, ya en la puerta, despidiéndose de su madre, le oye decir casi con sorna: «No sabía yo que tu hermano fuera monárquico, mira tú por dónde. Yo pensaba que todos los curas eran franquistas sin más y ahora resulta que le va con cuentos de reinas y cetros a Sole.» «Pues más vale eso a que le cuente cosas de Alemania, que es un país sin rey y sin Dios.»

Las sienes empiezan a palpitarle y cierra los ojos con fuerza.

Según su último terapeuta, recordar es necesario; duele pero purifica, y así las heridas antiguas se van cerrando hasta que solo quedan pequeñas cicatrices de lo que una vez fue un intenso dolor.

Se alegra rabiosamente de que el tío Ismael esté muerto y enterrado, comido por gusanos. Espera que el infierno de después de la muerte, en el que hace tiempo que ha dejado de creer, exista para hombres como él, igual que existe en este mundo para mujeres como ella, para la niña que fue y que sigue siendo cuando la asaltan los recuerdos.

Saca los e-mails de Lena y vuelve a leer los que más le gustan: los de los pasteles, los del campo de Marga, los de las fiestas de Moros y Cristianos… todos los que se refieren a su adolescencia, después del tío Ismael, antes de Mallorca. Luego apaga la luz, vuelve a cerrar los ojos, y trata de dormir deseando vagamente estar muerta como Lena, descansar por fin.

215

1974

Ala vuelta de las Cuevas del Drach han parado en una gasolinera grande, que tiene también cafetería, una tienda de recuerdos y una zona de juegos infantiles. Los profesores han entrado a tomarse un café y los alumnos, después de comprarse un helado, se han repartido entre la zona de columpios y toboganes, donde están haciendo el oso entre chillidos y risas, y la tienda que ofrece junto a productos típicamente mallorquines —sobrasadas, ensaimadas—, camisetas, gafas de sol, collares de madera de olivo y cursiladas espantosas —servilleteros pintados, manos con mango largo para rascarse la espalda, palilleros con una parejita pintada en colores chillones— que algunas de las chicas piensan llevar de regalo a sus abuelas.

El helado, un cucurucho cremoso y espiralado, de máquina, de los que aún no existen en Elda, es de un color extraño. «Mira, un helado verde, ¿de qué será?» «Aquí pone que de pistacho.» Risas y conjeturas. «¿Qué narices será un pistacho?» Pero está bueno y es algo que nunca han probado, como tantas cosas en Mallorca.

De repente, unos gritos de mujer procedentes del aparcamiento las hacen mirarse, indecisas, y salir de la tienda impulsadas por la curiosidad sobre todo, y por un vago deseo de ayudar.

Junto a un Dodge amarillo, un hombre con una gruesa cadena de oro al cuello y una camisa negra abierta hasta el ombligo está dando de bofetadas a una mujer vestida de blanco, con grandes gafas de sol, que lleva unas sandalias altísimas y una camiseta de algodón sin sujetador. Sus grandes pechos se bambolean con cada golpe del hombre y su boca, violentamente pintada de rojo, está empezando a sangrar.

Algunos chicos del grupo se han acercado también desde la zona de juegos y miran la escena como hipnotizados, con las manos metidas hasta el fondo en los bolsillos de los vaqueros, pasándose la lengua por los labios.

Mientras la golpea, el hombre la insulta en una lengua que ellos no entienden; la mujer grita pero casi no se defiende más que levantando los antebrazos en un intento de parar las manos que se estrellan contra su cara. De repente, como cansado del juego, el hombre le da un empujón y se gira hacia el coche, pero casi en el mismo momento se vuelve de nuevo hacia ella con el puño cerrado y le encaja un puñetazo en el estómago que hace a la mujer doblarse de dolor y caer de rodillas frente a él. Una de las sandalias se tuerce contra el bordillo de la acera, se rompe la correa y el tacón sale volando unos metros.

Entonces el hombre la emprende a patadas contra la mujer caída y de repente, sin que nadie sepa cómo ha sucedido, Carmen, Ana y Magda están encima de la pareja, tratando de apartar a la mujer y de arañar al hombre. Carmen grita «¡déjela en paz, déjela en paz, deje de pegarle!». El extranjero empieza a reaccionar y los chicos comprenden que tienen que hacer algo, de modo que tres de ellos se acercan también para defender a sus compañeras y el hombre, entonces, viendo que tiene las de perder contra seis jóvenes, agarra a la mujer y la mete a empujones en el coche. Arranca con un chirrido de neumáticos y se pierde por la carretera que parece fluctuar con el calor del mediodía.

217

En ese momento salen los profesores de la cafetería y el director se encara con sus alumnos.

—¿Se puede saber qué narices estáis haciendo?

—Le estaba pegando —contesta Ana, muy alterada.

—Si no llegamos a meternos, la mata —añade Carmen. Los chicos asienten con la cabeza, muy serios.

—Eso a vosotros no os importa.

—Don Telmo —Magda tiene los ojos desorbitados; es la primera vez que ha visto a alguien golpear a otra persona, fuera del cine—, ese animal le estaba pegando a una mujer.

—No es asunto vuestro. No estoy dispuesto a consentir que os metáis en peleas.

—La chica estaba sangrando —dice Juanma— y el tío no llevaba trazas de parar.

—Pues si una cosa es grave, se llama a la policía, pero sin intervenir.

—Y cuando llegan ya está muerta la chavala —comenta Chimo en voz baja.

—¡Menos exagerar! Además, era una puta, ¿o no tenéis ojos en la cara? —Don Telmo se está enfadando realmente; todos notan cómo se va enfureciendo al darse cuenta de que le llevan la contraria.

—¿Y eso qué tiene que ver, don Telmo? —Ana también está empezando a ponerse furiosa y Magda se coloca a su lado, hombro con hombro, para que el director note que las dos piensan lo mismo. Carmen, muy pálida, se coloca detrás de ellas, formando bloque—. ¿O usted cree que está bien pegarle a una mujer porque sea prostituta?

—Ella sabía muy bien dónde se metía —don Telmo está casi gritando—. Si fuera una mujer decente no le pasarían esas cosas; le está muy bien empleado, y vosotros sois unos niñatos recién salidos del cascarón que pensáis que lo sabéis todo de la vida. ¡Venga! ¡Al autobús!

Los jóvenes se miran entre ellos sintiendo una corriente de solidaridad que los reafirma y los coloca de pronto en un nivel superior al director, que ahora se está pasando un pañuelo por la frente sudada y parece a punto de tener un infarto.

—¡Joder, Javi! —explota Telmo, dirigiéndose al cura—. Díselo tú.

Javier mira al director, mira a los chicos y se encoge ligeramente de hombros.

—Don Telmo es responsable de vuestra seguridad ante vuestros padres. No es plan de poneros en peligro. Si ese tipo llega a ir armado...

A ninguno de los jóvenes se la ha ocurrido la posibilidad; esas cosas solo pasan en las películas.

—Entonces, padre —Ana nunca ha llamado «padre» a don Javier y él siente como si le hubiera dado un puñetazo en el estómago al enfatizar la palabra—, todo eso que nos han enseñado toda la vida de que los cristianos debemos ayudar a quien lo necesite sin que nos importe el riesgo personal... es más, que debemos estar siempre listos para el sacrificio, ¿no? Y las palabras de Cristo, «lo que hacéis a vuestro prójimo a mí me lo hacéis», eso ¿ya no vale cuando se trata de una puta? ¡Si hasta el mismo Cristo defendió a Magdalena…!

—¡Tú no eres Cristo! —explota don Telmo—. ¡Se acabó! ¡Nos vamos ya mismo! ¡Ni una palabra más! Si queréis discusiones teológicas, os las arregláis en el hotel con don Javier cuando yo no esté delante. Habéis conseguido que me hierva la sangre. ¡Habrase visto, la mocosa de los cojones! —El director parece estar al borde de una apoplejía, nunca lo han visto tan furioso ni han oído palabrotas de sus labios.

Don Javier les hace un gesto con las cejas para que dejen correr el asunto por el momento y obedezcan. Doña Marisa abre la marcha, se lleva a las chicas hacia el autobús y, cuando están ya lo bastante lejos del director y su mujer, les susurra:

—¡Bien, chicas! Telmo es un machista de aquí te espero, pero vosotras habéis sido muy valientes. Estoy muy orgullosa de vosotras.

Unos metros por detrás, doña Loles se agarra del brazo de su marido intentando calmarlo:

—Por Dios, Telmo, ¡qué espectáculo! ¿Se puede saber qué te pasa? Los chicos solo trataban de ayudar. No deberían haberse metido, ya lo sé, pero…

—¿Te quieres callar? —gruñe él, dando por terminada la discusión.

Ana, Magda y Carmen ocupan los asientos traseros del autobús para poder estar juntas y hablar de lo sucedido. Las otras, que no se han enterado de nada porque estaban en la zona de juegos, vienen comentando la cara de boba que se le ha puesto a Reme y haciendo conjeturas sobre qué puede haberle pasado, porque varias de ellas han tratado de sonsacarle algo y no han tenido ningún éxito.

—Es como si se le hubiera aparecido la Virgen —comenta Sole.

—Sí, sí… la Virgen… con barba —dice Mati al pasar buscando un asiento libre—. Mira que puedes llegar a ser mema, Sole.

Sole se agarra al brazo de Candela, que acaba sentándose con ella para tranquilizarla y asegurarle que nadie piensa que sea mema, menos la imbécil de Mati, que no pierde ocasión de escupir veneno.

Marga se sienta al lado de Reme que, con las gafas de sol

puestas, mira por la ventanilla como alucinada, con una extraña sonrisa en los labios. Marga empieza a jugar con la cámara, decidida a sacarle todos los secretos y hacer una buena película del viaje, aliviada de que Reme no tenga ganas de charla y la deje en paz, pero al cabo de un rato, cuando el autobús ya se ha puesto en marcha hacia el norte y la mayor parte de los pasajeros ha empezado a dormitar, Reme se vuelve hacia ella.

—¿Sabes que tú eres la única que aún no me ha preguntado qué me pasa?

Marga, como tantas veces, siente que está a punto de recibir una de esas confidencias a las que todo el mundo parece ser tan aficionado y la mira en silencio. Si quiere contarle algo, se lo contará de todos modos, pero no quiere ser ella la que dé pie.

—A ti te lo puedo contar, Marga; sé que tú me guardarás el secreto. Además, necesito que me ayudes.

—¿Que te ayude? ¿A qué? —Ahora sí que no puede evitar la pregunta.

—Mira, ¿te acuerdas de que ayer, en la discoteca de nuestro hotel, estuve bailando toda la noche con un sueco?

—Pues no, la verdad; no me fijé. —Ellas también habían estado bailando con todos los suecos y finlandeses del hotel, practicando inglés y riéndose como tontas y ya sobre las dos de la madrugada Candela y ella habían decidido irse a la habitación a disfrutar aún un poco de su terraza terminándose el gin-tonic.

—Es guapísimo, Marga. Tiene veintisiete años, es ingeniero y toca la guitarra eléctrica en un conjunto. Ya sé que es muy mayor, pero es un hombre hecho y derecho, ¿sabes? No un crío como todos los que he conocido hasta ahora. —Baja la voz y se acerca a su oído—. Estoy enamorada de él, Marga, como una tonta.

Reme se muerde los labios porque está deseando contarle a alguien lo que realmente ha pasado la noche antes; está deseando gritar que ya no es virgen, que por fin sabe lo que es estar con un hombre y que todo el rollo del enamoramiento es solo porque sabe que es lo que hay que decir para que la entiendan a una. Además, ni siquiera sabe si a lo mejor está enamorada de verdad; no puede saberlo porque nunca lo ha estado. Quizá sea amor eso que siente ahora, ese ahogo en el pecho, esas cosquillas calientes entre las piernas, esa humedad cuando piensa en él y en lo que han hecho juntos toda la noche en su habitación, aprovechando que, por una vez en su vida, duerme sola. Pero no se decide; no conoce tanto a Marga como para saber si le guardará un secreto de esa envergadura, ni siquiera sabe si lo aceptaría bien o pensaría, como casi todo el mundo, que es una fulana.

Marga sigue esperando porque sabe que Reme aún no ha terminado lo que quiere decirle y no hace falta que ella diga nada todavía.

—Dice doña Marisa que esta noche vamos a una discoteca de Palma, con los chicos, pero yo no quiero ir, ¿me entiendes? Yo tengo que estar en el hotel porque hemos quedado después de cenar en la discoteca. —Reme la mira anhelante.

—Pues quédate, chica. No creo que nadie quiera obligarte a venir. Si dices que no tienes ganas de ir a Palma… ya somos mayorcitas, ¿no?

—Si digo que me quedo, empezarán a preguntarme qué me pasa, o pedirán alguna voluntaria para que se quede conmigo, para no dejarme sola, ¿comprendes? Y yo no necesito que nadie se quede porque yo lo que quiero es estar con él. Tenemos tantas cosas que contarnos… y como no hablo bien el inglés, me cuesta un montón de tiempo explicarle lo que quiero decir. Dime, ¿qué te parece que haga?

Marga siente la exasperación subirle hasta los ojos y tiene que cerrarlos para que Reme no lo note. Siempre inventando excusas para los demás, siempre buscando soluciones.

—No sé. Di dentro de un rato que te duele mucho la cabeza, para que todo el mundo sepa que llevas todo el día aguantando para no chafarles la excursión a los demás. Luego, cuando lleguemos al hotel, te metes en la cama, yo voy a buscarte y le digo a don Javier y a doña Marisa que lo mejor es que duermas muchas horas para estar bien mañana.

—¿Y si te hacen quedarte para que yo no esté sola?

Marga sonríe por primera vez. Acaba de darse cuenta de algo estupendo: si se queda en el hotel con una compañera enferma puede ahorrarse la noche de discoteca con Manolo, que lleva ya toda la mañana reprochándole que no le hace bastante caso y susurrándole al oído los planes que tiene para la noche.

—Pues me quedo, mujer. Al fin y al cabo, en nuestro hotel también hay discoteca. Y puede que Candela se quiera quedar también y así ya no estoy sola cuando tú te vayas al jardín con el sueco.

—¿Al jardín? —Reme parece perpleja.

—En algún sitio tendréis que hablar, ¿no? Porque en la discoteca no se oye casi nada. Y no te vas a ir a su habitación.

Ahora Reme se alegra de no habérselo contado a Marga. Está claro que no va a comprenderla, que ni se le ha pasado por la cabeza que lo que ella quiere hacer con el sueco no se puede hacer en el jardín a la vista de todos.

—No, no, claro —se apresura a contestar—. Yo había pensado dar un paseo por la playa.

Se sonríen, cómplices, sabiendo que las mismas imágenes de cientos de películas románticas están pasando en ese momento por sus cabezas.

—¿Me ayudarás, Marga?

—Dalo por hecho.

2007

A las diez de la mañana, David se levantó de su mesa y se acercó al despacho de Gerardo para avisarle de que se marchaba al funeral de Lena.

—¡Ah! ¿Vas a ir? —fue la reacción, como si le sorprendiera.

—Era amiga nuestra, hombre. Bueno, más de Ana que mía, claro, pero quiero acercarme. Y lo mismo me entero de algo.

—Sí. Nunca se sabe, aunque la verdad es que estoy empezando a dudar de que lleguemos a encontrar algo sólido.

Quienquiera que lo haya hecho se ha tomado la molestia de dejar claro que no ha sido suicidio y ha sido tan cabrón como para dejar un par de pistas imbéciles que apuntan a la Montero pero que también dejan claro que no ha podido ser ella. Es como si se tratara de un ajuste de cuentas entre ese grupo de mujeres por algo que no sabremos nunca y que lo más probable es que sea una memez que, con los años, ha tomado proporciones gigantescas.

—No te entiendo, Gerardo. ¿A qué clase de memez te refieres?

—¡Yo qué sé! Que una le quitara el novio a otra hace siglos, por ejemplo.

—¡Venga ya! Además, que yo sepa, Lena nunca tuvo nada con los novios y maridos de las demás.

—Sí, habría sido más lógico si Carmen se hubiera cargado a Ana, por ejemplo —dijo Gerardo con una sonrisa.

—No le veo la gracia. Y si la gente se pusiera a matar a todos los ex de sus parejas actuales, no daríamos abasto.

—Pues últimamente es lo que suele pasar, ¿no?

—Pero en el mismo momento del abandono. Cuando una

mujer le dice a su marido que lo deja por otro. Nadie se espera veinte años y luego lo disfraza de suicidio.

—¡Venga, lárgate ya! Voy a ir preparando las cosas para aparcar el caso. No quiero cerrarlo aún, pero hay cuestiones más urgentes. Con lo que tenemos, a pesar de que la prueba del ADN ha salido positiva, cosa que ya nos figurábamos, no vamos a ninguna parte. Cualquier juez del mundo nos diría «¿ustedes saben lo fácil que es coger una colilla de cualquier cenicero y dejarla en casa de la víctima?». Y tratándose de una celebridad como la Montero que, además, no tiene ni multas de aparcamiento impagadas, necesitaríamos algo a prueba de bomba.

—Entonces, ¿le digo que es libre de marcharse cuando quiera?

—No. Aún no. Quiero que sigan pensando que seguimos en ello, a ver si hay suerte y alguien se pone nervioso. Comenta, como sin darle mucho peso, lo de la colilla del Rothmans y que la identificación ha sido positiva, a ver qué pasa.

—Vale. Vuelvo en cuanto acabe el funeral.

A las diez y veinte, Sole tocó el timbre de la casa de su infancia por primera vez desde hacía más de doce años y, al hacerlo, sintió como una corriente eléctrica atravesándole el cuerpo.

—No subo, mamá —dijo por el interfono—. Si no te das prisa, no llegamos.

—Siempre corriendo, siempre corriendo —la oyó murmurar antes de colgar el contestador.

Se apoyó contra la verja del jardín y dejó vagar la vista por los nuevos edificios que habían surgido alrededor del chalé que ahora, por caprichos de los planes urbanísticos, se había quedado casi en el centro del pueblo. Por fortuna, nada de aquello le despertaba recuerdos. Encendió un cigarrillo, resignándose a aceptar el retraso de su madre, que siempre había creído impropio de una señora apresurarse por nada, por importante que fuera.

—¿Aún fumas? —fue el primer comentario de su madre, antes incluso de darle un beso—. ¿No sabes que fumar mata?

—No fumar también —contestó automáticamente—. ¿O crees que vas a vivir eternamente solo porque no fumas?

—Pero no moriré de cáncer de pulmón.

—Pues será de otra cosa. ¡Anda, sube, que no llegamos!

—Aquí todo está muy cerca. Nos sobra tiempo. A lo mejor incluso podemos tomarnos un café antes de llegar, porque yo en el tanatorio no tomo ni agua. Me da no sé qué eso de que tengan un bar allí mismo, con todos los difuntos de cuerpo presente. ¿Adónde vas?

—¿No es por aquí?

—No, mujer. Ahora coge la primera a la derecha y luego recto hasta que yo te diga. Si vinieras más por aquí…

—Si viniera más por aquí, tú viajarías menos. ¿Quién te iba a decir a ti hace treinta años que ibas a estar en Singapur y en Manila y en Pekín?

—A la fuerza ahorcan. Si no hubiera ido yo… tú por aquí… ni acercarte.

Sole se encogió de hombros. No valía la pena empezar de nuevo con la misma historia.

—¿Vas a ir así al funeral, de claro y sin mangas? —Su madre la miraba reprobadoramente, contrastando su propio traje de chaqueta azul oscuro y blusa de seda crema de lunares con el sencillo vestido de lino crudo que ella llevaba.

—Hay treinta y cinco grados, mamá. Y llevo una chaquetita negra por si tienen aire acondicionado.

—¿Cómo es eso que te ha dado por venir al funeral de Magda, después de no poner el pie en el pueblo desde que murió tu padre, que en paz descanse, y ya va para doce años?

—Era una de mis mejores amigas de juventud, mamá, ya lo sabes.

—Y el tío Ismael era tu tío carnal. Y a su entierro no viniste.

—No. No vine.

Sole aprieta las manos sobre el volante hasta que los nudillos se le ponen blancos. Al parar en un semáforo en rojo se enciende otro cigarrillo, a pesar de que normalmente no fuma más de cinco o seis al día.

—Todo el mundo preguntó por ti, ¿sabes? Y yo allí, como una tonta, dando explicaciones que ni yo me creía. Me dolió mucho, Marisol —termina casi haciendo un puchero—. Mi único hermano.

—Ya.

—Le faltaban unos días para cumplir los ochenta y tres. Un hombre de Dios. Un santo. Tendrías que haber visto el entierro, en Orihuela; una misa concelebrada por el obispo y diez sacerdotes, un coro como de ángeles, todo lleno de flores. Una preciosidad. —Se persignó y sacó un pañuelito del bolso—. Téngalo Dios en su Gloria.

—Sí, mamá, que Dios lo tenga donde se merece. —Sole ha escupido las palabras que, en sí, no significan nada malo, pero su madre repara en el odio que contienen y la mira asombrada.

—¿Por qué hablas así de tu tío? No te consiento que le faltes al respeto a mi hermano, ¿me oyes, Marisol?

—Haz el favor de no llamarme así, mamá. Me crispa los nervios.

—Cruza el puente y todo recto, hacia arriba. ¿Piensas contestarme?

Sole sopesa unos segundos si vale la pena hablar claro por fin, si ha llegado el momento de enfrentarse con aquello. Sabe que no es la mejor ocasión y a la vez siente que si no lo hace ahora que hay una pregunta concreta, acabará marchándose sin haberlo hecho y lo lamentará toda su vida. Porque su madre ya no tiene quince años y si muere antes de haberlo hablado con ella, todo se le pudrirá dentro hasta el final de sus días.

—Hablo así porque odio al tío Ismael con toda mi alma, mamá —dice por fin, tratando de que no se le altere la voz—. Y tú siempre lo has sabido. De lo que ya no estoy tan segura es de que supieras por qué. —Hay otro semáforo rojo que las detiene y le da a Sole la ocasión de mirar de frente a su madre, que desvía la vista de inmediato y aprieta fuertemente los labios—. Lo sabes, ¿no? —Insiste, interpretando su mirada huidiza.

Por fin ha hecho la pregunta que lleva media vida queriendo formular. Una parte de ella se agarra desesperadamente a la pálida esperanza de que le diga que no, que no sabía nada, aunque sea mentira. Que le diga que nunca pudo imaginarlo, que la compadezca, que la consuele. Otra parte quiere que confiese, quiere verla sufrir, quiere justicia, venganza. El rostro de su madre se crispa y aparta los ojos, mientras sus manos retuercen el pañuelo bordado con sus iniciales.

—Siempre lo has sabido —dice Sole. Ahora ya no es una

pregunta ni una conjetura; es una seguridad que la quema por dentro.

—Eran juegos inocentes, para que aprendieras alemán —murmura finalmente su madre, sin mirarla.

—¿Inocentes? —Le ha salido casi un grito, pero no se da cuenta. El semáforo cambia a verde y los coches de detrás empiezan a pitar desesperados.

—Y, además, todo se olvida. Yo ya casi ni me acuerdo —añade la madre al cabo de unos segundos de silencio.

—¿Cómo te vas a acordar, si tú no estabas, si nos dejabas solos en aquella jodida salita de música, sabiendo lo que iba a pasar?

—No… yo… quería decir que no me acuerdo de…

Llegan a la altura de la estación y Sole, en un impulso, se mete en el *parking*, desierto a esa hora, y frena para poder mirar a su madre.

—¿De qué?

La madre mira fijamente la silueta de bolón, como si allí estuviera escrita la respuesta y eso le evitara tener que pronunciar las palabras.

—De lo mío.

Sole tarda unos segundos en comprender lo que su madre está tratando de decirle.

—¿A ti te violaba también? —Su voz suena inexpresiva, perpleja. Su madre hace una mueca de dolor, como si la palabra que ha usado Sole fuera un puñetazo en el estómago.

—Yo era muy pequeña —empieza a decir, haciendo largas pausas entre las frases, como si el retrasarlo le evitara tener que terminar—. Él tenía quince años más, ya lo sabes; estaba en el Seminario. Cuando venía… jugaba conmigo. Con su princesa, decía.

—Al juego del cetro. —Ahora Sole ya no mira a su madre; prefiere concentrar la vista en los raíles del tren que se unen en el horizonte.

—Sí —dice la mujer, muy bajito—. Puede ser… ya no me acuerdo…

—¿Cómo pudiste consentirlo? —grita Sole—. Sabiendo lo que era, ¿cómo pudiste dejarlo solo conmigo?

—Tu padre y el abuelo estaban de acuerdo en que te enseñara alemán.

227

—Pero ellos no sabían...

—No. Claro que no. Y yo tampoco, Marisol —capta la mirada furiosa de su hija y se corrige—, Sole. Yo pensaba que ya... a su edad... entonces andaría por los cincuenta... Recuerdo que le gustaba tocarte la melena, tan rubia, tan bonita... y yo pensaba... pensaba que eso no era nada malo, que había cambiado. —De repente se cubre la cara con las manos y empieza a sollozar desesperadamente.

Sole sabe que está esperando una palabra de absolución, un gesto, una caricia, pero no se siente capaz de ayudarla. Todo en ella se ha quedado rígido, congelado, muerto.

Pone en marcha el coche y continúa camino arriba hacia el tanatorio mientras su madre sigue hipando a su lado, balbuceando palabras inconexas que ella se niega a descifrar.

Aparca de una sola maniobra y corta el contacto.

—Quédate en el coche hasta que se te pase, si quieres. Yo entro ya. Son casi las once y aún quiero saludar a las chicas.

Sole baja del coche, se estira el vestido, se pone la chaqueta, coge el bolso y por fin mira a su madre, que se ha convertido en una anciana en los últimos quince minutos, una anciana estúpida, cruel, absurda, por la que no siente más que asco y desprecio. Saca la polvera del bolso y se mira en el espejito. Está como siempre. Muy pálida, pero como siempre. Igual que entonces, nadie notará lo que le pasa.

Mientras tanto la madre ha bajado también del coche y mira a su alrededor como si no supiera bien dónde está ni para qué.

En ese momento aparece una mujer en la puerta del tanatorio, se enciende un cigarrillo y mira hacia ellas con cierta curiosidad. Es alta y flaca, con el pelo muy corto y gafas cuadradas de montura color cereza. Va vestida con vaqueros negros y una camiseta blanca y negra con la imagen de Lou Reed.

—¡Marga! ¡Marga! ¿Eres tú? —grita Sole y echa a correr hacia la amiga que, al reconocerla, se quita el cigarrillo de la boca y le sonríe con la inconfundible sonrisa de su amiga del instituto.

Entran en el tanatorio abrazadas, con una extraña mezcla de tristeza y alegría. El miedo de Sole se va diluyendo al contacto del brazo de Rita sobre sus hombros que le da una fuerza y una seguridad que ya creía perdidas. En el vestíbulo se encuentran con Tere, que ha salido a hacer una llamada pero, al ver a Sole, guarda el móvil en el bolso y la abraza fuerte.

—Estás hecha un bombón, como siempre —le dice al oído—. Y llena de pulseras, como siempre —las dos se ríen—. ¿Sabes que siempre que oigo tintineo de pulseras pienso en ti?

A Sole se le llenan los ojos de lágrimas. Nunca se le había ocurrido que Tere pensara en ella.

—Anda, ven a ver a las demás. Están todas dentro, con Lena. Después del funeral iremos a llevar sus cenizas a Caprala, al sitio ese de los pinos que tanto le gustaba, y he reservado mesa en Casa Mateo para que podamos estar juntas un rato y hablar con tranquilidad. Vendrás, ¿no? ¿O tienes mucha prisa?

—No. Ya no tengo prisa. Voy con vosotras, claro.

En la salita, frente al ataúd de Lena, se encuentra con las demás y hay abrazos que a Sole le parecen sinceros, miradas que tratan de no ser indiscretas, sonrisas cálidas, como si no hubieran pasado más de treinta años desde la última vez.

Lena, en la muerte, está más guapa que en vida. Parece una muñeca de porcelana ahora que se le han borrado las arrugas de la frente y en torno a los ojos, y el perfil se le ha afilado. La han vestido con una túnica de seda, azul profundo, con pequeños adornos de plata, y le han dejado el pelo suelto. Hay flores por todas partes, tulipanes y narcisos sobre todo, sus favoritas, y una cesta de violetas que Sole ha encargado por teléfono y que no le habían prometido que pudieran conseguir en junio. Pero allí están, intensas, perfectas, como las que brotaban en el campo de Marga al principio de la primavera. Detrás del ataúd, como arropando la cabeza de Lena, hay seis arbolillos: un naranjo, un cerezo, un almendro, un limonero, un manzano, un granado.

A pesar de que no ha dado tiempo a anunciarlo en el periódico, hay más gente de la que Teresa esperaba; en el pueblo, el boca oreja funciona y, por lo que parece, Lena era una persona muy apreciada. Muchas de las mujeres presentes son pacientes de Teresa, también han acudido las madres de varias de las amigas y unos cuantos hombres que en vida no se relacionaban demasiado con Lena pero que han decidido venir a despedirla. Está Mano-

229

lo, muy serio, vestido de oscuro; David, que se ha sentado en la última fila, como si tuviera que marcharse rápido; Chimo que, además de haber sido compañero del instituto, desde hace años era el gestor de Lena; Jaime, su dentista y amigo.

Cuando se han sentado todos, Teresa se pone en pie.

—Amigos —dice, mirándolos con afecto—, como casi siempre, y conste que no me quejo, me ha tocado a mí organizar la despedida, el funeral, de nuestra querida Lena. He tratado de hacer algo que a ella le hubiera gustado y, como sé que no quería un entierro cristiano, pero también sé que creía en la trascendencia del alma, he hecho lo que he podido. Ingrid, la amiga de Rita, me ha aconsejado un poco. Espero que no os resulte chocante.

Vuelve a sentarse y, de repente, el sonido de Queen llena la sala —«Bohemian Rapsody»—. Una vez repuestos de la sorpresa —sobre todo las mujeres de más edad se miran desconcertadas—, casi todos acaban por cerrar los ojos y disfrutar de la música. Luego Teresa se levanta de nuevo.

—Habíamos pensado que sus mejores amigas hablaran ahora y dijeran cada una lo que mejor recuerdan de nuestra querida Lena, lo que más les gustaba de ella, pero ya veis, yo ya estoy a punto de llorar, así que no va a ser posible. Ni siquiera sé si voy a poder leer los textos que había elegido porque a ella le gustaban. —Le tiembla tanto la voz que tiene que detenerse y sonarse fuerte. Entonces Sole se pone en pie.

—Tere, si no te importa, yo tengo algo que me gustaría leer ahora.

Teresa asiente, agradecida, y vuelve a sentarse mientras Sole avanza hasta colocarse al lado del ataúd entre murmullos de los asistentes que se explican unos a otros quién es la mujer del vestido de lino claro.

—Lo que voy a leer —dice Sole con voz firme— es una carta que Lena me envió hace un par de semanas. Unos meses atrás empezamos a escribirnos por e-mail y recuperamos una amistad que creíamos ya perdida. Casi nunca nos contábamos cosas de nuestra vida actual; más bien nos dedicábamos a intercambiar recuerdos, como si fueran regalos. Yo había olvidado cosas de las que ella se acordaba con claridad y otras veces era al contrario. No os podéis imaginar lo que significó para mí ese contacto; fue como volver a la juventud, como volver a la vida.

Sole despliega los papeles que lleva en la mano, se pone las gafas que cuelgan de una cadena de diamantitos y recorre el público con la vista antes de aclararse la garganta y empezar a leer.

David se tensa en su silla. Hace unos días que los colegas de informática le han entregado unos e-mails archivados en el ordenador de Lena, cartas de su amiga Sole, pero al parecer Lena no guardaba copia de las que ella enviaba y por eso no sabe qué es lo que dice ese texto y está deseando oír si hay algo que pueda ser un indicio. Al terminar el funeral se lo pedirá para contrastarlo con lo que tienen.

Las chicas aprietan los puños, tragan saliva y se miran subrepticiamente, temiendo que Sole, que hace tanto que no se relaciona con ninguna de ellas, pueda leer con toda ingenuidad algo que todas prefieren mantener fuera del alcance de oídos indiscretos. Teresa cambia una mirada de preocupación con Rita, que se encoge de hombros ligeramente, como entregándose a su suerte.

Candela casi no se da cuenta de nada. Desde que ha entrado en el tanatorio le tiembla todo el cuerpo y tiene que hacer un esfuerzo gigante de voluntad y concentración para que no se le note demasiado que se está convirtiendo en un pegote de goma reblandecida por el terror. Tiene los brazos fuertemente cruzados bajo el pecho y la cabeza gacha, tratando de hacer pasar por pena lo que de verdad siente: miedo. Un miedo espantoso, paralizante, un miedo que trepa por sus venas, por sus nervios, extendiéndose por todo su cuerpo enfermo, su cuerpo traidor que pronto dejará de funcionar para convertirla en lo mismo que es ahora Lena: un cadáver helado. Siempre ha sabido que morirá, como todos los humanos; pero hasta ahora se trataba de un conocimiento teórico, intelectual, ajeno a su vida y a su misma sustancia. Incluso esa misma mañana, mientras se vestía para el funeral, la muerte seguía estando fuera, al otro lado de la puerta, mientras que ahora, en la sala del tanatorio, rodeada de amigas que lloran por Lena, la muerte se ha instalado junto a ella, dentro de ella, y le sonríe con su mueca de esqueleto, esperando. Candela sabe que el próximo funeral será el suyo, que pronto, tal vez aún en verano, las chicas volverán a reunirse allí, incluso quizá con la misma ropa que llevan ahora, y llorarán por ella un rato. Y luego se repartirán sus cenizas y se irán a la tasca y se emborracharán juntas a su salud, chocando los vasos con la fuerza de la vida, y acabarán por reírse antes de irse cada una por su lado, tambaleándose por las calles oscuras hasta llegar a su casa donde se acurrucarán en los brazos de sus hombres e incluso harán el amor si no están ya demasiado bebidas. Y al día siguiente se levantarán con dolor de cabeza, dirán «ya no tenemos edad para estas cosas» y seguirán su vida, durante diez, veinte, treinta años, mientras que a ella solo le quedan semanas, un par de meses, con suerte. Y ella, que ahora consideran tan dura, tan valiente, tan luchadora, se convertirá, en las conversaciones, en «la pobre Candela».

Eso es lo que más odia: convertirse para siempre en «la pobre Candela», igual que Lena, la mujer más distinta de sí misma de todas las que ha conocido en la vida y, sin embargo, pronto, muy pronto, igualadas en la muerte, en el recuerdo de las únicas personas que le importan.

Rita volverá a Londres, a su vida de siempre, hará cinco o seis o doce películas más, y en algún momento la olvidará, igual que consiguió olvidarla después de Mallorca durante más de treinta años. Y toda la existencia de Candela Alcántara no habrá tenido ningún sentido.

Siente ganas de aullar de desesperación, arrancarse a manotazos ese cuerpo que la ha dejado tirada y volar por encima del mar hacia el horizonte. Se muerde los labios y, bajando aún más la cabeza, trata de concentrarse en lo que está diciendo Sole y en la mano de Rita que, misericordiosamente, acaba de posarse en su muslo izquierdo como una mariposa cálida. Si tuviera más tiempo…

Si tuviera más tiempo, podría recuperar a Rita. Porque Rita la quiere, sabe que ha vuelto a quererla, aunque tenga miedo, aunque le angustie pensar que tendría que cambiar toda su vida para que pudieran estar juntas y empezar de nuevo como si aquellas tres décadas de desencuentro no hubieran existido. Pero el tiempo se acaba. Es hora de morir.

Coge la mano de Rita, que la aprieta fuerte, y escucha a Sole.

—Tengo que advertiros —dice ahora Sole— que nunca usábamos encabezamiento y solíamos empezar como a medias, no es que yo esté ahora quitando nada, ¿de acuerdo? ¡Ah! Y es una carta larga, muy larga, pero creo que vale la pena, aunque solo habla de nosotras, de sus amigas. Estas son las palabras de Lena:

A pesar de todo, Sole, a pesar de lo que a veces he tenido que sufrir, de todo lo que no salió como yo soñaba, como todas soñábamos en aquella lejana época de COU, a pesar de que sé que toda mi vida, y quizá la tuya y también la de las demás, cambió por completo aquel verano del 74, sé con toda mi alma, desde lo más profundo de mí misma, que conocer y querer a las chicas del 28 fue lo más importante de mi vida, lo que más ha marcado mi existencia, lo mejor que me ha ocurrido jamás. No lo cambiaría por nada.

Sé también que muchas veces todas pensasteis que yo era tonta, ingenua hasta lo doloroso, un pan sin sal, una pobre inocente que se pasaba la vida papando moscas, como decía Candela, como sigue diciendo incluso ahora, siempre que nos reunimos y se da cuenta de que se me ha ido el santo al cielo, cosa que, lo admito, cada vez me pasa más. No me molesta, te lo juro. Soy soñadora por naturaleza y nunca he sido como vosotras, tan activas, tan emprendedoras. Lo que sí tengo, aunque no sé si alguna vez os disteis cuenta, es un buen poder de observación; por eso creo que puedo contestar a tu pregunta ¿qué ha sido de las chicas del 28?

Tengo que alejarme un poco para poder enfocar mejor, como decía Marga.

¿Te acuerdas de nuestros proyectos cuando estábamos en el instituto? Tú querías ser modelo. Bueno, al principio, sobre los quince años, querías ser azafata como casi todas las chicas guapas que sabían un poco de inglés y de francés, hasta que te diste cuenta de que en el fondo ser azafata era poco más que ser camarera —eso sí, en los aires—, y empezaste a querer ser maniquí, que era la palabra que se usaba antes. Sabías que tu familia hubiera preferido verte muerta antes que en una pasarela, pero en aquella época lo que dijeran las familias ya no tenía tanta importancia; el mundo estaba cambiando y podíamos rebelarnos, o al menos eso creíamos, pobres tontas que éramos.

La única que siempre supo seguro lo que quería ser era Tere. Y lo ha conseguido: es médico. Ginecóloga. Una excelente ginecóloga que además lleva veinticinco años casada y tiene dos hijos estupendos que están empezando a salir de la adolescencia. Sigue

233

siendo como antes, sensata, organizada, serena. Y generosa, Sole, muy generosa. Cuando vio que me iban mal las cosas, que con las traducciones casi no llegaba a cubrir los gastos, me empleó en su consulta con un buen sueldo para que pudiera vivir tranquila. Y eso que no tengo más que el bachiller, aunque luego haya estudiado mucho por mi cuenta.

Ana, que siempre quiso ser abogada, ¿te acuerdas?, se decidió al final por una cosa totalmente distinta y es matrona; por eso tenemos Teresa y yo más contacto con ella que con las demás. Pasó una época de indecisión hace muchos años, mientras se centraba y hasta que encontró su vocación verdadera, pero ahora da gloria verla. Está preciosa, menudita, como siempre ha sido ella, pero alegre, llena de energía, feliz. Encontró por fin al hombre de su vida, un asturiano, muy buen chico y… ¡imagínate, Sole!, ¡policía!, y parece que eso lo cambió todo. Tienen un hijo precioso de diez años —un poco más y no llega a tiempo— y se les nota que son felices, que son una familia de verdad. Yo nunca me habría imaginado a Ana entre neonatos y luego haciendo tartas y plantando margaritas en el jardín, pero parece que ha encontrado el sentido de su vida. Sigue siendo de izquierdas —hay cosas que no cambian, menos mal—, pero ya no es un animal político como antes; parece que el Partido Comunista la defraudó profundamente una vez legalizado y decidió dedicarse a hacer la revolución callada, de persona a persona. ¡Tendrías que ver cómo trata a las mujeres a las que atiende! Con qué cariño, con qué gracia, con qué delicadeza. Lo ha superado todo, Sole, todo. Ya ni siquiera necesita ser feminista, ella que siempre fue tan combativa.

Carmen sigue igual de guapa y de pizpireta. Se viste como si tuviera treinta años, pero a ella le sienta bien. Si yo me pusiera su ropa me tirarían piedras los chiquillos por la calle, pero Carmen está perfecta así. Sus dos hijas son ya muy mayores y ninguna ha tenido hijos todavía; por eso ella es libre por fin, después de tantos años de fracasos amorosos. Ahora es independiente, tiene una tienda de decoración que le va muy bien, viaja mucho y se ríe a montones, de sí misma y de los demás. Creo que a veces le pesa un poco no tener pareja estable; ella, como casi todas las mujeres de nuestra generación, fue educada para casarse, para tener marido toda la vida. Supongo que por eso lo ha intentado dos veces y no me extrañaría que, si se enamorara otra vez, volviera a probar. Yo

234

me la imagino con un hombre mucho más joven, activo y alegre, lleno de energía, pero cuando se lo nombro dice que no le gusta la idea de que la llamen «asaltacunas», que aunque ya ha tenido que oír cosas peores, eso no. Me figuro que se refiere a cuando se quedó embarazada poco después de acabar COU. ¿Te acuerdas de cómo se criticaba eso entonces? Era casi lo peor que podía pasarle a una familia; porque eso no le pasaba a una sola, sino a toda su parentela, y una generación atrás, la madre de la muchacha tenía que vestirse de medio luto y no se atrevía a levantar los ojos del suelo cuando iba al mercado a hacer la compra entre los cotilleos de las demás mujeres. Por suerte todo eso ya pasó. Parece que no, porque no hemos alcanzado ni la mitad de los ideales de nuestra generación, de aquel *flower power* que fue mi mayor alegría y mi mayor desgracia; parece que no, pero sí que conseguimos hacer la revolución; fíjate cuánto ha cambiado el mundo: ahora ya nadie comenta nada cuando una tiene un hijo de soltera, o varios de varios padres diferentes, o se va a vivir con quien mejor le parece, o proclama que es homosexual. Eso vale mucho, Sole, muchísimo, y casi nadie se da cuenta, como si fuera lo más natural del mundo. Que lo es, claro. Pero si se ha vuelto natural es porque toda nuestra generación luchó, luchamos, como leones para que se aceptara, para que poco a poco fueran cambiando las leyes y la lengua y la mentalidad de la gente. Y ahora resulta que aún queda gente «de orden», como se decía antes, ¿te acuerdas?, que tiene nostalgia de aquel pasado gris y autoritario y quisiera que el gobierno empezara de nuevo a prohibirlo todo, y a dejar que los ancianos del Vaticano decidan qué es lo que tenemos que hacer con nuestro cuerpo y con nuestra alma. ¿Cómo es posible que haya incluso gente joven a favor de que les prohíban cosas «por su bien», de que coarten su libertad, de que censuren su comportamiento, sus palabras, sus pensamientos y sus decisiones? ¡Cómo se nota que no vivieron el franquismo, que no tuvieron que hacer exámenes de Formación política en los que el tema de redacción era «España: unidad de destino en lo universal» o «España: reserva espiritual de occidente»! Cuando uno entrega su libertad y su capacidad individual de decisión, lo entrega todo, Sole, tú debes saberlo bien viviendo en Cuba. Lo que queda después de entregarse a un extremismo de derechas o de izquierdas ya no tiene de humano más que la voluntad de sobrevivir, por muchos palos que uno reciba. Y eso no es bastante.

235

Pero tú me habías pedido que te hablara de las chicas y yo me he puesto a divagar a mi aire. Perdona. Disfruto tanto estas cartas que a veces ni siquiera me doy cuenta de que a lo mejor te estoy aburriendo cuando tú querías noticias concretas. Seguimos.

Candela. La gran señora de nuestro grupo. ¿Te acuerdas de que Candela siempre fue una señora, incluso cuando nos conocimos, a los quince años? Entonces eso nos hacía desconfiar de ella; esa seguridad en sí misma, ese porte altivo, esos increíbles ojos grises que parecían taladrarte, ese cinismo frío y elegante que paralizaba incluso a los profesores. Hizo falta tiempo para descubrir que, debajo de toda aquella coraza de acero pulido, Candela era una mujer apasionada, volcánica casi, llena de afecto por sus amigas, leal como pocas, sincera hasta la brutalidad, la única mujer entre nosotras porque, aunque nos creyéramos otra cosa, entonces éramos aún niñas a medio hacer.

Ahora sigue igual, aunque su coraza se ha endurecido todavía más con los años, y solo muy de tarde en tarde nos deja ver lo que hay debajo. Es una magnífica abogada, gana más dinero del que podrá gastar aunque viva cien años, pero lo comparte con quien lo necesita. Siendo mi hijo aún muy joven, le pagó varios cursos de verano en Estados Unidos para que estuviera al nivel necesario en su especialidad y pudiera pedir una beca en el MIT. "Total, yo no tengo el tiempo para gastarme el dinero —me dijo—. Jeremy le sacará más partido.» Me pidió que no se lo contara a nadie, como si le diera vergüenza su generosidad, pero yo creo que alguien más debe saberlo, por si alguna vez se dice que Candela es una egoísta.

No lo es, pero está sola, muy sola; seguramente por decisión propia, como me pasa a mí. Nunca ha encontrado a un hombre que esté a su altura, que la merezca. Es demasiado directa, autosuficiente, inteligente, elegante; da miedo, no sé si me explico. Tú también eres inteligente, elegante y guapa, pero tú tienes una suavidad, una feminidad, un deseo de hacerte querer —como yo, como casi todas las mujeres de nuestra época— que te lleva a plegarte incluso a cosas que no te gustan para no hacer daño a nadie, para no verte obligada a decir que no. Candela, en eso, es como un hombre tradicional: no respeta más ley que la propia y no entiende por qué el ser mujer tiene que ir de la mano con ser dulce y sumisa. Yo tampoco, la verdad, pero lo mío es teórico, mientras que Candela, sin haber sido nunca feminista declarada, lo vive sin más, sin importarle lo que puedan pensar de ella.

Últimamente ha estado enferma con frecuencia y ha perdido mucho peso, pero la delgadez le sienta bien, tiene buen esqueleto, y supongo que cuando se tome unas vacaciones y reduzca un poco el estrés se pondrá estupenda.

Y por fin Marga, la oveja perdida, que ahora acaba de reaparecer convertida en Rita Montero, la gran directora de cine. Yo creo que es la que más ha cambiado de todas nosotras. O tal vez sea porque llevaba treinta años sin verla y los cambios se aprecian más. Antes era como yo te decía hace un momento de las mujeres de nuestra generación: inteligente, activa, clara y honesta, pero dulce, maleable, con la tendencia al sacrificio y al pacto que nos inculcaron desde la cuna. ¿Te acuerdas de cuando, en COU, ella que era el alma del instituto, que sacaba sobresaliente en todo, que ganaba cualquier elección a la que se presentara y que escribía artículos increíblemente lúcidos en el periódico de los alumnos, se dejaba sin embargo chulear por Manolo, su noviete de entonces, que no perdía ocasión de lucir sus privilegios masculinos, aquello de que «el hombre es cabeza del hogar como Cristo es cabeza de la iglesia» y todas aquellas mandangas que trataban de hacernos creer?

Rita ha madurado bien. Sigue siendo amable, cariñosa y alegre, pero ha adquirido mientras tanto la dureza que le faltaba entonces. No una coraza de acero externa y visible como la de Candela, sino más bien aquello de la «mano de hierro en guante de terciopelo». Me figuro que solo así es posible llevar adelante un trabajo como el suyo, enormemente creativo, de expresión de un mundo interior propio, pero coordinando a la vez un inmenso equipo de profesionales, también creativos, que tienen que adaptarse, sin embargo, a los deseos del director.

Está más reservada, más callada de lo que yo la recordaba; sigue sabiendo escuchar mejor que nadie que yo haya conocido, sin interrumpir, sin comparar con anécdotas propias, sin dar juicios precipitados. Sigue siendo la «guardiana de los secretos», ¿te acuerdas de que la llamábamos así por la costumbre que teníamos todas de contarle nuestras penas? Pero insiste en que cada vez tiene peor la memoria y se le olvida todo lo que no tenga directamente que ver con el guion que esté escribiendo en ese

237

momento. Me ha hecho mucha gracia aunque sé por experiencia que es verdad, que muchas veces una sabe que alguien le contó algo que para él o ella era muy importante, incluso vergonzoso, y sin embargo a una se le olvida al cabo de un tiempo porque no le afecta directamente. A ella debe de pasarle todo el rato, a juzgar por las películas que ha hecho. ¡Qué preciosidad *El secreto*, ¿verdad?! ¡Qué gran película! ¿No estás tú también muy orgullosa de que nuestra Marga sea la autora de una cosa así? La recuerdo en Mallorca a vueltas con su primera cámara, la que le habían regalado por su cumpleaños, y me emociona pensar adónde ha llegado y que nosotras asistimos en directo al instante de recibir esa cámara que marcó toda su existencia. ¿Te acuerdas de su fiesta de cumpleaños? Creo que fue uno de los mejores momentos de mi vida; ese y algunos de Mallorca. Desde entonces, y durante mucho tiempo, todo fue cuesta abajo hasta que, no hace tanto, conseguí aceptar que nunca volvería a saber nada de Nick, que todo se torció aquella noche en Nueva Delhi y que el pasado no se puede arreglar. Pero ya estoy divagando otra vez.

He tenido la impresión de que, a pesar de que la vida no la ha tratado mal, Rita ha debido de recibir muchos golpes en el plano afectivo y no se arriesga ya con facilidad a entablar relaciones demasiado emocionales. Parece que la muerte repentina de su padre, cuando aún no había cumplido los setenta, la afectó muchísimo y también —aunque para las que nos hemos quedado a vivir en el pueblo es difícil de comprender— la pérdida del campo de su familia, aquel maravilloso campo del cumpleaños, que para ella significaba el lazo afectivo con un pasado al que poder regresar, la pérdida de sus raíces.

Ahora vive con Ingrid, una amiga, que es también su asistente personal, y los hijos de Ingrid. Se comenta que es lesbiana —lo habrás leído en alguna revista o en internet—, pero la verdad es que a mí siempre me han dado igual las tendencias sexuales de las demás personas, y tratándose de Rita, lo único que le deseo es que sea feliz con quien ella elija. Pero, ya te digo, se la ve serena, ilusionada, llena de proyectos de futuro, nada preocupada por la vejez ni por la muerte, cosa de agradecer, porque parece haberse convertido en el tema número uno de las mujeres de nuestra edad, lo del envejecer, digo. De la muerte no hablamos porque todas suponemos que, con un poco de suerte, nos quedan aún más de treinta años para hacer todo lo que aún nos ilusiona.

Yo, por ejemplo, he decidido volver a la India, de viaje, no te asustes, nada de conversiones religiosas ni búsquedas místicas. Creo que me debo a mí misma regresar a aquellos lugares donde fui tan feliz con Nick y donde tuve que soportar el mayor dolor de mi vida. Creo que podría ser un viaje purificador, liberador de fantasmas.

Y tal vez convenza a las chicas, o a alguna de ellas, de volver a Mallorca para darnos cuenta de que el tiempo ha pasado, que no se ha quedado detenido en aquel verano, que nadie recuerda ni a nadie le importa lo que un grupo de niñas, casi mujeres, vivió allí durante unos días al final del bachiller. Ya es hora de olvidar, de pasar página, de seguir adelante.

Como ves, proyectos no me faltan, y ahora que Jeremy ya no me necesita económicamente, puedo permitirme disponer a mi aire del dinero que gano. A lo mejor convenzo a Candela de que me acompañe por ahí. Las dos estamos solas y me gustaría regalarle algo, no para devolverle lo que hizo por mí, sino para que sepa que no lo he olvidado y que nunca me pareció evidente.

Se me acaba de ocurrir que podríamos ir a visitarte a La Habana. Seguro que tienes una casa preciosa con una habitación de invitados. Carmen va a estar pronto por allí, de crucero. Le diré que te haga una visita, si tiene tiempo.

Solo faltas tú para que estemos todas, Sole. ¿No te apetece hacer un viaje rápido? Podríamos hacer una reunión en la tasca el 28 de junio. Yo te guardaría el secreto y aparecerías como salida de la chistera de un mago. Y volveríamos a estar completas, como antes. Piénsatelo. O mejor no; no te lo pienses; coge un avión y ven. Te queremos, Sole.

239

Cuando se hizo el silencio, pasaron unos minutos en los que se hubiera podido oír caer una pluma. Sole volvió a su asiento y abrazó a Teresa, que se había levantado para recibirla. Las dos lloraban.

Entonces entraron cuatro empleados a llevarse el ataúd al crematorio, pero los hombres presentes, todos visiblemente afectados, cargaron el féretro hasta dejarlo en la cinta rodante mientras, por los altavoces de la sala, sonaba el «¡Halleluia!» de Leonard Cohen, el cantante favorito de Lena.

Las chicas estaban juntas en primera fila, abrazadas entre lágrimas o cogidas de las manos mirando el ataúd donde reposaba el cuerpo de la amiga cuya voz acababan de oír en el texto leído por Sole.

Cuando al cabo de unos minutos, un empleado vestido de oscuro entregó la urna a Teresa, volvieron a la sala donde habían estado antes y cada una de las amigas escogió un arbolito y, tomando un puñado de cenizas, las enterró con la mano desnuda entre las raíces. Por los altavoces empezó a sonar «Good Night, Ladies», de Lou Reed, un tipo de canción que a los que no habían conocido íntimamente a Lena les sonó casi más irreverente que la de Queen, que habían escuchado al principio, lo que les permitió abandonar la sala con mejor conciencia.

Como no había familiares directos de la difunta, nadie sabía a quién había que darle el pésame y al final todos acabaron despidiéndose de Teresa como si Lena hubiera sido su hermana.

La madre de Sole se acercó a su hija, titubeante, temiendo un rechazo público.

—Me voy con la madre de Carmen. Nos lleva a casa el marido de Ana. ¿Vendrás a cenar?

—No, mamá, no me esperes. Me voy ahora con las amigas y después ya veré. Te llamo luego.

No sabía ya cómo relacionarse con su madre; era algo que tendría que decidir antes de regresar a Cuba, pero en ese momento no quería pensar en lo que había pasado en el coche. Ahora era Lena y las chicas. Lo demás podía esperar.

Rita se limpió las manos con un pañuelo de papel y encendió un cigarrillo en el vestíbulo. Un momento después llegó un empleado para decirle que si quería fumar tenía que salir fuera del edificio, pero en ese momento se acababa de acercar la madre de Ana a saludarla y por un instante, Rita se quedó mirando el cigarrillo humeante sin saber qué hacer con él.

—Anda, dámelo, viciosa —intervino Manolo—. Yo te lo tiro fuera.

Candela se quedó mirándolo con una imagen imprecisa en la cabeza mientras Manolo se alejaba hacia la salida. David se había acercado a Sole y ella le estaba pasando los papeles que acababa de leer. Chimo hablaba con Carmen. Jaime iba besando a todo el mundo antes de irse. Las señoras mayores, meneando los abanicos, comentaban la extraña ceremonia en voz baja. Teresa estaba organizando los coches porque no tenía ningún sentido que cada una fuera en el suyo.

—A ver, hacedme caso un momento. En el mío están las herramientas para plantar los árboles. Yo puedo llevar a tres o cuatro.

—Rita y yo vamos en el mío —dijo Candela en un tono que no admitía réplica y que Teresa comprendió enseguida—. Te sigo. Nunca he conseguido saber llegar a Caprala.

—Vale. Entonces yo llevo a Ana, Carmen y Sole.

Manolo estaba en la puerta con las manos en los bolsillos y la vista perdida en el horizonte cuando ellas salieron cargadas con los árboles.

—¿Vais a algún sitio? ¿Nos tomamos algo? —preguntó, esperanzado, mirando a Rita.

Teresa, la más diplomática, se adelantó.

—Perdona, Manolo, pero aún tenemos un par de cosas que hacer y, además, necesitamos un ratito para nosotras, solo las chicas. Sé que lo comprendes.

Él asintió despacio con la cabeza, aunque por su expresión nadie hubiera pensado que lo comprendía.

—Otro día nos reunimos todos, si quieres. Mira, no vienen ni siquiera Jaime ni David. Solo vamos nosotras.

—Vale, sí, otro día. Si hago falta para algo… ya sabéis.

—Gracias, Manolo.

Antes de que se fueran, detuvo a Rita un instante.

—Marga, esto… Rita… ¿puedo llamarte un día de estos? No quiero que pienses que lo del otro día en el cuartelillo… en fin, chica, no sé… que somos amigos, ¿no? —Bajó la voz, tratando de que Candela no lo oyera—. He oído decir que la policía te está investigando por lo de Lena. Si me necesitas… yo en este pueblo soy alguien, ¿sabes? Conozco a todo el mundo, me deben favores… si quieres que hable con alguien o lo que sea… vamos, que cuentas conmigo.

Rita asintió con la cabeza.

—Te lo agradezco. Pero no tengo nada que ocultar.

—Claro, claro. Era solo… vamos… que quería decírtelo. Y tenemos pendiente una cena. Te llamo.

241

Rita le dio dos besos para que se callara de una vez y salió corriendo hacia donde Candela aguardaba, impaciente.

Manolo las vio marcharse en dos coches, dejando los demás en el *parking* del tanatorio, y se quedó rumiando su humillación, sin poder evitar darle vueltas y vueltas a lo que Lena había dicho de él en su carta. Había veces que deseaba no haberse cruzado nunca con aquellas imbéciles de mierda que le habían jodido la vida desde los dieciocho años. Sabihondas, marimachos, feministas, tortilleras. Y el país yéndose al carajo con tanta tolerancia y tanto diálogo, sin una mano fuerte que guiara los destinos de la nación.

—¡Hasta luego, Manolo! —Chimo pasó por su lado sin detenerse.

—Hombre, ¿aún estabas por aquí? ¿Nos tomamos una caña?

Chimo dudó un momento; no le apetecía demasiado el plan, pero Manolo parecía un perro sin amo plantado en la puerta, sin la excusa de un cigarrillo siquiera.

—¡Venga! Pero no tengo mucho tiempo. Los ricos como tú no dan golpe, ya lo sé, pero yo tengo que currármelo.

Manolo soltó una risotada y, palmeando los hombros de Chimo, entraron a la cafetería.

1974

*S*on las siete de la tarde. El sol, ya muy bajo, de un violento color naranja, entra sesgado por las ventanas de los baños de las diferentes habitaciones del hotel tiñéndolo todo de un hermoso color rojizo. Las chicas, frente al espejo, recién duchadas y doradas del sol de la piscina, se secan la melena, se maquillan, discuten qué se van a poner, se prueban prendas de otras amigas, se ríen descontroladamente de cualquier cosa, barajan los nombres extranjeros que se les enredan en la lengua como conjuros mágicos: Sven, Björn, Aki, Markkus, Olaf, Erik… Por fin se han acabado los Pepes, los Pacos, los Luises… y esta noche, a pesar de que van a reunirse con sus compañeros en Palma, ninguna piensa en bailar con ellos; para eso han tenido todo el año en el Copacabana y en los cuartelillos. Seguro que ellos también están deseando conocer Brittas, Sviettas y Gudruns; chicas altas, blancas, rubias, de grandes pechos que llevan sueltos bajo las camisetas, sin sujetador, piernas largas y pocas inhibiciones.

Sin embargo es agradable saber que estarán ahí los chicos por si pasa algo, por si algún extranjero se pone pesado y quiere más de lo que ellas están dispuestas a conceder. Y está don Telmo que, ahora lo saben, puede ponerse realmente desagradable si hace falta, y don Javier que, aunque sea cura, es también un hombre que puede defenderlas.

Salen de las habitaciones como un enjambre de mariposas, echando una última mirada al espejo, mirándose unas a otras para confirmar lo que ya saben: están preciosas. Aunque unas se encuentran demasiado gordas y otras demasiado flacas y todas piensan que tienen poco pecho o mucho, o que no se han puesto la ropa que más les favorece o que otra de ellas sí que está realmente impresionante en comparación con las demás. Pero saben que, juntas, llaman la atención mientras cruzan el jardín ya azulado por el crepúsculo en dirección al comedor y se dejan acariciar por la brisa del mar y por las miradas de los jubilados que recogen las toallas junto a la piscina. Son invencibles. Son inmortales.

—¿Por fin Reme no viene? —pregunta doña Marisa, que está más guapa que nunca, con un vestido ibicenco, blanco y largo, que se acaba de comprar y destaca el bronceado de su piel, ya de por sí morena.

—Aún le duele mucho la cabeza —miente Marga con el desparpajo adquirido en cientos de mentiras piadosas—. Acabo de pasar por su cuarto y está tumbada, a oscuras. Dice que ni siquiera tiene hambre y que podemos irnos tranquilos.

—No sé. Me sabe mal dejarla sola.

—¿Quiere que me quede con ella?

—No, mujer. ¡Menuda noche nos va a dar Manolo si no vienes! —Doña Marisa es la única profesora que comenta libremente la vida privada de sus alumnas, aunque todo el claustro sabe quién sale con quién.

—Ya encontrará con quién bailar, seño, no sufra.

—¿Te quedarías en serio?

—Yo le haré compañía —interviene Candela—. Aquí también hay discoteca. Y suecos… —Termina guiñando un ojo, lo que a doña Marisa la deja de piedra porque Candela no suele hacer ese tipo de bromas. El viaje le está sentando realmente bien; casi parece de carne y hueso, no de piedra pulida.

—No sé.

—No seas pesada, Marisa. —Don Javier las empuja como un pastor hacia el salón donde se sirve la cena—. Ya son mayores, y tampoco es como si se quedaran en el desierto sin agua.

Hora y media después, todos han desaparecido en el microbús y Candela, cogiendo a Marga por los hombros, le da vueltas y vueltas en el vestíbulo del hotel entre gritos de alegría.

—¡Por fin libres! ¡Por fin solas! Eres genial, Margarita. Genial. ¡Venga, te invito a lo que quieras!

Piden dos vodkas con naranja y se miran sonrientes, sintiéndose mundanas, adultas, totalmente sofisticadas y autosuficientes en un hotel lleno de extranjeros junto al mar, sin nadie que las controle ni a quien tengan que dar explicaciones.

Charlan un rato con un par de finlandeses que se han acercado a ligar y quieren arrastrarlas a la discoteca; se toman dos copas más y al final prometen bajar a bailar un rato más tarde, para que las dejen en paz.

Candela se está riendo hasta las lágrimas.

—¡Mira que echarme veintitrés años! ¡Qué honor! ¿Me habrá visto cara de vieja?

—Pues a mí me han echado veintiuno. ¿Y cómo se te ha ocurrido decirles que somos secretarias de dirección?

Vuelven a soltar la carcajada.

—¿Qué les iba a decir que somos? ¿Parteras?

No pueden dejar de reírse, aunque saben, por las miradas que les lanzan los matrimonios mayores que ocupan toda la zona salón de la cafetería jugando a las cartas y bebiendo coñac, que empiezan a molestar.

—Anda, vámonos. El geriátrico se está poniendo nervioso —dice Candela echando una ojeada sobre su hombro—. Vamos al jardín. O bajamos a la playa. ¿Te apetece?

245

Antes de marcharse, Candela pide otros dos vodkas con naranja, sacan un paquete de cigarrillos mentolados de la máquina y van caminando lentamente hasta la piscina, desierta ya.

—Si esto existe aquí, sin salir de España —dice Candela, dejando el vaso en una mesa y abriendo los brazos como las alas de una gaviota—, imagínate lo que debe de haber por Europa. Tenemos que irnos por ahí, Marga, convertirnos en ciudadanas del mundo y no decir a nadie de dónde venimos.

Marga sonríe.

—Es justo lo que dice César.

Candela tuerce el gesto. Le molesta la intimidad que Marga parece tener con César, aunque reconoce que, de los chicos, es el único presentable, el único que tiene posibilidades de formar parte del mundo que ella se imagina.

—Pues le doy la razón, ya ves.

—Muy generosa tú.

Vuelven a reírse y de repente Candela la coge de la mano y la arrastra al pequeño edificio de techo de palma donde están las duchas y los aseos.

—¿Qué haces?—pregunta Marga, atónita, al ver que su amiga se está quitando la camiseta.

—Ponerme a la altura europea.

La ve quitarse el sujetador y, por un instante, se queda con la boca abierta, sin comprender, notando cómo se le forma un nudo en la garganta al ver los pechos de Candela, redondos, plenos, firmes; los más bonitos que ha visto en su vida.

—¡Ahora tú, venga!

Candela se ha vuelto a poner la camiseta, ahora sin nada debajo, y la mira, expectante, en la penumbra de la caseta de baño. Marga duda un instante; luego se decide y la imita. Es una sensación extrañamente excitante. Los pezones se le endurecen de inmediato al contacto con el algodón, y la camiseta se le pega al cuerpo como una caricia seca y tibia.

Enrollan los sujetadores, los meten en el bolso y vuelven a salir al jardín a recoger sus bebidas. Marga no puede evitar lanzar miradas constantes a los pechos de Candela que se mueven libremente al ritmo de sus pasos.

246

—¡Es una sensación increíble, ¿no?! —dice Candela, feliz.

Marga asiente con un poco de vergüenza, mitigada por todo el alcohol que ha bebido, y lentamente se van acercando al promontorio, donde hay una escalera tallada en la roca que permite acceder a la cala desierta.

Una vez abajo solo queda el mar frente a ellas y la pared de roca que les guarda las espaldas. A su izquierda, las olas se rompen en espumas contra las afiladas rocas del cabo. Arriba, muy por encima de sus cabezas, en el pretil que queda casi al lado de su bungalow, hay una figura sentada —a esa distancia no se distingue si es hombre o mujer— que pronto desaparece.

—Estamos solas. ¡Al agua!

—¿Quéee? ¿A estas horas? Si es casi de noche… —protesta Marga.

—¿Qué más da? El mar es el mismo con luz y sin luz. Y dentro de un momento saldrá la luna. ¿No quieres ver salir la luna estando en el agua, una vez en tu vida?

—No tenemos toallas.

—¡Burguesa!

—¿Yo? ¿Burguesa yo? ¡Mira quién habla!

Se desnudan en un momento riéndose sin parar. Candela se quita las bragas y empieza a hacerle gestos de que se dé prisa.

—¿Las bragas también?

—Pues claro, tonta. Esa es la gracia, bañarse desnudas.

—Si nos vieran en el pueblo… —Marga se ríe sin poder evitarlo mientras saca el pie del elástico y siente la brisa colándose entre sus piernas.

Un minuto después están en el agua, un agua tibia de sol, transparente, donde empieza a rielar la luna que está remontando el horizonte casi frente a ellas.

—Mira, Marga —dice Candela repentinamente solemne—. Mira. —Mete las manos en el camino de luz de luna, las levanta por encima de la cabeza y deja escurrir las gotas por sus brazos alzados, por sus pechos—. Es como bañarse en plata.

Ahora las dos están en ese sendero plateado que cabrillea frente a ellas, en torno a ellas, como si les marcara el camino de su futuro. El agua les llega a la cintura y las olas se estrellan contra sus cuerpos, hasta deshacerse en la playa de arena blanca.

—Es lo mejor que me ha pasado en la vida —susurra Candela, buscando la mano de Marga.

—A mí también —contesta Marga casi sin voz.

Se besan. Primero lentamente, con cuidado, atentas a la respuesta de la otra. Luego cada vez más fuerte, hambrientas, posesivas. El contacto de la piel les produce un choque casi eléctrico que tratan de calmar acariciándose, explorando, descubriendo. La luna sube en el cielo, que ahora se ha vuelto de terciopelo, ocultando con su brillo las estrellas. El mundo se ha convertido en un cuenco de plata líquida que las envuelve y las arrulla. El tiempo se ha detenido.

Ya en la playa, se revuelcan en la arena, abrazadas, olvidadas de las algas y las conchas que se les pegan a la piel húmeda. Se besan, se chupan; las manos recorren el otro cuerpo, deslumbradas, porque lo reconocen como si lo recordaran y lo hubieran olvidado.

Luego vuelven a bañarse y, aún mojadas, suben la larguísima escalera hasta el jardín del hotel. No saben qué hora es ni les importa. Una vez arriba, espían entre las adelfas y, cuando están seguras de que no hay nadie por los alrededores, salen

247

corriendo hacia su bungalow apretando la ropa contra el pecho, muertas de risa.

Sin encender la luz de la habitación, juntan las dos camas y caen sobre las sábanas más hambrientas que antes, desesperadas por sentir el sabor de la sal en la piel y el ligero perfume a aceite de coco que ya para siempre Candela asociará con la felicidad y Marga con la locura.

Un par de bungalows más abajo, Reme y el sueco, cuyo nombre es Olaf Svensson y es mecánico en una fábrica de motores náuticos, llevan ya dos horas probando todas las posiciones y combinaciones imaginables, y muchas que Reme jamás habría podido imaginar.

Las chicas están volviendo de la discoteca de Mallorca comentando entre risas el cabreo de Manolo al no haber visto a Marga. Don Javier y doña Marisa, sentados juntos en los asientos de delante las oyen reír y se miran sonriendo, con una chispa de complicidad que los devuelve a la adolescencia. Magda, con la frente apoyada en la ventana, se deja arrullar por el recuerdo de los besos de César. Ella es la única que no ha bailado con extranjeros, que ha estado toda la noche con él nada más. Siempre le ha gustado, pero siempre había pensado que él solo se interesaba por Marga, la única que le parecía algo especial, digna de él. Y hoy se ha dado cuenta de que se equivocaba, de que Marga y César son solo amigos, y quien de verdad le gusta, como mujer, es ella. Se lo ha dicho así, con todas las palabras: «Eres una mujer maravillosa, Magda. La única mujer que me interesa». Se aprieta el estómago con las dos manos y sigue sonriéndole a la noche, a la luna, a las luces que se deslizan frente al microbús.

—Ahora ya se entiende lo raro que está Telmo —dice Marisa en voz baja, para que no la oigan las alumnas, lo que de todas formas sería difícil porque no paran de reírse y escandalizar.

—¿A ti te parece que el embarazo de su mujer justifica que esté tan irritable? —Javier parece perplejo—. Pero si, por lo que nos ha dicho Loles, llevaban años intentándolo y ella había tenido dos abortos... Debería estar pegando saltos de alegría, ¿no?

Mientras las chicas bailan en la discoteca, los profesores han estado un rato en una terraza tomando un helado y Loles les ha dado la noticia: está de cuatro meses.

—Psé. Hay hombres que, de repente, al saber que hay un

niño en camino se sienten como atrapados, como si se hubieran metido en una trampa de la que ya no podrán salir. Además, Javi, que yo estoy convencida de que Telmo ya no quiere a Loles.

—Marisa ha bajado tanto la voz que Javier tiene que inclinarse hasta que los labios de ella casi rozan su oreja.

—¡No me digas!

—¿No ves cómo la trata? Siempre cortante, siempre como si estuviera a punto de explotar por cualquier tontería. Lleva meses así, no me digas que no te has dado cuenta. Si ni siquiera quería que ella viniera a Mallorca, con la excusa del embarazo y de que tenía que cuidarse…

—¡Pues vaya! Debo de ser tonto, porque no me había dado cuenta de nada.

—Yo creo que en algún momento del curso incluso pensó en separarse. Como yo siempre estoy pendiente de los concursos de traslados, me preguntó si sabía dónde quedaban plazas de clásicas. Yo le dije que de clásicas aún había algo, pero de mates no, y él me contestó que no era grave, que Loles podía quedarse un par de años en Elda y más adelante ya verían. Me dejó de piedra, te lo juro. Y ahora, claro, si van a tener un crío, ya no hay nada que hacer. No la va a dejar en esas circunstancias.

—Y sin críos, ¿sí? ¿Estás a favor del divorcio?

—Pues claro, hombre de Dios, como todo ser pensante.

—Yo soy un ser pensante y estoy en contra.

—Porque eres cura, mira tú.

—Será por eso, pero si uno se casa, se casa. Para toda la vida.

—¡Venga ya! ¡Si hasta los curas os podéis salir!

—Y morirnos de hambre.

—Eso son cuestiones económicas, Javi, capitalistas, que no tienen nada que ver con la ética y con la moral, que era lo que yo pensaba que estábamos discutiendo.

Javier desvía la vista hacia el exterior. El microbús ha enfilado el camino que, entre adelfas y cipreses, lleva al hotel.

—Vamos a mandar a estas crías a la cama y nos tomamos la última charlando, ¿quieres? —dice, tratando de sonar ligero, de que Marisa no note lo importante que es el tema para él, que lleva ya un par de años dándole vueltas sin tener con quién hablarlo y que, desde el maldito retiro espiritual hace apenas tres meses, siente que ha llegado al punto en que no va a tener más remedio

249

que tomar una decisión definitiva. A favor o en contra del sacerdocio, pero para siempre.

—Pagas tú —dice Marisa, sonriente.

—Hecho.

Mati está inquieta. Después de haberle dado muchas vueltas se ha decidido por ir a Palma con las demás porque puede imaginarse muy bien qué habrán estado haciendo Reme y el rubio grandote con pinta de bruto, y para qué habrán aprovechado el tiempo Candela y Marga; por ese lado no hay nada nuevo, mientras que, yendo a Palma, había pensado encontrar algo más sobre las otras, pero no ha sacado mucho en limpio: Magda se ha estado morreando con César en lugar de ligar con extranjeros; Tere ha estado bailando con todo el mundo, pero más las sueltas que las lentas —sigue un poco rara, y sigue sin comentar nada que permita averiguar qué le pasa—; Ana se ha pasado la noche dando saltos y sonriendo tanto que ahora debe de tener agujetas en la cara, pero no ha hecho nada de interés.

Ha estado persiguiendo a Sole, tratando de encontrarla sola para darle la sorpresa que le tiene guardada, hasta que ha acabado dándose cuenta de que no era el momento adecuado y que tendría que esperar a hacerlo en el hotel. Acaricia su bolso, sintiendo un impulso casi incontrolable de sacar la foto y mirarla otra vez, a pesar de que la tiene grabada en la memoria, pero se domina y pierde la vista en la oscuridad. Ya están a punto de llegar.

Antes de acostarse, dará una vuelta de observación por el jardín del hotel. Con el calor, todo el mundo deja la ventana abierta o sale un rato a la terraza y a veces se ven o se oyen cosas interesantes con las que aumentar los secretos del cuaderno. Y si no, aún le quedan unos días; pero se ha jurado a sí misma que, cuando vuelvan a casa, las tendrá a todas en su poder. Es su pasaporte a Valencia y al futuro. Es su única posibilidad.

2007

—Así que la ceremonia ha sido idea de Ingrid —comentó Candela en cuanto puso en marcha el coche, tratando de sonar despreocupada, como si la conversación de la noche del martes en su casa de Alicante, esa horrible conversación en la que Rita la rechazó de nuevo, nunca hubiera tenido lugar.

—No tenía ni idea. Teresa no me lo había dicho —Rita también hablaba con naturalidad. O ya lo había olvidado o para ella estaba tan claro que ni se le había pasado por la cabeza que Candela pudiera estar ofendida—. Pero ha sido bonita, ¿no crees? No me importaría que la mía fuera una cosa así, cuando me llegue el turno.

Candela rechinó los dientes. ¡Qué fácil era hablar en teoría, cuando crees que te quedan veinte o treinta años por delante!

—¿Dónde está?

—¿Quién? ¿Ingrid? Hasta ahora, en Andalucía, pero parece que ha decidido marcharse unos días a Cuba, a recoger a los niños.

—Y a ver a su ex.

—No creo. Salió muy harta de Guillermo y sus poses artísticas

—Rita se dio cuenta de la incomprensión de Candela y añadió—: Es bailarín. Como casi todos los cubanos… —terminó con una sonrisa irónica.

—Sí. Eso parece que liga mucho. —Hubo unos segundos de silencio mientras Candela tomaba la salida hacia la autovía—. Rita, David le ha estado contando a todo el mundo que el test de ADN que te hicieron para comprobar lo de la colilla que encontraron en casa de Lena ha salido positivo.

—Ya me lo figuraba.

—¿Ah, sí?

—Claro. Si alguien se ha tomado la molestia de dejar una pista falsa, habría que ser muy imbécil para dejar una colilla que no fuera mía, ¿no? Lo que pasa es que, como ellos deben de saber muy bien, cualquiera puede coger una colilla de un cenicero, metérsela en el bolsillo y dejarla donde convenga. No es ninguna prueba de que yo haya estado allí antes de descubrir su cadáver. ¿Crees que pueden acusarme de asesinato teniendo solo eso?

—No. La verdad es que sería ponerse en ridículo. Como no encuentren por lo menos un móvil para el crimen...

—Eso es lo que no me deja parar, Candela. ¿Quién podía querer matar a Lena, siendo como era la más dulce de todas? ¡Si ni siquiera ha dicho nada malo de ninguna de nosotras en una carta privada a Sole, cuando podría habernos puesto verdes, sabiendo que nadie se enteraría jamás!

—Sí. La verdad es que me he quedado de piedra con tanto cariño y tanta bondad. Si la carta la hubiera escrito yo, os habría puesto a caldo. Bueno, a ti seguramente no. Pero a las otras... Carmen es una alcohólica y una ninfómana; Tere es un sargento de caballería; Ana es una hipócrita; Sole sigue siendo una imbécil melindrosa, y yo...

—Tú ¿qué?

—Soy lesbiana, por si no te has dado cuenta.

—Aquí todas parecen pensar que la única lesbiana soy yo y que tú eres heterosexual, por si no te has dado cuenta... —dijo Rita con retintín—. Tanto decirme que hay que poner las cosas claras y defender lo que una es y lo que una piensa y sin embargo tú nunca te has decidido.

—No tenía nada que ganar y mucho que perder. Y, además, lo que yo soy no le importa a nadie.

—Pero ¿cómo es posible que no se hayan dado cuenta después de tantos años? ¿No has tenido amigas, novias?

Candela soltó una risa corta, carente de humor.

—He tenido algún que otro lío, claro. Nada serio. Nada como para ponerme la capa y el antifaz y enfrentarme al mundo a punta de espada. Igual que tú, me figuro.

Hubo un largo silencio en que las dos sopesaban hasta qué

punto querían confiar en la otra, hasta qué punto era el momento adecuado para hablar.

—Yo es que no me siento lesbiana, Candela —dijo Rita por fin.

—Y lo que hicimos la otra noche en mi casa ¿qué fue, gimnasia de mantenimiento? Aunque, claro, para ti a lo mejor no fue más que eso y todo lo demás me lo inventé yo. Ya me lo dejaste bastante claro antes de irte.

—No, Candela. Te juro que para mí tampoco fue solo un rato de sexo. Hace siglos que no hago eso. Fue… no sé… no sé cómo decirlo… pero no fue gimnasia. Es solo… ya traté de explicártelo… que me da miedo, que ya tengo una vida hecha y me asusta cambiarla. Que contigo me pierdo y dejo de ser yo. Eso es lo que más me asusta.

—¿Y lo de Mallorca? —A Candela se le estranguló la voz y calló de golpe.

Una avalancha de recuerdos, lejanos y recientes, inundó la mente de Rita. Puso la mano sobre el muslo de Candela, miró al frente, al paisaje de pinos que las rodeaba, y aspiró profundamente el perfume que entraba por las ventanillas abiertas.

—No debería decírtelo porque te vas a poner insoportable, —dijo por fin—. Pero eso fue amor, Candela. Mi primer amor… y puede que el último.

Las lágrimas de Candela empezaron a resbalar por el borde de las gafas de sol, pero no hizo nada por enjugarlas, limitándose a seguir el coche de Teresa con los ojos nublados, como en trance.

—Llevo más de treinta años deseando oírte decir eso —habló por fin cuando el otro coche se detuvo cien metros delante de ellas, bajo unos pinos. Candela frenó también a la sombra y se giró hacia Rita, sin quitarse las gafas—. Ya sé que no quieres cambiar tu vida, el otro día me lo dejaste muy claro; no te estoy pidiendo nada definitivo, pero ¿te vienes conmigo luego, a casa?

Daría cualquier cosa por besarla ahora, por poder dar rienda suelta a todo el amor y el deseo que ha estado reteniendo desde 1974, pero sabe que sería contraproducente, que Rita no podría asimilarlo, y son tantos años de fingir que el disimulo se ha convertido en una segunda naturaleza.

253

Rita asintió con la cabeza, agradecida por el autocontrol de Candela, y le estrechó fuerte la mano antes de bajar del coche para ayudar a las otras con los arbolillos.

En un silencio triste y cómodo, cariñoso, plantan los árboles, avientan las cenizas de Lena y se quedan mirándose unas a otras, formando un círculo, perdidas en sus pensamientos, hasta que Teresa, como siempre Teresa, dice «Adiós, Lena. Siempre serás una parte de nosotras» y, después de una pausa, «Vamos, chicas. La vida continúa y hay que comer». Cruza una mirada con Candela para asegurarse de que ya ha terminado de aclarar con Rita los asuntos jurídicos y vuelve a repartir los asientos. «Ahora vamos tres y tres, si os parece.»

Pero, una vez repartidas en los dos coches, ninguna parece sentir la necesidad de hablar y pasan en silencio los diez minutos de trayecto hasta Casa Mateo.

Teresa ha reservado un pequeño comedor para ellas solas, aunque de todas formas, siendo lunes, el merendero está vacío, y se instalan en su mesa entre suspiros.

—A Lena le gustaba venir aquí a comer algún domingo. Sobre todo cuando mis críos eran pequeños —les explicó Teresa al volver de decirle a Mateo lo que querían comer—. Acabo de pedir una paella de conejo y caracoles y algo de picar para ir haciendo boca. Y no me vengáis con lo de que no tenéis hambre. Entre nosotras no hay por qué fingir y todas estamos hechas polvo con lo de Lena, no tenemos que demostrarlo ayunando.

¡Es increíble lo pragmática que puede ser Tere!, piensa Sole, y lo bien que sienta tener a alguien así en el grupo. Tiene la sensación de que todas han crecido, menos ella, que se ha ido haciendo más débil, más frágil con el paso de los años. Aunque ahora, después de la conversación con su madre, empieza a notar que la piel vieja que no la dejaba crecer ni respirar empieza a agrietarse para dejar paso a algo nuevo.

Cuando Mateo salió del comedor, dejando en la mesa el aperitivo, Rita se levantó, comprobó que la puerta hubiera quedado cerrada y se encaró con sus amigas.

—Tengo que deciros algo, chicas. No quiero alarmar a nadie, pero he estado pensando y necesito hablarlo con vosotras. Todas sabéis lo que supone la muerte de Lena y que la policía está intentando acusarme de su asesinato porque no se les ocurre nada mejor. Con las «pruebas» que tienen —las comillas se vuelven visibles con su tono de voz— no creo que puedan hacer mucho, pero están buscando un móvil. Están convencidos de que solo alguien de su círculo íntimo ha podido matar a Lena y, como en su presente no había nada, tiene que estar, por lógica en su pasado. ¿No es eso, Tere?

Teresa asiente con la cabeza.

—Todas sabemos que hay algo en el pasado que no nos conviene sacar a relucir. —Cada una de ellas pierde la vista en un punto: el techo, la mesa, los zapatos…—. Yo no he dicho nada ni creo que ninguna de vosotras lo haya hecho. ¿Tú le has contado algo a tu marido, Ana?

Ana niega, espantada.

—Bien. Pero si me siguen presionando, y sobre todo si me acusan, antes o después no voy a tener más remedio que contarles lo de… —todas contienen la respiración—, lo de Mati. Es algo que llevamos clavado desde hace treinta y tres años. Todas creíamos que lo habíamos dejado atrás, pero ¿alguna de vosotras ha conseguido olvidarlo realmente?

Hay movimientos negativos de cabeza, suspiros, encogimientos de hombros.

—Todas estamos agotadas de llevar ese peso común cuando sabemos positivamente que solo una de nosotras pudo hacerlo. Y que todas se lo agradecimos entonces, no vale la pena engañarnos. Pero ¿qué hacemos ahora? ¿Alguna se anima a confesar, ahora que estamos solas?

—El asesinato no prescribe —dice Candela, como hastiada.

—Ya. Pero si lo hizo Lena, nadie puede castigarla ya.

Cinco miradas incrédulas convergen en ella.

—¡Ya sé que Lena es la menos sospechosa de entre nosotras, maldita sea! Estoy planteando una hipótesis.

—Eso sería perfecto si Lena se hubiera suicidado de verdad —dice Teresa—. La culpa arrastrada durante treinta años y tal. En una película funcionaría.

Rita cree oír un reproche en la voz de Teresa, como si pensara que Rita se toma aquello como un juego, un simple guion inventado.

—¿Y quién nos dice que Lena no se suicidó de verdad y lue-

255

go alguien hizo desaparecer la cuchilla y plantó la colilla para incriminarme? Dejadme terminar. Si Lena se suicidó realmente o podemos conseguir que ellos se lo crean, el único crimen que queda es haber hecho desaparecer una pista, haber plantado otra y haber tratado de incriminarme a mí. Que a alguien lo acusen de eso es mucho mejor que de asesinato, ¿no creéis? Y, además, yo no denunciaría a quien hubiera hecho esa estupidez. Sea quien sea.

Pasan unos segundos en silencio mientras rumian lo que acaba de proponer Rita, la que mejor ha mentido siempre de todas ellas, la que más capacidad de inventar posee.

—¿Y a quién acusamos de eso? —pregunta Carmen que, a pesar de sus buenos propósitos, va ya por el tercer vaso de cerveza.

—A Manolo —dice Candela, firme.

—¿A Manolooo? —le responde un coro de voces.

—Es el único que se me ocurre que es lo bastante imbécil como para haberlo hecho de verdad; no estoy tratando de cargarle el muerto. Imaginad que se pasó por casa de Lena poco antes de que llegara Rita. Sabía que ella iba a cenar allí esa noche y a lo mejor pensó autoinvitarse. Pero cuando llega, Lena ya se ha suicidado, Manolo se acojona y decide salir por pies sin decírselo a nadie, pero en el último momento, mete la mano en el bolsillo de su chaqueta italiana, encuentra la colilla del cigarro de Rita que se ha guardado automáticamente al apagarlo y no encontrar una papelera y, con su habitual ingenio, se le ocurre que podría ser una buena forma de complicar las cosas, hacer sufrir un poco a Rita y luego ayudarla y protegerla como un caballero andante. ¿O no te acaba de decir en el tanatorio que él en este pueblo es alguien y que puede hablar con este y con aquel para que no te comprometan en el asunto?

Rita asintió ante la mirada perpleja de las otras.

—Yo no sé mucho del trabajo policial —intervino Teresa—, pero ¿no tomaron las huellas que había en el piso? ¿Cómo se van a creer una historia así, si no encuentran rastros de Manolo en casa de Lena?

—Es que los encontrarán —explicó Candela—. Manolo estuvo hace poco de visita, ¿no, Ana?

—Eso me dijo su hija Vanessa. Que últimamente, poco antes de que llegaras tú, Rita, a Manolo le había dado por visitar a Lena y que la pobre no sabía ya cómo quitárselo de encima.

—Manolo es un gilipollas. ¡Si lo sabré yo! —Carmen se tomó la cerveza de un trago, como si estuviera muerta de sed—. Ha probado ya con medio pueblo.

—Entonces, ¿qué decís? —insistió Candela.

—Me parece una cochinada —dijo Sole, que hasta entonces no había intervenido—. Primero acusar a Lena de algo que no hizo y luego a Manolo con una historia traída por los pelos.

—Es que es una cochinada —repitió Ana, enfatizando el «es»—. Y además es otro secreto sucio entre David y yo.

—Pero nos salva el culo a todas —resume Carmen, diciendo lo que todas saben, pero no quieren admitir ni para sí mismas—. Yo estoy a favor. Si tragan…

—Se trata de que todas tengamos claro lo que hay que decir y que hagamos piña. —Teresa parecía haber aceptado la propuesta, al menos por el momento.

—Como si no tuviéramos costumbre… —Candela coge el paquete de Rita y se enciende un cigarrillo. Teresa la mira reprobadoramente y ella se encoge de hombros y sonríe hasta que su amiga baja la vista, aceptando.

—¿Y quién le pone el cascabel al gato? —pregunta Ana.

—Tú, claro —dice Carmen.

—¿Yo?

—¿Hay alguien más aquí que se acueste con un policía? —Carmen pasa la mirada por el círculo de mujeres fingiendo que busca otra posibilidad.

—Yo no me acuesto con un policía. Yo me acuesto con mi marido, con David.

—Perdona, chica. No me acordaba de que hay que hilar muy fino hablando contigo. Si prefieres que lo intente yo… —A Carmen empieza a notársele ya el alcohol y las chicas se miran, preocupadas—. Hace unos años habría funcionado. Ahora, si me esfuerzo… a lo mejor…

—Yo lo haré —zanja Teresa—. Iré a ver a Gerardo y le diré que, pensando sobre el asunto, se me ha ocurrido esa posibilidad. En plan modesto… a ver qué le parece a él. El caso es hacerlos pensar en otra cosa, ¿no?

257

—¿No sería mejor que fuéramos todas a la policía y confesáramos de una vez todo lo que pasó aquel verano? —pregunta Sole, que hace rato que guarda silencio. Todas se vuelven a mirarla, como si se hubiera vuelto loca—. A veces hablar ayuda —insiste ella—. Confesar limpia, según mi terapeuta.

—¡Vaya por Dios, santa Marisol de La Habana! —Carmen se está riendo a carcajadas—. Después de treinta años haciendo de señora de diplomático —dice entre hipos— ahora se le ocurre lo de la confesión, la penitencia y el perdón de los pecados... ¿no era eso lo que nos decían en el instituto?, en aquellos... ¿cómo los llamaban?, ¿ejercicios espirituales?, ¿retiros? ¿O es porque, de todas formas, tú tienes inmunidad diplomática?

A Sole se le llenan los ojos de lágrimas sin saber exactamente por qué. Hace mucho tiempo que nadie le ha hablado así y no sabe cómo defenderse.

—No, Sole —dice Rita, cogiéndole una mano—. No creo que fuera una buena idea, aunque es posible que, de momento, nos sintiéramos un poco mejor, como si nos hubieran quitado un peso de encima. Pero piensa en las consecuencias... Se nos habría acabado la vida que llevamos ahora; nuestros proyectos, nuestra reputación... las que tenéis hijos... ¿qué ibais a decirles?

—No éramos más que unas crías —dice Sole muy bajito—. Hace más de treinta años... y teníamos motivos.

—El motivo que teníamos no nos exculpa —interviene Candela, tajante.

—Mati nos estaba extorsionando.

—¿Y lo otro? ¿O ya no te acuerdas de por qué murió Mati?

—¿Lo otro? —Sole se ha puesto muy pálida y le tiemblan los labios.

—¡Chicas! —gritó Mateo desde la puerta—. ¡La paella!

Una mirada de Teresa las hizo callar y fingir con éxito desigual que no estaban hablando de nada importante. Por fortuna, Mateo sabía que venían de un funeral y no le pareció raro que alguna de sus clientas tuviera los ojos llenos de lágrimas y que una se estuviera sonando furiosamente.

—¡Venga! ¡A disfrutarla! —dijo, tratando de alegrar el ambiente—. ¡El muerto al hoyo y el vivo al bollo! Es ley de vida, muchachas. Nos tiene que tocar a todos y entonces se acabaron las paellas.

David y Gerardo, inclinados sobre la mesa, miraban el intercambio de e-mails entre Lena y Sole que habían ordenado por fecha de envío, salvo el que Sole había leído en el funeral, ya que este había sido copiado en un archivo de texto normal y no llevaba fecha, aunque Sole le había dicho a David que Lena lo había enviado al día siguiente de la reunión de las chicas en la tasca, cuando había vuelto a encontrarse con Rita después de tantos años.

Hasta entonces no habían visto más que los enviados por Sole desde La Habana, ya que Lena no parecía haber hecho copia de los que había escrito y ahora ambos policías se preguntaban si los que Sole había traído eran efectivamente todos o si faltaban textos del intercambio de las dos amigas.

Los acababan de leer seguidos, buscando pistas de no sabían qué y, hasta el momento, no habían encontrado nada.

—¿Tú crees que son de verdad tan inocentes como parecen? —preguntó Machado a su compañero.

—O son lo que parecen o estas mujeres son mucho más inteligentes que tú y que yo porque, la verdad, no se me ocurre que en este, por ejemplo, el de los caramelos, pueda haber ningún mensaje cifrado.

Lena a Sole:

¿Te acuerdas de los caramelos de nata que comprábamos a los siete años? Eran diminutos, estaban envueltos en papel de plata de colores —azul, rojo, blanco, verde—, daban diez por una peseta y te duraban casi toda la clase de la tarde, de cuatro a seis. A veces nos guardábamos uno para destaparlo al salir del colegio camino del Catecismo. La boca se llenaba de aquel sabor dulce y blanco mientras los pies calzados con Gorilas saltaban de baldosa en baldosa evitando las grietas y las fisuras, porque pisarlas traía mala suerte. Curioso que en inglés piensen lo mismo; los niños también dicen: «*Step on a crack, break your mother's back*».

—Pues mira que la respuesta... Es como si se hubieran vuelto majaras las dos... —comentó Gerardo, pasándose la mano por la calva.

Sole a Lena:

¿Te acuerdas de la primera vez que viste una piruleta? Como un Chupa-Chups, pero plano y de color explosivo, radiante, que se extendía feliz por la lengua y la maquillaba. Una peseta, valían una peseta. «Y si tienes mil pesetas, cómprate mil piruletas.»

—Sí, como si se hubieran vuelto majaras o como si estuvieran hablando en clave; solo que nosotros no tenemos esa clave.

—Sin embargo, mira, aquí, en los dos mensajes siguientes, sí hablan de algo que podríamos investigar —dijo Machado—. Léelos otra vez.

Lena a Sole:

Una vez que estuvo en Madrid, mi abuela me trajo una cestita con caramelos de violeta. Lo más bonito que había visto en mi vida. Unos caramelos en forma de flor, de violeta, de color violeta y con sabor a violeta. O al menos con un sabor parecido al olor de las violetas que florecían en febrero en el campo de Marga. Algunas veces íbamos juntas a coger un ramillete para nuestras madres y darles una sorpresa.

Las violetas bordeaban las acequias y formaban una especie de cenefa de un verde profundo, donde destacaban las flores —diminutas, exquisitas— que íbamos cortando y acumulando en la mano izquierda entre el índice y el pulgar hasta que al cabo de un rato dolían los dedos de hacer aquella presa tan pequeña. Entonces cortábamos unas cuantas hojas y las colocábamos alrededor del ramillete para hacer lo que Solita, la de la floristería, llamaba un «buqué»; le atábamos un pedazo de cordel y procurábamos volver rápido a casa, con el buqué cabeza abajo para que no se secaran las violetas en el trayecto. Luego nuestras madres sonreían, ponían el ramillete en una copita de licor que sacaban de la vitrina, y lo colocaban en su mesita de noche, orgullosas de sus hijas. Era una tontería, pero nos hacía felices a todas. ¿Quedarán violetas en el campo de Marga?

Sole a Lena:

Para mí el campo de Marga es aquella fiesta de cumpleaños. Yo no tenía tanta relación con ella, ni contigo, la verdad. A veces creo que yo no tenía una auténtica relación con ninguna de vosotras, pero me gustaba ser parte del grupo porque me aburría solemnemente con las chicas que, según mis abuelos, debían ser mis compañeras: las nietas de sus amigos, chicas que iban al Colegio de Jesús y María, en Alicante, internas, y que solo venían un fin de semana de cada tres. Menos mal que mi padre se ablandó con mis llantos y al final llegamos a la solución intermedia de que haría el bachiller elemental en las monjas, en Elda, y después ya se vería.

Luego conseguí convencerlos de estudiar el bachiller superior en el Instituto, aunque mi abuelo nunca me perdonó aquella vulgaridad, y entonces os encontré a vosotras.

Cuando miro hacia atrás, creo que gracias a eso logré despegarme un poco de lo que mi familia quería para mí, pero no duró mucho, justo hasta COU, hasta aquel verano. Después de aquello, cuando ya estaba segura de que iría a Valencia con todas vosotras, a estudiar Filología, me refugié de nuevo en lo conocido, en lo seguro —*back to mama*, que dicen en Estados Unidos—, y acabé en Madrid, en la Facultad de Derecho, donde conocí a Pedro.

Desde entonces, ya lo sabes, mi vida no ha sido más que ir detrás de él, como una rémora. Asistir a sus fiestas, criar a sus hijos, dar conversación a sus invitados. Ser una señora. La señora de. ¿Nunca te ha llegado una invitación de una embajada? Yo, al principio, encontraba muy graciosa la formulación: «El señor embajador y la señora de García tienen el honor de...»

Ahora que soy yo quien se ha convertido en «la señora de Sotomayor» en las invitaciones ya no lo encuentro gracioso. Ni mi nombre me han dejado. Tú eres la única que aún me llama Sole. Hasta mi madre me llama Marisol. Es patético llamarse Marisol a los cincuenta años, ¿no te parece? Lo tuyo es diferente. Lena tiene más fuerza que Magda; es más intenso, más cosmopolita. Y además lo elegiste tú.

261

Sigue escribiéndome, Lena, por favor. Cuéntame todo lo que apenas si recuerdo. Devuélveme mis raíces.

—¿Qué es lo que, según tú, podríamos investigar? —David miraba, perplejo, a Machado.

—Esto de «hasta COU, hasta aquel verano».

—¿Qué tiene eso de particular?

—No sé. Me ha llamado la atención que hable de aquel verano como si hubiera pasado algo de importancia, algo que cambió su vida, o frenó su desarrollo o qué sé yo...

—Si te hubieras pasado años con ellas, como yo, sabrías que con lo de «aquel verano» se refieren al de 1974, cuando acababan de terminar COU. Hicieron una excursión a Mallorca, una semana, no te vayas a creer, y de repente descubrieron que el mundo era más grande de lo que pensaban. Se pasaron una semana ligando con extranjeros, hablando en inglés, más o menos, claro, y sintiéndose libres y adultas. Después de eso cada una tiró por su lado y pasaron años sin verse, hasta que poco a poco fueron volviendo al pueblo, ya más calmadas, y se instalaron aquí. Luego ya... el trabajo, la familia... lo normal, vamos. Pero siempre hablan de aquel verano como un antes y un después. Y no solo para ellas, sino también para el país en general. Piensa que apenas un año después murió Franco y la España que conocíamos se transformó casi de golpe en otra cosa. Fíjate en los siguientes dos mensajes. ¿No te recuerdan muchas cosas de tu propia juventud, del mundo como era entonces?

Lena a Sole:

El 12 de octubre era el Día de la Raza, así se llamaba entonces, y era fiesta. ¿Te acuerdas de que siempre quedábamos en la plaza Castelar, debajo de la estatua, para ir a misa y luego a dar una vuelta antes de comer? Si nos habíamos comprado algo nuevo, ya de manga larga, lo estrenábamos ese día y aquello parecía un desfile de modelos cada vez que llegaba una de las amigas. Un año tú estrenaste unos pantalones malva y un jersey negro muy largo, con un collar impresionante que te había traído tu tío de Madrid. Estabas preciosa, como siempre, tú siempre fuiste precio-

262

sa, Sole. Y aunque yo jamás me habría atrevido a llevar una ropa así, me gustaba mirarte y saber que eras amiga mía, y que todos los chicos te miraran. Recuerdo que Candela estaba indignada de que te hubieras vestido así para ir a misa, y la verdad es que sí que quedaba un poco raro aquel conjunto con el velo negro que aún teníamos que ponernos para entrar en la iglesia. ¿Te acuerdas de que Candela decía que una de las primeras cosas que le enseñaron en su casa fue aquello de que «no solo hay que serlo, hay que parecerlo»? Supongo que por eso, precisamente las chicas como yo, de familias rojas, nos matábamos por ir a las cuestaciones del Domund y a los cine-forums de la parroquia, y nos poníamos falda los domingos para no sucumbir a la comodidad de cruzar las piernas en misa.

A ti no te hacía falta; todo el mundo sabía que eras «de buena familia», como Candela, que tu abuelo había sido alcalde, que los tuyos eran gentes de orden, de la calle Nueva, socios fundadores del Casino. Tú podías vestirte como quisieras y ponerte un collar hasta la cintura y seguir siendo una buena chica destinada a lucir y a viajar sin tener siquiera que hacer el Servicio Social como todas para poder sacarte el carné de conducir o pedir un pasaporte.

Cuando lo pienso, todavía no comprendo cómo pudimos ser amigas, tan amigas, nosotras siete: Candela y tú, tan finas, tan de derechas; Ana, la roja, la combativa; Teresa, la sensata, la estudiosa, hija de guardia civil; Carmen, la explosiva, la que no daba un palo al agua y copiaba a diestro y siniestro para ir pasando el Bachiller; Marga, la fotógrafa, la depositaria de los secretos. Y yo: Magda, simplemente yo, con mis sueños de paz y amor universal, con mi corazón viajero. «Il cuore è uno zingaro.» ¿Te acuerdas de aquella canción? Nicola di Bari creo que la cantaba. Apenas recuerdo canciones que no fueran en inglés, pero aquella me gustaba y no sé por qué me ha venido ahora a la memoria.

A veces creo que lo único que nos queda del pasado es la banda sonora. ¿A ti no te pasa, que oyes una canción, o simplemente la recuerdas, y de repente te acuden un montón de imágenes? Como si la canción hubiera sido un ábrete sésamo y se hubiera descorrido la losa del tiempo para dejarte ver la cueva de las maravillas.

Hace apenas un minuto, mientras conectaba el ordenador y esperaba que hirviera el agua para el té, he oído en la radio «Sacramento». ¿Te acuerdas? Ni siquiera sé quién la cantaba, pero ha

263

sido oír los primeros compases y de repente mi cocina, mi gato y el olor de mis hierbas se han difuminado y me he sentido transportada de golpe al Crazy Daisy, aquella discoteca de Mallorca; a aquella noche mágica en que César me besó. ¡Cuántas veces he pensado en él desde entonces! ¿Qué habrá sido de él?

Ponían «Sacramento» cada media hora o así, y siempre la acogíamos dando chillidos de alegría y saltando en la pista. No sé qué tiene esa canción que siempre me ha hecho sentirme bien, con ganas de dar saltos como entonces, como si recuperara por unos minutos la energía de los diecisiete años. Hay muy pocas canciones que me hagan sentirme así, y por eso nunca he querido bajarla de la red o buscar el disco y comprarlo, por miedo a que pierda ese poder de rejuvenecerme durante tres minutos cuando la oigo por casualidad, como ahora.

¿Tú también piensas en nosotras cuando la oyes? ¿Qué ves tú? ¿Qué imágenes te acuden cuando se abre la losa de tu memoria?

Sóle a Lena:

¡Qué cruel eres a veces sin darte cuenta, Lena! Primero me hablas de aquellos días gloriosos y luego acabas de nuevo en Mallorca. Me recuerdas todo lo que pude llegar a ser y caemos otra vez en aquello.

Yo quiero pensar en mi infancia de muñeca, en mi pueblo, en cosas dulces y divertidas que ya había olvidado y tú vuelves a ponerme entre la espada y la pared: o acepto la culpa y me resigno a pensar que he pagado, que sigo pagando por ello, o la rechazo y olvido. Pero ese olvido lo engloba todo, lo bueno también. Eso es lo que he hecho durante tantos años. Por eso no he vuelto casi al pueblo, por eso no os he llamado nunca hasta que tú me localizaste por internet. Y quiero que sepas que te estoy enormemente agradecida por haberte acordado de mí, y por seguir escribiéndome aunque no haya conseguido encontrar ninguna pista sobre Nick. Pero seguiré intentándolo, no te preocupes. Lo que pasa es que, como ahora estamos en Cuba, no tengo casi acceso a fuentes estadounidenses; pero no sufras, a lo largo de los años he conocido a mucha gente y tengo buenos contactos. Si no te nombro más el asunto es para que no te hagas ilusiones.

Disfruto mucho tus correos. Me encanta abrir mi ordenador

por la mañana y encontrarme uno de esos mails tan tuyos, sin encabezamiento, sin despedida, sin tonterías de quedar bien. Es como si me regalaras una flor que me dura muchos días. Gracias, Lena, gracias. Entre las cosas que más me duelen está el que nunca tuvimos de jóvenes la relación que tenemos ahora.

—¿Qué querrá decir Sole con eso de «o acepto la culpa y me resigno a pensar que he pagado, que sigo pagando por ello, o la rechazo y olvido»? ¿No te suena hasta cierto punto al mensaje final que encontramos en el ordenador de Lena?

—Eso tiene fácil arreglo. Podemos preguntarle antes de que se marche a Cuba.

—¡Para lo que va a servir! Nos diga lo que nos diga no tenemos más narices que creérnoslo. ¿O no te has dado cuenta de que siempre que les pregunto por el pasado se ponen... no sé... como líricas... y acaban por no decir nada concreto? Pero claro, por probar... ¿Tú nunca le has oído nada a tu mujer?

David se rascó la cabeza, tratando de recordar.

—Pues no sé, Gerardo. Cuando se ponen a hablar de los viejos tiempos, normalmente me largo. Sé que en esa semana de Mallorca se enamoraron algunas, se desenamoraron, cambiaron de novietes... cosas así; pero como hace más de treinta años y eran cosas de crías... ¿qué quieres que te diga? Nunca he hecho mucho caso. Puedo preguntarle a Ana, a ver si ella se acuerda de algo.

—Venga, vamos a darle un repaso a los que quedan y lo dejamos por hoy.

Lena a Sole:

Se me ha ocurrido que, igual que la adolescencia está llena de música, de letras de canciones, de voces y de frases que una lleva clavadas dentro desde entonces, la infancia se resume en el sentido del gusto y quizá, un poco antes, el del tacto. Yo aún recuerdo con claridad la suavidad de un pijama de franela que tenía sobre los cuatro años. Blanco, con lunares rojos, caliente y blandito. Y una chaqueta de punto gris que se ponía mi padre cuando volvía del trabajo; nos sentábamos en la mecedora de la sala de estar mientras mi madre acababa de hacer la cena para ellos —yo ya había hecho lo que entonces se llamaba merienda-cena, ¿te acuerdas?— y él me cantaba canciones mientras yo me agarraba como un monito a su chaqueta y aspiraba su olor a polvo y a baquelita, con un fondo de su loción de afeitar —Floyd, se llamaba.

Pero el gusto es el que se impone en todos mis recuerdos desde la época del colegio: los caramelos de los que te hablaba, las barritas de anís, las almojábanas con almíbar, los helados de Daniel que solo se vendían en verano: chocolate y mantecado, que era como se llamaba la vainilla por entonces, no había más sabores. ¿Te acuerdas del carrito blanco y azul de Daniel, con sus dos heladeras con las tapas plateadas?

El sabor de los palos de regalicia natural, el extracto de regaliz negro y correoso, las bolsitas de magnesia con sabor a naranja que explotaban en la lengua, las tortas de manteca para merendar, saladas y crujientes, los pepitos, tan tiernos, el dulce de membrillo de mi abuela, los huesos de santo de noviembre, las primeras olivas en adobo por la Purísima, aún verdes y amargas, los polvorones de Navidad, las toñas y las monas de Pascua, los nísperos y las cerezas en junio, los tomates en verano, con su polvo amarillo y su maravilloso olor a azufre... cada época del año venía acompañada de un sabor especial que uno había esperado durante meses. Y en nuestra infancia, unos cuantos meses eran toda una vida.

Ahora siempre hay de todo y ni los tomates saben como entonces.

Hace poco pasé por casualidad por la zona donde, hace treinta años, tenía su peluquería la madre de Reme, ¿te acuerdas de Reme?, y se me ocurrió ir a ver si aún existía la pastelería donde nos comprábamos la merienda para las fiestecillas que hacíamos algún domingo allí, en el «Salón Petra. Especialidad en permanentes» sobre los quince años. De repente me vinieron a la cabeza todos los pasteles que había entonces: cuernos de hojaldre rellenos de crema, palos catalanes, medias lunas, borrachos... y se me hizo la boca agua solo de pensar en sus colores, en sus texturas, en sus formas. Me habría comido una bandeja yo sola.

Pero ya no existen. Ahora solo hacen esas miniaturas que llaman *petit fours*, glaseadas en todos los colores, y tartas de diseño, tan bonitas que da lástima comérselas y que no me apetecieron como me habrían apetecido los cuernos y los bizcochos de entonces.

Nuestro mundo está desapareciendo, Sole. Y no es verdad eso que dicen algunos de nuestra edad, que nuestra época es esta que estamos viviendo ahora. Al menos, para mí no. Yo vivo en el pasado, ya lo sabes. Y no es que mi presente sea malo, no tengo de qué quejarme, pero siento a veces que los recuerdos tienen más colores que lo que me rodea. Será que estoy muy sola y tengo mucho tiempo para pensar; será que me hago vieja, aunque tenga ordenador y siga al tanto de lo que sale en música y en cine, aunque traduzca novelas recién aparecidas, y me encuentre de vez en cuando con las chicas para cotillear y todos los veintiochos de diciembre sigamos reuniéndonos en la tasca de siempre, como decidimos hace ya treinta y cinco años. Las chicas del 28. ¿Te acuerdas? «Pase lo que pase, aunque vivamos lejos, aunque estemos casadas y tengamos diez hijos, pase lo que pase, cada veintiocho de diciembre, las siete en la tasca.»

Rita no volvió nunca, tú tampoco. Yo falté varios años, en la época en que el mundo me venía pequeño. Carmen me dijo hace tiempo que una vez, siendo su hija todavía un bebé de cochecito, la abrigó bien porque no tenía con quién dejarla y fue a la tasca, desesperada por vernos, por contarnos todo lo que le había pasado en aquel año espantoso en que se encontró con una hija, con un marido, con un piso puesto a toda prisa, lleno de muebles viejos, sin carrera universitaria, sin futuro, sin esperanza.

Y no fue nadie, Lena. Se sentó en la mesa de siempre y le dijo al camarero que esperaba a unas amigas, hasta que al cabo de un rato pidió una cerveza y se echó a llorar hasta que contagió a su hija y acabaron por marcharse.

Marga estaba en Londres, Candela en Madrid, Ana se había ido de viaje con sus padres, Teresa había venido a pasar la Nochebuena con su familia y se había vuelto a Valencia, yo estaba en Ibiza, viviendo en una comuna. Nadie sabía dónde estabas tú.

Carmen era la única que quedaba y ninguna de nosotras la llamó para ver cómo estaba, para darle ánimos, para avisarla de que no tenía sentido ir a la tasca.

Ahora, por primera vez en tanto tiempo, estamos todas, menos tú. Ana nos ha invitado a su casa para una fiesta de chicas. Doy gracias al cielo de que, al menos, no sea día 28. Pensaremos en ti.

267

Sole a Lena:

He estado dándole vueltas, pensando dónde estaba yo la Navidad del 75, es el 75 ¿verdad?, aunque en la del 74 tampoco fui a la tasca, me daba demasiado miedo volver a veros. Supongo que en la del 74 no fue nadie, ni siquiera Carmen que, por entonces, estaría recién embarazada.

Creo que la Navidad del 75 la pasé ya en Sevilla, en el cortijo de mis suegros, aprendiendo a montar a caballo, a no cerrar los ojos en las capeas, a llamarme Marisol y a hacer planes de boda, aunque solo llevábamos un año juntos.

Me casé en el 77 y la única que vino a la boda fue Carmen, con Manolo. Ya no me acuerdo de qué excusa pusieron las demás para no venir. A lo mejor se acuerdan ellas y te lo dicen cuando os veáis en casa de Ana.

¡Cuánto me gustaría estar con vosotras! Mándame una foto, anda, hace siglos que no os he visto y no me puedo imaginar cómo sois ahora. Te diría que yo estoy igual, pero sería mentira. Estoy bien para mis cincuenta y un años, pero tengo ojeras, que disimulo con los mejores cosméticos que se fabrican; me he hecho un *peeling* de manos para quitarme las manchas y ya he pasado por la liposucción y el *lifting* facial (no lo comentes, por favor).

El problema, como siempre, es ese agujero que llevo dentro desde hace tanto que a veces ya ni me acuerdo de cómo era cuando no estaba. He hecho varias terapias de todo tipo de escuelas y tengo que confesarte que no ha servido de mucho. Nunca he sido fuerte, eso lo he sabido toda mi vida, y ahora, como señora de Sotomayor, puedo dedicarme tranquilamente a no hacer nada y a cuidarme sin que nadie me lo reproche. Pedro ha hecho una buena carrera; me trata bien, no nos vemos mucho. Mis hijos están bien situados, tengo dos nietos y una nieta a los que apenas veo. Me gusta Cuba, a pesar de la humedad. Al menos se habla español. La verdad es que acabé muy harta de países asiáticos.

No me abandones ahora que hemos vuelto a encontrarnos, Lena.

—Tenía miedo, David. Sole dice que tenía miedo de encontrarse con sus amigas de siempre unos meses después de aquel verano. Lo mismo no significa nada, pero habría que preguntar. ¿De qué iba a tener miedo una chavala de dieciocho años, siendo rica y guapa, con el bachiller recién acabado? ¿David? ¿Me sigues?

—Perdona; se me había ido el santo al cielo. —La mención a Carmen, esa Carmen de dieciocho años que él apenas si puede imaginar, esperando sola en una tasca con su hija de meses en el cochecito, le ha hecho un daño que no quiere confesar. Cuando salía con ella, Carmen le contó lo de su embarazo, la apresurada boda con Manolo, el divorcio... pero siempre en un tono tan ligero, tan gracioso, que nunca se dio cuenta de lo que había significado para ella; de todo a lo que había tenido que renunciar por aquella mala decisión o aquel «mal paso» como lo llamaban entonces.

—En cualquier caso, lo que está claro es que el último es el más misterioso de todos.

—A ver, dámelo.

Lena a Sole: 269

Solo cuatro letras, querida.

A pesar de que sé que no te va a gustar, tengo que decirte que acabo de volver de la fiesta de Ana y estoy destrozada. Tenía que hablar con alguien y te ha tocado a ti, precisamente porque no estás, porque no has estado.

Todo ha sido estupendo durante unas horas: comer, bailar, reírnos, bañarnos en la piscina... todo como si hubiéramos vuelto al pasado. Y de repente, el pasado nos ha caído encima. La amiga de Marga, bueno, de Rita, nos ha dado una sorpresa: las diapositivas de la fiesta de cumpleaños y la película de Mallorca que ninguna conocíamos. ¿Te lo imaginas? Seis mujeres de mediana edad, medio borrachas, viendo aquellas imágenes delante de una extraña. Ya te contaré cuando esté más tranquila.

Si paso esta noche, creo que tendré el valor necesario para hacer lo que hay que hacer.

He quedado con Rita para el miércoles. Volvemos a las viejas costumbres. Hablaré con ella. Le contaré lo que no le he contado a nadie desde entonces y luego ya veremos.

¡Deséame suerte!

—Fue lo último que escribió en su vida —dijo Gerardo, mirando fijamente el papel—. «Creo que tendré el valor necesario para hacer lo que hay que hacer» —repitió en voz baja—. Ese es el meollo del asunto, estoy seguro. ¿Qué pensaba hacer Lena y a quién no le convenía que lo hiciera?

David cabeceó en silencio, encogiéndose de hombros.

—Te juro que voy a hacer lo que sea necesario para que me cuenten qué coño pasó en esa puñetera fiesta. Pero lo primero es hacerse con las fotos y la película.

—Lo mismo están aún en mi casa. Le preguntaré a Ana.

—Esta misma noche.

—Si están en mi casa, mañana las tienes aquí.

1974

Las chicas han pasado todo el día entre la playa y la piscina porque, aunque al director no le ha hecho mucha gracia que hayan decidido quedarse en el hotel en lugar de hacer una excursión todos juntos, al final doña Marisa ha conseguido convencerlo de que resultaba un poco tonto dejar perder la posibilidad de bañarse y tomar el sol, estando en Mallorca y en un complejo hotelero como el suyo.

Ahora los dos profesores están esperando a que lleguen todas de sus habitaciones para subirse al microbús y marcharse a Palma, a reunirse con el grupo de los chicos en una de las grandes discotecas.

—Está saliendo bien el viaje, ¿verdad? —Marisa hace tintinear el hielo de su Coca-Cola y brinda a su compañero una sonrisa esplendorosa, más blanca que de costumbre, por contraste con su cara morena de sol. Javier nunca la ha visto tan guapa ni tan resplandeciente.

—Sí. La verdad es que hacía tiempo que no pasaba un día entero tumbado, sin hacer nada, y sin tener mala conciencia por no estar trabajando. Pero he decidido que, para lo que me queda, más vale disfrutar ahora que se puede. ¡A saber dónde me mandarán el mes que viene!

—¿Es seguro que te trasladan?

—Es seguro desde que monseñor Uribe se dio cuenta de que no me sienta bien el contacto con los jóvenes.

—¿Cómo que no te sienta bien?

—Según él, me he dejado contagiar por sus ideas de libertad, de permisividad… de todo lo que a él no le parece correcto.

—¿Y a ti? ¿Qué te parece a ti?

Javier se encoge de hombros y pierde la vista en el jardín, por encima de los hombros de Marisa. No tiene ganas de pensar ahora ni en don Alonso, ni en el traslado, ni en las semanas de retiro que le esperan en los Pirineos entre curas antediluvianos y monjitas silenciosas, pero ella está esperando una respuesta.

—Yo no cuento.

—Me parece injusto.

—A mí también, pero he jurado obediencia, ya lo sabes. Es como en el ejército, supongo. No se pueden desobedecer las órdenes.

Marisa pone una mano sobre la de Javier.

—¿Y si lo dejas, Javi? —Lo han estado hablando la noche antes de modo teórico, pero lo que de madrugada, sentados en el jardín mirando el mar parecía una opción, ahora, a la luz del sol, ya no le parece más que un sueño de verano.

—¿Y qué voy a hacer, Marisa?

—Podrías seguir trabajando en institutos, como ahora, enseñando Filosofía por ejemplo.

—No me dejarían nunca. ¿Quién iba a aceptar a un cura renegado? Y yo no sé hacer nada más. Anda, cambia de tema; ya vienen.

—Pero seguimos después.

—¿Qué pasa? ¿Te hace ilusión llevar a un cura por el mal camino? —lo ha dicho sonriendo y claramente en broma, pero Marisa se queda seria.

—Me hace ilusión ayudar a un amigo a no desperdiciar su vida. —Se levanta, dejándose la Coca-Cola a medias y va al encuentro de las alumnas que vienen, entre risas, ya vestidas y maquilladas, con las melenas recién lavadas y el brillo en los ojos que solo se tiene a los dieciocho años.

Al cabo de un momento están todos en el microbús y Marisa se ha sentado junto al conductor.

En Palma, se reúnen con los chicos, entran en una discoteca gigante después de casi quince minutos de cola y, poco a poco, se van desperdigando en parejas y pequeños grupos. Hace un calor húmedo que, unido al humo que llena las diferentes pistas, casi no deja respirar; la música suena a todo volumen y el alcohol corre libremente, como un fuego lento que les va embotando las percepciones y los hace reírse de cualquier cosa.

En una mesita un poco apartada, donde la música no suena tan fuerte, don Telmo y doña Loles discuten frente a frente. Se les nota desde lejos que están teniendo una conversación donde todo el mundo está de más, y los alumnos evitan pasar cerca de ellos, por si acaso. Don Javier está en la barra, tomando un cubalibre. Parece un poco perdido sin doña Marisa, a quien se han acostumbrado a ver siempre a su lado, de modo que Carmen y Ana van a hacerle compañía y a tratar de convencerlo de que salga a la pista con ellas, hasta que las ahuyenta y vuelve a quedarse solo, mirando fijamente el espejo de detrás de la barra, que refleja toda la sala entre guiños de neón de colores. Sabe que ha herido a Marisa sin querer, y lo lamenta, pero le angustia que ella siempre acabe dándole la misma solución: «déjalo». ¿Cómo va a dejar su vocación, su destino, su única seguridad? ¿De qué le han servido sus años de seminario, de renuncia, todos los sacrificios que ha tenido que hacer, si ahora lo tira todo por la borda solo porque no quiere encerrarse en un pueblo perdido a hacer lo que le han enseñado, lo que él mismo ha elegido? Pero sabe que no es eso, que no se trata solo del miedo al aburrimiento y a la soledad. Su peor problema, al que no le encuentra solución, es que ya no se identifica con muchas de las cosas que a los dieciséis años le parecían correctas, evidentes y necesarias, que ya no entiende por qué el mensaje de Cristo, tan valiente, tan revolucionario, tiene que estar cada día más ligado al sexto mandamiento, a cuestiones que, en la base, no tienen ninguna importancia, comparadas con las realmente fundamentales; que le molesta no poder contestar ni con el corazón ni con el cerebro a preguntas perfectamente justificadas de sus alumnas, y tener que limitarse a dar la versión oficial en la que ya no cree. Cuando Ana le preguntó, unos meses atrás, si a él le parecía normal que el Generalísimo saliera bajo palio en las procesiones, una muestra de veneración que siempre había estado reservada exclusivamente a la Sagrada Forma, lo único que consiguió balbucir fue que eso era un honor que le había concedido Su Santidad al Caudillo por su defensa de la religión católica y que ni un cura de pueblo ni una alumna

273

de COU tenían derecho a contradecir al Papa de Roma. Ana se calló, pero él sintió vergüenza de sí mismo, porque a él también le parecía un escándalo y sin embargo no se había atrevido a decirlo.

Y en los casos en los que se sentía orgulloso de sí mismo y de su actuación, como cuando iba a hablar con los padres de una alumna que se hubiera quedado embarazada, y con su novio y con los padres de él, y los convencía a todos de que la mejor solución era el matrimonio, también tenía que enfrentarse con el obispado, que lo acusaba de no haber sabido inculcar a sus alumnos el valor de la virginidad y de la abstinencia sexual. Hiciera lo que hiciera nunca estaba bien. Habían amordazado su cerebro, sus sentimientos y, por supuesto, sus palabras. Tenía la sensación de estar maniatado; de que le habían puesto un bozal y un collar al cuello, para que sus superiores pudieran tirar cómodamente de la cadena y llevarlo adonde él no quería ir.

—Venga, Javi —oye la voz de Marisa—. Emborracharse solo es de lo más triste del mundo y como, además, estamos de carabina, ni siquiera te lo puedes permitir. ¡Ven a bailar con nosotras!

Sacude la cabeza y desvía la vista hacia su compañera y las alumnas que la rodean.

—No, mujer, ¡cómo voy a bailar yo!

—Pues con los dos pies que Dios te dio, y aprovechando que estamos en una discoteca. ¡Venga!

Todavía negando, pero ya sonriente, se deja arrastrar por el grupo hasta que, una vez en el centro de la pista, bajo las luces de colores, empieza a sonar «Sacramento», la canción estrella de Middle of the Road, y las chicas se ponen a chillar y a dar saltos y acaban por contagiarlo. Al cabo de un rato está empapado en sudor pero se siente más libre y más feliz que en los últimos cinco años de su vida. Entonces cambia la luz, empieza a sonar una canción lenta y, con desgana, emprende el regreso a la barra. La mano de Marisa lo detiene.

—¡Ah, no! De eso nada. ¿No vas a sacarme a bailar, como un caballero?

Todas las chicas se han emparejado con extranjeros altos y colorados. Marisa tiene el pelo húmedo y le sonríe.

—Pero si yo no sé bailar... —protesta él débilmente.

—Te llevo yo.

Javier le pone las manos en la cintura y ella rodea su cuello con los brazos mientras, muy bajito, tararea la canción: «Nights in white satin».

Nunca ha estado tan cerca de una mujer que no sea de su familia. Huele ligeramente a aceite de coco y también a algo más fresco, más verde, que debe de ser su perfume y que nunca ha notado. Trata de mantener las manos quietas en la cintura de ella y de no acercarse mucho para que ella no note que tiene una erección. Sabe que debería soltarse con cualquier pretexto y refugiarse de nuevo en la barra, o salir un rato a tomar el aire, pero sabe también que si se marcha ahora se arrepentirá durante meses o años, cuando se meta en la cama del poblacho adonde lo envíen, sin tener siquiera el recuerdo de este momento; de modo que se deja llevar por la melodía, cierra los ojos y permite que ella se acerque más, hasta que, con un escalofrío, siente sus pechos pegarse a su cuerpo.

—Me encanta esta canción —susurra ella. Él no dice nada, pero reacomoda las manos de modo que ahora abarcan la parte posterior de sus caderas, tan redondas, tan firmes. Siente el elástico de la ropa interior y tiene que contenerse para no explorar más, para no buscar todas las maravillas que están allí al alcance de sus manos. Ella le acaricia la nuca durante un instante sy, de repente, se separa de él.

—Anda, vamos a salir un momento a tomar el fresco —le dice cogiéndolo de la mano y tirando de él.

—Pero... pero... las chicas...

—No se las van a comer, hombre. Y además, Telmo y Loles están ahí. ¡Vamos!

El aire exterior es delicioso por contraste con el calor y el humo de la discoteca. Caminan unos pasos hasta el pretil de un parque que da al mar, bajan las escaleras de piedra y se internan por un caminillo de grava blanca, sorteando parejas que se besan en las sombras y jóvenes que vomitan sobre los parterres. A Javier le gustaría cogerla de la mano, pero sabe que no es correcto, y no se atreve. Ella camina con la cabeza echada hacia atrás, inspirando hondo, hasta que se detiene bajo un fi-

275

cus inmenso, busca por el bolso, saca un paquete de cigarrillos, enciende dos a la vez y le pasa uno, en silencio.

—Marisa —dice Javier, en voz muy baja, a pesar de que sabe que no hay nadie cerca—. ¿He hecho algo mal? ¿Qué pasa?

Ella lo mira, con una chispa de diversión en los ojos. Se pone de puntillas, le coge la cara con las dos manos y lo besa fuerte, en los labios cerrados.

—¡Ay, Javi! Pasa que me gustas muchísimo, que me gustas desde hace dos años, desde que te conocí. ¿Por qué te crees que quería el traslado? Elda no está nada mal; se vive bien y hay de todo; me puedo imaginar perfectamente viviendo allí, pero tú eres cura, y eso complica mucho las cosas, ¿no crees?

—¿Yo? —balbucea él—. ¿Yo, te gusto?

—¡Qué corto eres, hijo! Claro que me gustas. A rabiar. ¿Y yo a ti?

Nadie le ha hecho nunca una pregunta tan difícil, ni siquiera Ana, porque la respuesta es sencilla, pero no sabe si debe contestarla con el corazón o con la cabeza y eso lo paraliza.

—¿Te gusto sí o no? Porque si no, entonces no hay más que hablar.

Al final no responde ni con el corazón ni con la cabeza. Su cuerpo toma la iniciativa, aprovechando el vacío de poder, y sin saber siquiera cómo ha sucedido, se están besando, esta vez de verdad, como Javier solo conoce por las películas.

En la discoteca, entre cientos de parejas sudadas y bebidas, Marga baila con Manolo que la abraza como una boa y, aprovechando que la sala es inmensa y no hay nadie conocido alrededor, le palpa los pechos con una mano mientras le chupa una oreja y, con la otra mano, trata de desabrocharle el sujetador.

—Deja, Manolo —dice ella, tratando de soltarse de su presa—. Déjame ya. Estás borracho y no me gusta.

Él sigue, sin hacer ningún caso de sus palabras.

—¡Que me dejes, narices! ¡Que no me apetece! —Le da un empujón con todas sus fuerzas y él se tambalea ligeramente—. Me voy al lavabo.

—¡Estoy harto de tus caprichos! Vuelve aquí inmediatamente o hemos terminado.

Marga ve el cielo abierto y, antes de que Manolo pueda

articular una palabra más, contesta, gritando sobre el volumen de la música.

—Muy bien. Hemos terminado. Ya no somos novios, ¿te enteras? Se acabó. Ya puedes ir buscándote a otra que te aguante.

Él la persigue hasta el pasillo que lleva a los aseos.

—Marga, por favor, vamos a salir un rato afuera, vamos a hablarlo.

—No hay nada que hablar. Estoy harta.

—Venga, mujer, dentro de dos meses estamos en Valencia. Solos los dos. Te prometo esperar hasta entonces, si tú quieres. Anda, no seas así… —vuelve a abrazarla y trata de besarla en el cuello, como un vampiro, donde Marga ya tiene dos moretones anteriores.

—¿Eres tonto o qué? Te he dicho que se ha acabado. —Lo rechaza de un empujón con las dos manos y, de una corta carrera, desaparece en el lavabo de señoras.

Manolo se mete las manos en los bolsillos, furioso, y echa una mirada a su alrededor. Está dispuesto a esperar a Marga allí mismo, aunque tarde toda la noche. Él no es de los que se conforman buenamente. ¡Faltaba más que una cría imbécil le tenga que decir a él si salen o no salen juntos!

Entre cabezas bamboleantes y parejas sudorosas, cree distinguir la enorme melena rizada de Carmen. Esa sí que es una mujer como Dios manda. Se está morreando con un tipo rubio que debe de medir casi dos metros, porque está medio doblado sobre ella y aún le sobra cuerpo. Sole, preciosa como siempre, pero con ese aire helado que a Manolo le da grima, está en la barra hablando con un tipo que tiene pinta de ejecutivo de vacaciones. A su izquierda, medio ocultos detrás de una columna, el director y su mujer siguen peleándose sin enterarse de lo que pasa a su alrededor. Don Javier y doña Marisa deben de estar con el resto de las chicas en otra de las pistas.

Candela pasa por delante de él camino de los aseos, Manolo la agarra del brazo y se acerca a su oído para hacerse entender. Ella se aparta un poco, asqueada por el olor a ron y a Ducados de su aliento.

—Tu amiga Marga lleva un siglo ahí dentro. Dile que si sale ahora la perdono y aquí no ha pasado nada.

277

—¿Que la perdonas? ¿Tú? ¿Qué te ha hecho? —Manolo detesta esa sonrisa de arriba abajo que sabe poner Candela, pero si quiere que lo ayude, tendrá que ceder un poco.

—Me ha dicho que quiere cortar, pero está claro que no sabe lo que se dice; es una rabieta.

—Marga es más adulta que tú, Manolito. Lo que pasa es que no te quiere, ¿comprendes? Que no te ha querido nunca.

—¿Y tú cómo lo sabes, a ver?

—Porque las amigas nos contamos esas cosas. Así que, ya sabes... ¡piérdete!

Candela se suelta con violencia y entra también en el lavabo. Manolo, con un bufido, se aleja del pasillo y, sorteando parejas, se va a buscar a alguien con quien tomarse un cubalibre mientras su cerebro empieza a hacer planes para la revancha y sus labios murmuran casi sin que él mismo se dé cuenta «esto no quedará así», «esto no quedará así».

Mati lo ve pasar y adivina lo que ha sucedido porque, aunque no ha podido oír lo que decía Marga, los gestos dejaban muy clara la situación. El patoso rubio, rojo como una gamba, con el que está bailando se le pega un poco y ella lo deja hacer mientras piensa cómo utilizar lo que sabe. Le apetece una pequeña conversación con Manolo, quizá fingiendo preocupación por Marga, en la que dejarle claro al pobre imbécil que a su novia le van las tías. Está segura de que a él ni se le ha pasado por la cabeza esa posibilidad, a pesar de las revistas porno que compra cuando puede y que lleva escondidas en la cartera para enseñarlas a los amigos y presumir de contactos.

Unos pasos más allá, ve a Tere bailando con un chaval que, por la pinta, debe de ser de los pocos españoles, descontando a sus compañeros, que hay en la discoteca. Están todo el rato hablando, como si lo de bailar fuera solo una manera de estar lo bastante cerca como para poder oírse. De vez en cuando, ella lanza una mirada a la mesa del fondo donde el director y su mujer han empezado a gritarse, y se le cambia la cara, como si no pudiera soportar ver a dos profesores comportarse como un matrimonio normal. No se les oye, pero se ve con claridad que están a punto de pasar a las manos, lo que significa que dentro de nada, don Telmo se levantará y empezará a decirles a todos que vuelven al hotel, que se ha acabado la diversión. Ella había pensado dedicar esa noche a llevarse a Sole a un lugar apartado y enseñarle su tesoro, pero no se le había ocurrido que nadie fuera a sacarla a bailar y, cuando el sueco ha venido a buscarla, ha preferido salir con él a la pista y dejar el otro asunto para más tarde. Pero ahora parece que no va a poder ser. Don Telmo, dejando a su mujer en la mesa con la cabeza enterrada entre las manos, ya está empezando a buscar a los alumnos.

2007

Ana estaba en una cafetería del centro esperando a Teresa. La había llamado temprano y aun así la había pillado ya en la calle porque, como aún no había encontrado sustituta para Lena, le había caído encima tanto trabajo que apenas si podía llevarlo todo.

—No te lo puedo contar por teléfono —le había dicho—. Tenemos que vernos lo antes posible.

Pero aun así Teresa, que parecía nerviosa y preocupada, no había podido encontrar un hueco antes de las once.

Cuando por fin llegó, Ana había destrozado ya dos docenas de palillos que se amontonaban alrededor de su taza de café.

—David se ha llevado las diapositivas y la película de Mallorca —le dijo, antes incluso de que se hubiese sentado frente a ella en la mesa del fondo del local—. Parece que han encontrado unos e-mails entre Lena y Sole y se les ha ocurrido que en algo que pasó aquel verano puede estar la clave de todo.

Teresa aspiró hondo y cerró los ojos un instante, como concentrándose.

—¿Qué le has contado?

—Nada —dijo Ana, apretando los labios hasta que se le pusieron blancos.

—¡Venga, mujer! Cuando David te ha preguntado si pasó algo fuera de lo común en aquel viaje, ¿de verdad le has dicho que nada?

—Le he dicho —dijo Ana tragando saliva— lo que habíamos decidido para situaciones extremas. Lo mismo que le dijimos a Ingrid, ¿te acuerdas? Que tuvimos muy mal tiempo en el viaje de vuelta, que estábamos todos vomitando por los pasillos y que en algún momento de aquella noche una compañera debió de caerse al mar sin que nadie se diera cuenta, porque al llegar a puerto ya no estaba. Que nunca se recuperó su cadáver y que durante muchos años todas nos habíamos sentido vagamente culpables por lo que le pasó.

—Bien.

—¿Sí?

—Claro. ¿Qué ibas a hacer, si no? Es justo lo que yo acabo de decirle a Machado.

A Ana se le desorbitaron los ojos.

—Me han vuelto a llamar de comisaría. Anoche, Machado me pidió que fuera hoy mismo, en cuanto pudiera, así que me he presentado a las ocho en punto porque, si no, no llego a todo lo que hay que hacer.

—¿Qué quería saber?

—Pues eso, lo que pasó en aquel viaje. Parece que, en los mails, una de las dos, o las dos, no sé, hablan de que aquel verano nos cambió la vida a todas, y se están haciendo preguntas. Debe de haber algo más, pero no me lo han dicho. ¿Sabes tú algo?

—David ha comentado algo de que Lena le escribió un mail a Sole al volver de nuestra famosa fiesta de chicas, la noche de Moros, diciendo que estaba destrozada después de ver las diapositivas y la película, y que había quedado con Rita para contarle algo que llevaba toda la vida ocultando.

Teresa se cubrió la cara con las manos.

—¡Dios mío! ¡Cómo pudo ser tan mema para escribir una cosa así!

—Yo creo que ella siempre supo quién lo hizo, Tere. —Ana había bajado tanto la voz que apenas si era un susurro—. Incluso es posible que fuera ella misma...

—¿Lena? —Teresa sacudió la cabeza.

—¿Por qué no? ¿Por qué cualquiera de nosotras sí y ella no? —insistió Ana.

—Porque era la que menos motivos tenía, Ana. No estaba metida en ningún lío, sus padres se llevaban bien, no tenía nada que ocultar.

—Tenía lo mismo que todas. —Ana la miraba, desafiante, con un brillo de fiebre en los ojos—. Parece que yo soy la única que se acuerda de la noche de antes del barco. Las demás no pensáis más que en lo de Mati. Y precisamente por eso, si

281

Mati no había encontrado nada con qué presionarla, y nunca había tenido con Lena una de esas «conversaciones íntimas», como Mati las llamaba, la noche del barco, cuando Lena se diera cuenta de que ahora era como todas, que ahora Mati la tendría para siempre en un puño, se le cruzaron los cables y la tiró por la borda. ¿No te parece posible?

Se interrumpió porque el camarero acababa de traer el café que había pedido Teresa ya en la barra, antes de sentarse. Seguía cabeceando, mientras removía la sacarina en la taza, pero ahora parecía prestar más atención a las palabras de Ana.

—A todas nos cambió la vida —continuó—. Bueno, a casi todas, porque tú seguiste por el camino que te habías fijado. Creo que fuiste la única.

—Y Carmen, aunque luego se le torcieran las cosas por culpa del embarazo.

—Sí, tienes razón, pero las demás nos hicimos migas después de eso. Y la peor fue Lena, no me lo vas a negar. Rompió con todo. Con todo, Tere. Londres, Ibiza, las islas griegas, la India. *Sex and drugs and rock and roll*; la panoplia completa. Y cuando volvió por fin, con Jeremy, sin Nick, sin estudios, sin trabajo, sin futuro, se dedicó a vivir como a fuego lento, haciéndose cada vez más dulce, más mansa, como tratando de pagar por sus pecados de juventud. No me digas que no te parece posible.

Hubo una larga pausa. La gente entraba y salía del bar, la máquina sonaba de vez en cuando para atraer clientes, el barman les lanzaba alguna mirada para asegurarse de que no necesitaban nada más.

—Lo que a mí me parezca posible no tiene demasiada importancia, Ana. Estoy segura de que antes o después, tu marido y Machado parirán la genial idea de que lo de Mati no fue un accidente... —comenzó Teresa despacio, como pensando mientras hablaba; Ana se cubrió la boca con las manos—. Espera, no te asustes. Si nosotras, poco a poco, como si nos lo estuvieran sacando a la fuerza, empezamos a sugerir que Mati nos chantajeaba con los pequeños secretos de adolescentes que ahora parecen ridículos pero que entonces eran gigantescos para nosotras... podemos ir llevándolos a la idea de que Lena la mató en un arrebato, por algo que nosotras no sabemos, algo que podía hacer que sus padres la castigaran o no la dejaran hacer un curso en Londres o algo de ese estilo. Y ahora, al ver de nuevo la película de aquel verano, le cayó la culpa encima y se cortó las venas. Yo creo que eso es fácil de aceptar. Lo que nos sigue dando problemas es quién ha tratado de implicar a Rita y por qué.

—Supongo que no les has hablado de la famosa «solución Manolo».

—No. No me ha parecido adecuado, dadas las circunstancias. Pero quizá más adelante… cuando ellos mismos hayan llegado a la conclusión de que Lena quería castigarse a sí misma por lo que hizo entonces… quizá ahí podamos sugerirles la intervención de Manolo. Y, al fin y al cabo, no es como si lo acusáramos de asesinato. No lo acusamos más que de haber hecho una estupidez, una chiquillada muy propia de él.

—Es, por lo menos, obstrucción de la justicia.

—Ya. Pero no es homicidio.

—No estás convencida de lo de Lena, ¿verdad?

Teresa se encogió de hombros.

—Nunca se me había ocurrido. Necesito pensarlo un poco más.

—¿Y qué hacemos ahora?

—Nos irán llamando a todas a declarar sobre lo del viaje. Lo importante es que todas digamos lo mismo, sin añadir nada de nuestra cosecha. Que hubo tormenta y estábamos hechos polvo por la última noche de discoteca en Mallorca, que apenas habíamos dormido, que estuvimos vomitando o que nos quedamos fritos en los camarotes, cada una a su gusto. Que no vimos a Mati en toda la noche y que cuando llegamos a Alicante nos dimos cuenta de que ya no estaba. Que la policía nos interrogó a todos en el puerto y nadie sabía nada, lo que, en el fondo, Ana, es la pura verdad. ¿O tú sabes algo?

Ana negó violentamente con la cabeza. Teresa continuó.

—Es importante que hablemos en masculino, no vaya a parecer que solo nosotras siete podíamos haber tenido algo que ver con la cosa.

—¿Y si nos preguntan quién dormía en qué camarote, quién habló con Mati? No sé, esas cosas…

—No nos acordamos con precisión. ¿Cómo nos vamos a acordar de quién dormía dónde después de treinta y tres años?

—Yo me acuerdo.

—Ya no —dijo Teresa, tajante, mirándola a los ojos—. Ya no te acuerdas, ¿está claro? No hay nada más sospechoso que alguien que recuerda una banalidad después de tanto tiempo.

Lo sé por una paciente, que es jueza. Isabel Alcañiz. —Ana asintió—. Ella me dijo que cuando un testigo recuerda en detalle algo que para él no tenía ninguna importancia en el momento, un juez siempre piensa que está mintiendo. Me figuro que con la policía es igual.

—Pues no lo entiendo.

—Que una se acuerde de detalles insignificantes del día en que murió su hijo, pongamos por caso, es normal. O si tenías una operación grave, o un examen importantísimo o algo que se te haya grabado en el cerebro porque para ti, y fíjate que digo «para ti», era crucial. Lo que no es normal es que te pregunten por los detalles de algo que pasó el seis de febrero, por ejemplo, que para ti fue un día como cualquier otro, sin nada de particular, y sin embargo lo recuerdes fotográficamente. Si te acuerdas, es porque sucedió algo muy importante. Y nosotras no queremos que piensen que aquella noche fue particularmente importante por nada. Si quieres contar detalles, los cuentas del día siguiente, de cuando nos enteramos de la muerte de Mati; eso es comprensible que se te haya quedado grabado.

—Es que es verdad. Ese día se me ha quedado grabado. Fue cuando me enteré de que mi madre se había ido de casa y tuve que elegir si quedarme con mi padre, en mi casa de toda la vida, o irme con ella a un piso de alquiler, con José Luis entrando y saliendo cuando quisiera. Creo que eso es suficientemente importante como para que me acuerde.

—No lo sabía.

—Da igual. Hace ya mucho tiempo.

—Al menos les ha salido bien, ¿no?

—¿A mi madre y José Luis? Sí. Llevan juntos desde entonces y ella siempre ha dicho que es el hombre de su vida.

—Pues no pareces muy contenta.

Ana desvió la vista hacia la calle, donde una larga cola de coches pitaba a alguien que trataba de aparcar.

—No tiene mucha gracia pensar que mi hermana y yo fuimos prácticamente un error cometido por una mujer que aún no había encontrado al hombre de su vida.

—¡Ánimo, chica! Al menos, tu madre solo cometió dos errores. La mía cinco. Y se quedó con mi padre hasta su muerte. Yo creo que ni siquiera llegó a saber lo que era estar enamorada. Por no hablar de la cama… Mi madre debió de ser de las que se van de este mundo sin haber tenido un orgasmo. Nunca me lo contó, claro. En fin, preciosa, tengo que irme. ¿Las llamo yo a todas, o nos las repartimos? Es que voy fatal de tiempo…

—Llama tú a Candela, que es la más difícil, y yo me encargo de las otras tres. Hoy Ricky está de excursión con el cole y no tengo turno.

Se dieron un abrazo y Ana se quedó en la cafetería para hacer las llamadas.

Gerardo Machado estaba en su despacho mirando fijamente el papel que tenía delante, donde había anotado todo lo que le parecía digno de investigar en el caso de Lena y las informaciones que había sacado del archivo de la policía.

Las diapositivas y la película que había traído David por la mañana no le habían aportado ningún dato de importancia; no eran más que las típicas fotos juveniles: el dieciocho cumpleaños de Rita Montero y una cinta del viaje de fin de curso donde sse los veía a todos increíblemente jóvenes y felices. Nada más.

Le había hecho gracia ver a algunos de los hombres de cincuenta años con los que se encontraba en bancos, oficinas y restaurantes hechos unos chavales, con sus pelos largos y sus pantalones de campana, pero, a excepción de ellos y de las mujeres que habían sido amigas de Lena, no había reconocido a nadie, porque cuando él estudiaba en el instituto, a pesar de que era el mismo colegio, esos profesores ya no estaban allí o no le daban clase a él.

En cuanto al accidente de aquella muchacha —Matilde Ortega Navarro— los informes de la policía de Alicante solo establecían su desaparición y el fracaso de la búsqueda que se hizo inmediatamente después. Era un hecho que la chica había embarcado en el puerto de Palma de Mallorca con todos sus compañeros de clase y que, al llegar a Alicante, ya no se encontraba en el barco. También era un hecho incontrovertible que la noche de

285

la travesía habían tenido una tormenta eléctrica, con fuerte marejada. Si a aquella estúpida se le había ocurrido salir a vomitar a cubierta en lugar de hacerlo en uno de los aseos del barco, no era de extrañar que un golpe de mar la hubiera lanzado por la borda sin que nadie se diera cuenta.

Teresa le había contado que todos los chavales se pasaron la noche mareados y vomitando, aparte de que estaban todos hechos polvo de la semana que llevaban de salir hasta las tantas y luego tener que levantarse temprano para hacer las excursiones programadas. No resultaba increíble que nadie se hubiese dado cuenta de que Matilde no estaba en su cabina. Al parecer, no era una chica demasiado popular y no tenía ninguna amiga íntima que la echara especialmente de menos si tardaba en volver a su litera.

Sin embargo...

Sin embargo algo había tenido que pasar en esa noche para que treinta y tres años más tarde Lena le escribiera a su amiga Sole que necesitaba contar lo que llevaba tanto tiempo ocultando. «Creo que tendré el valor necesario para hacer lo que hay que hacer», le había escrito. ¿Hacer qué? ¿Suicidarse por algo que hizo entonces? ¿Era remotamente posible que se hubiera suicidado de verdad, a pesar de que ciertas cosas no casaban con un escenario de suicidio?

Empezó a plantearse la hipótesis: Lena, que ha invitado a cenar a Rita Montero para contarle algo que lleva treinta y tres años ocultando, sea lo que sea, —¿quizá que fue ella quien empujó a Matilde por la borda en un arrebato y luego no avisó para que la rescataran?—, decide de pronto que está harta de la vida y que va a suicidarse antes de que llegue su invitada. ¿Para no tener que poner en palabras ese secreto que la consume? Raro, pero aceptable. Entonces se prepara una infusión y disuelve en ella una cantidad de somníferos que bastarían para dejar fuera de combate a un caballo. Raro también. Pero ahora, después de tomarse la taza, se va a la cocina y friega, seca y guarda los cacharros que ha usado, antes de meterse en el baño, llenar la bañera de agua caliente y abrirse las venas. Rarísimo. A menos que, además de matarse, estuviera empeñada en inculpar a su amiga. ¿Por qué, si según el e-mail, estaba dispuesta a contarle lo que sabía de aquella noche, cosa que dejaba bastante claro que Lena estaba segura de que la Montero no tenía nada que ver con el asunto?

Y después de abrirse las venas, hace desaparecer la cuchilla. ¿Cómo? Más que rarísimo. Imposible.

Tenía que haber una segunda persona. Y esa persona no podía ser la Montero porque no le convenía en absoluto. Tenía que ser alguien que odiaba a Rita o que quería castigarla por algo. ¿Alguien que había llegado por sorpresa a casa de Lena, se había encontrado con un cadáver y había decidido aprovechar la ocasión para inculpar a la Montero?

¿Alguien que, casualmente, tenía a mano una colilla fumada por ella, para dejarla caer en un cubo de basura con una bolsa limpia, que no contenía nada más, ni siquiera la bolsita del té que se había tomado Lena antes de matarse? ¡Menuda estupidez!

Ni podía acusar a Rita Montero con buena conciencia, porque no tenía más que chorradas en la mano, ni se le ocurría a quién podía acusar, si no. Le fastidiaba la idea, pero empezaba a temer que el de Lena iba a ser uno de esos casos que nunca se resolverían.

De todas maneras, al día siguiente interrogaría a todas las amigas de la víctima sobre la desaparición de Matilde Ortega en el verano de 1974. Si con eso no sacaba nada en limpio, no tendría más remedio que empezar a dedicarse a otras cosas para poder marcharse de vacaciones en las fechas que tenía previstas.

287

Candela, en el consultorio de Teresa, miraba fijamente la pared empapelada de títulos y diplomas detrás de su amiga en un intento casi infantil de no encontrarse con sus ojos. No podía soportar esa mirada de ternura, de compasión, que al parecer no era capaz de evitar al verse frente a ella.

—¿Qué me contestas? —insistió Teresa al cabo de unos minutos de silencio que se le habían hecho eternos pero que sentía que le debía a Candela.

—¿Qué quieres que te conteste? ¿Que estoy deseando meterme en la clínica, sabiendo que ya no saldré viva de allí? Prefiero morirme donde me pille. En un aeropuerto, a ser posible, a la vuelta de esas vacaciones que llevo años queriendo tomarme. ¿Crees que aún puedo?

Teresa sacudió la cabeza lentamente.

—No, Candela, no puedes. ¡Qué más quisiera yo! Pero no puedes ya. A menos que sea verdad eso de que te da igual morirte donde sea, sin la compañía de tu novio, sin una amiga que te lo haga más llevadero, sin alguien que haga por ti lo que ya tenemos hablado.

—¿Tan mal me encuentras? —insistió ella, casi implorante—. Yo me siento bastante bien aún; muy cansada, eso sí, casi sin fuerzas, pero no me duele apenas.

—Esa es la única suerte, dentro de la desgracia: que apenas duele. Pero sí, Candela, no tengo más remedio que decirte la verdad. Siempre has querido la verdad, ¿no? Tendría que ingresarte ya mismo. Tienes una neumonía.

Candela apartó la vista y tragó saliva.

—Es un simple resfriado de verano.

—Es una neumonía y esta vez es la definitiva.

—Dame una semana, anda.

Teresa se levantó y empezó a dar vueltas por la consulta.

—¡Joder, Candela! No me lo hagas más difícil. «¡Dame una semana!» ¡Joder! ¡Si estuviera en mi mano, te daría treinta años! Pero no está en mi mano, ¿te enteras? ¡¿Te enteras?! Perdona, Candela, perdona. Perdóname. —Teresa se acuclilló frente a su amiga y le cogió las manos, que estaban heladas.

—Dos días. Dame dos días y puedes ingresarme. Lo tengo casi todo listo, pero aún me quedan un par de cosas que hacer.

Teresa tragó saliva y asintió sin palabras.

—Te lo prometo. Dos días —insistió Candela—. Y luego tú...

—Sabes que sí. En cuanto me lo pidas.

—Gracias, Tere.

Se abrazaron llorando hasta que Candela se soltó, sacó el espejito del bolso y empezó a arreglarse el maquillaje para salir de la consulta.

Ya estaba en la puerta cuando Teresa preguntó, en voz muy baja.

—¿Harás lo que hemos hablado?

Candela esbozó su famosa sonrisa desdeñosa.

—Descuida. Después de una vida preocupándome por el qué dirán, de pronto ha dejado de importarme.

—Gracias, Candela.

Se encogió de hombros y salió de la consulta envarada y elegante, como siempre, con sus grandes gafas de sol y sus labios pintados, ensayando una sonrisa que convenciera a Rita de que venía de un control de rutina con su ginecóloga. Aún tenían dos días. Ya habría tiempo para decirle la verdad.

—¿Qué? —pregunta Rita, en cuanto Candela se deja caer en la silla de enfrente—. ¿Menopausia?

Candela pide un granizado de limón y sonríe sin tener que fingirlo. El simple hecho de ver a Rita, de que Rita haya estado esperándola y ahora tengan toda una noche por delante la pone de buen humor.

—Yo siempre he sido muy diligente, querida. Hace años que acabé con eso.

—Diligente. ¡Qué palabras te gastas!

—Las que nos enseñaron. En mi casa se decía mucho.

—¿Qué fue de tu casa?

—La vendí.

Rita la mira, sorprendida.

—¿Aquella preciosidad, en plena calle Nueva?

—Me pagaron una pasta, me compré el piso de Alicante y aún me sobró un buen pico para invertir.

—¿Y tus raíces?

—¿Qué raíces ni qué niño muerto? De raíces solo habláis los que os habéis ido por el mundo, porque os gusta haceros la idea de que el pasado puede quedarse quieto donde está, para poder venir a recuperarlo una semanita al año. Cuando uno vive en el mismo sitio donde nació, lo que quiere es que haya cambio, que las cosas se modernicen, que haya espacio para aparcar, no tener que invertir constantemente en reparar lo viejo.

—Aquella casa era un sueño, Candela. Podías haberla convertido en algo maravilloso.

—¿Para qué? ¿Para mí y para quién más? No tengo hijos, mi futuro es solo mío —estuvo a punto de decirle que ni siquiera tenía futuro ya, pero se mordió la lengua—. Prefiero un piso con terraza y ascensor, a diez minutos de mi bufete. Mientras vivieron mi madre y mis tías, me gustaba volver, pero un buen día, ya

289

muertas todas, me encontré dando vueltas por aquel caserón que se estaba cayendo a trozos y me dio tanta pena que decidí ponerlo en venta. No me he arrepentido.

—Yo, sin embargo, nunca le perdonaré a mi tía que vendiera nuestro campo, el campo de mi infancia. Pero su segundo marido, Joaquín Alba, no sé si te suena, la estuvo machacando durante años para que vendiera, y al final lo hizo.

—¿Joaquín Alba? ¿El primo de Manolo Cortés?

Rita se quedó perpleja.

—No lo sabía. Pero parece que Manolo es quien lo compró.

—Como no pudo quedarse contigo, se quedó con lo que más te importaba. ¡Hijo de puta! ¿Qué piensas hacer? ¿Se lo vas a comprar?

Rita se encendió un cigarrillo y le contó a Candela la escena que Manolo le había hecho en el antiguo cuartelillo, cuando le había ofrecido vendérselo a buen precio, a cambio de cerrar lo que él llamaba su «asignatura pendiente».

—¿Y tú qué le dijiste?

—Que soy lesbiana.

Candela se echó a reír hasta que se le saltaron las lágrimas.

—¡Bien, Margarita, bien hecho! —Le cogió una mano por encima de la mesa—. ¿Sabes lo que me gustaría hacer ahora?

—Alguna locura, seguro.

Candela bajó la voz.

—Me gustaría ir contigo a casa de tu tía Dora y meternos en su cama hasta la hora de cenar.

Rita empezó a reírse bajito, como una colegiala, notando cómo subía la excitación en su interior al pensar en la cara que habrían puesto sus familias.

—Eso es fácil. Tengo llave —dijo conspiratoriamente, como si se tratara realmente de ocupar la casa de la tía Dora en su ausencia y ellas tuvieran aún diecisiete años.

Dejaron un billete sobre la mesa del bar y se marcharon riéndose, cogidas de la mano.

1974

*E*s la última noche en Mallorca. Veintiocho de junio. Al día siguiente tendrán que dejar las habitaciones antes de las doce y pasar las horas hasta la salida del barco, a las ocho de la tarde, visitando monumentos en Palma, de modo que los profesores les han advertido que no se acuesten demasiado tarde. Pero ahora, saltando como locas en la discoteca del hotel de las chicas, el momento de levantarse les parece tan lejano que ni siquiera se acuerdan de los buenos propósitos. Tienen que disfrutar de esa última noche, aprovechar hasta el último instante de libertad antes de volver con sus familias y empezar de nuevo a pensar seriamente en todo lo que les espera, en todo lo que aún hay que hacer hasta estar definitivamente instaladas en Valencia: hacer la preinscripción en la universidad, buscar una residencia de estudiantes donde vivir y prepararse para el examen de selectividad a principios de septiembre.

Ahora es ahora y, mientras haya música y extranjeros con los que bailar, y cubalibres y tabaco y palmeras y mar y noche de verano, lo demás no importa.

Los chicos acaban de llegar con don Telmo y doña Loles pero, menos César que va directamente a buscar a Magda, y Manolo, que intenta llevarse a Marga al jardín para tratar de arreglar lo que él aún cree que es una rabieta infantil por parte de su novia, todos se emparejan con escandinavas claramente mayores que ellos y apenas si se saludan con la cabeza al encontrarse en la pista.

El director y su mujer ni siquiera entran en la discoteca; piden algo de beber en la barra y se llevan los vasos al jardín, junto a la piscina. Javier y Marisa se dirigen también a su mesa, pero enseguida se dan cuenta de que los otros no están de humor para una conversación general y amistosa y, con la excusa de echar un ojo a los chavales, vuelven al edificio.

En la discoteca, Manolo, después de haber tenido una conversación de hombre a hombre con Chimo, acaba de decidirse a poner en práctica el consejo de su amigo «no hay nada que le joda más a una tía que ver cómo te pegas el filete con otra delante de sus narices» y ha sacado a bailar a una rubia flaca y pechugona sin que, de momento, parezca que a Marga le importe un pimiento lo que hace. Al cabo de un rato, cuando levanta la cabeza del cuello de la sueca, Marga y Candela ya no están en la mesa.

César y Magda bailan estrechamente abrazados junto a una columna adonde apenas si llega la luz. Ella tiene los ojos cerrados y sonríe constantemente, como si estuviera en el séptimo cielo.

Carmen, que baila con un tipo grande y patoso, cruza miradas con Manolo como invitándolo a decidirse por fin. Ana ha estado dando saltos con Tere y con Sole durante un rato pero, al empezar las lentas, ha salido de la discoteca a tomar un poco el aire. Tere está bailando con un chico alto y serio y están hablando todo el tiempo.

Por encima del hombro de la sueca, Manolo ve cómo Mati se acerca a Sole, que ha rechazado ya a unas cuantas parejas, y juntas salen también de la discoteca. No sabe bien qué hacer. Por una parte, la extranjera está más que dispuesta a dejarse a cualquier cosa; se le nota en la manera que tiene de pegarse a él, sin rehuir el contacto del muslo que él le mete de vez en cuando entre las piernas para ver si las abre. Empieza a estar seguro de que si le propone subir a su habitación, le dirá que sí a la primera, y sabe que, si piensa hacerlo, tiene que darse prisa antes de que don Telmo decida que se marchan. Pero por otro lado, quizá porque la sueca se lo está poniendo tan fácil o porque, aunque no quiera confesárselo a sí mismo, le asusta un poco, no está seguro de querer llegar tan lejos con una desconocida. Y necesita saber qué está haciendo Marga, dónde, con quién.

Antes de haber tomado una decisión, su mirada se fija en una mujer que acaba de entrar a la discoteca y, aunque no es su tipo en absoluto, no puede dejar de mirarla. Es altísima, con cuerpo de maniquí; lleva una larga melena negra, lisa, un maquillaje como de teatro, y va vestida con una especie de mono blanco ajustado que deja ver sus pechos sin sujetador e insinúa incluso el triángulo entre sus ingles. A partir de medio muslo, las perneras del mono están abiertas para dejar ver, con cada paso que da, sus larguísimas piernas doradas. Es la mujer más impresionante que ha visto fuera de las películas, y todos los hombres de la sala giran la cabeza hacia ella mientras cruza displicentemente la pista, como buscando algo sin demasiado interés.

César, que ha estado bailando con los ojos cerrados, sintiendo el cuerpo de Magda y el olor a melocotón de su champú, los abre y, de repente, se cruza con la mirada de la mujer, que le sonríe con un gesto de invitación. Sin llegar siquiera a pensarlo, suelta a Magda y se aparta un paso, como dejando claro que está libre.

Magda, sorprendida por la brusquedad, se gira sin comprender y los ve mirándose, como si estuvieran tomándose las medidas.

—César —le dice cogiéndole la mano—. ¿Qué pasa?

Él se suelta.

—Vete a dar una vuelta, Magda.

—¿Una vuelta? ¿Por qué?

—Porque acabo de encontrar lo que llevo toda la vida buscando.

—Se acerca a la mujer de blanco y, sin mediar palabra, se abrazan de un modo que deja claro que nada más importa a su alrededor.

Magda se queda unos segundos como anestesiada, sin poder comprender qué está pasando. Busca con la vista a alguna de sus amigas, pero los ojos se le han llenado de lágrimas y no consigue distinguir las caras de los que la rodean. Tapándose la cara con las manos para que no se le salgan los sollozos que le trepan por la garganta, sale de la discoteca tropezando con las parejas que bailan.

En un rincón apartado del jardín, Mati le regala a Sole su famosa sonrisa torcida mientras finge buscar en su bolso.

—No te lo vas a creer, Sole, pero mira lo que he encontrado.

293

Sole está deseando marcharse, volver con sus amigas, pero Mati le ha dicho que tiene algo que enseñarle que está segura de que ella prefiere que nadie más vea. No puede imaginar de qué se trata, pero conoce lo bastante a Mati como para saber que será algo espantoso, algo que efectivamente no quiere que las demás sepan.

—A ver —dice, tratando de sonar displicente.

Mati le está tendiendo una foto que ella coge, intentando que no se le note el temblor de la mano. Le da la vuelta con aprensión, como si fuera un insecto venenoso y, de repente, siente que todo su cuerpo se hiela, a pesar del calor de la noche.

—También es casualidad que el fotógrafo fuera mi tío, ¿verdad? Murió hace un par de meses, de un infarto. Mi madre y yo fuimos a recoger su estudio y, en una caja escondida en una alacena muy bien disimulada, encontré esta y unas cuantas más. Con sus negativos, claro. No tenía ni idea de que mi tío hiciera cosas así, ya ves. Y al principio ni siquiera te reconocí. Debías de ser muy pequeña entonces, ¿no? Sobre los diez u once años. Pero eres tú, claro.

Sole no puede apartar la vista de la foto: su cuerpo de niña desnudo, reclinado en una otomana granate, sabe que es granate aunque la foto es en blanco y negro; la punta de la lengua asomando entre los labios pintados; una mano sobre el pezón del pecho izquierdo, casi plano todavía, la otra entre las piernas, sobre su pubis sin vello; la extraña mirada que tanto le costó conseguir a gusto de los dos hombres que la miraban: el fotógrafo con cara de comadreja y el tío Ismael, vestido de calle para que nadie supiera que era sacerdote.

—Nunca pensé que te dedicaras a la pornografía infantil, Sole, la verdad. Se me habían ocurrido muchas cosas sobre tu familia, pero esta no. ¿Quién te llevó al estudio? ¿Tu abuelo?

Sole no contesta. Tiembla como una hoja y ha empezado a morderse los labios sin darse cuenta.

—¿Tu padre? —insiste Mati—. He oído casos así. —La boca de Mati casi roza su oreja—. ¿Te follaba también?

Sole se tapa los oídos y, dejando caer la foto, sale corriendo a ciegas por el jardín, seguida de la voz de Mati.

—Nadie tiene por qué enterarse, Sole. Yo sé guardar un secreto.

Y luego su risa, su risa aguda, larga, perdiéndose poco a poco mientras Sole corre desesperada hacia el hotel sabiendo que no escapará, que lo que creía enterrado está a punto de salir a la luz.

En la escalera que baja a la otra playa del hotel, la de poniente, Javier y Marisa, cogidos de la mano ahora que ya se han alejado lo bastante, oyen la risa de Mati y se sonríen.

—¡Qué bien se lo están pasando! —dice Marisa.

—Es el mejor viaje que he hecho en la vida. Anda, vamos a bajar a la playa grande. ¿Te apetece dar un paseo hasta allí?

—Javier señala un promontorio a un par de kilómetros, al final de la playa, donde un pequeño faro lanza un destello cada tres minutos.

—No sé, Javi. Telmo y Loles no están como para controlar mucho. Y como estamos en nuestro hotel... somos casi los anfitriones.

—Venga, mujer, es la última noche. Hay que aprovechar, ¿no? —Tímidamente, le pasa un brazo por la cintura y la aprieta un poco contra su cuerpo. Ella sonríe y lo besa.

—Vamos adonde quieras.

295

En la discoteca, Manolo ha cambiado de pareja y está bailando con Carmen, aunque más que bailar, lo que hacen es besarse apoyados en una pared. Manolo se aprieta contra ella y se frota contra el cuerpo de la muchacha que se arquea para recibirlo como Marga nunca ha hecho. Se siente como un globo: tenso, tenso, a punto de explotar, y por el rabillo del ojo se da cuenta de que casi todo el mundo ha llegado a una situación parecida. En los sofás de los rincones más oscuros hay parejas tumbadas, haciendo casi lo mismo que ellos, en horizontal. No hay ningún profesor a la vista.

Tere, por fin, debe de haberse cansado de ser una buena chica y se está besando también con el tipo alto y moreno con el que ha estado toda la noche. En un rincón, una extraña pareja le llama la atención y, por un momento, se separa del cuerpo de Carmen sin saber lo que está viendo. Marga y Candela están abrazadas y se acarician de un modo que no es natural. Él ha visto muchas veces a una amiga abrazando a otra para consolarla después de un suspenso o de haber cortado con su novio, pero nunca ha visto a dos mujeres haciendo lo que ellas hacen.

Carmen le tiende los brazos y se le pega de un modo que ahora, de pronto, le molesta.

—Vámonos —dice, arrastrándola de la mano—. Vámonos de aquí. Hay que hacer algo. Hay que avisar a don Telmo.

—¿De qué? —pregunta Carmen, sin aliento, arreglándose la ropa.

—De… de todo esto… de este puterío…

—Manolo, Manolo, espera… ¿adónde vas?

Pero Manolo no la oye, no quiere oírla. Avanza a empujones, sin preocuparse de los vasos que caen al suelo ni de los pies que pisa en su camino mientras Carmen lo sigue, angustiada y perpleja.

En el salón se dan de frente con el director, que viene con expresión furiosa y apenas lo deja hablar.

—¡Venga, don Telmo! Yo no sé qué hacer.

—¿Qué pasa aquí? Ahí fuera hay tres chavalas pegando gritos, llorando como magdalenas y diciendo animaladas de los hombres. Y a vosotros, ¿qué coño os pasa?

—¿Qué chavalas? —pregunta Carmen con la boca seca.

—Ana, Sole y Magda. Mi mujer está con ellas. ¡Venga! ¡Nos vamos! ¡Ya os habéis divertido bastante!

Carmen sale corriendo hacia el jardín y Manolo acompaña al director sintiéndose importante, justo, sabiendo que hace lo correcto.

Cuando llegan a la discoteca, Marga y Candela están bailando con dos chicos; Tere sigue besándose con el suyo y los chavales con las extranjeras. Manolo sabe que ha pasado el momento, pero no quiere renunciar a su venganza.

—Se estaban magreando, don Telmo —dice casi a gritos para hacerse oír.

—Ya lo veo —dice el director con la vista clavada en Tere.

—No. Marga y Candela.

Don Telmo sigue mirando fijamente a su alumna favorita y de repente, antes de que ella se dé cuenta, empieza a aullar.

—¡Putas! ¡Sois todas unas putas! ¡Fuera de aquí! ¡Fuera de aquí todos, me cago en la leche!

A pesar de que la música sigue sonando con la misma potencia, todos tienen la impresión de que se ha hecho el silencio. Poco a poco, chicos y chicas se van soltando de sus parejas y van pasando delante de don Telmo, que tiembla de rabia.

—Nunca lo hubiera esperado de ti, Tere —escupe el director al pasar ella.

Tere lo mira a los ojos, casi serena, y pasa por delante sin volver la cabeza.

Una vez en el vestíbulo, el director los manda directamente al autobús y se encara con su mujer que acaba de entrar.

—Déjale una nota a Javier y Marisa. No tengo ganas de ponerme a buscarlos. Nos vemos mañana a las doce en nuestro hotel. ¡Esto no quedará así! —les grita a los rezagados.

—¡Telmo, por Dios!

—¡Ni Dios ni hostias! Pero ¿es que no te das cuenta, imbécil? ¡Nuestras alumnas son todas unas putas!

—Los chicos estaban haciendo lo mismo, supongo —dice ella, cada vez más furiosa.

—¡Los hombres son hombres, ¿te enteras?! ¡Venga! ¡Al hotel! Y ni una palabra más, ¿estamos?

—¿O qué?

Telmo le da una bofetada a su mujer que la lanza al suelo. Cuando consigue ponerse de pie, le sangra la boca.

—O eso —dice él, ya saliendo del vestíbulo.

297

2007

En la penumbra del dormitorio de la tía Dora, Rita se incorpora, se apoya en el cabezal de madera y enciende un cigarrillo que le sabe a gloria mientras el sudor que cubre su cuerpo se va evaporando, dejando una agradable sensación de frescor en su piel. La habitación, que da a poniente y ahora se está volviendo de color melocotón, es un horno, pero se siente tan en paz que no le importa, como no le importan las sonrisas petrificadas de las fotos que cubren el tocador, ni los centros de flores secas, ni las figuritas de porcelana que comparten mesa con los pastilleros de plata que su tía coleccionó a lo largo de su vida; ni siquiera el polvo que cubre todas las superficies.

A su lado, tumbada de través, con un brazo sobre los ojos, Candela respira suavemente. También ella está en paz. En este momento no le importaría morir, así, colmada, después de hacer el amor con la única persona a la que quiere en el mundo y que ha conseguido recuperar por fin; sintiendo su presencia cercana, el olor de su tabaco y de sus cuerpos sudorosos; flotando en la luz anaranjada que llena el cuarto prohibido, lleno de cachivaches de otras épocas, de otras vidas. Le gustaría poder abandonarse ahora, cerrar los ojos y morir abrazada a Marga, como si entre este momento y la noche del baño nocturno en Mallorca no hubiese habido nada más. Y a la vez, aunque sabe que le quedan ya pocos, muy pocos instantes como este, desea que no se acabe todavía, que haya más caricias, más miradas, más sonrisas, más planes imposibles, más sueños para un futuro que no alcanzará.

Al menos ha conseguido lo que lleva toda la vida deseando. Y si lleva cuidado, si no lo estropea ahora, quizá logre también que la acompañe en el último momento, que sea la mano de Marga la que apriete la suya, que sean sus ojos lo último que vea antes de sumirse en el sueño eterno.

Perezosamente, da vueltas en su mente a la pregunta crucial: ¿debe decírselo? ¿Debe decirle a Marga que no hay futuro, que estas pocas horas son todo lo que tiene, que va a hacer el mayor sacrificio que está en su mano para que ella, al menos sella, se salve para siempre?

Sin pretenderlo, se le acelera la respiración; cierra fuerte los ojos y rechaza los pensamientos. Todo se andará, se dice, todo se andará. Esto es el presente: la luz de la tarde, el calor del verano, el estúpido zumbido de la mosca que choca contra el cristal, los ruidos de la calle, el olor del tabaco… Todo ha valido la pena para llegar a este ahora.

Rita ve subir y bajar el pecho de Candela y siente un golpe de ternura y de nostalgia por todo el tiempo que han perdido. La luz rosada del atardecer ilumina su cuerpo desnudo y, por un momento, le parece que no han pasado más de treinta años, que ahora se levantarán riendo, se pondrán guapas y saldrán a la noche violeta de Mallorca, llena de promesas que esta vez sí se harán realidad. Se imagina con ella en alguna playa lejana, muy lejana; una playa con cocoteros y cabañas con techo de palma, con un mar deslumbrantemente azul donde podrán de nuevo bañarse en plata de luna, las dos solas, desnudas como ahora.

—Candela… —susurra Rita.

—Mmmm.

—¿Y si nos vamos de vacaciones a alguna parte?

—La mitad de Europa viene aquí de vacaciones —contesta Candela sin quitarse el brazo de la cara.

—¿No te gustaría ir a algún sitio a bañarnos en el mar como aquella noche? —Rita acaricia el pelo de su amiga con la mano libre.

—Tenemos el mar a media hora. Si quieres, nos vamos a Guardamar. O mejor, a una playa nudista que conozco cerca de Alicante. Dentro de un par de horas ya no quedará nadie por allí.

—¿Ya no quieres que nos vayamos de vacaciones? Hace una semana lo dijiste tú, ¿no te acuerdas?

—Claro que me acuerdo. Aún no estoy senil. Dame un cigarrillo.

Rita alarga la mano a la mesita de noche, enciende uno y se lo pasa.

—¿Y qué hay de Ingrid? —pregunta Candela entre dos caladas, sin mirarla.

—Nada. Ella está en Cuba. Y además, ya te lo he dicho mil veces; no somos más que amigas, compañeras de trabajo, compañeras de piso.

—¿Y qué crees que diría si nos viera ahora?

—Ni idea —miente, aunque sabe muy bien lo que diría Ingrid. Se sentiría traicionada, ofendida de que ella le estuviera ofreciendo esa intimidad a otra persona. Sentiría que su lugar de mejor amiga, de compañera del alma, casi de pareja, está siendo ocupado por una extraña.

—¿Serías capaz de decirle a ella lo que me has dicho hace un rato?

—¿Qué? ¿Que te quiero? ¿Que quiero estar contigo, aunque ya no seamos un par de crías y las dos tengamos nuestra vida hecha en dos países distintos?

—Eso mismo. ¿Se lo dirías?

—Me temo que no me va a quedar más remedio, antes o después. —Rita se inclina sobre Candela y la besa en la boca.

—Y luego, ¿qué? ¿Lo has pensado?

—¿La verdad? No. Ni lo he pensado ni me apetece pensarlo por el momento. Conozco montones de personas que viven en ciudades diferentes y se las arreglan para llevar una buena relación. Unas veces puedo venir yo y otras vienes tú a Londres. La casa es grande, los críos son estupendos, con el tiempo serás una especie de tía para ellos, y la ciudad… bueno, tú la conoces ya, pero yo te enseñaré un montón de sitios que valen la pena. Te gustará, estoy segura. Y de vez en cuando podemos hacer algún viaje las dos solas. Tenemos que ponernos al día de más de treinta años.

—Me sigue preocupando lo de Ingrid, Marga.

Rita apaga el cigarrillo y se tumba junto a Candela. Hace treinta años que nadie la llama Marga. Casi no se reconoce en el nombre y, sin embargo, cuando lo dice Candela es como si hubiera vuelto a su hogar, a su infancia, a un momento esplendoroso de su vida, sin culpa y sin miedo; a un momento para mirar de frente y lejos, muy lejos. Cuando Candela dice «Marga» vuelve a ser Marga; no Rita Montero, la directora de cine, la reina del suspense; solo Marga.

Le pasa el brazo por los hombros y deja que acomode la cabeza en el hueco de su cuello.

—Pues deja de preocuparte. Supongo que al principio le parecerá raro, pero Ingrid me quiere de verdad; estoy segura de que se alegrará de verme feliz. Es más abierta de lo que parece, ya verás.

—Pero no tan abierta como para que nunca le hayas contado lo de Mallorca.

—Nadie es tan abierto como para eso, Candela.

—Pero ¿tú crees que si ella lo supiera, la perderías?

—No lo sé. Espero que no. Me figuro que acabaría por entenderlo. El problema es, sobre todo, que nunca me he sentido capaz de explicarlo de un modo que se pueda comprender; hay que haberlo vivido. Solo nosotras podemos hacernos una idea de lo que fue. Las Ménades, como decía Tere. ¿Te acuerdas?

—Unidas en el crimen —dice Candela mirando al techo que se va desconchando en el centro.

—*Sisters in crime* —traduce Rita con una risilla que se le escapa a su pesar—. ¿Nos vamos a cenar?

—¿Nos duchamos y nos vamos a cenar? —corrige Candela. Están apoyadas en un codo y se miran de frente.

—¡Pareces Sole! ¿Te acuerdas de cuánto se duchaba?

—Sueltan la carcajada, recordando todas las veces que se han reído juntas de esa manía de su amiga—. En cuanto veas el baño de la tía Dora, comprenderás muchas cosas. Pero si te empeñas, siendo dos, yo te echo el agua a ti con la ducha de mano y tú a mí.

—Suena interesante.

Saltan de la cama y, dejando huellas húmedas de pies descalzos sobre el polvo que cubre el pasillo, se meten en el baño, entre risas adolescentes.

1974

Reme, que ha estado bailando con Olaf en la discoteca durante un par de horas, se ha retirado a medianoche diciéndole a todo el que ha querido escucharla que está muy cansada y que aún tiene que hacer la maleta. Sabe perfectamente que nadie la va a echar de menos, pero es importante para cubrir las apariencias y, por suerte, Mati parece estar esperando el momento adecuado para hablar con Sole, a quien no ha quitado ojo en toda la noche, y no la ha mirado a ella ni una sola vez, lo que puede significar que no se ha dado cuenta de sus encuentros con el sueco en toda la semana. O bien que tiene peces más gordos que pescar.

Ya en su habitación, a oscuras y con las puertas del jardín abiertas para que entre la brisa del mar, el corazón le salta en el pecho al oír los suaves golpes de Olaf, la contraseña que han acordado y que se ha repetido noche tras noche.

Es verdad que está cansada; apenas ha dormido más que en el autobús en toda la semana, pero la excitación le bulle en la sangre al pensar en lo que le espera. Él le ha prometido que esa última noche van a jugar a un juego muy especial, algo realmente adulto, y no ha querido darle más detalles. Aunque también es posible que no haya sabido decirlo en inglés, como le pasa a ella tantas veces. Les han enseñado a decir cosas tan útiles como «*my tailor is rich*», pero ningún profesor se ha tomado la molestia de proporcionarles un mínimo vocabulario de cama.

Olaf entra, sigiloso y sonriente, arrastrando una bolsa de viaje y una mochila. Ya ha pasado por recepción a pagar los gastos extra porque su vuelo a Göteborg sale a las siete de la mañana y no quiere perder tiempo al levantarse.

Mientras sus compañeros bailan en la discoteca, Julia y Nieves se meten en la cama después de hacer la maleta, Mati le enseña a Sole una foto de hace siete años, Javier y Marisa se alejan por la playa en dirección al faro, César acaba de descubrir su sueño hecho mujer, Magda se desgañita llorando en el hombro de Ana, Manolo trata de decidir si quiere subir a la habitación de la sueca o si prefiere probar suerte con Carmen, que le lanza miradas incendiarias, Marga y Candela luchan contra el deseo de marcharse a su cuarto para volver a sentir lo que han descubierto un par de noches atrás, Tere se entrega a un besuqueo que no le interesa, salvo para olvidar lo que le espera en cuanto vuelva a casa, y el director y su mujer se destrozan a reproches en una mesa del jardín, Reme se desnuda, se tumba en la cama con los brazos y las piernas en aspa y se deja amordazar.

Olaf, que acaba de ponerse unos calzoncillos de cuero negro con cadenas, se acuclilla junto a la cama buscando un asidero donde atar las cuerdas que sujetarán los tobillos de Reme. Luego le pone las esposas, las fija a los barrotes de la cabecera y, con una sonrisa tranquilizadora, le tapa los ojos con un pañuelo de seda, murmurando «*it's just a game, honey, you're a big girl now, you'll love it*».

303

2007

Sole se levantó más tarde de lo que hubiera podido imaginarse, al oír ruidos de loza procedentes de la cocina. Hacía años que no había dormido tan bien. Se sentía descansada, renovada, ligera, casi niña otra vez.

Como sabía que Carmen vivía sola, salió como estaba, en camisón, sin molestarse en ponerse el quimono de seda que la acompañaba en todos los viajes, y recorrió la casa hasta la cocina, admirándose del buen gusto de su amiga, a quien ella siempre había considerado un poco vulgar.

La encontró en el pequeño jardín que rodeaba el adosado, bajo una sombrilla blanca, hojeando una revista de decoración y bebiendo un líquido anaranjado en vaso alto.

—¿Te apetece un grog? —le preguntó nada más verla en el umbral.

—¿Eso es un grog?

—Más o menos. Una receta mía. Naranja fresca, azúcar, una yema de huevo y un chorrito de ron para aclarar la garganta. Unas siete mil calorías, pero como no tomo nada sólido…

—Prefiero el zumo de naranja solo.

—¿Sin chorrito de ron?

—Soy alcohólica, Carmen.

Su amiga se quedó mirándola, perpleja.

—Pero si ayer no bebiste más que agua mineral.

—Por eso. Porque soy alcohólica.

—Lo has sido, quieres decir.

—Uno nunca «ha sido» alcohólico. Si lo has sido, lo eres para siempre. Pero ahora ya no bebo.

Carmen se removió, incómoda, en la silla de jardín. Nunca

había sido tan amiga de Sole como para que ahora, de golpe, y después de treinta años, le contara algo tan íntimo con esa naturalidad. Si la había invitado a dormir a su casa era simplemente porque Sole había dicho que no quería pasar la noche en casa de su madre y le había preguntado por un buen hotel.

—No es ninguna vergüenza —continuó Sole, sirviéndose zumo de naranja de la jarra—. Es como si hubiera tenido... ¿qué sé yo?... cáncer de mama.

—¿Hace mucho?

—Va a hacer cinco años. Estuve a punto de morirme, Carmen. Perdí el control por completo. Y la dignidad, y la autoestima, y todo lo que te puedas figurar.

—¿Y ahora estás bien?

—En lo del alcohol, sí. En lo demás...

—¿Quieres contármelo?

—No. La verdad es que no me apetece nada estropearme y estropearte el día. He dormido como una cría, me encuentro... hacía años que no me sentía así; ya ni me acordaba de lo que era despertarse y estar bien. Sin dolor de cabeza, sin angustia, sin esa sensación de miedo, de desastre inminente, de falta de sentido... Me he pasado la vida de depresión en depresión, de terapia en terapia. Llevaba veinte años sin volver por el pueblo, menos cuando el funeral de mi padre, y ahora resulta que he venido, me he encontrado con vosotras, he dormido en tu casa y, de repente, me siento como nueva. No me lo explico, pero me da igual por qué puede ser. —Se bebió el vaso de un sorbo y volvió a servirse—. Tendría que haberme quedado aquí, como todas.

—No te creas, Sole, esto tampoco es como para tirar cohetes. Yo me quedé y... ya ves.

—Pues no parece que te haya ido tan mal.

—¿Lo dices por esto? —hizo un gesto abarcando la casa, el jardín y el garaje—. Chorradas. —Levantó el índice de la mano izquierda y fue contando con el de la derecha—. Dos divorcios, dos hijas que no me hacen ni puto caso, una madre que va a la suya, menos cuando quiere algo de mí, una tienda que me va bien pero que no es lo que yo me imaginaba de joven para cuando tuviera cincuenta años, un amante casado, ya te lo habrán dicho, que por suerte no piensa divorciarse de su mujer, un par de

305

litros de alcohol al día… eso lo has notado tú sola, estoy segura. Sin planes de futuro, sin esperanzas, sin sueños. Punto redondo.

Su mímica era tan graciosa, a pesar de lo amargo de sus palabras, que Sole sonrió.

—Yo te gano en que estoy seca y tú me ganas en lo del amante; por lo demás, podríamos ser gemelas.

—¡Venga ya!

—Yo tampoco soy lo que soñaba a los dieciocho años, mis hijos tampoco me hacen maldito el caso, ni mi madre ni mi marido, si vamos a eso. El que tiene amante es él, y a mí me da lo mismo. Tengo una casa preciosa en Madrid en la que no estoy nunca, un armario lleno de ropa de marca, tropocientos pares de zapatos firmados, bolsos para suministrar al top manta durante diez años, y un agujero enorme en algún sitio de este cuerpo consumido a dietas, masajes y tratamientos. Pero ¿sabes qué te digo?, que anoche decidí que estoy harta y que se acabó.

—De película, nena. —Carmen se echó un poco de ron en el vaso, removió los restos anaranjados y se lo bebió de un trago—. Dime, ¿de verdad crees que a nuestra edad podemos empezar de nuevo? ¿Sigues así de inocente?

«Inocente» es una de esas palabras que siempre se le clavan en medio del pecho. Es lo que le han dicho toda su vida, salvo cuando, en circunstancias más tensas, la han cambiado por «idiota». Sin embargo, esta vez no quiere reaccionar como siempre. «Si quieres obtener resultados diferentes, no hagas siempre lo mismo», como dijo Einstein, de modo que se decide por algo distinto y pregunta a bocajarro:

—¿Cuánto dinero tienes, Carmen?

—¿A ti qué te importa?

—¿Cien mil euros?

—Sí. Y más. ¿Por qué?

—Porque puedes pagarte una cura completa, lo primero. Y luego podrías venir a Cuba una temporada, a mi casa; y después, las dos juntas, podríamos poner un negocio en otro sitio.

—¿Un negocio? ¿De qué?

—De lo que tú quieras.

Carmen se echa a reír con los ojos entornados, sin apartar la vista de su amiga recién recuperada.

—¿Lo dices en serio?

—Totalmente.

Sería demasiado bueno, piensa Carmen. Largarse, cortar con todo, volver a empezar. Se echa a reír otra vez, pero ahora es una risa llena de promesas.

—Sería una locura —dice al cabo de un par de minutos.

—Puede que sí —concede Sole con la boca llena de biscote con mermelada—. Pero si no la hacemos ahora, ¿cuándo la vamos a hacer? —Termina de masticar, aparta el plato y continúa con una pasión que Carmen no recordaba en la Sole adolescente—. ¿Sabes? A nosotras aún nos educaron para hacer algo de nuestras vidas, para tener sueños y luchar por conseguirlos, luchar de verdad, paso a paso, día tras día. No como a nuestros hijos, que han crecido ya en una sociedad que solo les cuenta dos mentiras contrapuestas: o que puedes conseguir cualquier cosa que se te ocurra, por marciana que sea, si lo deseas de verdad; o que eres de la generación sin futuro y, hagas lo que hagas, nunca saldrás del hoyo, del contrato basura, de vivir con tus padres. A nosotras aún nos enseñaron que hay sueños que no pueden realizarse, pero que si de verdad quieres algo y estás dispuesta a hacer todo lo que haga falta, con todo el esfuerzo necesario, tienes una posibilidad. El problema es que ahora todo lo quieren rápido y sin esfuerzo. Si quieres ser cantante, no hace falta que sepas cantar. Solo necesitas suerte y contactos. Y si en dos años no lo has conseguido, eres un *loser* y ya está.

—Pues para ser de la otra generación, tampoco nos hemos lucido.

—Porque nos equivocamos hace treinta y tres años. Porque nos cortamos las alas nosotras mismas y pensamos que, en lugar de hacer nuestro camino, podíamos vivir como nuestras madres, dependiendo de un hombre, pidiendo permiso para todo.

—Yo nunca he pedido permiso para nada.

—Por eso yo sigo casada y tú te has divorciado dos veces, pero en la base es lo mismo. Ninguna de las dos tuvo nunca el valor de hacer lo que quería hacer de verdad después de aquel verano.

Carmen se pone de pie, casi con rabia.

—¡Estoy hasta el moño de achacar todos los fracasos a aquel verano! ¡Ya está bien, joder, ya está bien! —Se acerca de nuevo a la mesa y le tiende la mano a Sole—. ¡Choca esos cinco! ¡Nunca es tarde, si la picha es buena! ¿Socias?

307

Sole se la estrecha solemnemente y, de repente, sus labios dibujan una expresión pícara que la rejuvenece.

—¿Has dicho *picha*?

—Quisiera ver a Manolo Cortés —dijo Candela a la recepcionista de la empresa de construcciones en su típico tono perentorio que ni siquiera la educada formulación conseguía ocultar.

Pero antes de que la secretaria pudiera llamarlo, se abrió una puerta y salió Manolo con un casco pasado por el antebrazo y unas llaves tintineando en su mano.

—¡Hombre, Candela! ¿Qué te trae por aquí? ¿Te has decidido por fin a comprarme un piso? Estamos haciendo unos chaletitos en Altea que te vas a quedar pasmada... alto *standing* total.

Candela le obsequió con su famosa sonrisa fría.

—No te digo que no. ¿Tienes un minuto?

—Claro, mujer, faltaba más, dime.

—Tendrás despacho, supongo —dijo Candela echando una mirada a la recepcionista.

—Claro, claro. Anda, pasa. ¡Nena! ¡Que no nos moleste nadie, ¿eh?! No me pases llamadas.

—Lo que usted diga, don Manuel.

—Tú dirás —Manolo se arrellanó detrás de su escritorio como un rey en su trono.

—Supongo —comenzó Candela en un tono absolutamente neutro— que estás convencido de que nadie sabe que estuviste en el piso de Lena la tarde de su muerte. ¿Me equivoco?

Manolo tensó los labios.

—¡Menuda estupidez!

—Yo diría lo mismo, tranquilo. El caso es que sé que estuviste allí, sobre las siete y cuarto, lo que significa que, cuando llegaste, Lena ya estaba muerta. Déjame acabar —cortó la protesta de Manolo—. Entraste en su piso, te la encontraste en la bañera y, en vez de dar parte a la policía, te limitaste a salir por pies sin decir nada a nadie. Eso sí, antes de irte, decidiste dejar un pequeño recuerdo de tu presencia: una colilla del tabaco que fuma Rita. Y, de paso, te llevaste la cuchilla que encontraste en el baño.

Manolo forzó una carcajada.

—¡Qué imaginación, muchacha! ¿Para qué iba a hacer yo una estupidez semejante?

—Ni lo sé ni me importa pero, puestos a imaginar, igual se te ocurrió que era una manera de conseguir que Rita se pusiera bajo tu protección. Primero se lleva el susto de que la policía piensa que ella ha matado a su amiga y luego sales tú y, con tus contactos, la ayudas a salir del lío. Y ella te debe un favor. O fue simplemente mala leche, para causarle problemas. O una de tus típicas bromas de mal gusto. Pero, ya te lo he dicho, ni lo sé ni necesito saberlo.

—Tú estás mal de la olla, Candela. No tienes nada en la mano.

—La policía ha encontrado toda clase de huellas, pero no se les ha ocurrido todavía contrastarlas con las tuyas. Eso tiene arreglo, claro. Y además, soy testigo ocular. Lo que significa, por si no acabas de pillarlo, que te vi entrando en casa de Lena a las siete y catorce minutos.

—O sea, que tú también estabas allí. ¿Se lo has dicho a la policía? —Manolo se había relajado un tanto y empezaba a sonreír burlonamente.

—Aún no. Pero pienso decírselo en cuanto salga de este despacho.

—Te estás marcando un farol.

—Es posible. Pero para comprobarlo tendrás que jugar la mano hasta el final. Y puedes perder, lógicamente.

Manolo empezó a tamborilear sobre la mesa con todos los dedos, como si el ritmo lo ayudara a pensar.

—Candela, Candela… no jodas. Esto no tiene ni pies ni cabeza. ¿Quieres acusarme de haber matado a Lena?

—En absoluto. Estoy convencida de que cuando tú llegaste ya estaba muerta. Y debiste tocar unas cuantas cosas por allí. Me figuro que no se te ocurriría ponerte guantes, ¿verdad? Precisamente porque no lo tenías planeado. Pero la policía no sabe que tú estuviste en el piso antes de que llegara Rita y yo se lo voy a decir.

—¿Por qué?

Candela puso una cara de sorpresa teatralmente exagerada.

—Porque soy una buena ciudadana y, además, soy abogada.

—Se inclinó hacia Manolo, que seguía parapetado detrás de

309

su mesa y cambió el tono—. Y porque me repatea profundamente que hayas tratado de cargarle el muerto a Marga, perdona lo literal de la expresión.

—No te harán ni caso.

—Es una posibilidad, evidentemente. Pero David era amigo personal de Lena; Gerardo es un buen conocido de Teresa, y todos estamos deseando que se aclaren las cosas de una vez. Así que, cuanta más información tengan sobre el asunto, tanto más rápido podrán cerrarlo.

Manolo miró a Candela, calibrándola. La conocía de toda la vida y, aunque nunca había tenido mucho que ver con ella, sabía que era dura de pelar y que no amenazaba en vano. Él era, sobre todo, un comerciante. Siempre se había considerado un gran vendedor y en toda su vida no se había encontrado nunca en una situación de la que no se pudiera salir si el precio era adecuado.

—Vamos a dejarnos de tonterías. Dime qué me estás proponiendo.

—Veo que nos vamos entendiendo —sonrió Candela—. Hagamos un trato.

Durante los siguientes diez minutos, Manolo escuchó atentamente la propuesta de Candela, reflexionó durante otros cinco y después se levantó, cogió de nuevo el casco y las llaves y, cediéndole el paso en la puerta, salió con ella del despacho.

1974

Bajo la luna menguante, la larga playa blanca está casi desierta; solo aquí y allá, en la zona más próxima al hotel, algún grupo de jóvenes rasguea una guitarra en torno a una pequeña hoguera. Huele a mar, a noche de verano, a futuro abierto.

Javier y Marisa caminan descalzos por la orilla, en silencio, cogidos de la mano, sonriendo al cielo y a las olas, fijando la vista en la luz del faro, cada vez más cerca del promontorio.

Llegan por fin a las primeras rocas y se sientan sobre la arena de cara al mar y a la luna que trepa por el cielo desplazando las estrellas, como un barco surcando aguas tranquilas.

—No quiero que se acabe esta noche, Marisa —susurra Javier, pasándole el brazo por los hombros con mucha delicadeza, como temiendo un rechazo. Ella acomoda la cabeza en el hueco de su pecho.

—Habrá muchas más, si tú quieres, Javi.

—Me da vértigo pensarlo.

Ella se ríe, levanta la mano para acariciarle una mejilla y lo besa.

—Yo casi que tampoco me lo puedo creer, pero ya ves, aquí estamos. ¡Por fin! La de veces que he rezado por que llegara este momento.

—¡Mira que rezar para que un cura se enamore de ti!

—Dios es amor, ¿no?

—Sí, claro, pero no de esta clase.

—¿Por qué no? ¿Te parece malo?

—No, mujer, ¿cómo me va a parecer malo? Pero para mí siempre ha estado prohibido. Y ahora… ya ves.

Ella vuelve a besarlo, le coge una mano y la coloca sobre su pecho. Javier se envara.

—Igual te vas a condenar... —susurra Marisa a su oído.

Le acuden pensamientos teológicos, frases mil veces oídas, referencias a la legendaria maldad de las hembras, a Jezabel, a Lilith, diablesas creadas para probar a los hombres, para llevarlos a la perdición. Pero su pecho es tan firme, tan cálido... ¿cuántas veces ha pensado qué puede sentirse al tocar los pechos de una mujer? Ahora lo sabe, y es algo maravilloso.

Marisa desliza la mano hacia las ingles de Javier, acaricia su pene sobre la tela del pantalón de verano y él gime sin poder evitarlo.

—No, por Dios, Marisa, eso no, déjalo, por favor, por favor...

Pero ella no lo deja y, al cabo de un momento, Javier tiene la sensación de que ya no puede detenerse, de que ha pasado un límite en el que no hay marcha atrás, y se lanza sobre ella como un peregrino sediento, mientras Marisa le desabrocha el cinturón con dedos ágiles y él siente que se ahoga sobre su cuerpo extendido en la arena.

—Marisa... —susurra él, casi sin voz—, Marisa... yo... yo no he hecho esto nunca... no sé... es peligroso... es peligroso para ti.

—No sufras, Javi —dice ella acariciándole la nuca, la espalda, las caderas—. Tomo la píldora.

Él se queda rígido y se aparta de ella, sosteniéndose sobre los brazos para verle la cara en la penumbra lunar.

—¡Dios mío! ¿De verdad? —Ella asiente, sin dejar de sonreír, mirándolo a los ojos que apenas si se distinguen en la oscuridad—. ¿Para qué? Si ni siquiera estás casada...

—Si estuviera casada no estaríamos así, ¿no te parece?

Javier sacude la cabeza, sin saber qué pensar. Por un lado es tranquilizador saber que no habrá consecuencias; por otro lado, una mujer soltera que toma la píldora solo puede ser... pero no, Marisa no es de esas. Marisa es una buena muchacha, aunque lo que está haciendo ahora su mano...

—Javi —susurra ella, notando su conflicto—, yo te quiero, ¿sabes? No intento seducirte, no es para pasar el rato. Yo te quiero de verdad. Para siempre, si tú quieres. Para casarnos, si estás dispuesto.

Las manos de Marisa lo acarician de un modo que lo confunde, que no lo deja pensar. Oye el fluir de su sangre, el bombear de su corazón, el rumor de las olas; siente en la piel de su vientre la piel de Marisa, hunde de nuevo la cabeza en su pelo rizado y se deja arrastrar a un torbellino que es como la misma naturaleza desatada, libre y salvaje. Piensa fugazmente que es así como lo ha dispuesto Dios, que Dios mismo los creó varón y hembra, con todas las partes de sus cuerpos, diferentes y complementarias, que no puede ser pecado algo que te acerca tanto a Él, que te hace sentir algo como él nunca ha sentido ni en los retiros espirituales, ni en las largas horas de oración en el seminario, ni en los más dilatados ayunos de su adolescencia. Ahora, por primera vez, siente que Dios es amor, que Dios está en todas partes, dentro y fuera de ti, en la luna, en el mar, en la arena, en el cuerpo flexible y cálido de aquella mujer que se está abriendo para él en nombre del amor y del plan divino. Y de repente, Javier deja de luchar, se entrega, se deja morir entre los brazos de Marisa hasta que al cabo de un tiempo que no puede contar, de un tiempo en el que su individualidad se ha anulado para ser con ella, como ha dicho en tantas bodas, una sola carne, se relaja sobre el cuerpo de la mujer murmurando «te quiero, Marisa, que Dios me perdone; te quiero» y descubre, aterrorizado y feliz, que, después de esto, toda su vida tendrá que cambiar.

313

Rita llegó al hospital con una angustiosa sensación en el pecho, como si de repente los miles de cigarrillos fumados a lo largo de su vida se hicieran presentes en sus pulmones, cortándole la respiración. Teresa la había llamado y le había prometido explicárselo todo en cuanto llegara. Candela no contestaba al móvil.

Le parecía extraño y, de algún modo insultante, que pudiera haber gente ingresada en un hospital en plena época de vacaciones, cuando los colegios ya han cerrado, los jóvenes pasan el tiempo en la piscina, las familias se van a la playa y los días son largos, cálidos, llenos de luz. Debía de tratarse de algo repentino, molesto pero fácil de arreglar, una apendicitis o algo de ese estilo. Candela le habría contado algo si de verdad estuviera enferma. Tenía que tratarse de una estupidez inesperada.

La refrigeración del interior la hizo tiritar. Todo el personal iba de manga larga y algunas enfermeras llevaban incluso una ligera rebeca de verano.

Pidió que llamaran a Teresa Soler y aguardó en el vestíbulo, sintiendo, como siempre en los hospitales, el imperioso deseo de salir de allí a toda carrera; pero la espera fue breve. Al cabo de un par de minutos vio acercarse a Tere, con la bata blanca que Rita nunca le había visto puesta, y una mirada que decía bien a las claras que no se trataba de una pequeña indisposición. ¿Era posible que Candela hubiera tenido un accidente de tráfico? ¿O algo como... como lo de Lena? Apartó el pensamiento con un esfuerzo casi físico y se dejó abrazar por su amiga.

—Anda, Rita, vamos un momento fuera; te estás quedando helada. Luego te presto un jersey.

Desde el aparcamiento se veía la mayor parte del valle de Elda, violentamente amarillo bajo la luz del mediodía. Las sombras, mínimas al pie de los árboles, eran manchas de tinta. El calor parecía un fluido que dilataba los pulmones al respirar.

—¿Qué le pasa a Candela? —preguntó Rita en cuanto se detuvieron en una zona de sombra—. Nada grave, espero.

Teresa se pasó la mano por la frente, se retiró el flequillo y volvió a dejarlo caer en su sitio.

—Se está muriendo, Rita.

—¿Qué?

—No hay nada que hacer. Cáncer linfático.

—¿Lo sabe ella?

—Desde hace meses.

—No me ha dicho nada.

—Ya lo suponía. Ella es así.

Pasaron unos segundos en silencio, mientras Rita trataba de digerir la noticia, de darse cuenta de que todos sus planes, sus proyectos, el futuro que acababan de dibujar juntas, a pesar de las dificultades que sabía que le esperaban, se estaba desvaneciendo sin esperanza.

315

—¿Qué podemos hacer? —preguntó por fin con voz estrangulada.

Teresa se encogió de hombros y le puso una mano en el brazo.

—Nada, Rita. Ayudarla a morir. Acompañarla hasta el final. ¿Puedes quedarte unos días más?

—Todo lo que haga falta.

—Eres una buena amiga. —Rita estuvo a punto de soltar la carcajada, pero se dio cuenta a tiempo de que Teresa no podía saber que eran, que siempre habían sido, mucho más que amigas—. Candela nos necesita ahora, aunque proteste.

—¿Puedo subir a verla?

—Claro. Ella quiere verte. Solo a ti, me ha dicho.

—¿Cuánto...? ¿Cuánto tiempo le queda?

Teresa volvió a encogerse de hombros.

—Días. Quizá una semana... no se puede saber seguro. En cualquier caso, cuando ella decida. Lo tenemos hablado desde hace tiempo.

—¿No te meterás en un lío?

—No creo. Pero me da igual. Se lo debo, después de toda una vida de amistad. No te preocupes, Rita, es asunto mío. Tú hazle compañía, ayúdala; del resto me encargo yo.

Volvieron al hospital en silencio, Teresa le dio un jersey y subieron a la tercera planta. Candela estaba sola en una habitación de dos camas desde la que se veía la silueta de El Cid, la montaña más alta del valle, con sus orejitas de gato y el agujero oscuro de la cueva de la ladera.

—¿Qué? —las saludó—. ¿Ya habéis cotilleado bastante?

Rita no contestó. Se acercó a la cama y besó a Candela en la boca.

—Nada de besos, por favor —dijo Teresa, con expresión preocupada—. Es contagioso.

—¿El cáncer? —preguntó Candela, tratando de sonar graciosa.

—La neumonía, animal.

—Me importa un pimiento —dijo Rita, y se sentó en la cama, cogiéndole la mano a Candela.

—Ahora que estáis las dos y, considerando que no tengo mucho tiempo que perder, quería deciros que ni se os ocurra hacerme un entierro *new age* como a Lena. A mí no me van esas chorradas. Yo quiero una misa como Dios manda y todo de lo más normal.

—¿Eres creyente? —preguntó Rita, realmente sorprendida.

—¡Qué tendrá eso que ver! Soy Candela Alcántara de Frías y todos mis antepasados se subirían por las paredes si no me enterraran como debe ser: misa en santa Ana, cremación, cenizas en el panteón familiar. Tú puedes quedarte un puñado, si te hace ilusión —le dijo a Rita como si estuvieran hablando de elegir restaurante para la cena.

Las amigas tragaron saliva, sin saber qué decir.

—Como tú quieras —dijo por fin Teresa.

—¿Te importa dejarnos solas un momento? Tengo un par de cosas que aclarar con Marga. Luego vuelves y lo cerramos todo, ¿vale?

Cuando se marchó Teresa, Rita preguntó de inmediato.

—¿Qué es lo que hay que cerrar?

—Todo a su tiempo. Anda, acerca aquella silla y siéntate; quiero verte de frente.

—¿No tienes miedo? —preguntó Rita, mientras hacía lo que le había pedido.

Candela soltó una risa seca que la hizo toser y escupir en el pañuelo.

—Estoy aterrorizada, pero supongo que es como tirarse desde el trampolín más alto a una piscina helada. Una vez que saltas, el miedo desaparece. Y ahora tengo otras cosas en qué pensar.

—Como ¿por ejemplo?

—Te voy a proponer algo que me da muchísima vergüenza y muchísimo miedo, casi más que morirme y no verte más —Rita bajó la cabeza y cerró fuerte los ojos para cortar el paso a las lágrimas—. Sé que te he gastado una putada con esto, pero te juro que me muero contra mi voluntad. —Se sonrieron, a pesar de las lágrimas—. Sé que seguramente tendría que habértelo dicho antes, para que no te hicieras ilusiones, pero es que yo necesitaba esas ilusiones, ¿comprendes? Aunque sabía que eran falsas, que no podrían realizarse, yo necesitaba esos sueños, después de tantos años de soñar en vano.

Rita asintió con la cabeza.

—Y ahora quiero proponerte algo, pero no quiero que me contestes ya, sino esta noche, después de... bueno, ya lo verás. Por el momento lo importante es lo que voy a decirte y que no me des ninguna respuesta ahora. La respuesta que me importa es esta noche, ¿de acuerdo?

Rita volvió a asentir.

—Tú sabes que nunca le he dicho a nadie que soy lesbiana y que llevo toda la vida enamorada de ti, como una heroína imbécil en una novela de quiosco. Eso te lo digo para que calcules la importancia del paso que voy a dar. —Hizo una pausa, bebió un par de sorbos de agua y se reclinó de nuevo en las almohadas como si el simple hecho de coger un vaso le costara un esfuerzo enorme—. No me queda familia, se me han muerto todos, no tengo hijos, no estoy casada, ya he dejado arregladas las cosas con mi socio, con Gonzalo, pero tengo algo de dinero y algunas propiedades que me repatea dejar al estado, sin más. Ya me he pasado la vida pagando impuestos y con eso basta. Antes de que tú volvieras, había pensado dejarlo todo a una ONG, salvo algún recuerdo para las chicas, pero ahora que estás conmigo han cambiado las cosas. Quiero que tú te quedes todo lo que es mío.

Y como están las cosas en este país, cuando acabes de pagar los impuestos de transmisión, no te va a quedar ni para ir al cine —se rio débilmente de su propio chiste—. A menos que...

—¿Que qué? Deja de dorarme la píldora y dime qué quieres que haga. No puede ser tan difícil.

—A menos que te cases conmigo.

Rita se quedó perpleja. De todo lo que se le había pasado por la cabeza oyendo hablar a Candela eso era lo único con lo que no había contado.

—Ya te he dicho que no quiero que me contestes ahora. Y no solo porque quiero darte tiempo para pensarlo; no soy tan generosa. Esta tarde pasará algo que tienes que considerar antes de tomar una decisión, de modo que ahora solo quería que lo supieras. Si nos casamos, aunque sea prácticamente *in articulo mortis*, serás mi viuda y mi heredera inmediata. ¡No! ¡No me digas nada ahora, Marga, por favor! —la interrumpió al darse cuenta de que Rita estaba a punto de contestarle—. No soportaría que ahora me dijeras que sí, por pura lástima, y esta noche te arrepintieras. Espera un poco. Unas horas.

Rita se levantó, confusa y asustada, y caminó hasta la ventana del cuarto. Necesitaba fumarse un cigarrillo; no podía soportar aquel frío, aquellas noticias, aquella decisión en el futuro inmediato sin un cigarrillo.

—Anda, vete a fumar —le llegó la voz de Candela desde la cama—. Dile a Teresa que venga un momento y luego, por favor, dejadme dormir un rato. Estoy agotada.

Rita volvió a la cama, le acarició la cabeza y la besó en la mejilla, despacio, saboreando la sensación. Candela le pasó la mano por la cara y le tapó los labios con un dedo.

—¡Shh! No hables, Marga.

—Solo iba a decirte que te quiero. ¿Me dejas?

Candela cerró los ojos y todo su rostro consumido se abrió en una sonrisa, como si floreciera.

—Te quiero —repitió Rita, muy bajito, antes de salir de la habitación.

1974

*E*n el autobús que los devuelve a Palma, Loles apoya la frente
en el cristal de la ventanilla esforzándose por no llorar delante de
los quince muchachos de COU que la miran con una expresión
de impotencia y desamparo que le parte el corazón. Son buenos
chicos, le tienen aprecio, a pesar de que es profesora de Matemáticas y la han aguantado durante tres años; sabe que les gustaría
decirle algo, consolarla por la humillación que acaba de sufrir por
parte de su marido, pero ninguno se atreve más que con una media sonrisa de aliento. Y hacen bien. Telmo no está para bromas
y, al fin y al cabo, nadie sale ganando al intervenir en una pelea
matrimonial, y menos un alumno. Está deseando llegar al hotel y
meterse en la cama, a oscuras, para poder darle vueltas con calma
a lo que le está pasando. Él se quedará en el bar del hotel hasta
que la suponga dormida, como ha hecho casi todas las noches,
pero eso es mejor que volver a gritarse.

Se pone la mano sobre el vientre intentando sacar consuelo
del hecho de que, por fin, ha conseguido llegar casi al cuarto mes,
pero el bebé aún no se mueve y es prácticamente cuestión de
fe seguir creyendo que por fin van a tener un hijo. Un hijo que
Telmo ya no quiere tener.

No es que se lo haya dicho con todas las palabras, pero Loles
sabe que Telmo ha dejado de quererla. Desde antes de Navidad,
ya no es el que era. Se inventa excusas para llegar tarde, sale a
horas raras, se pasa el rato delante de la tele, como alelado, sin
enterarse de lo que está pasando en la pantalla, comenta como al
desgaire que se casaron demasiado jóvenes, porque no había otra
manera de estar juntos, ha llegado a nombrar incluso la posibilidad de un traslado, aunque no encuentren plaza en el mismo

instituto. Dice constantemente que España está cambiando, que todo está a punto de cambiar en profundidad, en cuanto se produzca el hecho biológico que más de medio país espera, que hay que estar preparado para el cambio. No hace más que hablar de cambio, y eso solo puede significar que quiere dejarla, pero que no sabe cómo, precisamente ahora que ella está embarazada.

Primero pensó que tenía una amante, pero no ha conseguido encontrar nada ni en sus bolsillos, ni entre sus papeles, ni preguntando discretamente a las compañeras con las que tiene amistad. Telmo ha salido alguna vez después de cenar, pero siempre con gente del instituto, a los bares conocidos, y siempre ha vuelto temprano.

Paca, la compañera de piso de Marisa, que enseña física y es lo más parecido a una amiga que Loles tiene en Elda, le ha dicho que lo más probable es que, simplemente, esté pasando por esa fase que atraviesan muchos hombres a mitad de la treintena: la sensación de que ya no son jóvenes, que empiezan a entrar en la madurez sin haber tenido nunca la ocasión de hacer locuras. Que quizá esté asustado por la responsabilidad que supone tener un hijo, por la sensación de que ahora ya no hay marcha atrás; que se esté replanteando su vida y, de repente, el ser director de un instituto de provincias le parezca poco para los próximos treinta años hasta la jubilación.

Loles ha tratado de comprenderlo, de hablar con él en momentos de paz para hacerle ver que lo entiende, que está dispuesta a dejarle más libertad, más tiempo para sí mismo… pero no ha servido de nada. O Paca se equivoca por completo y no es ese su problema, o es que de verdad Telmo se ha cansado de su matrimonio, de su trabajo y de ella, y está pensando seriamente en separarse.

Él siempre ha sido un poco impaciente, irritable a veces, un «culo de mal asiento» como dice su madre, pero nunca, nunca en los diez años que llevan juntos le ha puesto la mano encima. Hasta ahora. Y además prácticamente en público, delante de algunos alumnos.

A Loles le arde la cara de vergüenza y de humillación. Telmo le ha pegado a una mujer embarazada. A su propia mujer. Y todo, ¿por qué? Porque unas alumnas de dieciocho años se han estado besuqueando con unos chicos de su edad en la discoteca. ¿Qué le pasa a su marido?, se pregunta una y otra vez. ¿Tiene envidia de los jóvenes? ¿Es lo que a él le habría gustado hacer, en lugar de estar en una terraza tomándose un helado con los compañeros? ¿Y dónde se habían metido los famosos compañeros en toda la noche? Estaba claro que ni a Javier ni a Marisa les había parecido prudente asistir a una pelea conyugal, pero luego habían desaparecido por completo. Lo que por otra parte tenía la ventaja de que, al menos, no habían sido testigos de su humillación.

Sabe que muy pronto tendrá que tomar una decisión. Telmo le ha dicho que este verano le habría gustado irse a Grecia a ver todas las antigüedades que aún no conoce; pero con una mujer embarazada no podían ir en el plan que él quería, de camping y un poco a la aventura. Y para buenos hoteles no les llegaba el presupuesto.

Sabe, y no quiere saber, que Telmo se está alejando de ella. Pero ¿cómo retenerlo? ¿Con el bebé? ¿Para que se convierta definitivamente en ese extraño malhumorado y malhablado que es ahora?

Pero ¿qué va a hacer si se separan? ¿Cómo va a poder trabajar con un recién nacido, sin marido, sin familia, sin apoyo? Sin Telmo. Le da horror imaginarse la vida sin Telmo, de modo que, con un supremo esfuerzo de voluntad, deja de pensarlo por el momento. Ya se arreglarán las cosas. Quizá, cuando vuelva de Grecia, esté de mejor humor; cuando haya tenido tiempo de serenarse, de reflexionar. Trabaja demasiado. Los dos trabajan demasiado. Ahora le dirá que puede marcharse un par de semanas él solo; ella se irá al pueblo, con su madre y sus hermanas y, cuando él regrese, ya lo hablarán todo con calma. Sí. Esa es la mejor solución. Los hombres son difíciles, pero son necesarios, y no hay más remedio que estar dispuesta a contemporizar para no jugarse su proyecto de vida: un marido, unos hijos, un trabajo estable, un piso propio. Hablar de feminismo está muy bien cuando a una no le afecta en carne propia, pero en su caso ya es tarde. Ya ha elegido.

Las chicas, en el jardín del hotel, también hablan de hombres, pero ellas no están dispuestas a contemporizar, ni ahora ni nunca. Ana las está llamando idiotas a gritos —«siempre llorando por un tío», «siempre dependiendo de si me hace caso o no me hace caso», «¿sois imbéciles o qué?», «ellos tratan a

las mujeres como trapos de fregar y nosotras nos dejamos»—
y las ha llevado a un punto en que, si tuvieran un hombre a
mano, estarían dispuestas a lanzarse sobre él y destrozarlo con
las uñas, pero el jardín está vacío bajo la luna, las palmeras se
balancean suavemente en la brisa del mar y la piscina, ya apa-
gada, brilla como el mercurio.

—Le ha pegado —dice Carmen, que aún no se ha repuesto
de la sensación que le ha producido la bofetada del director a su
mujer. Ella lo ha visto muchas veces en su propia casa, pero precisamente por eso es distinto; porque siempre había participado
en la situación y, salvo el incidente de la gasolinera un par de días
atrás, nunca lo había visto desde fuera, como espectadora. Es lo
más denigrante que ha visto en su vida y, sin saber exactamente
por qué, tiembla de pura rabia—. Ese hijo de mala madre le ha
pegado a su mujer delante de mí y yo no he hecho nada.

—No estabas delante —dice Candela—. Me acabas de contar que lo has visto desde la puerta del jardín, al volverte hacia
el salón.

—Pero lo he visto. He visto cómo doña Loles se caía al suelo
y volvía a levantarse sin que él la ayudara.

—¿Quién le ha pegado a doña Loles? —pregunta Tere, muy
pálida, volviéndose hacia ellas.

—Su marido. El director.

—Los hombres son unos capullos —dice Candela—. Nunca
he entendido esa manía que tenéis algunas de ir detrás de ellos.

—No todos son malos —dice Magda, que tiene los ojos hin-
chados y enrojecidos de llorar.

—No lo dirás por el cerdo de César, ¿verdad? —Carmen está
realmente enfurecida.

—¿Tú qué sabes?

—Yo estaba casi a tu lado cuando te ha soltado como si que-
maras, para ponerse a morrear a la vampiresa.

Magda se tapa la cara y vuelve a echarse a llorar. Sole le
pasa un brazo por los hombros, pero parece ausente, como si
se estuviera convirtiendo en una estatua de hielo.

—¡Vámonos a dormir! —dice Marga al cabo de un momento—. No hemos hecho la maleta, son casi las dos y hemos quedado para desayunar a las nueve. No vamos a solucionar nada
ahora poniendo verdes a los tíos.

—Pero ¿cómo nos vamos a ir a dormir, tan frescas, como si no hubiera pasado nada? ¡Yo no voy a pegar ojo! —Carmen está tan furiosa que siente como si una corriente eléctrica la recorriera.

—No —dice Tere, compuesta como siempre, pero muy tensa—, yo tampoco creo que vaya a dormir mucho.

—¿Por lo que te ha dicho el director? —pregunta Marga.

—A mí nadie me ha llamado nunca puta. —Es la primera vez que oyen a Tere decir una mala palabra y, oída de su boca, suena como una explosión—. ¡Yo no soy ninguna puta! —repite, anonadada.

—¡Pues claro que no, mujer! Ni tú ni ninguna. Parece que hoy don Telmo, por lo que sea, ha perdido los papeles —dice Candela, que es la que más tranquila está de todas ellas.

—Sí. ¡Hoy! Y el otro día también, en la gasolinera. —Ana parece también a punto de estallar—. ¿Pero qué se ha creído ese imbécil? En cualquier otro país, todas seríamos mayores de edad; si viviéramos en un país civilizado, no tendríamos ya que pedir permiso para nada y no tendríamos que aguantar que un cafre nos insultara impunemente.

323

Mientras las chicas siguen discutiendo junto al pretil del acantilado, Mati las observa desde su bungalow, oculta entre las sombras. Hablan tan alto que puede entender casi todo lo que dicen, pero los otros clientes del hotel deben de haberse acostado borrachos, porque nadie se ha quejado hasta ahora, igual que no parecen haber oído los gritos y gemidos que salen del cuarto contiguo de la planta baja, donde Reme está haciendo cosas raras con el sueco.

Hace una hora, al volver a su habitación, Mati se ha asomado por la puerta del jardín, que han dejado abierta, y ha visto a Reme atada de pies y manos, con una especie de capucha en la cabeza, mientras el asqueroso del sueco le chupaba la almeja. Y ahora, por lo que se oye, han vuelto a empezar. Reme gruñe como un cerdo con una voz que no parece natural, como si el tío le hubiera tapado la boca.

Las chicas siguen insultando a los hombres, a todos los hombres, llamándolos todo lo que se les ocurre y que va subiendo de tono a medida que se calientan las unas a las otras.

Entonces se le ocurre. Es una idea tan divertida, tan original, tan efectiva si sale bien, que Mati se queda rígida de excitación durante un par de minutos.

Las siete amigas están furiosas, odian a los hombres, están deseando tener ocasión de explotar. El texto del examen de griego le pasa fugazmente por la cabeza dando una dimensión clásica, trágica, a su idea. Las Ménades.

¿Se atreverá?

Piensa a toda velocidad en las distintas posibilidades. Si sale bien, las tendrá en su mano para siempre. Si sale mal... ¿qué puede pasarle a ella si sale mal? En principio, nada. A menos que la furia del grupo se vuelva contra ella. Pero eso puede evitarse no estando a su alcance. Si no estás allí, no necesitas defenderte. Es solo una cuestión de ajustar bien el tiempo y de tener una cierta práctica en tirar la piedra y esconder la mano. Ella la tiene. Muchos, muchos años de práctica. Dirá que va a buscar a don Javier y doña Marisa, aunque sabe muy bien que no están en sus habitaciones; pero ellas la creerán. O, si tiene suerte, ni siquiera oirán lo que les dice.

Eso la decide.

Se levanta de la silla de plástico. Sonríe. Inspira profundamente. Empieza a entrar en situación, a cambiar de cara, a fingir terror, preocupación, angustia. Se tensa y sale corriendo al encuentro de las chicas, gritando ya desde lejos.

—¡Socorro! ¡Socorro! ¡Venid! ¡Venid rápido! ¡Están violando a Reme!

2007

*T*eresa había bajado al vestíbulo del hospital a esperar a los policías y, aunque sabía lo que iba a pasar, porque la idea había sido suya, estaba más nerviosa de lo que recordaba haber estado en toda su vida e incluso tenía la desagradable sensación de que se le estaba descomponiendo el vientre.

Suspiró con un cierto alivio al ver que, como esperaba, Machado venía con David; los saludó con dos besos y, en el ascensor, les hizo un resumen del estado de salud de Candela.

—Por eso no ha podido ir ella —terminó, cuando se abrían las puertas—. Pero debe de tratarse de algo importante, si me ha pedido que os avisara.

—¿Tú no sabes lo que nos va a decir? —preguntó Machado, mirándola inquisitivamente.

—No, Gerardo. Solo me ha dicho que quiere aclarar ciertas cosas y morir en paz.

Rita, totalmente perpleja, se puso de pie cuando entraron los policías en el cuarto. Candela le había dicho que iba a pasar algo esa misma tarde; por eso no había querido una respuesta, pero no se le había pasado por la cabeza que esas horas de retraso impuesto tuvieran nada que ver con la policía.

Cambiaron unos saludos tensos, los dos funcionarios acercaron unas sillas a la cama, y David sacó una grabadora en la que dictó la fecha y el nombre de la declarante.

—Quiero que mis amigas estén presentes —dijo Candela, con una voz que a los dos hombres les sonó sorprendentemente firme, considerando lo frágil que parecía.

Los policías se miraron y, con un encogimiento de hombros, asintieron.

—Lo haré lo más breve posible, porque estoy muy cansada y no quiero quitar tiempo a nuestras fuerzas del orden —comenzó con su sarcasmo habitual—, pero me temo que de todas formas, va para largo. Les he pedido que vengan porque quiero confesar, ante testigos, el asesinato de Magdalena Santos.

Rita volvió la vista hacia Candela, escandalizada. Ella le apretó la mano.

—Perdona, Marga. Ahora te enterarás de todo. Siento no habértelo dicho antes a ti.

—Siga, Candela, haga el favor —animó Machado.

—Quiero hacerlo breve, como ya les he dicho, pero hay un par de cosas en el pasado que tengo que contarles para que comprendan mis motivos —inspiró profundamente de la mascarilla de oxígeno antes de continuar—. Tengo que remontarme al curso 73/74, hace treinta y tres años. Todas nosotras, Teresa, Rita, Ana, Carmen, Sole y Lena, que entonces aún se llamaba Magda, éramos compañeras de clase y buenas amigas también fuera del instituto, aunque nuestros padres fueran de clases sociales diferentes, lo que entonces tenía su peso, y de convicciones políticas muy distintas. Es decir, que éramos hijas de familias rojas o nacionales, con todo lo que eso implicaba en aquella época. Pensad que aún faltaban dos años para la muerte de Franco. Sin embargo, nosotras nos entendíamos bien; estábamos acabando el bachiller y teníamos muchos planes para el futuro: todas íbamos a estudiar en Valencia y pensábamos seguir siendo amigas para siempre. En nuestra misma clase había una chica que todos detestábamos, y cuando digo todos, no me refiero solo a nosotras siete, sino a todo el mundo, profesores incluidos. Mati —Matilde Ortega Navarro— era el ser más despreciable de la tierra, lo digo como lo siento, con toda sencillez.

Teresa y Rita asintieron en silencio frente a la mirada atónita de los policías.

—Además de desagradable en sí, por su voz, su sonrisa maligna, sus miradas, su aspecto…, lo peor era que se trataba de una chantajista, una extorsionadora de primera línea. Se pasaba la vida buscando enterarse de secretos ajenos que iba apuntando a la vista de todas en un cuaderno que siempre llevaba encima. Luego utilizaba lo que sabía para conseguir dinero, pequeños favores, algún regalo, que la dejaran copiar en los exámenes…

cosas así. Era repugnante. Todas lo sabíamos porque todas habíamos sido víctimas suyas en alguna ocasión, pero no hablábamos mucho de ello ya que, simplemente, no había nada que hacer.

—Pero... ¿qué clase de secretos podían tener unas chicas de diecisiete años? —preguntó David.

—Ahora quizá no te parezcan gran cosa algunos de ellos y en la mayor parte de los casos ninguna sabíamos nada de los secretos de las demás, salvo quizá Rita, a la que todo el mundo le contaba sus penas y sus cosas más íntimas.

—¿Puedes darnos algún ejemplo? —insistió.

Rita hizo un gesto para que le permitieran hablar.

—Si no les importa, y aunque ya haya pasado tanto tiempo, al fin y al cabo son cosas muy íntimas, como bien ha dicho Candela, puedo contarles algo de una persona que ya ha muerto y a quien Mati extorsionaba. Lo sé porque esa misma persona me lo contó, desesperada. —Machado le hizo un gesto para que continuara y las dos mujeres se tensaron ligeramente, pendientes de sus palabras—. Doña Bárbara, nuestra profesora de literatura, tenía un amante con el que se veía una vez a la semana. Yo, lo confieso, la ayudaba diciendo que iba al cine o al teatro con ella. Mati lo descubrió y, desde entonces, no volvió a entregar un trabajo ni a hacer un examen, pero siempre sacaba el sobresaliente que necesitaba para poder pedir la beca universitaria.

—A cambio de su silencio —dijo Machado.

—A cambio de no informar al marido de doña Bárbara, sí. Cuando ella me lo contó, ya casi a fin de curso, Mati quería que le diera dinero para poder quedarse un par de días en Valencia buscando piso. Ya no sé si llegó a dárselo o no.

—Y con todas vosotras hacía lo mismo, supongo —dijo David.

Candela alargó la mano hacia la mesita de noche y volvió a dejarla caer.

—Marga, haz el favor, saca el cuaderno; ahí en el cajón.

Rita sacó un cuaderno de anillas de tapas negras y se lo entregó a los policías. Luego, inconscientemente, se frotó la mano en la pernera del pantalón.

—Ahí lo tienen todo. Por favor, respeten en lo posible la intimidad de aquellas muchachas que fuimos.

327

Los policías acercaron sus sillas y, juntando las cabezas, empezaron a pasar hojas mientras Candela les contaba cómo había conseguido el cuaderno.

—En alguna de esas páginas verán una anotación muy concisa que se refiere a mí.

Después de pasar unas páginas, David encontró algo y, sorprendido, se lo mostró a Candela.

—¿Esta?

—Esa. —Candela cerró los ojos unos instantes.

—«Candela es tortillera» —leyó Machado—. ¿Era verdad?

—Claro —dijo ella, con una media sonrisa—. Si no hubiera sido verdad, ¿con qué iba a extorsionarme esa hija de puta?

—¡Candela! —intervino Teresa, sin poder contenerse—. ¿Has sido lesbiana toda tu vida y no nos lo has dicho nunca? ¿Y Gonzalo? ¿Y todos los chicos que nos has presentado a lo largo de los años?

—Bolsos, Tere. Puros adornos. Yo me he sentido atraída por las mujeres, bueno, por algunas mujeres —enfatizó el «algunas», con una mirada a Rita—, desde que tengo uso de razón. Pero vosotras sabéis cómo era mi familia… eso los hubiera matado… Marga, ahí en el cajón hay unos papeles sacados de una especie de novela que empecé hace años y no llegué a terminar; dáselos, haz el favor. Ahí explico cómo era mi familia, inspector. Ellas lo entienden, ¿verdad?

Rita y Teresa asintieron a dúo; las cuartillas cambiaron de manos y Machado las dobló y las guardó en el bolsillo de la cazadora.

—Bueno, pues el caso es que Mati se enteró y empezó a chantajearme, pero eso no fue lo peor. Lo peor fue que se enamoró de mí. No me malentiendan; ni siquiera supe nunca si Mati era también lesbiana pero, al menos en todo lo demás quería ser como yo, quería ser yo. Ahí, en el cuaderno, encontrarán también un carné de biblioteca que se hizo con su foto y mi nombre.

—Pero ¿esta Matilde no era de Novelda? —dijo Machado, mirando el carné a nombre de Candela.

—Sí, pero para no tener que gastar más en el autobús, vivía con unos tíos suyos aquí en Elda. Iba a su casa una vez al mes, el fin de semana. También tenía un tío fotógrafo en Alicante; lo sé porque una vez me dijo que sus padres habían pensado que después del instituto podría trabajar con él en el estudio o como dependienta. Pero ella quería estudiar en Valencia, como todas nosotras, y vivir conmigo, en el mismo piso.

—Ese era su precio, entonces.

—No. Mucho peor. —Volvió a cerrar los ojos.

—Perdona, Candela —interrumpió David—, pero si estás cansada, ¿no podrías abreviar la historia de entonces y contarnos qué pasó con Lena?

Machado lanzó a su colega una mirada de advertencia de la que David no se percató.

—No. Tiene que ser así. Esperad un momento —volvió a usar la mascarilla de oxígeno—. A finales de ese curso, del 74, yo me enamoré perdidamente de Marga, de Rita —Teresa abrió la boca y volvió a cerrarla; casi todo lo que estaba contando Candela era nuevo para ella—. Y Rita, al cabo de un tiempo, y a pesar de que había empezado a salir con Manolo, también se enamoró de mí. Sin Mati, nada habría sido un problema. Nos habríamos ido juntas a estudiar, habríamos alquilado un piso para las dos, ya que entonces solo había dificultades cuando un chico y una chica que no fueran matrimonio querían compartir piso, pero no cuando se trataba de dos amigas, y hubiéramos sido felices. Si habría sido para siempre, no se puede saber; durante un tiempo al menos, habría sido el paraíso. Pero Mati se oponía. Quería contarles a los padres de Rita lo que sabía de nosotras, para que nos separaran y para que ella, Mati, pudiera pegárseme como un bloque de cemento a los tobillos. Eso me lo dijo volviendo de Palma, en aquella horrible noche del barco, justo cuando Rita y yo nos habíamos dado cuenta plenamente de que nos queríamos, de que queríamos construir un futuro juntas.

»Cuando, en mitad de la noche, en cubierta, adonde yo había salido a tomar el aire después de vomitar, Mati me contó sus planes, los planes que ella había hecho para nuestro futuro, el mío y el de ella, y que pasaban por desterrar a Rita…

»No sé cómo decíroslo ahora… me cegué… la agarré del cuello y apreté hasta que dejó de moverse. Luego la tiré por la borda y volví al camarote. Magda, bueno, vosotros la conocéis por Lena, me vio hacerlo. Siempre supo que yo había matado a Mati

329

y siempre me guardó el secreto. No sé si lo hizo por solidaridad, o porque en el fondo se alegraba de que yo hubiera solucionado el problema de todas o por otra razón. El caso es que guardó silencio durante treinta y tres años.

»Pero aquello nos rompió a todas. Durante mucho tiempo no quisimos vernos porque todas suponíamos que una de nosotras era una asesina y, aunque había sido un alivio, no nos sentíamos cómodas al reunirnos. Cada una tiró por su lado durante mucho tiempo, hasta que acabamos por volver al pueblo, menos Rita, que se instaló en Londres, y Sole, que se casó con un diplomático y, poco a poco, recuperamos la amistad de entonces, tratando de olvidar lo sucedido.

»Y ahora, de repente, después de una vida sin noticias de Rita, nos volvimos a encontrar hace poco más de un mes, nos dimos cuenta de que seguíamos sintiendo lo mismo que entonces, en Mallorca, y que teníamos la posibilidad de disfrutar un poco de todo lo que perdimos. Yo sabía que casi no me quedaba tiempo; Rita no.

»Cuando hace dos semanas, fuimos a la fiesta en tu casa —continuó mirando a David— y la P. A. de Rita, Ingrid, nos dio la sorpresa de pasar las diapositivas del cumpleaños y la película de Mallorca, la primera película de Marga, todos los recuerdos volvieron y Lena, al marcharse, le dijo a Rita que fuera a su casa a cenar porque quería contarle lo que ella vio aquella noche en el barco.

»Un día antes, yo invité a Rita a cenar a mi piso de Alicante y pasamos la noche juntas. Le pregunté cómo se sentiría si supiera seguro quién había matado a Mati, con la esperanza de que ya hubiese superado los remordimientos, y ella me dijo que si supiera quién de nosotras era una asesina no se sentiría capaz de seguir siendo amiga suya.

»Entonces me decidí. Sabía que me quedaba poco tiempo de vida; no podía perder otra vez mi oportunidad de recuperar a Marga —volvió a estrecharle la mano—, y pensé ir a ver a Lena y pedirle que no se lo contara.

»Llegué a su casa a eso de las cinco, charlamos un poco mientras preparaba el gazpacho. No conseguí lo que quería. Yo nunca me había llevado muy bien con Lena, éramos demasiado diferentes, y ella, en todos estos años, se había hecho más escrupulosa, más… no sé cómo llamarlo… más como fuera del mundo y más allá del bien y del mal. Me dijo que ya había callado bastante y que ya iba siendo hora de aclarar las cosas. Le rogué con todos los argumentos que se me ocurrieron, pero no sirvió de nada, así que le dije que me apetecía un té, lo preparamos, le eché un buen puñado de somníferos que ya llevaba deshechos en un tubito y, cuando empezaron a hacer efecto, la llevé al baño y le corté las venas porque pensé que sería una muerte dulce y bastante propia de ella. Luego limpié las tazas, las guardé, tiré la cuchilla a la basura, saqué la bolsa, puse una nueva, eché dentro una colilla de Rita, y me marché dejando la puerta entreabierta.

—Y todo eso ¿para qué? —preguntó Machado.

Candela inspiró hondo.

—Estoy agotada.

—Un último esfuerzo, por favor, y la dejamos descansar.

—Porque Rita y yo nos habíamos peleado después de haber sido tan felices durante unas horas. Bueno, peleado no es la palabra. Cuéntaselo tú, Marga, por favor. No puedo más.

—Candela quería que dejáramos de escondernos, de negar cómo somos; quería que estuviéramos juntas a partir de ahora. —Tragó saliva—. Yo le dije que ya tenía mi vida hecha, que no podía imaginarme cómo nos las íbamos a arreglar, que ya tengo una compañera y unos hijos que me necesitan… cosas así. Nos separamos tristes y molestas. Creo que yo fui muy cruel. Ahora me arrepiento, y tú sabes que es verdad, Candela. Pero en aquel momento fue como si un tren estuviera a punto de pasarme por encima. Solo quería apartarme, estar sola, reflexionar, volver a Londres, a casa.

—Ese era mi miedo —continuó Candela—, que te fueras otra vez, cuando yo sabía que ya nunca volvería a verte, que estos días que me quedaban eran los últimos. Por eso traté de implicarte. Para que no pudieras irte, para que me necesitaras, aunque solo fuera como abogado. Para estar contigo. Perdóname. —Rita se inclinó a besarla en la mejilla, mientras los policías se ponían de pie.

—Una última pregunta, Candela. ¿El texto que encontramos en el ordenador…?

Ella pareció sorprendida.

—Ni idea. Ni me acerqué por allí. Supongo que sería algo que Lena estaba escribiendo antes de que yo llegara. ¿Qué decía?

—No se preocupe; nada de importancia.

—Mañana te traeremos la declaración para que la firmes, Candela —dijo David—. ¿Quieres añadir algo? —Ella negó con la cabeza, sin abrir los ojos.

Mientras Teresa acompañaba a los hombres, Candela volvió hacia Rita una cabeza que parecía de pájaro, frágil y sudada, como si se hubiera empequeñecido en unas horas.

—¿Te doy mucho asco?

—No. Ni yo me lo explico, pero no.

—¿Te lo esperabas?

Rita negó con la cabeza.

—Pero ¿me comprendes? ¿Me perdonas?

—¿Quién soy yo para perdonarte, Candela?

—La única persona que me importa en el mundo. Se miraron unos segundos. ¿Qué importancia tenía lo que ella pudiera sentir o creer?, pensaba Rita. Candela se estaba muriendo, la necesitaba, necesitaba su perdón, su cariño, su apoyo. ¿Cómo iba ella, precisamente ella, a negarle lo único que le permitiría morir en paz? Curiosamente, casi le dolía más la confesión del asesinato de Mati que el de Lena, porque el de Lena lo había cometido una mujer desesperada, al final de su vida, que solo trataba de arañar unos últimos días de amor, la realización del sueño al que se había agarrado durante más de treinta años, mientras que el de Mati había sido motivado por el odio y por la despreciable necesidad de cubrir las apariencias, de cumplir con las expectativas de su familia burguesa y bienpensante. Aunque..., claro... Candela tampoco les había contado a los policías la verdadera razón por la que era necesario hacer desaparecer a Mati. Incluso si ellas dos no hubieran tenido miedo a confesar públicamente su amor, estaba lo otro.

Rita se sentó en la silla que acababa de dejar David, junto a la cama, y le cogió la mano.

—Claro que te perdono.

—¿De verdad? —Los ojos de Candela seguían siendo hermosos, grandes, líquidos.

—Sí.

—Ahora ya puedes contestarme a la pregunta de esta mañana, si quieres, Marga. —Cerró los ojos unos instantes y todo su cuerpo se tensó como si estuviera a punto de oír una sentencia.

Rita se acuclilló al lado de la cama y apoyó la cabeza junto al regazo de Candela, sin dejar de mirarla.

—¿Y qué vamos a ser cuando nos casemos? ¿Mujer y mujer? ¿Esposa y esposa?

El rostro de Candela se iluminó de pronto con una sonrisa adolescente.

—Marga y Candela, *forever* —susurró—. *Forever*.

—¿Qué te ha parecido? —preguntó David a Gerardo, apenas se metieron en el coche para volver a comisaría, a entregar la declaración para que la pusieran por escrito y Candela la firmara.

—Parece que todo cuadra. Y es comprensible que haya querido confesar antes de morir. Al fin y al cabo, no es una asesina habitual; es lógico que tenga remordimientos.

—Pues para no ser habitual, ha matado dos veces en su vida.

—La primera fue a los dieciocho años y se trató de algo pasional, de una ofuscación pasajera. Ni siquiera hubiéramos podido probarle nada, si no hubiera confesado por su propia voluntad. Lo de aquella muchacha del barco podía haber sido un accidente. Si nos lo ha contado, es porque fue el detonante de lo de Lena.

—Sí. De otra forma no habría tenido ningún sentido. ¿Llevas los papeles de Candela?

Gerardo se tocó el bolsillo de la cazadora.

—Sí. Son apenas un par de páginas; no creo que contengan nada fundamental, pero les echaremos una mirada antes de plegar por hoy. Ella parece tener mucho interés en que comprendamos sus circunstancias.

Mientras David iba a llevar la grabación para que la transcribieran, Gerardo se instaló en su despacho y desplegó las cuartillas. En la primera página, el título le llamó la atención: «La novela de mi vida». Considerando que no eran más que seis o siete hojas, estaba claro que Candela nunca la había terminado

333

o que había decidido entregarles solo lo que le parecía relevante. Ya le preguntaría, si quedaba tiempo.

Se metió en la boca un chicle de menta, y empezó a leer:

La novela de mi vida

CANDELA ALCÁNTARA DE FRÍAS

Esta es la novela de mi vida, la única que, ahora lo sé, seré capaz de escribir. Te la doy porque es todo lo que tengo y dentro de poco ya no me servirá de nada.

Cuando escribí estas líneas esto no era más que un artificio retórico. Mi muerte, cierta como la de todo el mundo, era solo una proposición teórica, mientras que ahora la sé cercana, aguardándome impaciente a la vuelta de unas semanas. De todas formas, no tengo ya la fuerza de reescribir estas páginas y pienso entregártelas como están, aunque añadiré comentarios como este que te hagan comprender mejor la diferencia entre entonces y ahora, suponiendo que eso tenga alguna importancia.

Pero confío en ti porque tal vez tú seas capaz de usarla. Con suerte, tal vez podrás hacer justicia. Si no, al menos habrás comprendido algo de lo que siempre creíste saber.

Esta es la historia de un crimen. Te lo digo ahora para que, cuando empieces a leer y te encuentres con ciertas divagaciones a las que soy aficionada, no creas que son solo palabras huecas, eso que los ignorantes llaman literatura porque no saben llamarlo ficción y no se dan cuenta de que la ficción siempre oculta una verdad. ¿Lo ves? Ya empiezo a divagar.

Espero que no te moleste que te hable de tú, como si nos conociéramos de siempre, pero aún no he decidido quién va a ser el destinatario de mi novela y me parece estúpido hablar de usted a alguien que, por lo que me figuro, será una de las personas implicadas en la historia y por tanto una de mis más antiguas conocidas o amigas. Aunque puedo equivocarme.

Sí. Me equivoqué. Como tantas veces en la vida. Ahora ya no importa.

Voy a contarte, a mi manera, desde mi punto de vista —¿cómo no darle importancia al punto de vista, si me he pasado la vida defendiendo clientes ante un tribunal, sabiendo perfectamente que el otro podía tener tanta razón como yo y como la persona a la que acusaba?— lo que sucedió aquel verano de 1974 durante el viaje a Mallorca en el que celebrábamos nuestra despedida del instituto, nuestro ingreso en la vida adulta.

Pienso narrarlo en tercera persona, desde fuera, como si yo no hubiera sido una de aquellas muchachas, tratando de explicarte lo que sucedió, de manera que yo misma pueda llegar a comprenderlo y a aceptarlo tal vez, a perdonarme, a perdonarnos.

Basta de preámbulos. Comienza la novela.

Imagina tu nacimiento de esta manera:

No naces cuando te arrancan del cuerpo de tu madre. Lo que nace es una potencialidad, un ser diminuto que no sabe hacer nada salvo reclamar alimento, calor y cariño. Los adultos que te rodean te van enseñando quién eres, dónde vives, cómo es tu mundo.

Y el mundo es como un castillo enorme lleno de atractivos, lleno de peligros, un lugar encantado donde todo es misterioso y extraño. Pero ellos están ahí para enseñarte dónde puedes jugar, qué debes evitar, qué te conviene, qué no.

No te cuestionas nada, no haces comparaciones, las cosas son como son, las tomas y las disfrutas, si tienes suerte. Si no tienes suerte, aunque aún no lo sabes, las sufres, las aceptas, y sigues descubriendo.

Una tras otra te van abriendo puertas que dan a salones cuya finalidad apenas puedes comprender y, de la mano, te acompañan en el recorrido primero por la planta baja, luego más y más arriba, subiendo la empinadísima escalera con sus enormes peldaños de ébano y marfil como el teclado de un piano que va sonando con tus pasos inseguros primero, cada vez más firmes a medida que creces.

Llega un momento en que conoces el castillo, o al menos eso crees. Recuerdas la disposición de las habitaciones, te orientas infaliblemente en los retorcidos pasillos, sabes qué vas a encontrar tras cada puerta cerrada. Los sonidos de la casa te resultan familiares, y sus perfumes, y sus hedores.

Y de repente, un buen día, las personas que más te quieren, las que te han acompañado hasta ese instante, te cogen de la

335

mano y, con un susurro misterioso que llevabas mucho tiempo esperando, deseando, te dicen que ya es la hora, que ha llegado el momento de conocer el laberinto.

Siempre has sabido que hay un laberinto en el castillo. Lo has oído comentar a los mayores en esas largas conversaciones de viejos que te aburren. Los has oído quejarse, maldecir, llorar, hacerse cábalas inútiles sobre cómo podría haber sido el recorrido. Y siempre has sabido que tú lo lograrás, que ningún laberinto es demasiado difícil para ti porque tú eres diferente, tú eres mejor que todos ellos, tú eres joven y nunca mirarás atrás.

El laberinto está unas veces en el sótano del castillo, otras en el desván, pero siempre lejos, como a trasmano, para poder olvidarlo cómodamente mientras esperas que te llegue el turno. Pero ahora está ahí, frente a tus ojos, y siempre es igual: una entrada que se abre invitadora, un pequeño vestíbulo brillantemente iluminado en el que hay varias puertas cerradas. A veces solo dos, a veces muchas, tantas que parece el pasillo de un hotel y te quedas parada durante mucho tiempo, fijándote en los detalles, tratando de decidir, de elegir tu camino.

Entonces los mayores desaparecen y te dejan sola frente al laberinto. Detrás de ti se apaga la luz y sabes que no hay regreso, que volverás a encontrarlos si eliges bien tus puertas, pero que nunca será lo mismo porque el castillo cambiará mientras tú estás fuera, dentro del laberinto, y las personas cambiarán, aunque seguirás reconociéndolas. Lo que no sabes es que tú cambiarás también. Te lo han dicho, pero no has querido comprenderlo. Te han dicho que crecerás, que madurarás, que llegarás a ser como ellos. Y no has querido creerlo.

Sin embargo ahora sabes que es así y de repente tienes miedo, tanto miedo que quisieras poder dar la vuelta y quedarte en el castillo que conoces, aunque eso signifique no probarte en el laberinto, no llegar nunca a la cámara que, en el centro, aguarda a los mejores, esa cámara que es también un jardín donde los árboles tienen frutos de piedras preciosas.

De repente te aterroriza pensar que, aunque la encuentres, luego tienes que acertar con la salida que está al otro lado, y lo que hay más allá es el gran misterio de quien nadie te ha hablado con palabras que puedas comprender.

Vuelves la vista atrás y el castillo con sus acogedores salones que con los años se han ido haciendo cada vez más pequeños y familiares, ha desaparecido tragado por las tinieblas y solo te queda la luz que brilla frente a ti, las puertas cerradas, el camino por delante.

En algún momento, abres una de esas puertas y, cuando se cierra a tus espaldas, sabes que la has cruzado por última vez, que has elegido, que ahora esa sala que se ofrece a tu mirada es la realidad que tendrás que conquistar, atravesar, hasta llegar al siguiente vestíbulo, a las siguientes escaleras, al siguiente jardín en que se bifurcarán los senderos y desaparecerán en la bruma en cuanto los descartes.

Ya estás en el laberinto y sabes que no saldrás viva de él.

Candela se encontró muy joven parada ante la puerta del laberinto. Hija de madre viuda, todo su entorno había colaborado en darle prisa a crecer, para sustituir de algún modo al hombre de la casa en un ambiente de mujeres chapadas a la antigua, de las que sentían que «una casa sin hombre es una casa sin sombra» como comentaban entre ellas siempre que había ocasión. La abuela Juana, la tía Armonía, la tía Paz, ambas solteras, Ángela, su madre, y una cohorte de amigas y de criadas que fueron pasando por su vida sin dejar demasiada huella, todas demasiado parecidas entre sí con sus lutos inacabables, sus miedos pueriles, sus indisposiciones y sus pequeños vicios: el café con leche o el chocolate de las tardes, las partidas de parchís una vez por semana, la catequesis, los paños de ganchillo, y las rarísimas visitas del obispo, amén de alguna que otra película que en la hoja parroquial hubiera merecido el calificativo de «blanca».

337

Cuando llegó a la entrada del laberinto, mucho antes que sus compañeras de colegio, Candela supo que la primera elección estaba entre dos puertas, aunque las dos llevaban al mismo sitio. La alternativa estaba entre aceptar y proclamarlo o aceptar y fingir. No tuvo que pensarlo mucho. Ella quería a su familia, a pesar de que, si le hubieran dado a elegir, hubiera preferido otro tipo de entorno, algo como lo que tenían Marga o Ana, que habían nacido en un castillo donde no había fotos enmarcadas de Franco, ni pañitos de ganchillo en todos los sillones, ni flores de plástico frente a imágenes de la Virgen de Lourdes.

Desde que se vio frente al laberinto de la vida, Candela supo que su única posibilidad era reeducar con mucha dulzura y mucha firmeza a las mujeres que le habían tocado en suerte y que estaban deseando someterse a la única de la casa que tenía voluntad. A los doce años convenció a su abuela para que comprara un televisor, lo que le aligeró considerablemente la tarea de educar a su familia, y antes de cumplir los dieciocho años ya había un coche en el garaje esperando el momento en que ella tuviera derecho legal a conducir. Poco antes de cumplir los catorce, su madre le había pedido que estuviera presente en las reuniones que mantenían periódicamente con don Antonio, el administrador, y antes de los dieciséis ya no necesitaba más compañía para hacerse una idea del estado de las finanzas de casa y para tomar decisiones que luego comunicaba a su madre cuando le pasaba los papeles a la firma. Por aquel entonces su abuela ya no tenía ningún interés en los asuntos mundanos y sus dos tías estaban tranquilas con saber que no les iba a faltar la bandeja de pasteles los domingos por la tarde y que se pagaban puntualmente las mensualidades de El Ocaso, que les garantizaban un entierro digno y un buen lugar en el panteón familiar.

Me doy cuenta ahora de que la descripción de mis tías es tendenciosa. Yo las veía viejísimas, pero debían de andar por los cuarenta y tantos y, aunque nunca hablamos de ello, me imagino que tendrían también sus ilusiones, sus deseos, aparte de lo del entierro y el panteón, pero cuando miro fotos de la época y las veo tan recatadas, siempre de medio luto, sin maquillar, sin tacones, con aquella pinta de catequistas, no puedo evitar pensar qué se agitaría debajo de esa ropa tan pudorosa, cuántas veces pensarían, acostadas en su cuarto, el de las camas gemelas con sus colchas de ganchillo con transparente de raso verde manzana, que se habían equivocado al recorrer los pasillos del laberinto. Pero su juventud había transcurrido en lo peor de la posguerra, cuando apenas quedaban hombres y todo estaba prohibido, cuando el único refugio de una soltera decente era la Iglesia o la Sección Femenina. No debieron de encontrar muchas puertas a su paso y al final no les quedaron más que los pasteles y más tarde las revistas de moda y de actualidad en las que se mostraba un mundo para ellas tan ficticio e inalcanzable como el del cine de Hollywood. Y sin embargo no perdieron la sonrisa y ahora, cuando pienso en ellas, las recuerdo cantando en la terraza mientras regaban los geranios y las alegrías al caer la tarde y, creo que, por extraño que resulte, ellas fueron más felices que yo, con todos mis estudios y mis viajes, mi experiencia y mi arrogancia.

El siguiente paso en el recorrido llegó en el instituto, cuando tuvo la sensación de que necesitaba a otras chicas de su edad, y decidió empeñarse en una amistad que debía durar toda la vida, aunque al principio todas las que después formarían el grupo de las chicas del 28 la miraban como si fuera extraterrestre. Nunca llegó a saber exactamente qué veían en ella para tratarla con esa ligera desconfianza, con ese leve temor, como si ella fuera mayor o más sabia o, sencillamente, muy distinta.

Ella se miraba al espejo antes de salir para clase y se veía como siempre: alta, delgada, con más pecho del que podría corresponder a sus quince años, eso sí; con el pelo muy corto, cuando todas las demás lo llevaban largo, unos ojos grises que llamaban la atención y una sonrisa fría que trataba de ocultar la inseguridad que sentía cuando se enfrentaba con gente que «no era de su clase», como decían en su casa.

Ahora me doy cuenta de que aquella expresión mía era una especie de mueca arrogante, desdeñosa, que me protegía y me ahorraba muchos problemas, porque hasta los profesores se sentían incómodos cuando los miraba sonriendo así, pero que también me separaba de los demás, incluso de los grupos a los que habría querido pertenecer. A lo largo de la vida he perfeccionado esa actitud y la he convertido en una herramienta muy útil, salvo frente a los que me conocen bien. E incluso a veces hasta con ellos funciona, hasta con las chicas, después de más de treinta años.

Al cabo de un tiempo en el laberinto, Candela se dio cuenta de que era verdad algo que siempre le habían dicho en casa: que en todo recorrido se va encontrando una con dos clases de seres: ángeles y demonios, y que hay que llevar mucho ojo para distinguirlos porque sobre todo los demonios saben disfrazarse de modo que nadie puede saber de inmediato de qué lado están.

Sin embargo, en su caso estuvo muy claro. La primera vez que se encontró con un ángel la reconoció de inmediato y supo por el golpe en el pecho que Margarita Montero Juan era alguien que siempre estaría presente en su vida y proyectaría su luz sobre ella a partir de ese momento.

El demonio, que también reconoció en cuanto chocaron sus miradas, era Matilde Ortega Navarro.

Mucho después me di cuenta de que las cosas no eran tan sencillas y de que, si bien sigue siendo cierto que Mati era un demonio, Marga tampoco era el ángel sin tacha que yo imaginaba.

Se conocieron todas, lo que luego sería el grupo de las siete, en quinto, el primer curso de bachiller superior, de letras. Al principio eran veintiocho entre chicos y chicas y durante dos años siguieron siendo una clase mixta; después, en COU, se marcharon algunos que no pensaban ir a la universidad y alguien —el director del instituto, o su mujer probablemente—, decidió separar los sexos y hacer una clase masculina y otra femenina. Por eso en el viaje a Mallorca ellas fueron con don Javier y doña Marisa, y ellos con don Telmo y doña Loles.

En el laberinto no todas las decisiones están en manos de quien lo recorre y hay puertas que se abren solas, mientras que otras permanecen cerradas por mucho que uno empuje. Después es fácil achacar a esas circunstancias las decisiones erróneas, las que lo llevan a uno por un camino que no es consciente de haber elegido. Después solo queda la autocompasión, la rabia, la impotencia, la íntima humillación de haber sido privado de la libertad. Pero siempre hay que contar con el azar. Y en el caso de Candela y sus amigas el azar dispuso que aquel 28 de junio los chicos de la clase estuvieran en otro hotel y que ellas se encontraran solas frente a la puerta que decidieron abrir para encontrarse con la monstruosidad que las acompañaría el resto de sus vidas.

Fue un curso movido, en un momento de nuestra historia, la de España, que también estaba en continuo movimiento, como si aquel curso de 1973–74 todo el país se hubiera subido en una montaña rusa que desembocaría, al menos provisionalmente, en el 20 de noviembre de 1975 con la muerte de Franco.

En septiembre, poco antes de empezar las clases, en Chile asesinaron a Salvador Allende. Luego la ETA mató a Carrero Blanco, Nixon luchaba con pies y manos en el caso Watergate, Ana de Inglaterra se casó con Mark Phillips, Candela sacó el carné de conducir, Paquito Fernández Ochoa —¡un esquiador español!— conquistaba las pistas del mundo, Barbra Streisand y Robert Redford eran la pareja de moda en *Tal como éramos*, Marga empezó a salir con Manolo, el SLA secuestró a Patricia Hearst, Portugal hizo su «Revolución de los Claveles», Cruyff marcaba goles para el Barcelona; a pesar de las protestas de medio mundo mataron a Salvador Puig Antich, se estrenó *Vive y deja morir* sin Sean Connery y con Roger Moore, Marga y Candela se besaron en el patio desierto del instituto, Golda Meir se retiró del gobierno de Israel, se casó Mariola, la nieta de Franco, con Rafael Ardid, Neil Young cantaba «Heart of gold», las chicas del 28 terminaron COU, Mati se ahogó en el Mediterráneo y sus huesos habrán quedado en el fondo del mar, cada vez más blancos, cada vez más pulidos.

Cosas fundamentales para sus protagonistas, importantes a veces para todo un país, para el mundo entero incluso. ¿Y a quién le importan ahora? ¿Quién recuerda ahora, años después, la alegría y el orgullo y el dolor y la esperanza de todo lo que pasó aquel curso?

Yo me acuerdo. Pero me acuerdo a mi manera, porque los años van velando la memoria y añadiendo historias marginales, pequeños detalles que justifican los hechos, por muy injustificables que fueran entonces.

Nunca hemos hablado de aquello.

Las chicas del 28, o al menos lo que queda de ellas, siguen reuniéndose a tapear, a hablar bien y mal de los maridos y los hijos, del trabajo, de los pocos proyectos que les van quedando para un futuro que se encoge en el horizonte y que no tiene nada que ver con el que soñaban tantos años ha. Pero no lo recuerdan. O quizá sí lo recuerdan y, como Candela, se niegan a hablar de ello para que ninguna de las otras sepa de su frustración, de sus ilusiones secas…

No había más páginas. Gerardo dio la vuelta a todas las cuartillas para cerciorarse de que no se le hubiese pasado nada y las apartó con un suspiro. ¡Qué lástima! Le habría gustado seguir leyendo aquella novela; enterarse en detalle de lo que sucedió, de cómo sentían y pensaban aquellas muchachas que solo tenían un par de años más que él; recuperar a través de la palabra el mundo

341

de 1974 que él apenas si recordaba. Pero Candela no les había ofrecido más que un atisbo y tendrían que conformarse con eso. Al menos ahora podía cerrar el caso con buena conciencia, porque todo se había resuelto satisfactoriamente, menos para ella, que tenía los días contados, pobre mujer.

Por un instante le pareció curioso ese ramalazo de compasión por una asesina confesa, pero por otro lado se alegraba de que sus años de servicio en la policía no hubieran conseguido todavía arrancarle los sentimientos.

Miró el reloj, dejó los papeles sobre la mesa para que también David pudiera echarles un vistazo y, satisfecho de lo conseguido, agarró la cazadora y se marchó a casa.

Caso resuelto. Una cervecita con almendras, una buena cena en familia y a dormir.

2007

Eran las tres de la madrugada pasadas cuando Rita llegó al piso de la tía Dora que desde hacía seis semanas era su casa y en estos momentos le parecía incluso más triste y polvoriento de lo que lo encontró aquella noche en que llegaron Ingrid y ella de Londres.

Estaba agotada por dentro y por fuera; tenía los ojos destrozados de llorar y, a pesar del cansancio, se sentía recorrida por una energía que no le permitiría dormirse de inmediato, a menos que tomara algún somnífero. Pero los somníferos, desde la muerte de Lena, le traían asociaciones demasiado desagradables.

En la nevera solo encontró una botella mediada de vino blanco, que, aunque sabía que contribuiría a despertarla más, acabó llevándose al despacho junto con un cenicero de cristal tallado que un par de días atrás había descubierto en el mueble del salón y que no parecía haber sido usado jamás.

Se sentó al escritorio, en la penumbra naranja de las farolas, encendió un cigarrillo y se quedó quieta, mirando el techo primero, desviando poco a poco la mirada a los objetos que la rodeaban y que habían perdido toda su capacidad de comunicarle emociones o recuerdos.

Hacía poco más de una semana que había estado allí mismo con Candela, después de la famosa ducha; se habían reído juntas, habían hecho el amor, habían mirado la vieja fotografía tomada en el patio del instituto y Candela había dicho «se acabó, Marga, el pasado se acabó; nos lo hemos ganado a pulso». Y ella había puesto la foto boca abajo sobre la mesa, pensando que, cuando vendiera el piso de la tía Dora y se marchara de

Elda, se la llevaría, haría una ampliación, haciendo desaparecer el rostro de Mati que asomaba en la esquina, y la colgaría, enmarcada, en su cuarto de trabajo. Porque había recuperado a las chicas, a aquellas chicas que ahora eran mujeres y que tanto miedo le daban la primera noche que había pasado en aquel piso, cuando el reencuentro era inminente. Ahora el miedo había desaparecido para dejar paso al dolor, al enorme vacío que aún no se había instalado del todo en su interior porque aún no había asumido la muerte de Candela.

Sin embargo, según todas las evidencias médicas y el tiempo que miden los relojes humanos, Candela llevaba dos horas y cuarto muerta. Una mujer que era un manantial, que había estado más viva que todas las personas que había conocido en sus cincuenta y un años, estaba muerta y eso, que en cualquier otro momento de las últimas tres décadas solo le hubiese causado una lástima imprecisa por aquella lejana amiga de su adolescencia, ahora era como un corte de navaja en su pecho: caliente, seco, pulsante. La había recuperado durante unos días preciosos y había vuelto a perderla, esta vez para siempre.

Se sirvió una copa de vino frío, encendió otro cigarrillo y se miró la mano, donde el brillo apagado del anillo le recordaba, le recordaría siempre, su compromiso con ella, su definitiva aceptación de una de las realidades más básicas de su existencia. Era una simple alianza de oro mate, muy clásica, muy severa, como había sido Candela; pero con un tinte cobrizo, cálido, que confortaba el corazón, como había hecho Candela.

Notó que un sollozo le trepaba por la garganta y, durante unos minutos, se entregó a la desesperación, al llanto incontrolado, a una pena mayor que la que sintió al perder a su padre primero, a su madre después. De repente le cayó encima una soledad tan inmensa que era como un peso físico que la aplastara contra la silla, un peso que nunca podría levantar por sí misma.

Pensó en llamar a Ingrid, pero no se sentía capaz de explicarle tantas cosas, de oírla parlotear sobre las bellezas de Cuba, sobre los niños y sus gracias, sobre todo lo que el cretino de Guillermo estaría haciendo para convencerla de volver con él.

No. Su pena era solo suya y tendría que arrastrarla en soledad, al menos hasta que volviera a Londres, y quizá allí, con la ayuda de Ingrid y de los niños, todos los recuerdos de los dos últimos meses se fueran desdibujando en el tiempo hasta acabar convertidos en una especie de interludio soleado, confundidos entre otros recuerdos sacados no solo de su propia experiencia, sino de novelas y películas amadas.

«También el dolor pasa», decía su abuela, que llevaba veinte años viuda cuando empezaron a relacionarse de mujer a mujer. «Si la muerte de un ser querido doliera siempre como el primer día, estaríamos todos muertos.»

Pero no conseguía imaginarse llevando su vida de siempre, ahora sin Candela, trabajando con su equipo, contando historias de ficción que de pronto se le antojaban falsas y estúpidas, mentirosas, absurdas. Hacía semanas que no pensaba en su próximo guion, que desatendía las llamadas de sus socios de la productora, de todos sus colaboradores. También hacía siglos que no hablaba con Ingrid. Ninguna de las dos había llamado a la otra más que para conversaciones de dos minutos en las que se aseguraban mutuamente que todo iba bien y que pronto volverían a la vida normal.

Eso le acababa de decir Teresa: «Vete a casa a dormir un poco, Rita; ya ha pasado todo. Ahora hay que empezar a hacer vida normal». Teresa. Tan pragmática, tan sólida, tan sensata. Vida normal.

Teresa le había prometido ocuparse del entierro de Candela, hacerlo como ella había pedido, con esquela en el periódico, con misa, con panteón; pero Rita temblaba solo de pensar que tendría que pasar por todo ello, sola, sin el apoyo de Ingrid que siempre le había quitado de encima a la gente, que siempre la había protegido de todo lo que sabía que le daba grima; sin la mano de Candela en la suya, como en el funeral de Lena, porque ahora era el cuerpo de Candela el que yacería en el ataúd.

«Cuando se acabe todo», le había dicho el día antes, «te llamará Antoni Canals, un notario amigo mío. Ve a verlo enseguida porque le he encargado un par de cosas. Nada grande, pero creo que te interesará. Después de mi muerte recibirás tres regalos, Rita, como en los cuentos. Pensé quitar uno para evitar la cursilería, pero así son las cosas. Son tres. Y uno no lo parece. Depende de cómo salga y de cómo lo interpretes tú.»

Se había negado, con una sonrisa misteriosa, a decirle nada

más, y veinticuatro horas después le había pedido a Teresa que cumpliera su palabra. Rita había estado a su lado durante horas, cogiéndole la mano, viéndola alejarse segundo a segundo, con cada gota del suero que entraba en sus venas.

Cuando la última luz del atardecer empezó a pintar la habitación del hospital con su luz rosada, Candela había abierto los ojos por última vez y, con una sonrisa, había susurrado: «Mira, Marga, mira, es como bañarse en plata». Luego se había aflojado la presión de su mano y no había vuelto a despertar.

Encendió la lámpara de mesa, a pesar de que en el exterior se insinuaba ya la claridad del alba, terminó de servirse el vino que quedaba en la botella, y dio la vuelta a la foto. Las chicas. Carmen, Ana, Tere, Sole, Magda, Candela, Marga. Treinta y tres años atrás. Dos de ellas ya muertas.

Acaricia el rostro de Candela con la yema del índice. En esa foto, aún no era una asesina. El 28 de mayo de 1974 Candela era una mujer jovencísima, de relucientes ojos grises, con unos principios inamovibles, dispuesta a comerse el mundo. Glory days. Sic transit gloria mundi. Que en gloria esté. Tanto hablar de gloria para esto, piensa Rita; para acabar convertida en un despojo, en carne de olvido.

El agotamiento la hace ver borroso. Se quita las gafas. Se frota los ojos, que le escuecen como si los tuviera llenos de arena caliente. Apoya la cabeza en los brazos, sobre la mesa, y ya a punto de dormirse, el móvil la sacude con sus pitidos. ¿Quién puede llamarla a estas horas de la madrugada?

Por un instante piensa en un milagro: Candela se ha despertado otra vez, Teresa la llama para que vaya enseguida al hospital, todo ha sido un error, un sueño profundo, un coma que han confundido con la muerte, pero la voz de Ingrid borra la estúpida esperanza.

—¿Rita? ¿Podemos hablar?

—¿Ahora? —se le escapa.

—Estás despierta, ¿no?

—No del todo. Acababa de dormirme.

—Es igual. Tenemos que hablar ahora. Llevo todo el día dándole vueltas y no aguanto más.

—¿Qué pasa? —De repente, Rita está más despierta que nunca. Algo en su interior ha disparado todas las alarmas «problemas, problemas». «Urgente.» «Emergencia.» «Zafarrancho de combate.»

—Tengo que preguntarte algo muy serio. Y tú me tienes que prometer decirme la verdad.

—Yo siempre te he dicho la verdad, Ingrid.

Una vacilación al otro lado del teléfono.

—Más o menos.

—Vale, hay cosas que nunca te he contado, lo acepto; pero no te he mentido jamás.

—Sí, tienes razón.

—Pregunta.

—¿Es verdad que hace treinta y tres años mataste a alguien? ¿Es verdad que eres una asesina, como todas tus amigas?

Rita siente que alguien le acaba de dar un martillazo en la cabeza. La sensación es tan real, que tiene que llevarse una mano al cráneo para asegurarse de que no se le ha roto por el impacto. Tiene el pelo húmedo, pero no sangra, por supuesto. Solo sangra por dentro.

—¿De dónde te has sacado eso?

—Contéstame, por favor.

—Ingrid, ¡por Dios! ¿No puedes esperar a que nos veamos y hablemos con calma?

347

—No. Solo quiero que me contestes. ¿Es verdad o no?

Rita se levanta y empieza a pasear por el despacho como una fiera enjaulada. ¿Es verdad o no? ¿Piensa Ingrid realmente que a una pregunta así se puede contestar sí o no? ¿Es realmente tan ingenua o tan imbécil?

—¿Quién te ha dicho eso? ¿Qué te han contado?

—Te he hecho una pregunta, Rita. Tengo derecho a saberlo.

«Derecho. Dice que tiene derecho», piensa Rita.

—No. No es verdad —contesta por fin.

Hay un largo silencio que Rita aprovecha para encender un cigarrillo.

—Me estás mintiendo —dice Ingrid, con una voz extraña, dolida—. Esperas que me lo crea, que no pase nada, que todo siga igual. Pero nada será igual si me mientes, Rita.

—No te lo puedo explicar por teléfono, Ingrid, pero te juro que te lo contaré todo en cuanto nos veamos.

—Dime la verdad, ¡maldita sea!

—Fue un accidente —dice al cabo de unos segundos.

—Entonces sí que es verdad.

—Pero ¿tú aún crees que hay una verdad única, una verdad con mayúsculas? —Rita está casi gritando—. ¿Crees en serio que hay una verdad auténtica, una sola, sin puntos de vista, sin eximentes, sin cortapisas?

—Para la justicia no hay más que una verdad.

—¡No me hagas reír!

—Explícamelo, Rita. Cuéntamelo todo a tu manera y prometo tratar de comprenderte, de creerte, pero necesito saberlo.

—Ya te lo he dicho. Fue un accidente. Y también te he dicho que no te lo puedo contar por teléfono, que es una historia muy larga y tengo que empezar muy lejos para que puedas comprenderla, para que me creas y no te fíes de cualquiera que te haya contado Dios sabe qué.

—Me lo contó ayer Candela —dice Ingrid en voz de nuevo firme—. Me dijo que se estaba muriendo y que quería decirme algo que yo tenía que saber para decidir sobre nuestro futuro. Uno no miente cuando está a punto de morir, Rita.

«Candela. ¿Es ese uno de los regalos?»

—¿Qué te contó?

—Es una larga historia, como tú dices, pero parece que en lo básico es verdad. Tú misma lo has dicho. Es verdad que mataste a alguien.

Rita está tan cansada que solo quiere terminar aquella absurda conversación de madrugada.

—Sí, de acuerdo. Es verdad. Si no te importan las circunstancias, y los motivos, y los matices, es verdad que hace treinta y tres años maté a alguien o contribuí a su muerte. Es verdad. ¿Te vale así?

Hay otro silencio en el que se oye una especie de hipo contenido.

—Sí. De momento me vale.

—¿Cuándo vuelves?

Otro silencio.

—No lo sé, Rita. Seguramente la semana que viene volaremos directamente a Londres. Los niños y yo. Y Guillermo. —Eso lo ha añadido casi en un susurro, al cabo de unos segundos.

—¡Ah, vaya!, Guillermo también.

—Tiene trabajo en una compañía underground de Londres que prepara una gira por Escocia.

—Y tú piensas traértelo a casa. Seguro que de momento nada más, hasta que encuentre algo, ¿no?

—No, Rita. Vamos a alquilar un piso los cuatro. Vamos a probar a ser una familia de nuevo.

Hay un silencio tan largo que Ingrid cree que se ha cortado la comunicación y repite «¿Rita? ¿Rita? ¿Estás ahí? ¿Me oyes?».

—Sigo aquí —dice por fin—. Está decidido, supongo. Es un detalle que me informes.

Sabe que Ingrid está tragando saliva, que la está haciendo sufrir, pero de golpe no le importa que sufra. Quiere que sufra, como ella.

—Piénsalo bien, Rita. Nuestra situación no era natural. Éramos casi una pareja, pero de dos mujeres y dos niños.

¿Cómo se va a desarrollar Shane entre dos mujeres? —Como todos los niños que han crecido con una madre viuda y una tía o una abuela, por ejemplo. Con toda normalidad.

—¿Y yo? ¿Cuántos años hace que no salgo con nadie, que no hay un hombre en mi vida? Para ti es fácil, pero para mí…

—Vamos a dejarlo, Ingrid. No puedo más. Candela ha muerto hace cuatro horas.

—O sea, que eres viuda —dice Ingrid con toda la crueldad de la que Rita no la hubiese creído capaz.

—¿También te lo ha contado Candela?

—Me ha dicho que, al final de su vida, se ha dado cuenta de que los secretos destruyen; de que hay que iluminar los rincones para que no haya sombras; que en las sombras se ocultan los monstruos.

—Es posible que tuviera razón —dice Rita, asqueada, infinitamente cansada—. Entonces —continúa, esforzándose por sonar serena—, ¿cuándo te mudas?

—Dame un par de semanas, Rita. Tengo que encontrar algo lo bastante grande para los cuatro, encontrar colegio para los niños, sacar las cosas… ya sabes.

—Busca algo para tres. A Guillermo no le volverás a ver el pelo en cuanto llegue a Europa. Perdona. Es asunto tuyo.

—También trataré de conseguir otro trabajo, Rita. Espero que lo entiendas.

—Como quieras.

—Es que ahora, sabiendo lo que sé, no me imagino trabajando contigo como si nada, al menos de momento.

—¿Con lo que sabes? ¡Pero si no sabes nada, imbécil!

—Adiós, Rita. Ya te llamaré.

Ingrid deja pasar unos segundos, como esperando que ella añada algo, pero Rita está anestesiada y no consigue enhebrar las palabras que pudieran deshacer tantos malentendidos, tanta crueldad. Al cabo de un momento se da cuenta de que la línea ha quedado vacía. Ingrid estará llorando en el hombro bronceado y musculoso de Guillermo, quien le estará explicando que ha hecho bien, que le conviene separarse tajantemente de una lesbiana confesa, que está salvando su reputación y el futuro de sus hijos, que serán muy felices juntos en Londres, apartados de la vieja bollera que siempre se ha interpuesto entre ellos.

Rita apaga la luz, va a la cocina y sale al balcón, a recibir el sol del nuevo día que ya despunta tras la Silla de El Cid.

«Así que esto es morirse», piensa por un instante.

«No», la contradice otra voz en su interior. «Esto es solo perderlo todo, volver a la primera casilla con las manos vacías, empezar de nuevo el juego a los cincuenta y un años. Solo eso. Morirse es otra cosa. Algo que ahora solo saben Lena y Candela.»

El sol sube, imparable. El valle de Elda se llena de una luz vibrante, poderosa, roja de sangre. Las sombras, que desde el monte se arrastran hacia ella, son largas, increíblemente largas. Como las que proyectan los viejos pecados.

1974

—¡*S*ocorro! ¡Socorro! ¡Venid! ¡Venid rápido! ¡Están violando a Reme!

Por un instante, las chicas se quedan congeladas, los gestos detenidos, las palabras atravesadas en la garganta. ¿Qué está diciendo Mati? ¿Ha dicho que están violando a Reme? ¿Dónde? ¿Quién?

Tere es la primera en echar a correr hacia los bungalows, con las otras siguiéndola a menos de dos metros como una jauría enfurecida, excitada por el olor de la presa que ya ventean cercana. Mati corre delante de ellas, haciéndoles gestos para que se apresuren y poniéndose el dedo en los labios en un claro aviso de que no delaten su presencia.

Las chicas oyen ya desde el caminito que recorre las entradas de los bungalows los gruñidos ahogados, punteados de gritos agudos, nasales, que vienen de la habitación de su compañera, y sus rostros se crispan al imaginar lo que está pasando en aquel cuarto sumido en la oscuridad, pero lo que perciben al entrar supera todas sus expectativas: varias velas rojas arden sobre los muebles creando sombras blandas y movedizas que parecen vivas; hay un cuerpo de mujer desnudo, atado boca abajo en la cama, sus nalgas pálidas casi fosforescentes en la penumbra rojiza, la cabeza cubierta por un saco negro. Otra figura desnuda, un hombre, calzado con botas de motorista, y con una máscara de cuero cubriéndole el rostro, alza una fusta sobre el cuerpo yacente y en ese momento, con el látigo aún en el aire, parece darse cuenta de que no está solo, se vuelve hacia la puerta del jardín y ve un grupo de sombras al acecho.

Antes de que pueda reaccionar, las sombras se lanzan sobre él.

Con los puños, con las uñas, con toda la furia apenas reprimida de la humillación que acaban de sufrir, con la rabia solidaria por doña Loles, con el odio justiciero que sienten hacia Mati y no pueden descargar, con toda la impotencia acumulada de sus sueños de libertad, de independencia, de autodeterminación en una sociedad que no las deja pensar ni sentir, que ha tratado sistemáticamente de cortarles las alas e impedirles ser ellas mismas, las chicas del 28 se lanzan contra el hombre desnudo que ahora es simplemente el violador, el macho cabrío, el diablo hecho carne que hay que destruir para salvar a la muchacha atada e indefensa, a la víctima sacrificial que las representa a todas.

El hombre trata de protegerse con los brazos, balbucea incoherencias en un inglés que no entienden ni quieren entender, grita de dolor cuando una patada le acierta en los testículos y luego, aterrorizado, cuando ya en el suelo sigue recibiendo golpes, patadas, arañazos, siente tacones que se le clavan en las costillas, en el estómago, como una lluvia de granizo electrizado, mientras desde la cama, Reme lanza una especie de aullido constante que solo puede salir por la nariz y que sube y baja, ululando, como la banda sonora de una película de terror.

Carmen golpea a su padre, Sole a su tío Ismael, Magda a César, Tere al cobarde del padre de su hijo, Marga y Candela a los que no las dejan ser como son, y tal vez a sí mismas, Ana al amante de su madre, a su padre, que quiere denunciarla para que la metan en la cárcel, a todos los hombres que sojuzgan a las mujeres, a los machistas, a los curas, a los profesores, a los políticos. Todas golpean a Mati, que ha utilizado sus secretos más terribles para someterlas, para hacer que se avergüencen de sí mismas.

Las muchachas han perdido toda noción de lo que está sucediendo. Ahora son las Ménades, sacerdotisas sagradas cumpliendo un rito tan viejo como el tiempo. No hay vuelta atrás. Algún impulso atávico las arrastra a golpear al hombre caído, al enemigo, a la fiera que las amenaza, al macho que las humilla; un impulso que solo quedará saciado cuando haya sido neutralizado el peligro, cuando quede por fin inmóvil, como ahora, cuando una mano estampa un pesado cenicero de cristal contra su cara, la nariz primero, que se rompe con un chorro de sangre, el cráneo después, que suena como un coco al rajarse, las últimas patadas a la figura inmóvil, la furia retirándose poco a poco, como una marea roja, dejando en la playa los despojos del mar.

Lentamente, empiezan a darse cuenta de lo que ha pasado. Ana se pone de pie, restregándose las palmas de las manos en la pechera del vestido blanco; Marga y Tere se acercan a la cama, donde Reme sigue lanzando su aullido nasal, buscan por la mesita la llave de las esposas y empiezan a tratar de liberarla con manos que tiemblan como hojas al viento; Sole y Candela se miran con ojos vidriosos reconociendo en la otra la mirada de loca que no pueden aceptar en la propia; Carmen se agacha junto al cuerpo caído y lo empuja con un dedo, como para confirmar lo que ya sabe. El hombre no reacciona.

Tere y Marga han conseguido abrir las esposas, le quitan la capucha a Reme, tan desfigurada por el horror que apenas la reconocen en esa máscara cadavérica de ojos desorbitados, le arrancan la mordaza y la abrazan fuerte en un intento de confortarla, de darle a entender que está salvada, que nadie volverá a hacerle daño, que son sus amigas y están con ella.

Reme se libera del abrazo, gatea enloquecida hasta los pies de la cama y se lanza sobre el cuerpo inmóvil ante el estupor de las chicas.

—Está muerto —dice en voz ronca, a medio camino entre la confirmación y la pregunta—. ¿Está muerto? ¿Lo habéis matado? —Esta vez la pregunta suena histérica y Candela, sin reflexionar, le da una bofetada para que se calle de una vez.

—Reme, por Dios, ¿te has vuelto loca? Te estaba violando, imbécil, te estaba haciendo… —Tere se corta de pronto. Alguien ha encendido la lamparita de cabecera y lo primero que ven sus ojos es la bolsa y la mochila junto a la maleta blanca de Reme, la ropa del hombre plegada sobre el respaldo de una silla—. ¿No te estaba violando? ¿Tú querías que te hiciera… —mueve la mano enloquecidamente hacia la cama, las velas, las esposas que cuelgan de los barrotes de la cabecera— todo eso?

Reme tiene el pelo pegado por el sudor y las lágrimas bajan como un chorro por sus mejillas sin que ella haga un gesto para enjugarlas. Tiene miedo de decirles que solo era un juego, un juego de adultos que Olaf le estaba enseñando. Tiene miedo de en-

353

furecerlas y que se lancen sobre ella. Pero tampoco puede mentir, porque todas están lanzando miradas a su alrededor y se están dando cuenta de que han cometido un error fatal. Sobre el tocador, junto a un velón rojo, hay un vibrador de color carne y unos cuantos objetos que las chicas no conocen, cuya utilidad apenas si pueden imaginar. Todas están empezando a comprender que no ha sido una violación. No saben aún qué ha sido, porque lo que ha sucedido en ese cuarto en las últimas horas está demasiado lejos de su experiencia, pero notan que Reme no es una víctima inocente.

—¿Tú querías? —ruge Tere. Y Reme agacha la cabeza y asiente varias veces, sin palabras.

—¡Dios mío!

Las chicas se miran, paralizadas por el terror.

—¿Qué hacemos ahora, Señor? —gime Carmen—. Lo hemos matado. ¡Lo hemos matado!

Marga mira a su alrededor, como una rata buscando una salida. Sus ojos se posan en el equipaje hecho, en los extraños objetos del tocador, en los calzoncillos con cadenas que están encima del sillón… algo parece darle una pista que no acaba de concretarse.

En el suelo, el cuerpo del hombre sigue inmóvil, lleno de arañazos, marcas de dientes, sangre que, desde la nariz, se ha deslizado sobre la máscara hasta el piso.

—Lo primero —dice Marga y todas se vuelven automáticamente hacia ella, dispuestas a hacer cualquier cosa que les pida para salir de aquello—, hay que sacarlo de aquí y limpiar bien el suelo hasta que no quede rastro de sangre.

—¿Y qué hacemos con él? —pregunta Candela, con su lucidez habitual.

—El acantilado. Hay que llevarlo al acantilado y despeñarlo. En cuanto choque contra las rocas, ya no se notará tanto todo eso —hace un gesto hacia las marcas que ha dejado la furia de las muchachas—. Pero primero habría que ponerle un bañador, para que, si lo encuentran, parezca que se fue a nadar de noche.

—Su bolsa está ahí —colabora Reme.

—Busca un bañador.

—¿Por qué está ahí la bolsa? —pregunta Tere, sintiendo que hay algo importante en eso.

—Olaf se marcha —traga saliva—, se marchaba mañana temprano. Bueno, hoy. Ya lo había dejado todo arreglado en recepción.

—¡Bien! Un problema menos. —Como siempre que hay que resolver algo urgentemente, Marga parece serena, casi se la ve pensar a toda velocidad.

—Sus cosas nos las llevaremos nosotras y nos desharemos de ellas a lo largo del día. Ahora hay que llevarlo al acantilado antes de que amanezca; esto está lleno de jubilados que madrugan. Reme, coge también una toalla de playa. La dejaremos en el pretil. ¡Termina de subirle de una vez ese maldito bañador! Y quítale las botas y lo que lleva en la cabeza.

Cuando le quitan la máscara, el rostro de Olaf, a pesar de la nariz rota, resulta extrañamente dulce, juvenil, y todas apartan la vista.

—¡Vamos! Entre todas, podemos hacerlo.

Llevar el cadáver hasta el punto más alto del paseo del acantilado es casi demasiado para ellas, pero la desesperación compensa las fuerzas que se van agotando. La luna ha desaparecido y, salvo el batir de las olas contra las rocas, no se oye más que algún grito aislado de gaviota madrugadora. En el filo del horizonte empieza a despuntar una ligera claridad.

—¡Vamos, vamos, deprisa, un poco más!

Cuando por fin logran dejar el cuerpo sobre el pretil —junto al cartel de «*No diving*. Prohibido zambullirse»—, están agotadas, tienen frío y el sudor les pega la ropa al cuerpo.

—¡Un esfuerzo más! —anima Marga.

El acantilado cae a pico sobre el mar que espumea, blanco, muy abajo, rompiéndose contra las rocas que, desde donde ellas están, parecen los dientes de un animal prehistórico que abre las fauces para recibir su presa.

Entre todas, de un empujón, lanzan al mar el cadáver que pronto desparece de su vista, tragado por el remolino de las aguas.

—Si la corriente se lo lleva hacia alta mar, estamos salvadas —dice Marga, poniendo en palabras lo que todas piensan—. Si no…

—Si no —interviene Candela—, cuando lo descubran nosotras estaremos lejos, cada una en su casa. Y para todo el mundo

355

no somos más que unas crías que han venido de viaje de fin de curso. Él se marchaba hoy; de momento no lo buscarán. ¿Tenía familia? —pregunta, volviéndose hacia Reme.

—Me dijo que vivía solo, que sus padres estaban en otra ciudad.

—¡Ojalá sea cierto! ¿Alguien tiene un cigarrillo?

Todas se han dejado los bolsos tirados en la habitación de Reme o en el jardín.

—¿Y ahora? —pregunta Ana, abrazándose con los brazos cruzados contra el pecho.

—Volvemos. Limpiamos. Nos repartimos sus cosas para ir perdiéndolas a lo largo del día o mejor mañana noche en el barco. Si cada una tira un par de cosas por la borda, es imposible que las encuentren. Hacemos nuestras maletas y nos vamos a desayunar a la hora que hemos quedado. —Marga habla en el tono más neutro que puede conseguir. Ha descubierto hace tiempo que, cuando una situación la sobrepasa, lo que más le ayuda es fingir que está interpretando un papel en una película; que no es ella la que habla y piensa y siente así, sino la heroína de un guion inventado por otro.

Cuando se giran hacia el hotel para emprender el regreso, se encuentran con la figura de Mati que, con una rebeca negra por los hombros, está sentada como un pájaro de mal agüero en el pretil, unos metros más abajo.

En silencio, pasan junto a ella sintiendo el escrutinio de sus ojos entornados por el humo del cigarro que tiene en la mano. Mati sonríe.

Ya se han alejado más de diez metros, cuando oyen su voz.

—Parece que esta vez os habéis metido en un buen lío. Pero podéis confiar en mí; cuando me interesa, soy una tumba.

Rechinan los dientes y siguen adelante, sin volver la cabeza. En ese momento no saben aún que la rueda de su futuro acaba de girar y ya nunca volverán a ser lo que eran. Ni lo que soñaban.

Agosto de 2007

Wir alle sind aus Sternenstaub
In unseren Augen warmer Glanz
Wir sind noch immer nicht zerbrochen,
wir sind ganz.*

ICH & ICH, *Vom selben Stern*

* Todos estamos hechos de polvo de estrellas, / en nuestros ojos hay un brillo cálido, / aún no estamos deshechos, / estamos enteros.

$\mathcal{A}$ pesar de que las ventanas están abiertas, el piso de Lena es un horno. Todas las habitaciones, menos el baño y la cocina, dan a poniente y lo que en invierno debe de ser una delicia, en verano resulta angustioso.

Ana, Rita y Teresa llevan todo el día ayudando a Jeremy y a Cindy, su mujer, a recoger y a tirar todo lo que ellos no piensan quedarse, para poder alquilar el piso y tener así un ingreso extra. Pero prácticamente son ellas las que lo están haciendo todo porque Cindy, que está embarazada de pocos meses, se ha ido enseguida al hotel a descansar con el aire acondicionado a toda potencia y Jeremy, que es un muchacho joven con una expresión perpetua de fastidio y desagrado, como si aquello fuera una imposición intolerable, no ha hecho más que ir y venir del piso al hotel. Interpretando sus gestos y sus pocas palabras, las tres mujeres han tenido la impresión de que, por una parte, sabe que tiene que tratarlas bien para poder contar con su ayuda, pero por otra, no las soporta y no se fía de dejarlas solas en la casa por si se llevan algo que pueda tener algún valor. «¡Como si no hubiéramos tenido ocasión de llevarnos cualquier cosa, si hubiéramos querido, en las seis semanas que ha tardado en venir!», comenta Ana, divertida. Están solas las tres porque Carmen, después de haber cortado con Felipe por teléfono y haber anulado el crucero por el Caribe, se ha ido a Cuba con Sole. Parecían dos adolescentes cuando las despidieron en el aeropuerto, como si acabaran de renacer.

En los últimos tiempos Ana también parece haberse liberado por fin del peso que ha venido arrastrando a lo largo de su vida, como si la confesión de Candela la hubiera absuelto de su intervención en la noche de Mallorca. Teresa y Rita lo han comentado recientemente y han llegado a la conclusión, cada una por su lado, de que es mejor dejar que siga pensando que por fin han conseguido dejar el pasado atrás. Ahora está en la cocina, preparando una limonada, mientras ellas dos hablan con Jeremy que está otra vez a punto de marcharse «a ver cómo está su mujer».

—Pero, hombre —dice Teresa—. ¿Es que no tienes móvil?

—Es un aparato americano; aquí no funciona.

—Pues llama desde el fijo de tu madre. Aún no lo he dado de baja porque, como me dijiste que querías alquilar el piso, pensé que era mejor dejarlo.

—Sí, sí. Has hecho bien. ¡Es increíble cuántos papeles tenía mi madre! —comenta, frunciendo el ceño con disgusto hacia una pila de hojas en el rincón del estudio—. Para no haber hecho nunca una carrera... se las arreglaba para tener papeles por todas partes.

—Es lo normal cuando una es traductora, ¿sabes? Y además, también escribía informes de lectura para dos editoriales.

—Esotéricas, supongo.

—Una sí y otra no.

—¿Y de qué era la otra? ¿De libros de cocina?

Teresa bufa suavemente, irritada por la falta de respeto y de sensibilidad de Jeremy que, al parecer, piensa que su madre era medio idiota.

—De viajes y de antropología.

—¡Ya me contarás qué narices sabía mi madre de antropología! De viajes sí, claro. Se pasó la vida huyendo.

—¡Mira quién habla! Yo te recuerdo haciendo cursos en el extranjero desde que tienes uso de razón. Cursos que, además, te pagaba ella matándose a trabajar.

Jeremy se encoge de hombros y sale del estudio.

—¡Espera! Si te vas, llévate al menos esa pila de manuscritos y tíralos al contenedor de papel. Ya he escrito a las editoriales, comunicándoles el fallecimiento, y me han dicho que podemos tirarlos, que ya se ocuparán ellos de pedir a los autores que se los vuelvan a enviar.

Jeremy vuelve a entrar y, con movimientos bruscos, mete el montón de folios en dos grandes bolsas de plástico.

—Jeremy —dice Teresa, a pesar de que había decidido no sacar el tema—, ¿se puede saber por qué tienes ese odio a tu madre?

El muchacho ve una mirada tan firme en los ojos de Teresa que sabe que, si ahora no le contesta, lo más probable es que se marche en ese mismo momento y lo deje solo para ocuparse de todo. De modo que se encoge de hombros, inspira profundamente y se deja caer en una silla.

—Porque me mintió. Me mintió toda mi vida sobre mi padre y luego ni siquiera fue capaz de localizarlo para que yo pudiera conocerlo y hablar con él.

—Ella tampoco consiguió nunca saber qué había sucedido, Jeremy. Se pasó la vida buscándolo. Incluso ahora, después de tantos años, le había pedido a nuestra amiga Sole, que tiene relaciones diplomáticas, que la ayudara a encontrarlo. Y en eso de la mentira... ¿qué quieres que te diga? ¿Qué le dirías tú a tu hijo, cuando aún es un niño? Es mejor pensar que tu padre ha muerto que no saber dónde está, o que no saber si te abandonó. ¿No te parece?

—Claro que me abandonó.

—Lena siempre dijo que no era posible.

—Mi madre era una ingenua. Una ingenua mentirosa.

—Pero ¡qué manía!

—Los americanos tienen una fijación con lo de la mentira, Tere —interviene Rita que, hasta ese momento ha estado callada, escuchando la conversación—. ¿No te has dado cuenta de que el motor de más del setenta por ciento de películas de Hollywood es que alguien ha mentido en algún momento y luego no sabe cómo arreglarlo? Sus presidentes pueden hacer cualquier barbaridad del tipo que sea y nunca pasa nada. Salvo si el público piensa que ha mentido deliberadamente. Ahí se suben por las paredes.

Jeremy clava en Rita una mirada de odio en estado puro. Ella sonríe y se enciende un cigarrillo, precisamente porque sabe que a él le molesta; ya les ha dicho que es un no fumador militante y que preferiría que no fumaran en su casa. Siempre se refiere al piso de Lena como «mi casa».

—¡Vaya! —añade Rita, divertida—. Resulta que odias la mentira pero no soportas la verdad. ¡Qué interesante!

—Te he dicho que no me gusta que fumes en mi casa.

—Pues eso tiene fácil arreglo. Me voy al bar. ¿Vienes, Teresa?
Teresa se pone de pie instantáneamente, saca las llaves del piso
y se las tiende a Jeremy. En ese momento entra Ana con una
bandeja donde tintinean cuatro vasos de limonada. El muchacho
coge uno, lo apura de un trago, recoge las bolsas de los manuscritos y ya en la puerta, dice:

—Vuelvo dentro de una hora, ¿de acuerdo?

Las tres mujeres cambian una mirada y sonríen a la espalda
de Jeremy, que se pierde por el pasillo.

—Yo también me voy a ir —dice Ana—. Ricky y David estarán ya volviendo de la piscina. ¿Queréis venir a cenar a casa?

—Mejor mañana —contesta Rita—, si te da igual. Estoy hecha polvo y no pienso más que en meterme en la cama.

—¡Ánimo, mujer! Hoy es el último día de esto. Por fin se ha
acabado todo —Ana está radiante—. Me dolió mucho saber que
había sido Candela, pero siempre me había imaginado la confesión de una de nosotras como algo mucho peor. Da tranquilidad
saber cómo fueron realmente las cosas, ¿no?

Las dos amigas asienten en silencio, cabeceando sobre el
borde de su vaso de limonada.

—Bueno, chicas, pues si no me necesitáis para nada más, me
marcho. Mañana, a eso de las nueve, en casa a cenar. Tráete a Jaime, Teresa; así David tiene con quién hablar.

Apenas se han perdido los pasos de Ana en la escalera, Rita
se pone en pie, saca unos papeles de su mochila y, sin palabras, se
los tiende a Teresa.

—¿Qué es esto?

—Uno de los regalos de Candela.

—No sé de qué me hablas.

—Candela me dijo antes de morir que me dejaba tres regalos,
como en los cuentos de hadas, pero que de uno no podía asegu-
rarme que me gustara.

—Lo de Ingrid, supongo.

—Supones bien. Ese es el regalo ambiguo, aunque creo que
empiezo a entenderlo.

—¿Me lo quieres contar?

—Supongo que Candela quería asegurarse de que si Ingrid
se quedaba conmigo era con conocimiento de causa, sabiendo lo
que se ocultaba en mi pasado; igual que no me dejó contestar a su

propuesta de matrimonio hasta que yo supiera qué había hecho ella con Lena. Cuando le dije que sí, sabía que me casaba con una asesina. Candela quería que Ingrid también supiera lo que pasó aquel verano. Pero ella suponía que Ingrid no podría soportarlo y me dejaría. Y no se equivocaba. Yo no hubiera tenido valor para contárselo. Al menos ahora sé a qué atenerme. —Te duele mucho, ¿verdad?

—Sí, Teresa. Mucho. Lo he perdido todo.

—¿Y el segundo regalo?

Rita fue a la cocina y volvió con el jarro de limonada donde aún quedaba bastante para dos vasos.

—He hablado con el notario. Candela me ha dejado en herencia el campo de mi familia.

Teresa se quedó de piedra.

—¡Pero si lo había comprado Manolo!

—Parece que Candela se lo compró a él un par de días antes de ingresar en el hospital.

—¿Y Manolo se lo vendió?

Rita se encogió de hombros.

—Ya me enteraré. Estarás contenta, ¿no?

—Más o menos.

—¿Cómo que más o menos? Recuperarlo era la ilusión de tu vida.

—Léete eso. Es el tercer regalo.

Teresa fue a buscar las gafas de cerca y desdobló las cuartillas con una trepidación imprecisa.

—Son las páginas que le entregó a la policía, más dos o tres que solo son para nosotras, para las chicas. En una nota me dice que se las pasemos a las demás, que quiere que todas lo sepan. Empieza a leer en esta, a partir de aquí. Las otras puedes leerlas después; además de que tú ya sabes como era su familia y no te aportan nada.

363

Fue un curso movido, en un momento de nuestra historia, la de España, que también estaba en continuo movimiento, como si aquel curso de 1973-74 todo el país se hubiera subido en una montaña rusa que desembocaría, al menos provisionalmente, en el 20 de noviembre de 1975 con la muerte de Franco.

En septiembre, poco antes de empezar las clases, en Chile

asesinaron a Salvador Allende. La ETA mató a Carrero Blanco, Nixon luchaba con pies y manos en el caso Watergate, Ana de Inglaterra se casó con Mark Phillips, Candela se sacó el carné de conducir, Paquito Fernández Ochoa —¡un esquiador español!— conquistaba las pistas del mundo, Barbra Streisand y Robert Redford eran la pareja de moda en Tal como éramos, Marga empezó a salir con Manolo, el SLA secuestró a Patricia Hearst, Cruyff marcaba goles para el Barcelona; a pesar de las protestas de medio mundo mataron a Salvador Puig Antich, se estrenó Vive y deja morir sin Sean Connery y con Roger Moore, Marga y Candela se besaron en el patio desierto del instituto, Golda Meir se retiró del gobierno de Israel, se casó Mariola, la nieta de Franco, con Rafael Ardid, Neil Young cantaba «Heart of gold», las chicas del 28 terminaron COU, Mati se ahogó en el Mediterráneo y sus huesos habrán quedado en el fondo del mar, cada vez más blancos, cada vez más pulidos.

Cosas fundamentales para sus protagonistas, importantes a veces para todo un país, para el mundo entero incluso. ¿Y a quién le importan ahora? ¿Quién recuerda ahora, años después, la alegría y el orgullo y el dolor y la esperanza de todo lo que pasó aquel curso?

Yo me acuerdo. Pero me acuerdo a mi manera, porque los años van velando la memoria y añadiendo historias marginales, pequeños detalles que justifican los hechos, por muy injustificables que fueran entonces.

Nunca hemos hablado de aquello.

Las chicas del 28, o al menos lo que queda de ellas, siguen reuniéndose a tapear, a hablar bien y mal de los maridos y los hijos, del trabajo, de los pocos proyectos que les van quedando para un futuro que se encoge en el horizonte y que no tiene nada que ver con el que soñaban tantos años ha. Pero no lo recuerdan. O quizá sí lo recuerdan y, como Candela, se niegan a hablar de ello para que ninguna de las otras sepa de su frustración, de sus ilusiones secas…

No puedo escribir de esto en tercera persona. Yo soy Candela y la otra, la Candela que me invento como personaje de esta novela que nunca acabaré, no existe. Murió hace muchos años, cuando volvimos de Mallorca, cuando Marga desapareció para siempre de mi vida, cuando me hice abogada para estar siempre dispuesta a lo que pudiera pasar.

A veces quisiera poder confesar lo que hice, aunque no lo hiciera. Quisiera poder decir: «yo maté a Mati» porque mis colegas especializados en defensa de asesinos dicen que cuando el acusado confiesa, de repente se siente feliz, limpio, sereno. Y yo hace mucho que no me he sentido así. Pero no puedo hacerlo porque no es verdad; porque yo no maté a Mati y no sé quién pudo hacerlo, aunque si alguien se tomara la molestia de preguntarle a Lena, diría que fui yo.

Era casi medianoche. Todas parecíamos cadáveres vivientes y el miedo no nos dejaba respirar. Nos mirábamos y se nos desencajaban los ojos temiendo que en cualquier momento llegara un oficial con un telegrama y empezaran las preguntas que no podríamos responder. Doña Marisa hacía bromas sobre lo mal que nos habían sentado las vacaciones, sobre todo la última noche en el hotel y nosotras nos retorcíamos por dentro, aunque estábamos seguras de que ella no había notado nada de lo que de verdad había sucedido en aquel jardín.

Pero Mati lo sabía, como siempre, como todo. Mati lo sabía y nos miraba con los ojos entornados y la sonrisa cruel del que sabe que ahora, por fin, puede hacer lo que quiera, después de tantas notas en el cuaderno de tapas negras, de tanto recoger minucias de aquí y de allá, ahora por fin tenía algo con lo que podría chantajearnos fuerte, toda la vida.

Me la encontré en el pasillo, a punto de salir a cubierta, cuando yo volvía una vez más del baño, de vomitar. Me hizo un gesto de invitación con el dedo y salí con ella, a una noche oscura y ventosa donde el barco cabeceaba sobre un mar negro como el alquitrán derretido. Estábamos solas, ella sonriente y morena; yo verdosa y enfurecida.

Me habló de nuestros planes, de nuestro futuro en Valencia, del piso que íbamos a compartir, del dinero que yo le prestaría para que estudiara, para que pudiéramos vestirnos igual, ir a los mismos sitios, viajar juntas.

La bilis se me iba acumulando en la garganta mientras ella hablaba, soñando en voz alta, cada vez más entusiasmada, como si mi silencio fuera una aceptación.

«A Marga la mandaremos a Londres», concluyó. «A ella le gustará estar allí. En cuanto sus padres se enteren de lo vuestro, no habrá problema. Ellos mismos decidirán que lo mejor es que se aleje una temporada.»

Creo que fue entonces cuando le eché las manos al cuello y empecé a apretar. Veo con claridad cómo se le saltan los ojos y empieza a ponerse pálida. Porque se ha dado cuenta de que la voy a matar, de que no me queda más remedio que matarla ahora para poder seguir viva, para que sigamos vivas todas.

Manotea y trata de arañarme, pero la desesperación me da fuerzas y aprieto y aprieto hasta que los ojos se le pierden en las cuencas, hacia arriba, y solo veo dos globos blancos. Creo que no sé que la estoy matando, que solo quiero que se calle, que nos deje en paz, que no vuelva a hacernos daño. Eso creo, pero no lo recuerdo con claridad. Solo sé que sigo apretando, que se me agarrotan las manos en su garganta y el viento se ha vuelto frío y viene en fuertes rachas que hacen que el pelo me azote la cara y los ojos.

Entonces oigo la voz de Magda, su grito desgarrado:

«¡Nooo!».

Se ha abierto una puerta y Magda, lívida, descompuesta, me mira de frente por encima de los hombros de Mati, que ya casi no se defiende. Son apenas dos segundos. Luego la puerta se cierra de nuevo, Magda desaparece y yo suelto a Mati.

No sé por qué lo hago. No sé si estoy cansada o asqueada de mí misma o me acabo de dar cuenta de que no va a servir de nada, de que, aunque Mati no esté, no podremos librarnos de lo que hemos hecho.

Suelto su garganta y Mati se desmadeja en el suelo tosiendo y escupiendo. Viva.

Lo más vivo en ella es la mirada de odio que me lanza y sé que jamás me libraré de su acoso, que me las hará pagar, que igual daría que yo me tirara en ese momento por la borda porque mi futuro acaba de deshacerse como un trozo de hielo al contacto con esa mirada candente.

Creo recordar que le escupo y vuelvo dentro. El calor es abominable ahora que estoy al reparo del viento. El pasillo del barco se pierde en la distancia, a mi izquierda y a mi derecha, jalonado por puertas idénticas. El laberinto. Pero sé que no me quedan puertas. Que todas las puertas serán elección de Mati desde ahora. Porque no he tenido el valor de matarla.

Voy al camarote donde las otras tres fingen dormir y nadie me dice nada. Me tumbo en la litera sacudida por temblores que no soy capaz de controlar. En la penumbra rojiza de la luz de emergencia, Magda me mira con una pregunta muda. Sacudo la cabeza. Trato de hacerle comprender que no ha pasado nada y ella parece aceptarlo, porque en sus labios aparece una tenue sonrisa, pero se gira de espaldas y se echa a llorar suavemente. Carmen suspira y se da una vuelta. Marga baja a mi litera, se tumba conmigo y me abraza sin palabras.

En algún momento de la noche, con la cabeza hundida en el hombro de Marga, oigo la puerta. Una de las chicas sale, luego vuelve; o es otra la que entra. No lo sé. No me importa. Aspiro el olor de Marga, que me tranquiliza, y me niego a abrir los ojos.

Cuando al día siguiente nos damos cuenta de que Mati ha desaparecido, la mirada de Magda me hace comprender que cree que he sido yo y que callará siempre. Por el bien de todas.

Nunca he sido capaz de decirle que se equivocó, que yo no maté a Mati, que ni siquiera llegué nunca a saber quién lo hizo, pero que, a pesar de todo, se lo agradezco con toda mi alma.

367

Teresa bajó los papeles y perdió la vista en la pared.

—Así que, como acabas de leer —dijo Rita—, volvemos a la primera casilla. Está claro que Candela se acusó para salvarnos a todas, para que nadie pudiera hurgar en los viejos pecados, pero no mató a Mati. ¡No me digas que no te sorprende! —insistió Rita, perpleja por la expresión de su amiga.

Teresa mueve la cabeza lentamente, en una negativa.

—Claro que no me sorprende, querida. Fue idea mía.

—¿La autoinculpación?

—Sí.

—¿Por qué?

—Porque, ya que iba a morir de todas formas, era la mejor forma de salvarnos a todas, de cerrar lo pasado. ¿No has visto lo felices que están las chicas? Se acabó.

—Pero... pero... ahora nunca sabremos...

—¿Qué? —la interrumpe Teresa—. ¿Quién mató a Mati? Rita asiente, sin dejar de mirarla.

—Yo lo sé. Lo he sabido siempre.

—¿Estás segura?

—Totalmente. —Hace una pausa que a Rita se le antoja eterna—. ¿Quieres que te lo cuente?

Rita asiente con la cabeza y, al ritmo de las palabras de Teresa, vuelve al pasado, a la noche del barco, de la tormenta, del crimen.

1974

*E*s más de medianoche. Las chicas han sobrevivido al último día en Mallorca, pero ya no son las que eran. Han paseado por la ciudad, han visitado la imponente catedral y el enorme castillo de Bellver con los ojos secos y ardientes, y un regusto amargo, metálico, en la garganta. Han fingido risas y han tenido breves, intensas pesadillas en los cortos trayectos de autobús.

Los chicos no saben qué les pasa, pero se han dado cuenta de que algo no va bien y ni siquiera han intentado hablar con ellas. César se ha mantenido alejado de Magda y Manolo no ha tratado de acercarse a ninguna, ni siquiera a Marga o a Carmen. Mati lleva todo el día sonriendo como el gato que se comió al ratón. Reme ha tenido que quedarse en el autobús después de vomitar en una parada de urgencia. Doña Marisa se ha pasado el día de excelente humor, haciendo bromas sobre lo mal que les han sentado las vacaciones. Don Telmo y doña Loles se tratan civilizadamente, pero procuran no quedarse solos y cuando tienen que hablar, lo hacen a través de don Javier, que tiene cara de no entender nada.

Nada más subir al barco, todos han desaparecido en sus camarotes de cuatro camas, interiores que son los más baratos, y desde que ha empezado la tormenta, hay un continuo ir y venir de jóvenes al lavabo o a cubierta, a tomar el aire o a vomitar. Los pasillos se inclinan como en las pesadillas que trae la fiebre y hasta el personal del barco se ha retirado hace tiempo. Las chicas, entre arcadas y mareos, han ido deshaciéndose de todas las pertenencias del sueco y han vuelto a tumbarse en sus literas, temblando de miedo por su futuro.

Mati, casi la única que no está mareada, se pasea por los

pasillos del barco, a pesar del agotamiento. Ha tenido pequeñas conversaciones con todas ellas y un grave encontronazo con Candela, que habría podido ser fatal, aunque ha conseguido fingir convincentemente que la estaba matando, lo que ha hecho que Candela se asustara y la dejara en paz. Pero se ha dado cuenta de que tiene que tener cuidado con Candela, de que no soportará para siempre la posición en la que se encuentra ahora.

Ha visto cómo don Javier se metía en el camarote de doña Marisa. Ha estado un rato pasando de vez en cuando por delante de la puerta para espiar lo que están haciendo y ahora ya está segura. No volverán a salir en toda la noche. Doña Loles y don Telmo han estado gritándose al principio, pero ahora deben de haberse dormido porque hace tiempo que no se les oye.

Los salones están vacíos, los pasillos también. Hace más de media hora que no ha visto a nadie cuando, ya a punto de volver a su camarote, distingue un movimiento en la escalera, se esconde detrás de un pequeño mostrador, y ve pasar a Tere, pálida y descompuesta, en dirección a la cafetería, cerrada a esas horas. ¿Qué querrá hacer Tere, si no lleva ninguna bolsa con cosas que tirar al mar?

Un par de minutos después, oye unos pasos por delante de su escondite, se agacha más y, cuando cree que puede mirar sin peligro, ve la espalda de don Telmo desapareciendo en la misma dirección que ha tomado Tere; de modo que se quita las sandalias y lo sigue con el mayor sigilo. Sus pies descalzos no hacen ruido sobre la moqueta que cubre el piso.

Don Telmo y Teresa están sentados en la cafetería desierta, como un par de refugiados de película.

Mati se oculta de nuevo detrás de la barra y, a través del espejo, puede ver cómo se miran con los ojos muy abiertos. Él tiene profundas ojeras y ella está tan blanca como la pared.

—¿Lo has traído? —pregunta Tere, sin molestarse en hablar demasiado bajo.

—Aquí tienes. No he podido reunir más sin que se diera cuenta Loles, pero creo que será bastante. No es como si tuvieras que irte a Londres.

—No, claro. Yo, con una curandera, me apaño, ¿verdad?

—Tere, por favor. Tú sabes que yo no quería que salieran así las cosas. Pero lo del embarazo de Loles lo ha complicado todo. No me lo hagas más difícil.

—¿A ti? ¿Tú sabes lo difícil que es para mí? —pregunta Tere, a punto de explotar—. ¿Tú sabes lo que es estar enamorada del director del instituto y esconderme de todos durante ocho meses y ahora tener que ir a abortar yo sola a un cuchitril de donde no sé si saldré viva?

Telmo trata de cogerle la mano por encima de la mesa, pero Tere se sacude como si quemara.

—¡Soy una imbécil! Una imbécil que se ha creído tus mentiras de que me quieres y te separarías de tu mujer y te quedarías conmigo. ¡Me está bien empleado!

—Tere. Yo te quiero. Te he querido siempre, nunca te he engañado… pero yo no sabía lo de Loles…. y ahora… ahora, de momento no puede ser. No hay más remedio, cariño. Dentro de un tiempo te buscaré en Valencia; tendremos otra oportunidad, te lo juro.

—No quiero oportunidades, Telmo. Quiero que me dejes en paz, que me olvides. No quiero volver a verte nunca. —Tere se pone de pie, guarda en el bolsillo el sobre que acaba de darle el director y se gira hacia la puerta.

Él se levanta y trata de abrazarla.

—Tere, Tere, por favor, no me dejes. Anoche casi me vuelvo loco cuando te vi con aquel tío en la discoteca. No me dejes, mi amor.

Ella se suelta violentamente y echa a andar hacia el vestíbulo.

Mati sonríe con una sensación de triunfo como no ha experimentado en la vida, sale de su escondrijo, abre la puerta que da al exterior y, corriendo por cubierta, llega a la puerta que da al pasillo antes de que Tere alcance su cabina.

—¡Psst!

Tere se vuelve hacia ella.

—Ahora ya sé qué era lo que te traías entre manos, mosquita muerta —le dice—. Un aborto, nada menos. Y un lío con el director. ¿Tú sabes cuánto puede caerte por un aborto?

Tere suelta la manivela de la puerta y sale a cubierta, donde Mati la está esperando envuelta en sombras, con el pelo azotado por las rachas de viento.

—¿Qué quieres? ¿Qué narices quieres, hija de puta? —grita Tere, desesperada, mientras se le acerca.

Mati, temiendo verse en la misma situación que un rato antes con Candela, se despega del rincón y se acerca a la borda. Tere la sigue, gritando palabras que el viento no permite comprender.

La sensación de triunfo que llena a Mati es enloquecedora. Nunca se ha sentido más fuerte, más poderosa. Se ríe sin poder evitarlo, de puro placer.

Tere se acerca corriendo, como una furia, y de un empujón, la aplasta contra la borda para que se calle, para que deje de reírse de una maldita vez. Sin saber lo que hace, empieza a golpearla, como la noche antes, con el sueco, sin pensar, sin decidir. Mati se defiende, pero no consigue dejar de reírse y eso la debilita.

Un golpe de mar las hace caer al suelo. Mati consigue ponerse de pie y entonces Tere, que sigue en cuclillas, aprovecha la inestabilidad de su contrincante y poniendo toda su fuerza en el movimiento, la da un empujón que lanza a Mati sobre la borda.

Tere oye su aullido como entre algodones, se asoma y, en la negrura del mar, ve un puntito blanco que oscila entre la espuma de las olas. Hay un salvavidas a su derecha, pero no hace nada por alcanzarlo. Tiene la vista fija en la cabeza de Mati que ya casi no se ve en la oscuridad. Se abraza fuerte con los brazos cruzados frente al pecho y, con una inspiración profunda, se da la vuelta para volver a su camarote.

Recortado sobre la luz amarillenta del pasillo, Telmo la mira horrorizado.

—¿Qué has hecho, Tere?

Ella lo aparta de un empujón.

—Si dices una sola palabra de esto, lo cuento todo, Telmo. Todo. Perderás tu trabajo, tu reputación, a tu mujer y a tu hijo. Yo también perderé, pero te juro que me da igual.

—Tere —la voz del hombre es casi un gemido.

—Una sola palabra, Telmo. Una sola y lo cuento todo. Tú verás.

2007

*E*l sol acaba de ocultarse tras el horizonte, dejando el estudio de Lena convertido en una cueva azulada. Teresa ha dejado de hablar. Rita tiene la cabeza metida entre los brazos, que apoya sobre las rodillas. Hace rato que están en silencio, mientras cae la oscuridad.

Teresa se levanta, duda un momento, se acerca a su amiga que levanta la cabeza para mirarla, y se acuclilla frente a ella.

—Ahora ya lo sabes todo, Marga. Vuelves a ser la depositaria de los secretos.

Rita suelta una breve risa, sin humor, como un ladrido.

—¡Eso me hicisteis creer siempre, que lo sabía todo! Y yo no sabía nada… casi nada.

—No podía decírtelo entonces, Marga, ¿comprendes? Era demasiado.

—Sí. Era demasiado. ¿Sabes qué fue de él?

—¿De Telmo? Ni idea. Supongo que seguirá con su mujer y que habrá machacado a treinta generaciones de alumnos con sus textos obscenos y con su Eurípides y sus Ménades.

—¿Qué nos pasó, Tere? ¿Cómo pudimos hacer todo eso?

Teresa se encoge de hombros.

—Son cosas que pasan. El laberinto ese del que hablaba Candela. Pero ahora sí que se acabó.

—No piensas decirle nada a las otras, ¿verdad? Seguiremos haciendo como que fue Candela la que mató a Mati.

—¿Qué más da, Rita? A aquel pobre sueco lo matamos todas juntas, pero ya está. ¿No has visto lo felices que están Ana, Carmen y Sole? Ni a Lena ni a Candela podemos salvarlas ya, pero podemos salvarnos nosotras. Ahora compartimos ese secreto y, si eres sincera contigo misma, te darás cuenta de que en el fondo da igual quién matara a Mati. Se lo merecía. Cualquiera de nosotras lo habría hecho. ¿Conoces *Chicago*, el musical?

Rita asiente con la cabeza.

—En una de las canciones dicen: «Fue un asesinato, pero no fue un crimen».

—*It was a murder, but not a crime* —susurra Rita—. Sí. Puede que tengas razón. Hay que olvidar. Pero lo otro, Tere, lo de ese pobre chico… Yo aún lo sueño. ¿Tú no?

Teresa se sienta en el suelo, junto a Rita, con la espalda apoyada contra la pared. Están la una al lado de la otra, pero no se miran.

—Yo también, Marga. Hicimos algo espantoso, imperdonable. Pero está hecho. No podemos volver el tiempo atrás. Nos hemos arrepentido cien mil veces de aquello, pero no hay nada que podamos hacer para arreglarlo. Yo he tratado de montarme la vida de un modo que me ha permitido ayudar a mucha gente, como Ana, supongo; como tú, de otra manera. Sé que con eso no he pagado, pero sé que tampoco pagaría si estuviera en una cárcel. No somos asesinas, no somos un peligro público. Cometimos un error, un error gravísimo que no tiene arreglo. Y, como en la base somos personas decentes, ese crimen ha traído su propio castigo: el de no poder olvidar, el de habernos sentido culpables toda la vida. Y lo que nos queda…

—¿Por qué me lo has contado, Tere? ¿No tienes miedo de que te denuncie?

Teresa se pasa las manos por el pelo y se vuelve hacia su amiga.

—¿Estarías dispuesta a contarlo todo? ¿Para qué? ¿Para qué, Marga? ¿A quién ibas a ayudar? Solo quedamos cinco de las siete, de las chicas del 28, y parece que las otras tres están empezando a vivir de nuevo, igual que harás tú pronto.

—Igual que harás tú —dice Rita en voz baja, acariciándole el pelo.

Se abrazan unos instantes sintiendo el consuelo de la presencia de la otra, su fuerza, el alivio de llevar juntas la carga que siempre han llevado solas. Luego Teresa se pone de pie, como recuperando de nuevo su solidez, su pragmatismo. Echa una mirada al estudio, a todo lo que queda por hacer, mira el reloj y se decide.

—¡Vámonos a comer algo! Que el cretino de Jeremy se las arregle como pueda. Yo ya estoy harta.

—¿No sabrás qué fue de su padre, por casualidad?

—No, Marga. Yo tampoco lo sé todo.

—Da igual. Ya no importa.

Se abrazan por la cintura, recorren el pasillo sin encender la luz, Teresa cierra el piso de Lena con doble vuelta de llave y bajan lentamente, en silencio, en la oscuridad.

Epílogo

$\mathcal{A}$ veces uno se entera de cosas que no quería saber. Otras veces nunca llega a saber cosas que lleva toda la vida buscando.

Si Rita o Teresa hubieran leído uno de los manuscritos que acababa de dejar Jeremy en el contenedor de papel, quizá les hubiese llamado la atención el nombre del autor y su nota biográfica:

> César Pacheco (Elda, 1956) ha ejercido de actor de teatro, modelo, bailarín y otras diez o doce profesiones menos esplendorosas hasta que decidió acabar la carrera y presentarse a unas oposiciones. Ahora es profesor de filosofía en un instituto de Jerez de la Frontera. Dedica sus vacaciones a viajar por países más o menos exóticos tras la pista de casos curiosos. *Muertos olvidados* es su primer libro, resultado de estas expediciones.

Si Jeremy hubiera leído *Muertos olvidados* habría descubierto en la página 27 el caso de un joven sueco, Olaf Svensson, que desapareció en Mallorca el verano de 1974 después de unas vacaciones de diez días. Dos años más tarde se encontraron unos restos en una cueva submarina, justo debajo del hotel donde se alojó, que podrían haber sido los suyos. Esta hipótesis de la policía quedaba avalada por el hecho de que en 1974 se encontró una toalla de playa en el pretil del acantilado, lo que podía significar que, poco antes de marcharse, había decidido darse un último baño del que ya no regresó.

César Pacheco cuenta en su manuscrito, aún inédito, que se interesó por el caso porque daba la casualidad de que él mismo había estado en el Park Hotel Panorama aquel verano, ya que era el que sus compañeras del viaje de fin de curso habían elegido.

Más adelante, en el capítulo final, página 234, Jeremy habría podido leer uno de los mejores pasajes desde el punto de vista literario, en el que Pacheco cuenta que en el verano del 2003, en casa de una familia muy pobre de Nueva Delhi, le llamó la atención un pasaporte estadounidense a nombre de Nicholas Devine que estaba expuesto sobre una especie de altar familiar, como si se tratara de una reliquia. Picado por la curiosidad, preguntó quién era aquel hombre y por qué tenían allí su pasaporte y le contaron que unos treinta años atrás, el abuelo había recogido a un hippie herido después de una manifestación. El muchacho murió en la casa, a pesar de todos los cuidados, y lo enterraron en el jardín trasero, pero no se atrevieron a dar parte a las autoridades norteamericanas, temiendo que pensaran que lo habían asesinado ellos para robarle. Como no disponían de las señas de ningún familiar, decidieron honrar su memoria como si fuera uno de los suyos.

Ni Jeremy ni ninguna de las chicas del 28, de las cinco supervivientes, llegarán nunca a saberlo, como tampoco sabrán que aquel verano de 1974 Telmo Rodríguez pidió un traslado, que le concedieron, mientras su mujer se quedaba un año más en Elda. Se divorciaron definitivamente en 1980. Ella obtuvo la custodia de la hija de ambos, que nació en Alicante el 27 de enero de 1975, en un país que estaba empezando a sacudirse el yugo franquista, pocos meses antes de la muerte del dictador.

Loles Fuentes volvió a casarse en 1982 y hace años que no tiene relación con su exmarido. Los dos se jubilaron en 2006. Él también se casó, en 1984, con una muchacha veinte años más joven que había sido alumna suya, y entró en política. Ahora es alcalde de su pueblo natal en la provincia de Soria.

Javier Hidalgo, a su vuelta de Mallorca, se fue a un monasterio de Huesca, al retiro espiritual que estaba previsto, y no volvió a ver a Marisa Gutiérrez. Cuando al día siguiente de la noche en el barco, que habían pasado juntos, descubrió la ausencia de una de sus alumnas, empezó a culparse de su falta de responsabilidad por haber desatendido sus deberes para poder estar con una mujer. Marisa intentó convencerlo de que él no podía haber evitado el accidente, pero acabaron poniéndose de acuerdo en que él se iría un tiempo al monasterio y ya lo hablarían todo a su vuelta, a comienzos del curso 1974-75. No regresó. Desde entonces ha sido párroco de varios pueblos y acaba de jubilarse. Nunca más volvió a dar clases en un instituto, a pesar de que se lo ofrecieron en varias ocasiones.

Marisa lo esperó durante todo el año 1975, hasta que se convenció de que Javier no quería volver a verla. Pidió un traslado que debía durar seis años a Roma, al Liceo español, se enamoró de un publicista romano y se casaron en 1979. Tienen tres hijos, ya adultos, y dos nietos. Mientras tanto Marisa es más italiana que española, y hace años que dejó de dar clases de inglés.

Remedios Merchán estudió psicología en Valencia y criminología en Madrid, hasta que acabó decantándose por el psicoanálisis y, después de una temporada trabajando en prisiones, puso su consulta en Alicante. Tuvo un hijo de su primera relación estable, pero nunca se ha casado. Tiene problemas de sobrepeso y de diabetes, pero le gusta su trabajo y acaba de tener un nieto que la hace tremendamente feliz. Vio la esquela de Candela en el periódico y, por unos momentos, pensó acercarse a Elda y volver a encontrarse con sus antiguas compañeras de instituto. Al final, a punto ya de decirle a su secretaria que anulara las citas de la mañana, decidió trabajar como de costumbre. Nunca le ha contado a nadie lo que sucedió en Mallorca en 1974.

Agradecimientos

Quiero agradecer su ayuda a todos los amigos que, generosamente, me han concedido su tiempo, su entusiasmo y sus conocimientos:

Elena, Raúl, Elia, Concha, Wolfram, Gertrut, Martina, Michael, Ruth, Mario, Charo, Ian, Nina y Klaus.

También quiero dar las gracias a todos los lectores y lectoras que me han seguido hasta aquí. Espero haberles compensado el tiempo que han dedicado a leer esta novela.

Este libro utiliza el tipo Aldus, que toma su nombre
del vanguardista impresor del Renacimiento
italiano, Aldus Manutius. Hermann Zapf
diseñó el tipo Aldus para la imprenta
Stempel en 1954, como una réplica
más ligera y elegante del
popular tipo
Palatino

Las largas sombras
se acabó de imprimir
un día de primavera de 2018,
en los talleres gráficos de Liberdúplex, s.l.u.
Crta. BV 2241, km 7,4. Polígono Torrentfondo
Sant Llorenç d'Hortons (Barcelona)